譯註 三國演義

삼국연의

나관중 지음 / 박을수 역주

〈제76회 ~ 제90회〉

보고사

길잡이

1) 나관중의 삼국지는 [삼국지통속연의](三國志通俗演義)이고, 모종강 본은 [회도삼국연의](繪圖三國演義)가 원제이다. 여기서는 [삼국연의](三國演義)를 책명으로 하였다.

2) **이 책은 중국고전소설신간 [삼국연의](三國演義: 120回·臺北市 聯經出版事業公司印行)을 저본(底本)으로 하고, 여러 이본(異本)들을 참고한 완역(完譯)이다. 다만 모종강(毛宗崗) 본에 있는 '삼국지연의서'(三國志演義序·人瑞 金聖嘆氏 題)·'삼국지연의서'(三國志演義序·毛宗崗)·'독삼국지법'(讀三國志法·毛宗崗) 등과 매회 앞에 있는 '서시씨 평'(序始氏 評)과 본문 중간 중간의 ( ) 속에 있는 보충설명(이를 '夾評'·'間評'이라고도 함) 등은 번역하지 않았다. 그 이유는 이 부분이 독자들에게는 꼭 필요하지 않을 것이라고 생각했기 때문이다.**

3) 지금까지 나온 [삼국지](三國志)는 김구용·박기봉의 번역본에서부터 이문열의 평역본에 이르기까지 여러 종이 있고, 또 책마다 특장(特長)을 지니고 있다. 그러나 삼국지의 원래의 뜻을 충분히 이해하는 데는 한계가 있는 것 같아서 이를 보완하는 데 심혈을 기울였다. 그것은 각주(脚註)만도 중복되는 것이 있기는 하지만, 2천 6백여 항에 달하고 있음을 보면 이해가 될 것이다.

4) 인명(人名)·지명(地名)·관직(官職) 등은 특별한 경우가 아니면 주석하지 않았다.

5) 주석은 각주로 쉽게 하였으며 참고하기 편하도록 매 권의 끝에 '찾아보기'를 붙였다. 또 연구자들을 위해서 출전(出典)·용례(用例)·전거(典據) 등을 밝히고, 모아서 별책(別冊)으로 간행하였다.

6) 인물(人物)·지도(地圖) 김구용의 [삼국지](三國志)에서 빌려 썼다.

차 례

삼국연의

나관중 지음 / 박을수 역주

제갈량

제76회

서공명은 면수에서 크게 싸우고
관운장은 맥성으로 패주하다.
　徐公明大戰沔水
　關雲長敗走麥城.

　한편, 미방은 형주가 함락되었다는 소식을 듣고는 시행할 만한 계책이 전혀 없었다. 그때 문득 공안을 지키던 장수 부사인이 왔다 하자, 미방은 저를 황급하게 맞아들이고 그 이유를 물었다.

　사인(士仁)이 말하기를,

　"내가 불충하기 때문이 아니라 세력이 위태하고 힘이 다해서 유지할 수가 없었기에 결정한 일이네. 나는 지금 동오에 투항했으니 장군 역시 일찍 투항하느니만 못할 것이네."

하거늘, 미방이 말하기를

　"우리들은 한중왕의 두터운 은덕을 받았는데 차마 어찌 저를 배반할 수 있겠소이까?"

한다. 사인이 또 말하기를,

　"관공이 전날에 우리 두 사람에게 단단히 화를 내시며 갔는데, 아마도 이기고 돌아오시는 날에는 필시 가벼이 용서하지 않으실 것이네. 자네는 이 일을 잘 살피시게나."

하거늘, 미방이 묻기를

"우리 형제가 한중왕을 섬긴 지 오래되었거늘, 어찌 하루 아침에 등을 돌릴 수 있겠소이까?"

하며 결정을 내리지 못하고 있는데, 문득 관공이 보낸 사자가 이르렀다는 보고가 있어서 영접해 청상에 들였다.

사자가 말하기를,

"관공의 군사들이 군량이 떨어졌으니 남군과 공안 두 곳에서 쌀 10만 석을 마련해서 두 장군께서 밤을 도와 군전에 바치되, 늦을 것 같으면 참하겠다 하십니다."

하거늘, 미방이 크게 놀라 사인을 돌아보며

"지금 형주가 이미 동오의 수중에 떨어졌는데, 이 양곡을 어찌 영거해 간단 말이오이까?"

하거늘, 사인이 목소리를 가다듬고 대답하기를

"걱정할 것 없소이다."

하며, 칼을 빼어 온 사자를 당상에서 참하였다. 미방이 놀라

"공은 어찌하려는 게요?"

하니, 사인이 말하기를

"관공의 이번 뜻은 우리 두 사람을 죽이려는 것이오. 그런데도 우리들은 손을 묶인 채 죽음을 받을 수[1] 있겠소이까? 공이 빨리 동오에 투항하지 않는다면 반드시 관공에게 죽게 될 것이외다."

하고 말하고 있는데, 문득 여몽이 군사들을 이끌고 짓쳐 성 아래에 이르렀다는 보고가 들어왔다.

미방이 크게 놀라서 이에 사인과 함께 성에 나가 투항하였다. 여몽이 크게 기뻐하며 저들을 데리고 가서 손권을 만나게 하였다. 손권은

---

1) 손을 묶인 채 죽음을 받을 수[束手受死] : 손을 묶인 채 죽음을 기다림. [三國志 魏志 鄧艾傳]「束手受罪」. [晉書 杜豫傳]「所過城邑 莫不束手」.

두 장수를 중상하고 백성들을 안돈하며 삼군을 크게 호궤하였다.

이때, 조조는 허도에 있으면서 마침 여러 모사들과 함께 형주에 관해 의논하고 있었다. 문득 알려 오기를,

"동오에서 보낸 사자가 편지를 가지고 이르렀사옵니다."

하는 보고가 들어왔다. 조조가 사자를 불러들이니 편지를 바쳤다. 편지를 뜯어보니, 오병이 형주를 뺏으려는 계획이 자세히 쓰여 있고, 조조에게 구원병을 일으켜 관우를 협공하자 하였다. 또 부탁하기를 '이 일이 누설되지 않아야 운장이 준비를 못할 것이라.'는 내용이었다.

조조는 여러 모사들과 의논하였다.

주부 동소(董昭)가 말하기를,

"지금 번성이 포위되어 있어서 목을 늘여 군사들을 이끌고 와, 구원해 주기를 청하고 있는 형편입니다. 사람을 시켜 편지를 번성으로 쏘아 넣어 군심을 평안하게 하고, 또 관공으로 하여금 동오가 장차 형주를 습격하려 한다는 것을 알려야 합니다. 저들이 형주를 잃을까 걱정이 되면 틀림없이 군사들을 물리게 될 것입니다. 그리고 급히 서황에게 명을 내려서 승세를 타고 엄살해 간다면, 모두 다 얻을 수 있습니다."

한다.

조조는 그 계책을 따르기로 하고, 일면 사람을 시켜 서황에게 싸움을 독촉하고 또 한편으로는, 직접 대병을 이끌고 조인을 구하기 위해 낙양의 남쪽 양륙파로 진출하기로 하였다.

한편, 서황은 장막에 앉아 있는데, 갑자기 위왕의 사자가 이르거늘 서황이 불러들여 물었다.

사자가 말하기를,

"지금 위왕께서 군사들을 이끄시고 벌써 낙양을 지나셨습니다. 장

군께서 관공과 빨리 싸우셔서 번성의 포위망을 풀라고 하셨습니다."

하고 말하고 있는데, 탐마가 와서 보고하기를

"관평이 언성(偃城)에 군사들을 주둔시키고 요화는 사총(四冢)에 둔치고 있으면서, 전후 12개의 영채 사이에 연락이 끊이지 않고 있다 합니다."

한다. 서황은 곧 부장 서상(徐商) 여건과 의논하여, 거짓 서황의 기를 꽂게 하고 앞에 나가 언성의 관평과 싸우게 하였다. 서황은 직접 정예병 5백을 이끌고 면수를 돌아서 언성의 후미를 엄습하기로 하였다.

이때, 관평은 서황이 직접 군사들을 이끌고 왔다는 소식을 듣고 본부병들을 이끌고 나가 싸웠다. 양편에서 둥글게 대치하자 관평이 나가서 서상과 싸웠다. 싸움이 3합이 못 되자 서상이 크게 패하여 달아나자, 여건이 나가 싸웠으나 5, 6합 만에 패주하였다. 관평은 승세를 타고 20여 리까지 추살하는데, 갑자기 성 안에서 불길이 치솟았다. 관평은 그제서야 계책 중에 든 것을 알고 급히 군사들을 돌려 언성을 구하려 하는데, 일표군이 늘어서며 맞닥뜨렸다. 서황이 말을 타고 문기 아래 서서, 큰 소리로 말하되

"관평 현질아, 네 죽을 줄을 알지 못하느냐! 형주는 이미 동오에게 빼앗겼는데 그래도 여기서 반항하느냐!"

하거늘, 관평이 크게 노하여 말을 몰아 칼을 휘두르며 직접 서황을 취하려 한다. 싸움이 3, 4합이 못 되었는데 삼군이 함성을 지르며 언성 쪽에서 불길이 크게 일었다. 관평은 더 이상 싸울 마음이 없어 큰길로 짓쳐 나가 곧장 사총의 영채로 달아났다. 요화가 나와,

"사람들이 말하기를 형주가 벌써 여몽의 수중에 들어가서 군사들이 모두 놀라고 당황해 한다는데, 이 일이 어찌된 것입니까?"

하거늘, 관평이 또 말하기를

"이는 필시 와전된 일일 것이오. 군사들 중에서 이 일을 다시 말하는 자는 참하시오."

하였다. 갑자기 유성마가 당도하여 서황이 병사들을 거느리고 정북제 1둔을 공격하러 온다고 보고하였다.

관평이 말하기를,

"만약에 제 1둔을 잃게 된다면, 여러 영채들이 어찌 편안할 수 있겠소이까? 여기는 면수에 의지하고 있어서 적병들이 여기까지는 오지 못할 것이외다. 나와 장군이 같이 가서 제 1둔을 구하십시다."

하니, 요화는 부장을 불러서

"너희들은 굳게 영채를 지키거라. 도적이 이르거든 곧 불을 올려라."

하니, 부장이 묻기를

"사총채는 녹각이 여러 겹으로 둘러 있어서, 비록 나는 새라 하더라도 들어오지 못할 것입니다. 어찌 적병들을 걱정하십니까?"

한다.

이에 관평과 요화는 사총채의 정예병을 모두 이끌고 제 1둔으로 달려갔다. 관평은 위병들이 나즈막한 산에 군사들을 주둔시키고 있는 것을 보고, 요화에게 권유하기를

"서황의 둔병은 지리의 유리함을 얻지 못하고 있으니, 오늘 밤에 병사들을 이끌고 가 겁채하십시다."

하니, 요화가 말하기를

"장군께서 군사들을 반으로 나누어 먼저 가시면, 제가 영채를 지키겠소이다."

한다.

그날 밤 관평은 일지군을 이끌고 위군의 영채를 겁략하였으나 한 사람도 보이지 않았다. 관평이 그때서야 계책에 든 줄 알고 급히 퇴각

하려 하자, 왼편에서 서상이 오른편에서는 여건이 나오며, 양쪽에서 협공을 하였다.

관평은 대패하고 영채에 돌아오니, 위병이 승세를 타고 짓쳐 와 사방을 에워쌌다. 관평과 요화는 견디지 못하고 제 1둔을 버리고 곧장 사총채로 갔다. 멀리서 보니 영채에서 불길이 치솟고 있었다. 급히 영채에 도착해 보니 모두가 위군의 깃발뿐이었다. 관평 등이 병사들을 물려 급히 번성의 큰 길로 달아났다. 그때 전면에서 한 떼의 군사들이 길을 막고 나섰다. 앞에 선 대장은 서황이었다. 관평과 요화 두 사람은 힘을 내어 죽기로써 싸우다가 길을 터서 달아나 곧장 대채로 돌아와서, 관공을 뵙고 보고한다.

"지금 서황이 언성 등지를 빼앗고, 또 조조의 대군이 세 길로 나누어 번성을 구하러 오고 있습니다. 또 소문에 의하면 형주가 이미 여몽의 손에 들어갔다 합니다."

하자, 관공이 소리치기를

"이는 적들이 퍼트린 계략이며 이로써 우리 군사들의 마음을 어지럽히는 게야! 동오의 여몽은 병이 위중해서 어린애 같은 육손이 저를 대신해 왔는데, 그는 염려할 바가 못 되는 놈이야!"

한다.

말이 끝나기 무섭게, 문득 서황의 군사들이 왔다고 보고한다. 관공은 말을 준비시켰다.

관평이 간하기를,

"아버님은 아직 상처가 다 낫지 않으셨는데, 어찌 적과 싸우시겠습니까!"

하자, 관공이 말하기를

"서황과 나는 전부터 아는 사이이다. 내 그의 능력을 잘 알고 있으니 만약에 제가 물러가지 않는다면 내 먼저 저의 목을 베겠다. 그래서 위나라 장수들에게 경각심을 주겠다."

하고는, 마침내 갑옷을 입고 칼을 들고 말에 올라 분연히 나갔다. 위군이 관공을 보고 놀라고 두려워하지 않는 자가 없었다.

관공이 말을 세우며 묻기를,

"서공은 어디에 있소?"

하자, 위나라 영문기가 꽂혀 있는 곳에서 서황이 말을 타고 나왔다. 서황이 말 위에서 몸을 굽히며,[2]

"군후와 헤어진 이후로 벌써 몇 년이 흘렀습니다.[3] 군후께선 머리와 수염이 희어졌으리라곤 생각지 못했습니다. 지난 장년 시절에 많은 가르침을 받았던 일을 생각하니 감사한 마음 잊지 못하겠습니다. 오늘 군후의 영웅된 용모가 화하를 진동시키고 있습니다. 사람들에게 듣고 감탄을 금치 못하고 있습니다! 이에 다행히도 뵈오니 심히 위로가 됩니다."

하거늘, 관공이 말하기를

"나와 공이 교분이 두터운 것을 다른 사람에 비할 바가 아닌데, 오늘 어찌해서 내 아이를 궁지에 몰아넣는 게요?"

한다. 서황이 여러 장수들을 돌아보며 꾸짖는 소리로 외치기를,

"운장의 수급을 취하는 자에겐 천금의 중상을 내리겠다!"

하거늘, 관공이 놀라며

---

2) **몸을 굽히며[欠身]** : 상대에게 경의를 표하기 위하여 몸을 굽힘. 「흠신답례」 (欠伸答禮). [紅樓夢 第七回]「**欠身**道謝」.

3) **벌써 몇 년이 흘렀습니다[倏忽]** : 매우 빠름의 뜻으로 '홀홀'의 원말임. [漢書 揚雄傳 甘泉賦]「雷鬱律而巖突兮 電**倏忽**於牆藩 (注) 師古日 **倏忽**雷光也」. [戰國策 楚策]「**倏忽**之間 墜於公子之手」.

"공은 어찌해서 이런 말을 하는가?"

한다.

서황이 묻기를,

"오늘은 나라의 중요한 일입니다. 제가 어찌 감히 사사로운 일로 하여 공적인 일을 해칠 수 있겠습니까?"

하고 말을 마치자, 큰 도끼[大斧]를 들고 곧장 관공에게 달려들었다. 관공은 노하여 또한 칼을 휘두르며 저를 맞는다. 싸움이 80여 합에 이르렀다. 관공은 비록 무예가 절륜하나4) 오른쪽 팔에 힘이 없었다. 관평은 실수가 있을까 걱정되어 급히 징을 쳤다. 관공이 말을 돌려 영채로 돌아오니 갑자기 사방에서 울리는 함성이 들렸다.

원래 이는 번성의 조인이 조조가 구원병을 이끌고 오는 것을 보고 군사들을 이끌고 성 밖까지 짓쳐 나온 것으로, 서황과 만나서 양쪽에서 협공을 하였기 때문이었다. 형주의 군사들은 큰 혼란에 빠졌다. 관공은 말에 올라 여러 장수들을 이끌고 양강의 상류 쪽으로 황급히 달아났다. 그 뒤를 위병들이 추격해 오고 관공은 급히 양강을 건너 양양을 바라고 달렸다.

그때 홀연 유성마가 이르러,

"형주는 이미 여몽에게 넘어갔고 가솔들은 다 잡혀 있습니다."

하거늘, 관공이 크게 놀라 양양으로 가지 못하고 병사들을 이끌고 공안으로 달렸다. 바로 그때 탐마가 와서 보고한다.

"공안의 사인이 이미 동오에 항복하였습니다."

하거늘, 관공이 크게 노하였다.

문득 군량을 재촉하러 갔던 사람이 돌아와,

---

4) 절륜(絕倫) : 아주 두드러지고 뛰어남. 출중(出衆)함. [漢書 匡衡傳]「紀學絕倫」. [漢書 揚雄傳]「桓譚以爲絕倫」.

"공안의 부사인이 남군으로 가서 사신으로 갔던 사람을 죽이고, 미방을 불러 함께 동오에 항복하였습니다."

한다.

관공은 그 말을 듣고 노기가 치받쳤고 동시에 상처가 터져 땅에 쓰러졌다. 여러 장수들이 구호해서 겨우 깨어나, 관공은 사마 왕보를 돌아보며

"족하의 말을 듣지 않았던 일이 후회되오. 오늘의 이 결과는 그 일로 인함이외다."

하며, 다시 묻기를

"강 연안의 봉화대에선 어찌하여 불이 오르지 않았는가?"

하니, 탐마가 말하기를

"여몽이 수군에게 모두 흰 옷을 입히고 상인으로 꾸며 강을 건넜답니다. 그리고 정예병들을 큰 배에 매복시켰다가 먼저 봉화대를 지키던 군사들을 생포했기 때문에 봉홧불이 오르지 않았답니다."

관공이 발을 구르며 탄식하기를,

"내가 간적 무리들의 계책에 빠지다니! 무슨 낯으로 형님을 뵈올꼬!"

한다.

그때 관량도독 조루가 재촉하며 말하기를,

"지금 일이 급합니다! 한편으로는 사람을 성도에 보내 구원을 청하고, 한편으로는 육로를 따라 형주를 취하여야 합니다."

하거늘, 관공의 그의 말대로 마량과 이적에게 편지 3통을 주어 밤을 도와 성도에 가서 구원을 청하게 하였다.

또 한편 군사들을 이끌고 형주를 취하러 갔다. 관공은 친히 전대를 거느리고 앞에 서고 요화와 관평에게는 뒤를 끊게 하였다.

한편, 번성의 포위망이 풀리자 조인은 여러 장수들을 데리고 가서 조조를 뵈었다. 울며 땅에 엎드려 죄를 청하니, 조조가 말하기를

"이는 천수이지5) 너희들의 죄가 아니다."

하고, 삼군을 중상하고 친히 사총채에 이르러 주위를 둘러보고 장수들에게 말하기를,

"형주의 군사들은 해자를 깊이 파고 녹각을 여러 겹으로 둘렀는데,6) 서공명은 용케도 그 속에 들어가서 모두 점령하였구려. 내 30여 년간 용병을 하였으나, 감히 군사들을 멀리 몰아 곧장 포위한 적진으로 들어가지 못하였소이다. 공명은 참으로 간담이 크고 식견이 뛰어나오!"

하자, 모든 장수들이 다 탄복하였다.

조조는 군사들을 마파(摩陂)로 돌려서 진을 쳤다. 서황의 병사들이 이르자 조조는 직접 영채에서 나가 저를 맞이하였다. 서황의 군사들은 다 대오를 이루고 행진하며 전혀 착란함이 없었다.

조조는 크게 기뻐하며,

"서장군은 참으로 주아부의7) 풍모를 지녔소이다."

---

5) 천수(天數) : 천명·천운. [書經 周書篇 君奭] 「不知**天命**不易 天難諶 乃其墜命」. [中庸 首章] 「**天命**之謂性 率性之謂道」. [論語 爲政篇] 「子曰 吾十有五 而志于學…… 五十而知**天命**」.

6) 녹각을 여러 겹으로 둘렀는데[鹿角數重] : 나뭇가지나 나무토막을 사슴뿔처럼 얼기설기 놓거나 쌓음. 적을 막는 장애물을 여러 겹으로 설치함. 「녹각」. [諸葛亮 軍令] 「敵已來進持**鹿角** 兵悉卻在連衝後 敵已附**鹿角**裏 兵但得進踞 以矛戟刺之」. [南史 韋叡傳] 「夜掘長塹 樹**鹿角**爲城」.

7) 주아부(周亞夫) : 전한(前漢) 때 사람으로 문제(文帝)가 '진장군(眞將軍)'이라 하였음. 문제 때 흉노의 침입을 물리치고 경제(景帝) 때는 오·초 7국의 변방을 평정하는 등 공로가 많았으나, 모함을 받고 5일 동안 물 한 모금 마시지 않다가 죽음. [中國人名] 「漢 勃子 封條候 文帝時匈奴大入寇 **亞夫**爲將軍 屯

하고, 드디어 서황을 봉하여 평남장군으로 삼았다.

또, 하후상과 함께 양양을 지키면서 관공의 군사들을 막게 하였다. 조조는 형주를 평정하지 못했기 때문에, 마파에 군사들을 둔치고 소식을 기다리기로 하였다.

한편, 관공은 형주로 가는 길에서 진퇴양난에 빠져서,8) 조루에게 말하기를

"지금 눈 앞에는 오나라의 군사들이 있고 뒤에는 위병이 있소이다. 그런데 나는 그 가운데 있는데 구원병은 오지 않고 있는 형편이니, 이를 어찌하면 좋소?"

하니, 조루가 말하기를

"전날에 여몽이 육구에 있을 때에, 일찍이 군후께 글월을 올려 양가가 좋은 약속을 해서 함께 도적을 치자 하였습니다. 오늘 갑자기 조조를 도와 우리를 습격하고 있으니, 이는 맹세를 저 버리는 일입니다. 군후께서는 잠시 이곳에 머물고 계십시오. 그리고 사람을 여몽에게 보내 그를 꾸짖으면서, 저가 어찌 대답하는가 보시지요."

하거늘, 관공이 그 말대로 편지를 닦아 사신을 형주로 보냈다.

한편, 여몽은 형주에 있으면서 영을 전하였다. 무릇 형주의 여러 군에서 관공을 따라 출정한 병사들의 집에는 오병이 함부로 들어가지 못하게 할 것이며, 직분에 따라 양곡을 주고 또 병자가 있으면 의원을

細柳 帝自勞軍 不得入……景帝時吳楚反 拜太尉 擊吳楚 大破之拜丞相……上變告 事連**亞夫** 入之壬尉 不食五日嘔血死」.

8) **진퇴양난에 빠져서[進退無路]**: 이러지도 저러지도 못함. [左傳 僖公十五年]「慶鄭曰 今乘異座 以從戎事 **進退不可** 周旋不能」. 「진퇴유곡」(進退維谷). 앞으로 나아가지도 못하고 뒤로 물러서지도 못하여 어찌할 수 없음. [詩經 大雅篇 蕩桑]「人亦有言 **進退維谷**」. [董仲舒 士不遇賦]「雖日三省於吾身兮 猶懷**進退**之惟谷」.

보내서 치료하게 하라 하였다. 병사들의 집에서는 그 은혜에 감격하여 안심하고 동요하지 않았다.

홀연 관공의 사자가 이르자 여몽은 성곽에서 나가 영접해 성으로 들였다. 인사가 끝나자 사자가 편지를 여몽에게 바쳤다.

여몽이 보고나서 사자에게 이르기를,

"내가 전날에 관장군과 좋은 인연을 맺었는데, 그것은 나 개인의 일이고 이번 일은 명을 받들어 하는 일이라 멋대로 할 수 없다오. 번거롭겠지만 부디 돌아가서 잘 말씀드려 주시오."

하고, 사자를 환대하며 관사에 가서 편히 쉬게 하였다. 이에 관공을 따라 출정한 장수와 병사들의 집에서는 모두 관사로 와서 안부를 물었다. 저들 중에는 편지를 부탁하는 사람도 있고, 말로 소식을 전하는 사람도 있었다. 저들은 다 같이 집안에는 다 무고하고 의식은 군색하지 않다고 하였다. 사자가 여몽과 헤어져 떠나려 하니 여몽은 직접 성 밖까지 나와 전송하였다. 사자가 돌아와 관공을 뵙고 여몽에 관한 이야기와, 형주서의 이야기도 아울러 자세히 하였다.

그리고 군후의 가족과9) 여러 장수들의 가솔들이 모두 무고하다며 의식의 공급이 부족하지 않다고 말하였다. 관공이 크게 노하며,

"이는 간적의 계책이다! 내 살아서 이 도적놈을 죽이지 못한다면, 죽어서라도 반드시 놈을 죽여 내 한을 풀겠다!"

하며, 사자에게 물러가라 하였다.

사자가 영채에서 나가자 여러 장수들이 다 집안 일에 관해 물었다. 사자는 각자들 집이 잘 있고 여몽장군이 극진하게 보살피고 있다고 전하며, 아울러 집안의 서신을 각 장수들에게 주었다. 각 장수들이 기

---

9) 가족[寶眷] : 식솔(食率). [楊愼 升庵外集]「眷 一作婘 徐俳尺牘 玉婘尊稱均慶 今稱人之眷屬曰 寶眷本此」.

뼈하며 모두가 싸울 마음이 없어지고 말았다.

관공은 군사들을 이끌고 형주를 취하러 가는데, 군사들 중에 여러 사람이 형주로 도망갔다. 관공이 더욱 노하여 군사들을 재촉하며 전진하였다. 갑자기 함성이 크게 떨치더니 한 떼의 군사들이 나서며 길을 막았다. 보니 앞선 장수는 장흠이었다.

말을 멈추고 창을 꼬나쥐며, 큰 소리로 말하기를

"운장은 어찌하여 빨리 항복하지 않느냐!"

한다.

운장이 저를 꾸짖으며,

"나는 한나라의 장수이다. 어찌해서 도적에게 항복한다는 말이냐!"

하며, 말을 박차고 칼을 휘두르며 곧장 장흠을 취하였다. 싸움이 채 3합이 못 되어 장흠이 패주하였다. 관공이 칼을 휘두르며 20여 리까지 추살하는데 갑자기 함성이 일었다. 왼편의 산골짜기에선 한당이 군사들을 거느리고 나오고, 오른쪽 산골짜기에선 주태가 나오며 충돌하였다. 패주하던 장흠도 말을 돌려 다시 싸워 3로에서 공격해 왔다.

관공은 급히 군사들을 거두어 달아났다. 그렇게 달아나기를 몇 리를 못하였는데, 남산 언덕에 많은 사람들이 모여 있었다. 한편에선 백기가 바람에 날리고 그 깃발에 '형주토인'(荊州土人)이라고 넉 자만 쓰여 있었다.

사람들이 함께 소리치기를,

"본처 사람은 속히 투항하거라!"

한다. 관공이 크게 노하며 산 위로 올라가 저들을 죽이려 하였다. 그러자 산굽이 저편에서 또 두 장수가 뛰쳐나오는데, 왼쪽은 정봉·오른쪽에선 서성이었다. 그들은 장흠 등과 함께 3로의 군마들이 합세하였다. 저들이 외치는 소리가 진동하고 고각 소리가 하늘에 퍼지며 관공이 포위되었다. 관우 수하의 군사들은 점점 줄어들고 있었다. 황혼 무렵이 되어 관공이 사방 산을 돌아보니 모두가 형주의 토병들인데, 형과 동생들을 부르고 아들과 아비를 찾는 소리가 끊이지 않았다. 군사들은 마음이 변하여 다 부르는 소리에 화답하며 가버렸다.

관공은 말리려 하였으나 어찌할 수가 없었다. 종국에 관공을 따르는 자는 3백여 명뿐이었다. 그대로 3경까지 싸우는데 동쪽에서 함성 소리가 이어지더니, 관평과 요화가 양쪽에서 겹겹이 에워싼 포위 속을 뚫고 와서 관공을 구하였다. 관평이 아뢰기를,

"군사들의 마음이 매우 어지럽습니다. 필시 성지로 가서 주둔시키고 원병을 기다려야 합니다. 맥성(麥城)은 비록 작은 성이지만 군사들을 주둔시킬 만합니다."

하거늘, 관공이 그 말을 따라 진군을 재촉하여 먼저 맥성에 이르러, 군사들을 나누어 4대문을 지키게 하고 장수들과 의논하였다.

조루가 말하기를,

"이곳은 상용(上庸)과 아주 가깝습니다. 지금 유봉과 맹달이 거기를 지키고 있사오니, 빨리 사람을 보내서 구원병을 청하시지요. 만일 저들이 일지군마를 보내 일제히 접응해 준다면 서천병이 올 때까지 기다릴 수 있을 터이며, 군심은 저절로 가라앉을 것입니다."

하였다. 이렇듯 의논하고 있는데, 문득 오병이 이미 성 주위를 에워싸고 있다는 보고가 들어왔다. 관공이 묻기를,

"누가 나가서 포위망을 뚫고 상용에 가서 구원병을 청하겠소?"

하니, 요화가 말하기를

"제가 가겠습니다."

하거늘, 관평이 나서면서 말하기를

"내가 장군이 빠져나가도록 호위하겠소이다."

하였다. 관공은 즉시 글을 닦아 요화에게 부탁하니 요화는 편지를 품에 감추고, 배불리 먹고는 말에 올라 성문을 열고 나갔다. 그때 길을 막고 있는 오나라 장수 정봉과 마주쳤다. 관평은 힘을 다해 짓쳐 나가매 정봉은 패하여 달아났다. 요화는 그 틈을 타서 포위망을 뚫고 나가 상용으로 갔다. 관평은 성에 돌아와서 지키며 나가지 않았다.

이때, 유봉과 맹달이 상용을 취하러 진격하니 태수 신탐이 군사들을 이끌고 항복해 왔다. 그로 인해 한중왕은 유봉에게 작위를 더하여 부장군을 삼고, 맹달과 함께 상용을 지키라 하였다. 그날 관공의 패전 소식을 듣고 두 사람이 의논하고 있던 차에, 갑자기 요화가 왔다는 보고가 들어왔다. 유봉은 저를 청하여 들여 온 까닭을 물었다.

요화가 대답하기를

"관공께서 싸움에 패하여 맥성에서 아주 곤경에 처해 있으며, 포위되어 아주 위급하십니다. 촉나라에서 구원병이 당장 올 수도 없는 처지입니다. 그래서 저에게 포위망을 뚫고 나가서 원병을 청하라 하셔서 온 것입니다. 두 장군께서 속히 병사들을 일으켜서 이 위기를 구해 주셔야겠습니다. 조금이라도 늦어지면 공이 위급해질 것입니다."

하니, 유봉이 말하기를

"장군께서는 좀 쉬시지요. 우리가 계책을 짜겠습니다."

하였다. 요화는 역관에 가서 편안히 쉬면서도 오직 발병하겠다는 소식만을 기다렸다.

유봉이 맹달에게 묻기를,

"숙부께서 곤경에 처하셨다니 이를 어찌하면 좋겠소이까?"

하니, 맹달이 묻기를

"동오의 병사들은 정예병이며 용감합니다. 또 형주 9군이 다 복속되었으며, 맥성만 남아 있으니 아주 작은 곳입니다.10) 게다가 들으니 조조가 직접 대군 4, 50만을 이끌고 마파에 주둔하고 있는 처지인데, 이 산성의 군사들로서 어찌 능히 양가(兩家)의 강병을 대적할 수 있겠소? 경거망동해서는 아니 됩니다.”

한다.

유봉이 다시 묻는다.

“나 또한 알고 있소이다. 어찌되었거나 관공은 나의 숙부이십니다. 어찌 차마 앉아만 있으면서 구하지 않을 수 있겠소이까?”

한다.

맹달이 웃으면서 말하기를,

“장군께서는 관공이 숙부이시지만, 두렵건대 관공께서는 장군을 반드시 조카로 여기지는 않을 겝니다. 제가 듣기로는 한중왕은 처음에 장군을 양자로 정하고자 하셨을 때에 관공은 기뻐하지 않으셨답니다. 후에 한중왕이 오르시고 나서 후사를 세우고자 하셨을 때에도 공명에게 물으니, 공명이 ‘이는 집안 일입니다. 관공과 장비에게 물어보시지요.’ 하니, 한중왕께서 사람을 보내서 물었더니, 관공은 장군이 양자이기 때문에[11] 세우는 것이 옳지 않다 하였답니다.

그리고 한중왕에게 장군을 먼 상용 산성에 보내기를 권하며 후환을 없이하라 하였답니다. 이 일을 사람들이 다 알고 있는데, 장군은 어찌

---

10) 아주 작은 곳입니다[彈丸之地] : 적에게 싸여 공격의 대상이 되는 썩 좁은 땅. [戰國策 秦策]「誠不知秦力之所至 此**彈丸之地**猶不子也」. [史記 虞卿傳]「趙郝曰……誠知秦力之所不能進 此**彈丸之地**弗子」.

11) 양자이기 때문에[螟蛉之子] : 양자·양아들. 과방(過房). [朱子言行錄]「曾無子 欲令弟子**過房**」. [幼學須知]「已無子 揮同宗昭穆相應之人繼之 謂之**過房**」. 「명령유자 과라부지(螟蛉有子 蜾蠃負之)」는 ‘이성(異姓)에게 양자 가는 일’을 말함. [詩經 小雅篇 小宛]「**螟蛉有子 蜾蠃負之** 敎誨爾子 式穀似之」. [法言]「**螟蛉之子**殪而逢**蜾蠃**祝之曰 類我類我久則肖之」.

도리어 모르고 있소이까? 어찌 오늘날 숙질간의 관계만 생각해서 위험을 무릅쓰려 하고 계시오?"

하니, 유봉이 묻기를

"공의 말이 바로 옳지만 무슨 말로써 그 청을 물리치겠소이까?"

하거늘, 맹달이 말한다.

"이 산성은 항복 받은 지 얼마 되지 않아서 민심이 안정되지 않아 감히 흥병할 수 없습니다. 흥병하다가는 성을 지키기 어려울 수도 있습니다.' 하시면 될 것입니다."

유봉은 그의 말대로 말하기로 하고, 다음날 요화가 원병을 청하자,

"이 산성은 이제 막 얻은 곳이기 때문에 군사들을 나누어 구원하러 갈 수가 없소이다."

한다.

요화가 크게 놀라서 머리를 조아리며,

"만약에 이렇게 되면 관공께서는 돌아가시고 말 것입니다!"

한다.

맹달이 권하기를,

"내가 지금 곧 원병을 내어 구하러 간다 해도, 한 잔의 물로써 어찌 수레의 섶에 붙은 불을 끌 수 있겠소?[12] 장군께서는 속히 돌아가셔서 촉병이 이르기를 기다리시구려."

한다. 요화가 크게 울며 구원을 청하였으나 유봉과 맹달은 소매를 떨

---

12) 한 잔의 물로써 어찌 수레의 섶에 붙은 불을 끌 수 있겠소 : 원문은 '**一盃之水 安能救一車薪之火乎**'로 되어 있으며, 이를 '접시물로(작은 양의 물을 가지고) 화톳불(크게 일어나는 불)을 끌 수 있겠소'로 번역할 수도 있음. [孟子 告子篇 上]「仁之勝不仁也 猶水勝火 今之爲仁者 猶以**一杯水 救一車薪之火也**」. [杜甫 不見詩]「敏捷詩千首 飄零酒一杯」.

치고 들어갔다.

요화는 일이 잘못되었음을 알고 한중왕에게 원병을 청해야겠다고 생각하고, 드디어 말에 올라 큰 소리로 꾸짖으며 성을 나와 성도를 향해 떠났다.

한편, 관공은 맥성에서 상용에서 구원병이 오기만을 눈이 빠지게 기다리고 있었으나, 아무런 움직임도 없었다. 수하에는 단지 5, 6백 정도만 남아 있었고, 게다가 거의가 다 부상을 입고 있었다. 또한 성 중에는 군량이 떨어져 심히 어려운 처지였다. 그때 문득 성 아래 한 사람이 와서 활을 쏘지 말라 하며, 군후를 뵙겠다고 말한다는 보고가 들어왔다. 관공은 그를 불러들이게 하고 물으니, 저는 제갈근이었다. 인사가 끝나고 차를 마시고 나서 근이 말하기를,

"이제 오후의 명을 받고 장군을 설유(說諭)하러 왔습니다. 옛말에 이르기를 '현실을 아는 자가 뛰어난 영웅'이라 했습니다. 이제 장군께서 한나라 9군을 통합하시고 그들을 다 복속시켰습니다. 단지 한 성만 남았을 뿐인데, 안으로는 군량이 떨어지고 밖으로는 원병이 없어 위험이 조석에 있는 형편입니다. 장군께선 어찌 제 말을 따르려 하지 않으십니까. 오후에게 귀순하셨다가 다시 형양을 차지하시면, 가솔들을 보전하실 수 있습니다. 그렇게만 되면 다행일 터이니 군후께서는 숙고하시기 바랍니다."

한다.

관공이 정색을 하며 말하기를,

"나는 해량(解良) 땅의 일개 무부였지만, 우리 주군께서는 수족과 같이 대해 주셨소. 어찌 의리를 배반하고 적국에 투항하겠소? 나는 성이 깨지면 죽을 따름이오. 옥은 깨뜨릴 수는 있으나 흰 빛깔을 바꿀 수 없는 것이고,[13] 대나무는 불에 탈지언정 그 마디를 굽힐 수는 없

는 법이오. 몸은 비록 죽더라고 그 이름은 길이 역사에 남는 법이외다.14) 그대는 더 이상 말하지 말고 속히 성을 떠나 주시구려. 나는 손권과 일전을 하려 하오!"

한다.

제갈근이 묻기를,

"오후께서는 군후와 함께 진진의 의를15) 맺어 조조를 깨뜨리고, 함께 한실을 지탱하려 할 뿐 다른 생각은 없습니다. 그런데 군후께서는 어찌 이토록 고집을 부리십니까?"

하자, 관평이 칼을 뽑아 제갈근을 참하려 한다.

관공이 이를 제지하면서,

"저의 아우 공명이 촉나라에 있으면서 네 백부님을 돕고 있다. 지금 저를 죽이면 형제간의 의를 상하게 될 것이다."

하고는, 마침내 좌우에게 일러 제갈근을 쫓아내게 하였다. 제갈근은 얼굴에 부끄러움을 띠고 말에 올라 성을 나갔다.

돌아가 오후를 뵙고 말하기를,

"관공의 마음은 철석과 같아서16) 설득이 불가능합니다."

---

13) 옥은 깨뜨릴 수는 있으나 흰 빛깔을 바꿀 수 없는 것이고[玉可碎而不可改其白] : 옥은 깨뜨릴 수는 있으나 그 흰 빛깔을 바꿀 수는 없음. 원문에도 '玉可碎而不可改其白'으로 되어 있음.

14) 그 이름은 길이 역사에 남는 법이외다[名垂竹帛] : 이름이 역사에 길이 빛남. '죽백'은 옛날 종이가 없어 죽간(竹簡)이나 회백(繪帛)에 글씨를 쓴데서 온 말임. 「竹帛 : 書册·歷史」의 뜻으로 쓰임. [淮南子 本經訓]「著於竹帛 鏤於金石 可傳於人者 其粗也」. [後漢書 鄧禹傳]「垂功名于竹帛耳」.

15) 진진의 의[秦晉之好] : 진진지의(秦晉之誼). 춘추시대 진과 진, 두 나라가 서로 사돈을 맺었기 때문에 그 뒤부터 '혼인한 두 집 사이의 가까운 정의'를 이르게 되었음. [左氏 僖二十三]「怒曰 秦晉匹也 何人以卑我 (注) 匹敵也」. [蔣防 霍小玉傳]「然後妙選高門以求秦晉」.

하니, 손권이 묻기를

"진짜 충신이로구나! 일이 이렇게 되었으니 어찌하면 좋을꼬?"

한다.

여범이 대답한다.

"제가 길흉을 점쳐 보겠습니다."

하거늘, 손권이 곧 그에게 점을 치게[17] 하였다. 여범이 괘를 잡으니 이에 '지수사괘'라[18] 또, 현무가 있어 응하니 원수가 멀리 달아난다는 의미의 괘가 나왔다.

손권이 여몽에게,

"점괘에서 적이 멀리 달아난다 하였으니, 경은 무슨 계책으로써 저를 생포하려 하오."

하매, 여몽이 웃으며 말하기를

"점괘가 정말 제가 계획한 바와 같습니다. 관공이 비록 하늘을 나는 날개가 있다 하나, 나의 그물을 빠져나가지는 못할 것입니다!"[19]

한다.

---

16) 마음은 철석과 같아서[如心鐵石] : 마음을 쇠나 돌처럼 단단히 먹음. 「철심석장」(鐵心石腸). [蘇軾 與李公擇書]「僕本以鐵心石腸待公」. [三國志 魏志 文帝紀]「(注) 領長史王必忠能勤事 心如鐵石」.

17) 점을 치게[蓍草] : 서죽(筮竹). 톱풀. 뺑쑥이라고도 하는 엉거시과에 딸린 다년초인데 잎과 줄기는 먹거나 약재로 쓰임. 서죽(筮竹)·시초(蓍草)라 하여 점 치는데 쓰였음. [劉禹錫 和蘇十郎中閒居時嚴常侍等同過訪詩]「菱花照後容雖改 蓍草占來命已通」.

18) 지수사괘(地水師卦) : 주역 64괘의 하나. 곤괘(坤卦)와 감괘(坎卦)가 거듭된 것으로 '땅 속에 물이 있음'(地中有水)을 상징함. [易經 地水師]「象 地中有水師 君子以容民畜衆」.

19) 나의 그물을 빠져나가지는 못할 것입니다! : 원문에는 '關公雖有沖天之翼 飛不出吾羅網矣'로 되어있음. [後漢書 皇后 鄧皇后紀]「能束脩不觸羅網」. [杜甫 夢李白詩]「今君在羅網何以有羽翼」.

이에,

　용이 구렁텅이에서 노니 새우가 희학질을 하고
　봉황이 우리에 드니 잡새들이 속이려 하는구나.
　　龍遊溝壑遭蝦戲
　　鳳入牢籠被鳥欺.

필경에 여몽의 계책이란 어떤 것일까. 하회를 보라.

제77회

옥천산에서 관공은 현성하고
낙양성에서 조조는 감신을 하다.
　玉泉山關公顯聖
　洛陽城曹操感神.

　한편, 손권은 여몽에게 계책을 물었다.

　여몽이 말하기를,

　"내 생각에 관우는 병사가 적으니 필시 대로로 가지는 않을 것입니다. 맥성은 북쪽에 험준한 길이 있으니 틀림없이 이 길을 따라 갈 것입니다. 그러하니 주연(朱然)이 정예 군사 5천 명만 이끌고 맥성의 북쪽 20리쯤에 매복하였다가 저가 이르면 싸우질 말고 그 뒤를 따라 엄습하면, 저들은 싸울 마음이 없으니 필시 임저(臨沮)로 달아날 것입니다.

　그때, 반장에게 명하여 정병 5백을 이끌고 임저의 산골짜기 소로에 매복해 있으면, 관우를 잡을 수 있을 것입니다. 지금 장수들을 보내어 각 성을 치되, 북문만 비어 두어 저로 하여금 달아나게 하시면 됩니다."

　하자, 손권은 그 계책을 듣고 여범에게 명하여 다시금 점을 치게 하였다.

　괘를 보고, 여범이 대답하기를

　"이 괘에는 주적이 서북방으로 도망가는 것인데, 오늘 밤 해시에 틀림없이 사로잡을 수 있을 것입니다."

　한다. 손권이 크게 기뻐서, 마침내 주연과 반장 두 장수에게 정예병을 거느리고 각기 군령에 따라 매복하게 하였다.

한편, 관공은 맥성에 있으면서 마보군들을 점고하니 3백여 명이 조금 넘었고, 양초 또한 바닥이 나고 있었다. 이날 밤 성 밖에서 오나라 병사들이 각 군사들의 이름을 부르니, 성을 넘어 가는 자가 매우 많았고 구원병 또한 보이지 않았다.

관공은 심중에 뾰족한 계책이 없어서, 왕보에게 이르기를

"내 지난날 공의 말을 듣지 않았던 일이 두고두고 후회되오이다. 오늘 이 위급한 지경에 이르렀으니, 이 일을 어찌하면 좋겠소?"

하자, 왕보가 울면서

"오늘의 일은 비록 자아가 다시 살아온다 하여도,1) 또한 뚜렷한 계책이 없을 것입니다."

하니, 조루가 묻기를

"상용의 구원병이 오지 않는 것은, 이에 유봉과 맹달이 병사들을 움직이지 않기 때문입니다. 왜 이 외로운 성을 버리지 않고 있습니까. 성을 버리고 서천으로 달려가서 군사들을 재정비하여, 다시 회복할 방법을 도모하지 않으십니까?"

한다.

---

1) 자아가 다시 살아온다 하여도[子牙復生] : 강여상(姜呂尙)이 다시 살아온다 하여도. 「자아」. 여상(呂尙). 주(周)나라의 개국공신인 강자아(姜子牙) 태공망(太公望). 동해 노수(東海老叟)라고도 부름. 주왕(紂王)의 폭정을 피해 위수(渭水)에서 낚시질을 하다가 서백(西伯 : 周文王)을 만나게 되고, 뒤에 은나라를 멸망시키고 천하를 평정하여 제나라[齊相]에 봉함을 받음. [說苑]「呂望年七十 釣于渭渚 三日三夜魚無食者 望卽忿脫其衣冠 上有異人者謂望曰 子姑復釣 必細 其綸芳其餌 徐徐而投 無令魚驚 望如其言 初下得鮒 次得鯉 刺魚腹得素書 又曰 呂望封於齊」. [史記 齊太公世家]「西伯獵 果遇太公於渭水之陽 與語 大說曰 自吾 先君太公曰 當有聖人適周 周以興 子眞是邪 吾太公望子久矣 故號之曰太公望 載 與俱歸 立爲師」.

관공이 대답한다.

"내 또한 그렇게 하려 하오."

하고, 마침내 성에 올라서 보았다. 북문 밖에 적군이 없는 것을 보고 성에 사는 사람들에게 그 까닭을 묻기를,

"북쪽의 이 길로 가면 지세가 어떻냐?"

하니,

"이 길로 가시면 다 산골짜기 좁은 길이며 서천으로 가실 수 있습니다."

하거늘, 관공이 말하기를

"오늘 밤 북쪽 길로 달아나겠소."

하니, 왕보가 권유하기를

"좁은 길에 매복이 있을 것이니 큰 길로 가시지요."

하거늘, 관공이 또 말하기를

"비록 매복이 있다 해도 내 어찌 두려워하겠소이까!"

하고, 곧 명을 내렸다. 마보관군들은 행장을 단속하고 출성할 준비를 하였다.

왕보가 울며 말하기를,

"군후께서 험로에 조심하고 보중(保重)하소서! 저희 부군들 백여 명은 죽기로써 이 성을 지키겠나이다. 비록 성이 깨져도 항복하지 않겠습니다! 오로지 군후께서 속히 오셔서 구원해 주시기만 바랍니다!"

한다. 공도 함께 울며 작별하였다.

마침내 주창과 왕보 등은 맥성을 같이 지키기로 하였다. 관공은 관평·조루 등 잔병 2백여 명을 이끌고 북문을 뚫고 나갔다. 관공은 칼을 빗기 들고 전진하였다. 행군이 초경 이후부터 약 20여 리쯤 갔을 때 산의 울퉁불퉁한 곳에 이르자, 북소리가 일제히 울리고 함성이 진동하며 한 떼의 군사들이 나왔다.

앞선 장수 주연이 말을 몰아 나오며, 창을 꼬나들고 나서며

"운장은 달아나지 말라. 빨리 항복하면 죽음을 면할 수 있을 것이다!"

하거늘, 관공이 크게 노하여 말을 박차고 칼을 휘두르며 나가 싸우려 하자 주연이 곧 달아났다. 공이 그 뒤를 쫓으며 추살하는데, 문득 북소리가 울리더니 사방에서 복병들이 나왔다. 관공은 싸우지 않고 임저로 난 소로로 달아났다. 주연이 군사들을 이끌고 엄살해 왔다. 관공을 따르던 병사들은 점점 줄어드는데 4, 5리를 못 가서는 앞쪽에서 함성이 또 진동하고 불길이 크게 일어나더니, 반장이 말을 몰아 나와 칼을 휘두르며 짓쳐 왔다.

공은 크게 노하여 칼을 휘두르고 나가 맞아 싸웠다. 불과 3합 만에 반장이 달아났으나 공은 싸울 마음이 없어져서 산길로 달아났다. 뒤에서 관평이 급히 쫓아오며 조루가 이미 혼란 중에 죽었다고 보고한다. 관공은 비감하고 당황하여 관평에게 뒤를 끊게 하고 자신은 앞서며 길을 열고 나가는데, 그때 관공을 따르는 병사들은 불과 10여 명뿐이었다. 그들이 결석(決石)에 이르니 양쪽 모두 산이고 산 주위가 다 갈대와 잡초와 수목들로 빽빽하였으며, 때는 5경에 가까워지고 있었다. 막 달아나는 사이에 한 줄기 함성이 일더니 양쪽에서 복병들이 다 나와 긴 갈고리와 올가미를 내어서, 먼저 관공이 타고 있는 말에게 던졌다. 관공이 몸을 뒤채며 말에서 떨어지자 반장의 부장 마충(馬忠)에게 잡히게 되었다.

관평은 아버지가 잡힌 것을 알고 급히 구하러 오다가, 배후의 반장과 주연이 이끄는 병사들이 일제히 이르러 관평을 사방에서 에워싸버렸다. 관평은 혼자서 싸우다가 힘이 다해 또한 잡히고 말았다. 날이 밝자 손권은 관공 부자가 이미 사로잡혔다는 소식을 듣고 크게 기뻐하며, 장수들을 장막에 모이게 하였다.

조금 있자 마충이 관공을 에워싸고 앞에 이르렀다.

손권이 말하기를,

"내 오래전부터 장군의 성덕을 흠모해 왔소이다. 진진의 좋은 관계를 맺고자 하였는데 어찌해서 이를 거절하였소이까? 공은 평소에 천하에 대적할 자가 없다 하더니, 오늘은 어떻게 하여 나에게 사로잡히게 되었소? 장군은 오늘 손권에게 항복하러 돌아오지 않았소이까?"

하니, 관공이 목소리를 높혀 꾸짖기를,

"이 눈이 푸르고 수염이 붉은 쥐새끼 같은 놈아! 내 유황숙과 도원결의를2) 맺고 한실을 일으키기로 맹세하였거늘, 어찌 너와 함께 한나라에 반하는 도적이 되어 나란히 서겠느냐? 내 지금 네 놈의 간계에 들어 죽게 되었거늘 무슨 말이 더 필요하겠느냐?"

한다.

손권이 여러 관료들을 돌아보며,

"운장은 세상의 호걸이라 내 심히 저를 아끼는 바요. 이제 예로써 저를 대하고 저로 하여금 항복을 권고하는 게 어떻소이까?"

하니, 주부 좌함(左咸)이 권유하기를

"아니 됩니다. 전에 조조가 이 사람을 얻었을 때, 후작에 봉하고 관직을 주며 사흘에 한 번씩 작은 잔치를 베풀고 닷새에 한 번씩 큰 잔치를 열어 주었습니다. 게다가 상마(上馬)에 금일봉이요 하마에 은일봉을 주었습니다. 이토록 은의를 베풀었으나 마침내는 머무르지 않았답니다. 게다가 오관참장(五關斬將)하고 돌아갔더니, 오늘날 도리어 핍박하니 조조는 천도까지 생각하며, 저의 날카로움을 피하고자 했습니다. 주공께서는 이미 저를 생포했으니, 만약에 저를 제거하지 않으시

---

2) 도원결의(桃園結義) : 유비·관우·장비 세 사람이 도원에서 의형제를 맺은 일. [中文辭典]「三國蜀 劉備關羽張飛三人結義於桃園也」.

면 후환을 맞게 될 것입니다."

하거늘, 손권이 한참동안 말이 없다가,

"그 말이 옳구나."

하고, 마침내 끌어내라 명하였다. 이에 관공 부자는 다 죽었다.

때는 건안 24년 겨울 12월. 관공은 향년 58세였다.

후세 사람이 그의 죽음을 한탄한 시가 전한다.

한말 재주로는 당할 사람 아무도 없어

관운장만 우뚝하게 출중하였지.

　　漢末才無敵

　　雲長獨出群.

신 같은 그 위의에 무력을 뽐내고

유자의 아취, 또한 학문까지 겸했네.

　　神威能奮武

　　儒雅更知文.

태양 같은 그 마음 거울과 같아

춘추대의에는 구름 한 점 없어라.

　　天日心如鏡

　　春秋義薄雲

찬연한 그 명성 만고에 모범이고

삼국에서는 첫손에 꼽히리라.

　　昭然垂萬古

不止冠三分.

또 이런 시도 있다.

인걸은 오직 옛 해량에서만 나오나니
사람들 다투어 한의 관우에게 배례한다.
　人傑惟追古解良
　士民爭拜漢雲長.

도원에서 어느 날 형과 아우 되었더니
오래도록 나란히 제와 왕이 되었구나.
　桃園一日兄和弟
　俎豆千秋帝與王.

장한 그 의기 풍뇌인들 짝이 될까
높은 뜻 일월 같아 환하게 드리우네.
　氣挾風雷無匹敵
　志垂日月有光芒.

오늘에 관왕묘는 세상에 다 있거니와
고목의 갈가마귀들 어찌 석양만 쫓는가.
　至今廟貌盈天下
　古木寒鴉幾夕陽.

관공이 죽자 그가 타던 적토마는3) 마충에 의해 손권에게 바쳐졌다.

손권은 곧 이 말을 마충에게 타도록 다시 돌려주었다. 그러나 그 말은 며칠 동안 풀을 먹지 않다가 죽었다. 이때, 왕보는 맥성에 있으면서 온 몸이 떨리고 살점이 놀라는 것을 느꼈다.

이에 주창에게 묻기를,

"어젯밤 꿈에 주공께서 온 몸이 피에 젖은 채 앞에 계시거늘 급히 그 까닭을 묻다가 홀연 깼는데, 주공께 무슨 나쁜 일이 생겼는지 알 수가 없소이다."

하고 이야기하고 있는데, 홀연 오나라 군사들이 성 아래에서 관공 부자의 수급을 가지고 와서 항복을 권한다. 왕보와 주창이 크게 놀라서 급히 성 위에 올라가 보니, 틀림없는 관공 부자의 수급이었다. 왕보가 크게 소리를 지르며 성 아래로 떨어져 죽었다. 주창은 스스로 목을 찔러 죽었다.4) 이에 맥성 또한 동오에게 넘어갔다.

한편, 관공의 혼백은 흩어지지 않고 탕탕유유하여5) 한 곳에 이르니, 이곳은 형문주의 당양현 산기슭, 옥천산(玉泉山)이었다. 산 위에서 한 노승이 있었으니 법명이 보정(普靜)이었는데, 원래 사수관(汜水關) 진국

---

3) 적토마(赤兎馬) : 적기(赤驥)・절따말. 관운장(關羽)이 탔다는 준마의 이름인데 하루에 천 리를 달린다 함. 「팔준마」(八駿馬). [辭源]「駿馬名(三國志 呂布傳) 布有良馬曰 **赤兎**」. 「천리마」(千里馬). [戰國策 燕策]「郭隗曰 古之人君 有以千金使涓人求**千里馬**者 馬已死 買其骨五百金而歸云云 朞年**千里馬**至者三」.

4) 스스로 목을 찔러 죽었다[自頸而死] : 스스로 목을 찔러 죽음. 「자문이사」(自刎而死). [戰國策 魏策]「樊於期 偏袒阨腕而進曰 此臣日夜 切齒拊心也 乃今得聞教 遂**自刎**」. [戰國策 燕策]「欲自殺以激 荊軻曰 願足下急過太子 言光已死 明不言也 **自剄而死**」.

5) 탕탕유유(蕩蕩悠悠) : 한가하고 여유가 있으며 순조로움. [紅樓夢 第五回]「**悠悠蕩蕩** 隨了秦氏 至一所在」. 「유유」. [詩經 小雅篇 車攻]「蕭蕭馬鳴 **悠悠旆旌**」. [王勃 滕王閣詩]「閒雲潭影 日**悠悠**」.

사(鎭國寺)의 장로였으나 뒤에 구름처럼 천하를 떠돌다가,6) 이곳에 이
르러 산이 수려하고 물이 맑은 것을 보고는 풀을 묶어 암자를 짓고
매일 좌선참도를 하고 있었다.

　신변에는 단지 한 어린 행자만7) 있어, 밥을 벌기 위해 내보내고 있
었다. 이날 밤은 달이 밝고 바람이 맑았다. 삼경 이후에 보정이 암자에
말없이 앉아 있는데, 문득 공중에서 큰 소리로 말하기를

　"내 머리를 돌려주시오."

하거늘, 보정이 얼굴을 들어 가만히 보니, 공중에서 한 사람이 적토마
를 타고 손에 청룡도를 들고 있었다. 왼쪽에는 흰 얼굴의 장군이 오른
쪽에는 얼굴이 검고 수염이 곱슬곱슬한 사람이 따르고 있었는데, 일
제히 구름 속으로 해서 옥천산 꼭대기로 온다. 보정은 이가 관공인
줄 깨닫고 마침내 손에 있던 주미로8) 지게문을 치며 말하기를,

　"운장은 어디 계시오?"

하고 물으니, 관공의 영혼이 깨닫고 곧 말에서 내려 바람을 타고 암자
앞에 와서, 차수하며9) 묻기를

　"대사는 뉘신지 법호를 말해 주시오."

---

6) **구름처럼 천하를 떠돌다가[雲游天下]** : 천하를 뜬 구름처럼 돌아다니며 놂.
「운유」. [宣和書諧]「豊筋多力 有**雲游**雨驟之勢」. [法書要錄]「張弘飛白飄若**雲遊**」.
7) **행자(行者)** : 출가하였으나 아직 계를 받지 못한 사람. [釋氏要覽 上]「經中多
呼修行人 爲**行者**」. [觀無量壽經]「讀誦大乘 勸進**行者**」.
8) **주미(麈尾)** : 총채・진모(麈毛)・불자(拂子). 주로 고라니와 사슴의 꼬리를
가리키는데 이들의 꼬리털을 먼지털이로 썼기 때문에 그런 용구를 「주미」라
함. [晋書]「唯談老莊爲事 每提玉柄**麈尾** 與手同色」. [白居易 齋居偶作詩]「老翁
持**麈尾** 坐拂手張牀」.
9) **차수(叉手)** : 고대의 예절의 한 가지. 두 손을 가슴 앞에 맞잡고 공경의 뜻
을 나타내는 것을 이름. 본래는 '두 손을 어긋매겨 마주 잡음'의 뜻임. [辭源]
「拱手曰 **叉手**」. [三國志 魏志 諸葛誕傳]「**叉手**屈膝」.

하였다.

　보정이 말하기를,

　"노승은 보정입니다. 전날 사수관 앞 진국사에서 저와 군후께서 서로 만났었는데, 오늘은 어찌해서 잊으셨습니까?"

하니, 관공이 말하기를

　"전에 저를 구해주셨기에 마음에 새겨 잊지 않고 있었습니다. 지금 제가 화를 만나 죽었사오니 저에게 앞길을[10] 가르쳐 주십시오."

하였다.

　보정이 묻기를,

　"지난 일은 그르고 지금은 옳은 것이[11] 아닙니다. 후과와 전인이[12] 피차 어긋나지 않소이다. 이제 장군께서 여몽에게 해를 입어 크게 '내 머리를 돌려주시오' 하시는데, 그렇다면 안양·문추 등 5관의 여섯 장수들과 병사들의 머리는 또 누구에게 찾아야 한단 말입니까?"

한다. 이에 관공이 크게 깨닫고 마침내 귀의하고[13] 돌아갔다. 지금도 이따금 옥천산에 관공이 나타나서 백성들을 보호하니, 그 고을 사람들이 그 덕에 감읍하여 산꼭대기에 사당을 세우고 철마다 제사를 지

---

10) 앞길[迷道] : 어지럽게 갈래가 져 섞갈리기 쉬운 길. [庾肩吾 隴西行]「草合前 迷路 雲濃後暗城」. [白居易 刑部尙書致仕詩]「迷路心迴因向佛 宦途事了是懸車」.

11) 지난 일은 그르고 지금은 옳은 것[昔非今是] : 옛 일은 그르고 지금은 옳다는 뜻. 원문에는 '昔非今是一切休論'으로 되어 있음.

12) 후과와 전인(後果前因) : 인과응보(因果應報). '전생에서 만든 인연이 이생 에서 과보(果報)를 받게 된다'는 불교의 용어임. 「후인」(後因). [雲笈七籤]「念 念生滅 前心滅 故不爲後因 後心生 故不爲前果 是故我言 一切衆生心法如生」. [慈恩傳 七]「唯談玄論道 問因果應報」.

13) 귀의(歸依) : 귀투의빙(歸投依憑)의 뜻. 부처의 위덕(威德)에 마음을 기울여 믿고 의지함. [法界次第 上之上]「歸以返還爲義 反邪軌還事正軌 故名歸依憑也 憑心靈覺得出三途 及三界生死也」. [義林章 四本]「歸依者 歸敬依投之義」.

낸다.

　후세 사람이 그의 사당에 연구(聯句)를 지어 붙이니, 다음과 같다.

　　붉은 그 얼굴에 마음도 붉어라
　　적토마를 타고 치달릴 때는
　　적제를14) 잊은 적이 없다네.
　　　赤面秉赤心
　　　騎赤兎追風　馳驅時
　　　無忘赤帝.

　　푸른 등불 아래서 청사를 보며
　　청룡언월도를 짚고 은거할 때는
　　청천에 부끄럽지 않으리.
　　　靑燈觀靑史
　　　仗靑龍偃月　隱微處
　　　不愧靑天.

　한편, 손권은 관공을 죽이고 나서 드디어 형양 땅을 거두었다. 그리고 삼군에게 상을 주고 호궤하기 위해 큰 잔치를 베풀어 여러 장수들을 모아놓고 저들의 공을 치하하였다. 그때 여몽을 가장 윗자리에 앉게 하고는, 여러 장수들을 돌아보며
　"내 오랫동안 형주를 얻지 못하다가 지금에야 손쉽게 얻었는데, 이는 다 자명의 공이외다."

----

14) 적제(赤帝) : 오방신장의 하나로 여름을 맡은 남쪽의 신. [史記 天官書]「赤帝 行德 天牢爲之空」, [晋書 天文志]「南方赤帝 赤熛怒之神也」.

하니, 여몽이 재삼 사양한다.

　손권이 말하기를,

"옛날 주랑은 웅략이 남보다 뛰어나서 조조를 적벽에서 깨뜨렸으나 불행히도 단명하였는데, 이제 자경이 그를 대신하게 되었소. 자경이 나를 처음 만났을 때 곧 제왕의 대략(大略)을 일러주었는데, 이 일은 첫 번째로 기쁜 일이외다.

　조조가 동쪽으로 내려올 때에도 여러 사람들이 나더러 항복하라 하였으나, 유독 자경만이 나에게 공근을 불러 저를 공격하라 하였으니 이 일 또한 두 번째 기쁜 일이라 할 것이오. 오직 나로 하여금 유비에게 형주를 빌려주라 했던 것이 잘못한 것이지만, 이제 자명의 계획대로 형주를 찾았으니 자경이 주랑보다 훨씬 낫다 하겠소이다."

하며 칭찬하였다.

　이에, 직접 잔을 채워 여몽에게 주었다. 여몽이 술잔을 받아 마시려 하다가, 갑자기 술잔을 땅에 던지고는 한 손으로 손권을 움켜쥐며 목소리를 가다듬어 꾸짖기를,

"이 푸른 눈의 아이놈아! 붉은 수염의 쥐새끼 같은 놈아. 네가 나를 아느냐?"

하거늘, 여러 장수들이 모두 놀랐다. 급히 달려들어 구하려 하자, 여몽이 손권을 땅에 쓰러뜨리고는 뚜벅뚜벅 걸어가서 손권의 자리에 앉아 눈썹을 거스르고 두 눈을 부릅뜨며, 큰 소리로

"내 황건적을 파한 이래로 천하에 종횡하기 30여 년인데 네가 하루 아침에 간계를 써서 나를 잡으려 하다니, 내가 살아서 네 고기를 씹지 못한다 해도 죽어서라도 여몽이 놈을 쫓아 다니리라. 내가 곧 한수정후 관운장이다."

하였다.

손권이 크게 놀라서 황급히 대소 장수들을 이끌고 뜰 아래 엎드렸다. 여몽은 땅바닥에 거꾸러지더니 일곱 개의 구멍에서[15] 피를 흘리고 죽어 있었다. 여러 장수들이 그 광경을 보고 두려워 떨지 않는 이가 없었다. 손권이 여몽의 시신을 수습하여 안장하고 남군태수 잔릉후를 증직하였다. 그리고 그의 아들 여패(呂霸)에게 아비의 작위를 계승하게 하였다. 손권은 이로부터 관공의 일에 감동해서 놀라고 의아하기를 마지않았다.

홀연, 장소가 건업에서 왔다. 손권이 들여 그에게 물으니,

장소가 말하기를,

"지금 주공께서 관공 부자를 죽이셨으니, 강동에 머지않아 화가 미칠 것입니다. 이 사람은 유비와 함께 도원결의를 할 때에 생사를 같이 하기로 하였습니다.

이제 유비는 양천의 군사들을 확보하였으며, 게다가 모사 제갈량과 장비·황충·마초·조운 등의 용장을 거느리고 있습니다. 유비가 만약에 운장 부자가 죽은 것을 알게 되면, 반드시 경국지병을[16] 일으켜 힘을 다해 원수를 갚으려 할 것입니다. 이렇게 되면 동오는 아주 어려운 적을 만나게 될 것입니다."

하였다.

손권이 크게 놀라 발을 구르며 묻기를,

"내 실계를 하였구나! 이 일을 어찌하면 좋겠소이까?"

---

15) 일곱 개의 구멍에서[七竅] : 사람의 얼굴에 있는 눈·코·귀·입 등의 일곱 구멍을 말함. [靈樞脈度篇]「七竅 耳目鼻(各二)口(一)」. [莊子 應帝王]「皆有七竅 以視聽食息」.

16) 경국지병(傾國之兵) : 군사력을 총 동원함. 나라의 힘을 다 기울여 병사들을 동원함. [史記 項羽傳]「天下辯士 所居傾國」. [論衡 非韓]「民無禮義 傾國危主」.

하거늘, 장소가 말하기를

"주공께서는 너무 걱정하지 마십시오. 저에게 한 가지 계책이 있으니 서촉의 군사들에게 동오를 범하지 않도록 독촉하여 주시면, 형주는 반석과 같이 안전할 것입니다."

하거늘, 손권이 무슨 계책이냐고 물었다.

장소가 말하기를,

"지금 조조는 백만의 군사들을 이끌고 계속 화하를 응시하고 있으니,[17] 유비가 하루라도 빨리 원수를 갚고자 한다면 필시 조조와 협약을 맺을 것입니다. 만약에 양쪽의 연합군이 오면 동오는 위태로워질 것이외다. 그러기 전에 관공의 수급을 조조에게 보내면, 유비는 조조가 시킨 것으로 알고 반드시 조조에게 한을 품게 될 것입니다.

서촉의 병사들은 오나라를 향하지 않고 위나라로 향하게 될 것입니다. 우리는 저들의 승부를 보고 있다가 이(利)를 취하기만 하면 될 것이니, 이는 상책입니다."

하였다.

손권이 그 말을 따라서 사신에게 나무관에 관공의 수급을 잘 넣어서, 사자로 하여금 밤을 도와 조조에게 보냈다. 그때, 조조는 마피에서 군사들을 철수하고 낙양으로 가고 있는데, 동오에서 관공의 수급을 보내왔다 하자, 기뻐하며 말하기를

"운장이 죽었으니, 내 이제 베개를 돋우고 잠을 자게 되었구나."

하니, 뜰 아래서 한 사람이 나오면서 말한다.

"이것은 동오가 화를 면하려는 계책입니다."[18]

---

17) 화하를 응시하고 있으니[虎視華夏] : 계속 화하를 응시함. 「화하」는 중원지역을 이름. [三國志 魏志 關羽傳]「羽威震**華夏**」. [書經 周書篇 武成]「**華夏**蠻貊 罔不奉俾 (傳) 冕服采章曰**華** 大國曰**夏**」.

하였다. 조조가 저를 보니 주부 사마의라.

조조가 그 연고를 물으니,

"전날에 유비·관우·장비 세 사람은 도원결의를 할 때에, 생사를 같이하자고 맹세하였습니다. 이제 동오가 관공을 해쳤으니 그에 대한 복수가 두려워서 관우의 수급을 대왕에게 바쳐서, 유비로 하여금 그 노여움을 대왕에게 갖게 하여 오나라가 아니라 위나라를 공격하게 하려는 것입니다. 그리고 저들은 곧 중간에서 틈을 타서 일을 도모하려는 것입니다."

하거늘, 조조가 묻기를

"중달의 말씀이 옳소이다. 내가 무슨 계책으로 이 일을 풀 수 있겠소이까?"

하였다.

사마의가 말하기를,

"이 일은 아주 쉽습니다. 대왕께서 관공의 머리에다 향나무로 몸을 새겨 짝을 짓게 하고 대신의 예로써 장사지내 주면, 유비는 그 사실을 알고 반드시 손권에게 깊은 한을 가지고 힘을 다해 남정을 할 것입니다. 우리들은 그 승부만 지켜보면 됩니다. 촉이 이기면 오를 공격하고 오가 이기면 촉을 공격해서, 두 곳 중 하나를 얻게 되면 나머지 한 곳은 오래가지 못할 것입니다."

하거늘, 조조가 기뻐하며 그 계책을 좇아 드디어 오의 사자를 불러들였다. 사자가 관공의 수급이 들어 있는 목갑을 바치거늘, 조조가 그 갑을 열어보니 관공의 얼굴이 평소와 같았다.

조조는 웃으면서 말하기를,

---

18) 화를 면하려는 계책입니다[移禍之計] : 화를 피하는 계책. 「이화」. [史記 楚世家]「昭王曰 將相孤之股肱也 今移禍 庸去是身乎 弗聽」.

"운장공은 그간 무강하시었소이까?"

하고 말을 마치기 무섭게, 관공이 입을 열고 눈알을 움직이는 것이 보이고 수염들이 다 거스른다. 조조는 놀라 자빠졌다. 여러 관료들이 급히 부축해서 한참이 지나서야 깨어났다.

여러 장수들을 둘러보며, 큰소리로 이르기를,

"관장군은 진짜 천신(天神)이로군!"

하였다.

오의 사자가 또 관장군의 혼이 현성부체하여[19] 손권을 꾸짖던 여몽의 일을 조조에게 고하였다. 조조는 더욱 두려워서 마침내 제물을 갖추어서 제사를 지내고, 침향목(沈香木)을 깎아서 몸을 만들고 왕후의 예로써 낙양 남문 밖에 장례를 지내주었다. 그리고는 대소 관료들에게 영을 내려 시신을 운구해 보내고 조조가 직접 절하며 제사를 지냈다. 그리고 형왕을 증작하고 관료를 시켜 묘를 지키게 하고 곧 동오의 사신을 강동으로 돌려보냈다.

한편, 한중왕은 동천으로부터 성도로 돌아왔다.

법정이 말하기를,

"왕상께서 선부인(先夫人)은 세상을 버리셨고 손부인 또한 동오로 돌아가 다시는 오지 않으실 것입니다. 인륜의 도리를 이제 완전히 무너지게 할 수 없사오니, 반드시 왕비를 들이시고 내정을 세우셔야 합니다."

하거늘, 한중왕이 그에 따랐다.

그는 계속해서 이르되,

"오의(吳懿)에게 누이가 한 사람 있는데 아름답고 또 현숙하다 합니

---

19) 현성부체(顯聖附體)하여 : 돌아가신 분의 혼이 다른 사람의 몸에 깃들어 나타남. [中文辭典]「俗謂神佛現形顯靈亦稱顯聖」.

다. 일찍이 듣기에 관상쟁이가 그녀의 상을 보고 뒷날 틀림없이 귀히
될 것이라 했답니다. 앞서 유언의 아들 유모(劉瑁)에게 시집갔으나 유
모는 요절했다 합니다. 그녀는 지금 혼자 살고 있사오니 대왕께서 가
납하셔서 왕비를 삼으시기 바랍니다.”

하였다.

한중왕이 말하기를,

“유모는 나와 같은 뿌리이니 이는 불가하외다.”

하였다.

법정이 묻는다.

“그 친소를 논하기로 한다면, 어찌 진문공이 회영을 맞이했겠습니
까?”20)

하거늘, 한중왕이 이에 허락하매21) 마침내 오씨를 왕비로 맞기로 하
였다. 뒤에 두 아들을 두었는데 큰 아들은 유영(劉永)으로 자는 공수(公
壽)라 했고, 둘째 아들은 유리(劉理)로 자를 봉효(奉孝)라 하였다.

이때 동서 양천의 백성들은 편안하고 나라는 부유하며 농사는 잘
되었다.22) 그때 갑자기 형주에서 사람이 와서 동오에서 관공에게 청
혼을 하였는데, 관공이 이를 거절하였다고 말하였다.

공명이 말하기를,

---

20) 진문공이 회영을 맞이했겠습니까?[秦文公 懷瀛] : 60이 넘은 중이(重耳)가
   진목공(秦穆公)의 도움을 받기 위해 조카며느리 회영(懷瀛 : 진목공의 딸 농옥
   (弄玉))을 아내로 맞아들인 일. 후에 중이는 오패(五覇)의 하나인 진문공(秦文
   公)이 됨. 제환공(齊桓公)·진문공(秦文公)·진목공(秦穆公)·송양공(宋襄公)·
   초장왕(楚莊王) 등을 일컬음. [賈誼 過秦論]「五覇旣滅」.
21) 이에 허락하매[依允] : 의신(依申). 상주(上奏)한 내용을 허락함. 「윤허」(允
   許). [元稹 浙東論罷進海味狀]「如蒙聲慈 特賜允許」.
22) 농사는 잘 되었다[田禾大成] : 농사가 잘됨. 풍년이 듦. [李文淵 賦得四月清
   和雨乍晴詩]「薰風到處田禾好 爲愛農歌駐馬聽」.

"형주가 위급하오이다. 사신을 보내서 관공을 교체해 드립시다."

하고 있는데, 형주에서 첩보를 올리는 사자가 계속해서 들어왔다.

하루가 못 되어서 관흥이 또 왔다. 그리고는 수엄칠군의 일을[23] 자세히 말하였다. 문득 또 첩보가 와서 고하는 말이 관공이 강에서 봉화대를 촘촘하게 세워 철통같이 방비하고 있다고 알려왔다. 이 일로 하여 현덕은 겨우 마음을 놓고 있었던 것이다.

하루는 현덕이 온 몸이 살이 떨리고 앉아 있으나 서 있으나 불안하였다. 밤이 되어도 잠을 이룰 수 없어서 내실에서도 앉았다 일어났다 하며, 촛불을 밝히고 책을 읽어도 생각이 혼미한 것을 느낄 수 있어 책상에 기대어 누웠다. 그때 방안에 한 줄기 찬바람이 일고 등불이 껌벅거리다가 다시 밝아지더니, 촛대 아래 한 사람이 서 있었다.

현덕이 묻기를,

"자네는 누구이기에 한밤중에 나의 내실에 왔는가?"

하여도 그 사람은 대답이 없었다. 현덕이 의아하게 여겨 직접 일어나 저를 보니 등불 아래로 관공의 그림자가 왔다 갔다 하며 자꾸 피하는 것이었다.

현덕이 말하기를,

"아우님, 무강하신가! 이렇게 늦은 밤에 왔으니, 필시 곡절이 있을 게 아니오. 자네와의 정은 골육과 같거늘[24] 어째서 나를 피하는 게요?"

하니, 그제서야 관공이 울면서, 말하기를

---

23) 수엄칠군의 일(水淹七軍之事) : 한수(漢水)가 범람하여 우금(于禁)의 3만 군사가 모두 관우(關羽)에게 사로잡힌 일을 이름. 원문에는 '具言水淹七軍之事'로 되어 있음.

24) 정은 골육과 같거늘[情同骨肉] : 부모나 자식·형제자매 등 가까운 혈족.「골육지정」(骨肉之情). [呂氏春秋]「父母之於也子 子之於父母也 謂骨肉之情」. [禮記 文王世子篇]「骨肉之情 無絕也」.

"형님, 군사들을 일으켜서 이 아우의 한을 풀어 주시오!"

하며, 말을 마치자 찬바람이 몰아치더니 관공은 보이지 않았다. 현덕이 갑자기 놀라 깨달으니 이에 한낱 꿈이었다. 마침 그때 삼경을 알리는 북소리가 들렸다. 현덕은 이상히 여겨 급히 전각 앞에 나가서 사람을 보내서 공명을 오게 하였다. 공명이 오자 현덕이 꿈에서 놀란 일을 자세히 말하였다.

공명이 묻기를,

"이는 왕께서 관공의 일 때문에 상심하셔서 꿈에 보이는 것입니다. 뭣 때문에 그리 의아해 하시는 것입니까?"

하거늘, 현덕이 재삼 의심하고 걱정을 하니 공명은 좋은 말로 꿈을 풀어주었다.

공명이 나가다가 문밖에 이르러서 허정을 만났다.

허정이 말하기를,

"제가 잠시 군사부(軍師府)에 기밀을 가지고 갔다가, 군사께서 입궁하셨다 듣고 여기에 왔습니다."

하거늘, 공명이 말하기를

"무슨 기밀이오."

하니, 허정이 대답한다.

"제가 마침 외인의 말을 들었는데, 동오의 여몽이 형주를 습격하여 관공이 해를 입었다 해서 이 일을 군사에게 고하러 온 것이외다."

하였다.

공명이 말하기를,

"내 밤에 천상을 보니, 장성이 형·초 지경에 떨어지기에 관공이 틀림없이 화를 입은 듯하나, 단지 왕상께서 염려할까 걱정이오. 그래서 감히 말씀드리지 못했소이다."

하며 두 사람이 막 이야기하고 있는데, 홀연 전각 안에서 한 사람이 나와 공명의 소매를 당기며

"그와 같은 흉보를 공은 어찌 나에게 속이셨소!"

하였다. 공명이 보니 현덕이었다.

공명과 허정이 말하기를,

"지금 말한 것은 다 사람들에게 전해들은 것이기에 족히 믿을 게 못됩니다. 원컨대 왕상께서는 마음을 너그럽게 가지시고 걱정하지 마시옵소서."

하니, 현덕이 대답하기를

"나와 운장은 생사를 같이하기로 맹세하였소. 저가 만약에 죽었다면 내 어찌 혼자서만 살겠소!"

하였다. 공명과 허정이 위로하고 있는데, 근시가 와서 아뢰기를

"마량과 이적이 왔다."

고 하였다.

현덕이 급히 불러들여 물었다. 두 사람이 같이 형주를 빼앗기고 관공은 패하여 구원병을 청하는 서찰을 바쳤다. 서찰을 뜯어보기도 전에 형주에서 요화가 왔다고 아뢴다. 현덕이 급히 불러들이니 요화가 울며 땅에 엎드려, 유봉과 맹달이 구원병을 보내지 않은 일을 자세히 아뢰었다.

현덕이 크게 놀라면서

"만약 그리 되었다면 내 아우가 죽었구나!"

하였다.

공명이 말하기를,

"유봉과 맹달이 이리 무례했다면 그 죄는 죽어 마땅합니다! 왕상께서는 마음을 너그럽게 가지셔야 합니다. 제가 직접 일지군을 이끌고

가서 형양의 위급함을 구하겠습니다.”

하니, 현덕이 울면서 말하기를

“운장이 죽었다면 나는 혼자 살지 못하오. 내가 내일 직접 일지군을 이끌고 운장을 구하러 가겠소이다!”

하고, 한편으로는 사람을 보내 낭중에 있는 장비에게 알리고, 또 한편으로는 사람들을 시켜 인마를 모아들였다. 날이 밝기도 전에 계속 속보가 오는데 관공이 밤에 임저로 도망치다가 오나라 장수에게 잡혀서, 의를 굽히지 않고 부자가 다 죽었다고 보고한다.

현덕이 듣고 나서 외마디 소리를 지르며 실신하여 쓰러졌다.

이에,

같은 해 같이 죽자며 맹세하던 일 생각하니
차마 오늘 혼자서만 살 수 있을쏘냐!
爲念當年同誓死
忍敎今日獨捐生!

현덕의 생명은 어찌 되었을까 알 수가 없다. 하회를 보라.

제78회

풍질을 고치려다가 신의는 비명에 죽고
유명을 전하고서 간웅은 세상을 버리다.
治風疾神醫身死
傳遺命奸雄數終.

한편, 한중왕은 관공 부자가 죽었다는 소식을 듣고 울다가 땅에 쓰
러졌다. 여러 문무 관료들이 급히 구호하자 한참 만에야 겨우 깨어나
부축을 받고서 내전에 들었다.

공명이 말하기를,

"왕상께서는 너무 애통해 마십시오. 옛말에 '죽고 사는 것은 명에
달렸다¹⁾ 했습니다. 관공은 평소부터 성질이 강하고 자긍심이 컸기
에, 오늘날 이 같은 화를 입은 것입니다. 왕상께서는 마땅히 옥체를
보중하시고, 서서히 원수를 갚으셔야 합니다."

하거늘, 현덕이 대답하기를,

"내가 관우·장비 두 사람과 도원결의를 할 때에 생사를 같이하자고
맹세하였소이다. 이제 운장이 죽었으니, 내 어찌 혼자서만 부귀를 누
리리까!"

---

1) 죽고 사는 것은 명에 달렸다[死生有命] : 죽고 사는 것은 모두가 운명에 달려
있음. [論語 安淵]「子夏日 **死生有命** 富貴在天」. [莊子 德充符]「**死生存亡** 窮達貧
富」.

하고 말을 마치기도 전에, 관흥이 소리 내어 울며 들어왔다.

　현덕이 저를 보고 외마디 소리를 지르며 당상에 혼절하였다. 여러 관원들이 구원하자 겨우 깨어났다. 하루에도 울다가 쓰러지기 4, 5차 례이며 사흘 동안 물 한 모금2) 마시지도 않고 통곡할 따름이니, 눈물 이 옷깃을 적시고 눈물의 자욱마다 피의 흔적이었다. 공명과 여러 관 료들이 재삼 간하자, 현덕이 말하기를

　"나는 동오와는 맹세코 해와 달을 같이하지 않겠소이다!"

하거늘, 공명이 대답하기를

　"듣기에 동오가 관공의 수급을 조조에게 바쳤다 하며, 조조는 왕후 의 예로써 관공을 장사지내 주었다 합니다."

하니, 현덕이 묻기를

　"이게 무슨 생각에서일까요?"

하거늘, 공명이 대답한다.

　"이는 동오가 조조에게 화를 떠넘기려 함이었으나 조조는 이미 그 계책을 알아차리고 왕후의 예로 장례를 치러 준 것이며, 왕상의 노여 움을 동오에 돌리고자 한 것입니다."

하니, 현덕이 말하기를

　"내 지금 곧 병사들을 이끌고 가서, 오에게 죄를 물어 나의 한을 풀 겠소이다."

하거늘, 공명이 간하기를

　"아니 됩니다. 이제 바야흐로 오는 우리에게 위를 치도록 하고 있으 며, 위 또한 우리에게 오를 치도록 하고 있습니다. 각각 나쁜 계책을3)

---

2) 물 한 모금[水漿] : 간장을 탄 물. 또는 물과 미음. [禮記 檀弓 上篇]「曾子 謂子思曰 伋吾執親之喪也 水漿不入於口者 七日」.
3) 나쁜 계책[譎計] : 몹시 간사하고 능청스런 꾀. [中文辭典]「譎詐之謀也」.「흉

가지고 틈만 있으면 하면서 엿보고 있는 형편입니다. 주상께서는 지금은 병사를 움직이지 않는 것이 마땅하다고 생각합니다. 또한 관공의 발상을 해야 합니다. 오와 위가 불화하기를 기다렸다가 틈이 나면, 저들을 정벌하셔도 늦지 않습니다."

하고, 또 여러 관료들이 재삼 간하였다.

그제서야 현덕은 겨우 식사를 하였다. 그리고 전지를 내려 천중(川中)의 대소 장수들은 다 상복을 입게 하라 하였다. 한중왕은 직접 남문 밖에 나가 초혼제(招魂祭)를 지내고 종일토록 통곡하였다.

한편, 조조는 낙양에 있으면서 직접 관우의 장례를 치른 후에, 매일 밤마다 눈만 감으면 관공이 보였다. 조조는 심히 놀라고 두려워서 여러 관료들에게 물었다.

관료들이 함께,

"낙양 행궁의 옛 전각들은 요괴가 많사오니 새 궁전을 지으시는 것이 좋을 듯합니다."

하자, 조조는 말하기를

"나도 궁전을 짓고자 하며 그 이름을 건시전(建始殿)이라 했으면 하나 양공이4) 없어 한이 되오이다."

하니, 가후가 말하기를

"낙양의 양공들 중에 소월(蘇越)이란 자가 있는데 그 재주가 뛰어납니다."

이부정」(謟而不正). 하는 일이 올바르지 못함. [論語 憲問篇]「子曰 晉文公謟而不正 齊桓公正而不謟」.

4) 양공(良工) : 솜씨 좋은 목수. [孟子 滕文公 下]「嬖奚反命曰 天下之良工也」. [史記 扁鵲 倉公列傳]「良工取之」.

하자, 조조가 불러들여 전각의 모양을 그려보게 하였다. 소월은 9간의 큰 전각을 그렸는데, 전각에 낭하와 곁채 그리고 누각을 갖추게 하고, 이를 조조에게 바쳤다.

조조가 그 그림을 보고,

"너의 그림이 내 마음에 든다. 다만, 동량재가5) 없을까 걱정이다."
하니, 소월이 말하기를

"여기 성에서 30여 리 떨어진 곳에 한 연못이 있어 그 이름을 약용담(躍龍潭)이라 하는데, 그 앞에 약용사(躍龍祠)란 사당이 있습니다. 사당 옆에 큰 배나무가 있으며 높이가 10여 장이나 되오니, 그 배나무를 건시전의 들보로 쓰면 될 듯싶습니다."
한다.

조조가 크게 기뻐하며 곧 장인들을 보내서 그 나무를 베어오게 하였다.

다음 날 돌아와서 보고하기를,

"이 나무는 톱으로 벨 수도 없고 도끼가 들어가지 않아서 벨 수가 없습니다."
하였다.

조조는 믿기지 않아서 직접 수백 기를 이끌고 곧장 약용사 앞에서 말에서 내려 나무를 올려다 보니, 정정함이 마치 하늘을 가리는 듯하고 곧장 은하를 찌를 듯한데 굽은 데가 없이 곧았다. 조조는 그 나무를 베라 하였다.

---

5) **동량재[棟梁之材]** : 동량재(棟梁材). 한 집안이나 나라를 다스릴만한 큰 재목. 여기서는 '집을 떠받치는 기둥'의 의미임. [吳越春秋 句踐入臣外傳]「大夫文種者 國之**棟梁** 君之瓜牙」. [世說新語 賞譽]「庚子嵩目和嶠 森森如千丈松 雖磊砢有節目 施之大厦 有**棟梁之用**」. [書言故事 花木類]「稱人才幹 云有**棟梁之材**」.

그러나 마을 노인 몇 사람이 앞에 나와,

"이 나무는 벌써 수백 년이나 되었습니다. 늘 신인이 그 위에 살고 있사오니 베어서는 아니 됩니다."

하거늘, 조조가 크게 노하며

"내 평생 천하를 다녀 본 지 40여 년이나 되어, 위로는 천자에서 아래로는 일반 백성들에게 이르기까지 나를 두려워하지 않는 자가 없거늘, 이 무슨 요망한 귀신이기에 감히 내 뜻을 어기는고!"

하며 말을 마치자, 차고 있던 칼을 뽑아서 직접 그 나무를 찍었다. 쨍 소리와 함께 피가 온 몸에 튀었다. 조조는 놀라서 칼을 던지고 말에 올라 궁으로 돌아왔다. 이날 밤 2경쯤이 되도록 조조는 불안하여 잠을 잘 수가 없어서, 전중에 앉아 있다가 책상에서 잠이 들었다. 홀연히 한 사람이 머리를 풀어뜨리고 칼을 짚고 서 있는데, 몸에는 검은 옷을 입고서 곧장 조조 앞에 와서 큰 소리로,

"나는 배나무를 지키는 신이다. 네가 건시전을 지으려는 것이 찬역에 뜻을 둔 바라, 그래서 나의 신목을 베려는구나! 내가 너를 잘 알고 있기에 특히 너를 죽이려 왔다!"

하거늘, 조조가 크게 놀라면서

"호위무사들은 어디에 있느냐?"

고 급히 불렀다. 그랬더니 검은 옷을 입은 그 사람이 칼을 들어 조조를 내리치려 하였다. 조조가 또 한 번 큰 소리로 부르짖다가 홀연 놀라서 깨니, 머리가 깨질 듯하니 참을 수가 없었다. 급히 전지를 내려 양의를 두루 찾게 하였다. 치료를 하여도 병은 낮지 않아서, 관료들이 다 이 일을 걱정하고 있었다.

화흠이 들어와서, 아뢰기를,

"대왕께서는 신의 화타가6) 있음을 아십니까?"

하거늘, 조조가 묻기를

"강동에 사는 주태를 고친 사람 말이오?"

하니,

화흠이 대답한다.

"그렇습니다."

하매, 조조가 또 말하기를

"비록 이름은 들었으나 그의 의술은 알지 못하오."

한다.

화흠이 대답하기를,

"화타는 자를 원화라 하며 패국의 초군 사람입니다. 그 의술이 아주 뛰어나서 세상에 드문 의원입니다. 환자가 있으면 혹자에겐 약을 쓰고 침술을 쓰기도 하며 혹자에게는 뜸을 뜨기도 하는데, 그의 손이 닿기만 하면 금방 낫는다 합니다. 만약에 오장육부에 병이 들었는데, 약을 써서 효험이 없는 환자는 '마폐탕(麻肺湯)'으로써 환자를 취하게 하여 죽은 것처럼 하고, 날카로운 칼로써 그의 배를 열고 약으로 그 폐부를 씻어내면 환자는 통증이 없다 합니다.

다 씻어낸 후에 약물에 담갔던 실로써 꿰매고 약을 붙여 두면, 혹은 한 달 혹은 20여 일이 지나면 곧 평상시와 같이 회복된다 하옵니다. 그의 신묘함이 이와 같습니다. 하루는 화타가 길을 가다가 한 사람의 신음소리를 듣고 '이 사람은 음식이 내려가지 않는 병이라.' 하였는데, 그에게 물으니 과연 그러하였다 합니다.

---

6) 화타(華佗) : 중국 위(魏)나라의 명의(名醫). [三國魏志 方伎傳]「華佗 字元化」. (裴松之 注)「佗別傳曰 劉勳女左膝有瘡 癢而不痛 瘡悠復發 如此七八年 迎佗使視 佗以繩繫犬頸 使走馬牽犬 向五十里 因取刀斷犬腹 以向瘡口 須臾 有若蛇者從瘡 中出 七日愈」.

화타가 그 환자에게 마늘즙 석 되를 마시게 하였는데, 길이가 두세 자나 되는 뱀을 토하고 나서는 음식물이 내려가더랍니다. 또 광릉태수 진등(陳登)이 가슴이 답답하며 얼굴이 붉어지고, 음식을 먹지 못하여 화타에게 치료받았답니다. 화타가 약을 마시게 하니 벌레 석 되를 토하였는데, 그 벌레들은 다 머리가 붉고 수미(首尾)가 요동하더랍니다. 진등이 그 연유를 물으니, 화타가 '비린 생선을 많이 잡수셨기 때문에 이것이 독이 된 것입니다.

오늘 비록 나았다 하나, 3년 후에 또 배앓이가 있을 것이니 그때는 고칠 수 없습니다.' 하였는데, 진등이 그 후 3년이 되어 죽었다 합니다. 한 번은 어떤 사람이 눈썹 사이에 혹이 생겨서, 아무리 치료를 하여도 낫지 않아서 화타에게 보였답니다. 화타가 '그 안에 나는 물건이 들었습니다.' 하매, 사람들이 다 웃었답니다. 화타가 칼로써 그 곳을 여니, 한 마리 황작(黃雀)이 날아가고 병자는 곧 치유되었답니다.

또 한 번은 한 사람이 개에게 발가락을 물렸는데, 그 자리에 굳은살이 두 개 나와서 하나는 아프고 하나는 가려워서 참을 수가 없더랍니다. 화타가 '아픈 것은 그 안에 바늘이 10개 들어 있고, 가려운 것은 그 안에 바둑알 흰 것과 검은 것 두 개가 있다.' 하니, 사람들은 다 믿지 않았답니다. 화타가 칼로써 그곳을 째니 과연 그의 말대로였답니다. 사람은 진실로 편작이요,7) 창공과8) 같은 사람입니다. 금성에 살

---

7) 편작(扁鵲) : 발해의 정나라 사람임. 성은 진(秦)이고 이름은 월인(越人)으로, 전국시대의 명의(名醫). [史記 扁鵲傳]「扁鵲 渤海鄭人 姓秦名越人 少時長桑君 知扁鵲非常人 出其懷中藥與之飲 乃悉取其禁方書 與之 忽然不見 扁鵲以此視病 盡見五臟癥結 特以診脉爲名耳 後過虢 虢太子死 扁鵲曰 臣能生之……二旬而復故 故天下盡以扁鵲 爲能生死人……入咸陽 聞秦人愛小兒 卽爲小兒醫 隨俗爲變 秦太醫令李醯自知伎不如扁鵲 使人刺殺之 至今言脈者 由扁鵲」.
8) 창공(倉公) : 순우의(淳于意). 서한(西漢) 때의 명의로 성은 순우(淳于), 명이

고 있다니 예서 그리 멀지 않습니다. 대왕께서 왜 저를 불러보지 않으
십니까?"

한다.

조조는 즉시 사람을 시켜 밤을 도와 화타를 청해 오게 하여 맥을
짚어 병을 보게 하였다.

화타가 말하기를,

"대왕께서 머리가 아프신 것은 풍(風)이란 병으로 일어난 것입니다.
이는 병근이 뇌대(腦袋) 속에 있어서 풍연(風涎)이 나오지 못해서, 탕약
을 잡수시는 것만으로는 치료할 수가 없습니다. 제게 한 방법이 있으
니, 먼저 마폐탕을 마시고 난 연후에 잘 드는 도끼로 뇌대를 열어 풍
연을 꺼낸 다음에야 병근을 제거할 수 있습니다."

한다.

조조가 크게 노하며,

"네가 나를 죽이려 하느냐!"

하거늘, 화타가 묻기를

"대왕께서는 일찍이 관공이 독화살을 맞고 오른쪽 팔의 상처를 제
가 뼈를 긁어서 독을 치료했으나, 두려워하지 않았다는 말을 듣지 못
하셨습니까? 지금 대왕께서는 아주 작은 병에 걸려 있으신데, 어찌
그리 걱정하십니까?"

하니, 조조가 말한다.

"팔의 통증은 긁어낼 수도 있지만, 뇌대를 쪼갠다는 게 가능하기나
하느냐? 네가 필시 관공과 정의가 두터워서 이틈에 원수를 갚으려는

의(意)임. 태창공(太倉公) 벼슬을 했기에 '倉公'이라 부른 것임. [中國人名] 「漢
臨淄人 爲齊太倉長 世稱倉公 少喜醫方術……爲人治病 決死生多驗 嘗得罪 少女緹
縈上書 請代父贖罪 文帝爲之 除肉刑」.

것이렷다!"

하며, 좌우에게 저를 옥에 가두게 하고 고문하여 자백을 받아내라 하였다.

가후가 권하기를,

"이 사람과 같은 양의를 세상에서 구하기 어려운 일인데, 저를 죽여서는 아니 됩니다."

하자, 조조가 저를 꾸짖으며

"이놈이 기회를 이용하여 나를 해하려 하니, 이는 길평(吉平)과 다를 게 없소!"

하며, 더욱 추고(追拷)하라 하였다.

화타가 옥에 있는데 한 옥졸이 있었다. 그는 성이 오여서 사람들이 다 그를 '오압옥(吳押獄)'이라 불렀다. 이 사람은 매일같이 주식으로 화타를 공궤하니 화타는 그 은혜에 감사하며, 저에게 말하기를

"내 이제 옥중에서 죽으면 가지고 있는 청낭서를9) 세상에 전하지 못할까 걱정이 되었는데, 공의 후은에 감사하면서도 갚을 길이 없소이다. 내 한 통의 편지를 써 줄 터이니, 공은 우리 집에 사람을 보내서 청낭서를 가져오면 공에게 드려서 나의 의술을 이었으면 합니다."

한다.

오압옥이 크게 기뻐서 말하기를,

"내 만일 이 책을 얻는다면 이 일을 버리고 천하의 환자들을 치료하면서 선생의 덕을 전하리다."

하거늘, 화타가 곧 편지를 써서 오압옥에게 부탁하였다.

---

9) **청낭서(靑囊書)** : 화타(華佗)가 지은 의서. '청낭'은 약주머니인데 '의술'의 대명사로 일컬음. [後漢書 華佗傳]「佗臨死 出一卷書與獄吏曰 此可以活人 吏畏法 不敢受 佗亦不强 索火燒之」.

그는 곧바로 금성에 가서 화타의 아내에게 청낭서를 받아 가지고 옥으로 돌아와 화타에게 보였다. 화타가 살펴 보고 나서 이 책을 오압옥에게 주었다. 그는 그 책을 가지고 집에 돌아와 잘 간수해 두었다. 열흘 쯤 지나서 화타는 끝내 옥중에서 죽고 말았다.

오압옥이 관을 사서 장사를 지내주고, 일을 그만두고 집으로 돌아가 그 책을 보고 익히려 하였다. 그런데 그 처가 마침 그 책을 불태우고 있었다. 오압옥이 크게 놀라 야단을 치면서 빼앗았는데, 거의가 다 불에 타 훼손되었고 다만 한두 장만 남아 있었다. 오옥압이 노하여 그의 아내를 꾸짖으니, 그 아내가 묻기를

"당신이 그 책을 배워 화타와 같이 신묘한 의술을 갖게 된다 하더라도, 결국은 옥중에서 죽게 될 터이니 무슨 소용이 있겠소."

하거늘, 오압옥이 한탄을 금치 못하였다. 이로 인해 청낭서는 세상에 전해지지 않았다. 전해진 것이 고작해야 돼지나 닭 따위의 거세법 같은 하찮은 것이었는데, 이런 것이 타다 남은 한두 장에 실려 있는 내용이었다.

후세 사람이 이일을 시로 남겼다.

훌륭하구나 화타의 선술 장상군에[10] 비하련만
그 신술은 담의 안을 들여다보듯 훤히 알고 있네.

華佗仙術比長桑

神識如窺垣一方.

---

10) **장상군(長桑君)** : 전국시대 명의로 편작(扁鵲)과 교분이 두터웠는데, 장상군이 편작에게 금방(禁方)을 전해 주었다 함. [中國人名]「戰國 精於醫 知扁鵲非常人 出懷中藥 予之曰 飮是以上池之水 三十日當知物矣 乃悉取其禁方 書與之 忽然不見」.

슬프도다, 그가 죽으매 책 또한 절서가 되었으니

후세 사람들은 다시는 청낭서를 볼 수 없다네!

　惆悵人亡書亦絕

　後人無復見靑囊!

한편, 조조는 화타를 죽인 뒤로 병세가 더욱 위중해졌다. 게다가 오와 촉나라에 대한 걱정을 하고 있던 차에, 측근이 갑자기 동오에서 사신이 편지를 가지고 왔다고 아뢴다.

조조가 그 편지를 뜯어보니, 대략 다음과 같았다.

신 손권은 오랫동안 천명이 이미 왕상에게 돌아가고 있음을 알고 있었사옵니다. 엎드려 바라건대 대위(大位)를 바르게 하시고, 장수를 보내시어 유비를 초멸하시기 바랍니다. 그리하여 양천을 소평하신다면, 신은 곧 군사들을 이끌고 가서 땅을 드리고 병사들을 귀순시키겠나이다.

조조가 보고 나서 크게 웃고 군신들에게 보이면서, 말하기를

"이 아이가 나를 화롯불에 앉히려 하는구려!"11)

하매, 시중 진군 등이 아뢰기를

"한실은 오래전에 이미 쇠미해졌고, 전하의 공덕은 뛰어나서 생령들의 추앙을 받고 계십니다. 이제 손권이 신이라 부르며 귀명을 하겠

---

11) 화롯불에 앉히려 하는구나[居爐火上]: 원문에는 '是兒欲使吾居爐火上耶!'로 되어 있는데, '손권이 자기(조조)를 화로 위에 올려놓고, 굽는 것과 같은 음험한 야심이 들어 있다'는 뜻. [呂氏孚 雪詩]「爐火已殘燈未盡 一簾疎竹白蕭蕭」. [正字通]「爐 火爐 歲時雜記 京師十月朔 沃酒炙肉犓于爐中 圓坐飮酒唔 謂之暖爐」.

다 하는 것은 하늘과 사람이 모두 순응하는 것으로, 다른 기운들이 한결같은 소리를 내는 것입니다. 전하께서는 마땅히 응천순인(應天順人)하셔서 속히 대위를 받으소서."

하였다.

조조가 웃으며 말하기를,

"내 한나라를 섬긴 지 오래되었소이다. 비록 공덕이 있고 그것이 백성들에게까지 미치고 있으며 벼슬이 왕에 이르러 명작(名爵)이 이미 최고에 이르고 있는데, 무엇 때문에 다른 것을 더 바라겠소이까? 진실로 천명이 내게 있다면 나는 주의 문왕이 될 것이외다."

하거늘, 사마의가 권유하기를

"지금 손권이 이미 칭신하며 귀순한다 하니, 왕상께서 관을 봉하시고 작을 내리시며 유비와 싸우게 하시옵소서."

하였다.

조조는 그 말에 따라 손권을 봉하여 표기장군 남창후를 삼고 형주목을 이끌게 하였다. 그리고 그날로 사자에게 고칙(誥勅)을 가지고 동오로 가게 하였다.

조조의 병세는 더욱 악화되어 갔다. 갑자기 하룻밤에 꿈을 꾸었는데 세 필의 말이 함께 한 구유통을 먹거늘 날이 새자, 가후에게

"내가 전날 꿈에 말 세 필이 같이 구유통의 여물을 먹더이다. 혹시나 마등(馬騰) 부자가 화를 끼치려는 게 아닌가 하는 생각이 드오. 이제 저들이 죽었는데 어젯밤 꿈에 다시 세 마리의 말이 같은 여물통의 여물을 먹고 있으니, 자네는 이 일의 길흉 중에 어느 쪽이라 생각하시오?"

하니, 가후가 대답하기를

"녹마(祿馬)는 길조입니다. 녹마가 조(曹)로 돌아왔는데 왕상께서는

무엇을 걱정하시나이까?”

하거늘, 조조는 이 일에 대해 더 걱정하지 않았다.

후세 사람의 시가 전한다.

한 구유의 세 필 말 정말 일이 괴이한데
벌써 진의 뿌리가 내렸는가?
三馬同槽事可疑
不知已植晉根基.

조조가 비록 간계가 있다 하더라도
어찌 조반 가운데 사마사를 알랴.
曹瞞空有奸雄略
豈識朝中司馬師.

이날 밤 조조가 침실에 누워서 3경에 이르도록, 머리가 어지럽고
눈이 캄캄해짐을 느끼며 일어나 책상에 엎드려 누웠다. 그때 문득 전
각에서 비단이 찢어지는 듯한 소리가 났다. 조조가 놀라서 보니, 복황
후·동귀인·두 황자와 복완과 동승 등 20여 인이 온 몸에 피를 흘리
면서 구름 속에 서 있었는데, 은은히 목숨을 찾는 소리가[12] 들렸다.

조조는 급히 칼을 빼어 공중을 바라보며 찍었다. 홀연 벼락소리가
들리더니 탑전의 서남쪽 모퉁이가 허물어졌다. 조조가 놀라 땅에 넘
어졌다. 근시가 조조를 구해내 별궁으로 옮기고 요양하게 하였다. 이
날 밤에 또 전각 밖에서는 남녀의 곡성이 끊이질 않았다.

---

12) 은은히 목숨을 찾는 소리[索命之聲] : 목숨을 찾는 소리. ‘억울하게 죽은 원혼의
    소리’를 말함.

날이 밝자 조조가 불러 여러 신하들에게 말하기를,

"내가 전쟁터에서 30여 년간을 지냈지만, 일찍이 괴이쩍은 일을 믿지 않았소이다. 오늘 어찌해서 이런 일이 생긴 게요?"

하니, 군신들이 말하기를

"대왕께서는 도사에게 명하여 초제를¹³⁾ 지내게 하고 액을 없애십시오."

하거늘, 조조가 탄식하며

"성인의 말씀에 '하늘에 죄를 얻으면 빌 곳이 없다'¹⁴⁾ 하였소이다. 내게 천명이 이미 다 했는데, 어찌 구해주시겠소이까?"

하며, 초제를 허락하지 않았다.

다음 날 기운이 심장과 폐에 차오르고 눈이 보이질 않아 급히 하후돈을 불러 의논하였다. 하후돈이 전각 문 앞에서 문득 복황후와 동귀, 그리고 두 황자와 복완·동승 등이 구름 속에 서 있는 것이 보였다. 하후돈이 크게 놀라 땅에 혼절하자, 좌우가 부축해 나갔는데 이때부터 병을 얻었다. 조조가 조홍·진군·가후·사마의 등을 불러들이고 탑전에 누워 후사를 부탁하였다.

조홍 등이 머리를 조아리며,

"대왕께서 옥체를 보중하시면 곧 회복하실 것입니다."

하니, 조조가 대답하기를

"내가 천하를 종횡하기 30여 년이나 되면서 여러 영웅들을 다 멸하

---

13) **초제(醮祭)** : 별을 향하여 지내는 제사. [漢書 郊祀志]「宣帝時 或言 益州有金馬碧鷄之神 可醮祭而致」.

14) **하늘에 죄를 얻으면 빌 곳이 없다[獲罪於天]** : 하늘에 죄를 지음. 원문에는 '獲罪於天 無所禱也'로 되어 있음. '하늘에 죄를 지으면 용서받을 수 없다'는 뜻. [論語 八佾篇]「子曰 不然獲罪於天 無所禱也」. [左氏 袁 六]「不穀雖不德 河 非所獲罪也」.

고, 오직 강동의 손권과 서촉의 유비만 초멸하지 못하였소. 내 이제 병이 위중하여 다시는 경들과 같이 나가지 못하겠으니, 집안 일들을 부탁하오. 내 장자 조앙은 유씨의 소생이나 불행히도 일찍 완성에게 죽었소이다.

지금 변씨에게서 네 아들이 있는데, 비·창·식·웅이외다. 내 평소부터 셋째 식을 사랑하였으나, 사람됨이 허화(虛華)하여 성실하지 못하고 술을 좋아하며 방탕하여 세자로 세우지 못하였소. 둘째 조창은 용기가 있으나 지모가 없고 넷째 조웅은 늘 병치레를 하고 있소이다. 오직 큰 아들 조비만이 신망이 두텁고 공손하여 내 업을 이을 만하오이다. 경등은 마땅히 저를 보좌해 주시구려."

하였다.

조홍 등이 눈물을 뿌리며 명을 받들고 나갔다.

조조가 근시에게 평소 소장하고 있던 명향(名香)을 가져오게 하여 여러 시첩들에게 나눠주며, 또 부탁하며 말하기를

"내가 죽은 후에 너희들은 모름지기 여공(女工)을 익히고 사리를[15] 짜서 그것을 팔아 자급자족하라."

하였다.

여러 첩실들에게는 동작대[16] 안에 있으면서, 매일 제단을 쌓고 여기들에게 주악을 연주하며 상식(上食)을 올리라 하였다.

또 말하기를,

---

15) 사리(絲履) : 사혜(絲鞋). 비단실로 만든 신. [漢書 賈誼傳]「今民賣僮者 爲之 繡衣絲履」. [江淹 逐古篇]「班君絲履 遊泰山兮」.

16) 동작대(銅雀臺) : 위(魏)의 조조가 쌓은 대의 이름으로 옥상에 동으로 만든 봉황을 장식하였기에 이르는 이름임. [三國志 魏志 武帝紀]「建安十五年冬 太 祖乃于鄴 作銅雀臺」. [鄴中記]「鄴城西立臺 皆因城爲基趾 中央名銅雀臺 北則冰 井臺 西臺高六十七丈 上作銅鳳 皆銅籠疏雲母幌 日之初出 流光照耀」.

"창덕부 강무성 밖에 의총[17] 72개를 세워, 후인들이 내 무덤을 알지 못하게 하여라. 사람들이 파낼까 걱정이 된다."

부탁을 마치고 한 번 길게 탄식하며 눈물을 비 오듯 흘렸다.[18]

얼마 있다가 기절하여 죽으니 향년 66. 때는 건안 25년 봄 정월이었다.

후세 사람들이 업중가(鄴中歌) 한 편을 지어 조조를 탄식했으니, 그 내용은 다음과 같다.

업은 업성이고 수는 창수로다
하늘이 내신 이인이 여기서 일어나다.
　鄴則鄴城水彰水
　定有異人從此起.

영웅의 지모와 그 뛰어난 문심
군신은 그 형제이고 부자로다.
　雄謀韻事與文心
　君臣兄弟而父子.

영웅은 그 흉중이 속인과 다르거늘
그 나옴과 물러감이 어찌 사람의 눈에 띄랴?

---

17) 의총(疑塚) : 남의 눈을 속이려고 똑같이 만들어 놓은 여러 개의 무덤. [唐書 張琇傳]「恐仇人發之 作**疑塚**使不知其處」. [輟耕錄 疑塚]「曹操**疑塚**七十二 在漳河上」.

18) 눈물을 비 오듯 흘렸다[涙如雨河] : 눈물이 비 오듯 함. 「누하」. [晉書 顧愷之傳]「桓溫薨 後或問之日 卿憑重桓公 哭狀其可見乎 答日 聲如震雷破山 **涙如傾河注海**」.

英雄未有俗胸中
出沒豈隨人眼底?

공과 죄과가 두 사람이 아니며
더러운 이름과 아름다운 이름은 본시 하나인 것을.

功首罪魁非兩人
遺臭流芳本一身.

신령한 그 문장에 패기 또한 놀라우니
어찌 구차하게 저들의 무리가 되랴?

文章有神霸有氣
豈能苟爾化爲羣.

물가에 쌓은 축대 태행산 마주하니
기와 이 그 형세가 낮아졌다 높아졌다 하네.

橫流築臺距太行
氣與理勢相低昂.

어찌 사람들 속여 모반치 않았다면
작게는 패가 크게는 왕 되었으리?

安有斯人不作逆
小不爲霸大不王?

패왕 될 사람 아이 되어 울고 있으니
불평한 그 심사는 어찌할 수 없도다.

霸王降作兒女鳴
無可奈何中不平.

장막의 향한 마음 이익 없음을 알지만
향을 나눠주니 무정하다고는 하지 마오.
　向帳明知非有益
　分香未可謂無情.

슬프다!
옛 사람 하는 일이 크고 작음이 없거늘
적막함과 호화로움이 다 맘 속에 있도다.
　嗚呼!
　古人作事無鉅細
　寂寞豪華皆有意.

서생은 경망되이 총중인을 시비하나
무덤 속 그 사람은 서생의 치기를 비웃으리!
　書生輕議塚中人
　塚中笑爾書生氣!

　한편, 조조가 죽자 문무 백관들은 다 발상을 하고는, 세자 조비·언
릉후 조창·임치후 조식·소희후 조웅 등이 있는 곳에 알렸다. 여러
관료들은 금관 은곽을 쓰고 조조를 염하여 밤을 도와 시신을 업군으
로 모셔 갔다. 조비가 아버지의 죽음을 듣고 방성대곡하며 대소 관료
들을 거느리고 성에서 10리쯤 떨어진 곳까지 나와서, 길에 엎드려 관

을 맞아 편전에 모셨다. 관료들은 다 상복을 입고 전상에 모여 곡을 하였다.

그때, 문득 한 사람이 앞으로 나서며,

"세자께서는 슬픔을 멈추시고 대사를 의논하셔야 합니다."

하거늘, 여러 사람들이 저를 보니 중서자인 사마부(司馬孚)였다.

사마부가 말하기를,

"위왕이 돌아가셨으니 세상이 요동칠 것입니다. 빨리 왕위를 계승해서 백성들의 마음을 안정시켜야 하는데 어찌 울고만 있으십니까?"

하거늘, 여러 신하들이 대답하기를

"세자께서 마땅히 왕위를 계승하여야 하는데, 다만 천자의 칙명을 얻지 못했으니 어찌 경솔하게 행동하겠소이까?"19)

하거늘, 병부상서 진교가

"왕이 외방에서 붕어하셨으니 아들이 사사로이 왕위에 오르면 피차 간에 변이 생길 수도 있습니다. 그렇게 되면 나라가 위태로울 수도 있소이다."

하고, 마침내 칼을 빼어 소매를 자르더니, 목소리를 높여

"오늘로 즉시 세자에게 사위(嗣位)를 청하십시다. 여러분 중에서 다른 의견이 있으시다면 이 도포자락처럼 될 것이외다!"

하니, 백관들이 모두 두려워하였다. 그때 문득 화흠이 허창에서 나는 듯이 달려왔다. 이를 보고 모든 이들이 크게 놀랐다. 잠깐 있다가 화흠이 들어오거늘 여러 사람들이 그가 온 뜻을 물었다.

---

19) 어찌 경솔하게 행동하겠소이까[造次而行] : 아주 급하게 행함. 「조차간」(造次間)은 '아주 급작스러운 때'의 뜻임. 「조차전패」(造次顚沛). '조차'는 창졸(倉卒)한 때, 전패는 엎드러지고 자빠질 때의 뜻. [論語 里仁篇]「君子無終食之間違仁 造次必於是 顚沛必於是」.

화흠이 묻기를,

"지금 위왕께서 서거하셨다는 소문을 듣고 천하가 요동치고 있는데, 어찌하여 세자에게 사위를 청하지 않고 있소이까?"

하거늘, 여러 관료들이 말하기를

"그 까닭은 천자의 칙명이 없기 때문에, 지금 막 왕후 변씨가 어머니로서[20] 세자를 왕위에 세우고자 하고 있소이다."

하니, 화흠이 대답하기를

"내가 이미 한제가 있는 곳을 찾아서 칙명을 얻어왔습니다."

한다. 여러 사람들이 뛰면서 칭하하였다.

화흠은 품에서 칙명을 꺼내 읽기 시작하였다.

원래 화흠은 위왕을 아첨으로 섬겼기 때문에 이 조서를 기록해 두었다가 위압적으로 헌제를 협박하니, 헌제는 단지 듣고 따를 뿐이었다. 곧 조비를 위왕으로 봉하며 승상으로 삼아 기주목을 거느리게 한 내용이었다. 조비는 그날로 왕위에 올라서 대소 관료들의 배무기거를[21] 받았다.

연회를 열고 경하하고 있는 그때에, 문득 언릉후 조창이 장안으로부터 10만 대군을 이끌고 왔다는 보고가 들어왔다. 조비는 크게 놀라, 여러 신하들에게 묻기를,

"어린 아우 놈(黃鬚)이 천성이 강하고 게다가 무예가 깊습니다. 이제 병사들을 이끌고 멀리서 온 것은 필시 나와 왕위를 다투려는 것일 터

---

20) 어머니로서[慈旨] : 임금의 어머니의 전교(傳敎). 임금의 어머니를 자성(慈聖)·자전(慈殿)이라 함. [唐書 劉洎傳]「階下降慈旨」.

21) 배무기거(背舞起居) : 꿇어앉고 절함. 「배무」는 '서로 등지고 서서 추는 춤'이고, 「기거」는 '앉았다가 손님을 맞기 위해 일어섬'의 뜻. [杜甫 韋諷錄事宅觀曹將軍畵馬圖引]「盤賜將事背舞歸 輕紈細綺相追飛」. [漢書 谷水傳]「起居有常 循禮而動」.

인데, 이를 어찌하면 좋겠소이까?"

하거늘, 문득 한 사람이 나서며 대답하기를

"제가 가 언릉후를 만나서 한 마디로 꺾어 놓겠습니다."

하거늘, 여러 사람들이 말하기를

"대부가 아니면 이 화를 풀 사람이 없소이다."

한다.

이에,

조비와 조창이 이 일을 어찌하나 보십시다

원단과 원상이 싸웠던 원 씨 집안일도 있으니.

試看曹氏丕彰事

幾作袁家譚尚爭.

이 사람이 누구인지 알지 못하겠다. 하회를 보라.

제79회

형이 아우를 핍박하니 조식은 시를 짓고
조카가 삼촌을 음해하고 유봉은 처형당하다.
　　兄逼弟曹植賦詩
　　姪陷叔劉封伏法.

　　한편, 조비는 조창이 군사들을 이끌고 왔다는 소식을 듣고 놀라서
여러 관료들에게 물으니, 한 사람이 썩 나서며 제가 가서 한 번에 꺾
어버리겠다 한다. 여러 사람들이 저를 보니 간의대부 가규(賈逵)였다.
조비가 크게 기뻐서 곧 가규에게 명하여 가게 했다.
　　가규가 명을 받고 성을 나가 조창을 맞는데, 조창이 묻기를
　　"선왕의 옥새는 어디에 있소?"
하거늘, 가규가 정색하며 말하기를
　　"집안에는 맏아들이 있고 나라에는 세자가 있으니, 선왕의 옥새는
군후께서 물으실 바가 아닙니다."
하니, 조창이 말이 없는 채 가규와 함께 입성하였다. 궁문 앞에 이르
자 가규가 묻는다.
　　"군후께서 여기에 오신 것은 문상을 하러 오신 것입니까?"
하니, 조창이 대답하기를
　　"나는 문상하러 왔지 다른 생각은 없소."
한다.

가규가 또 묻기를,

"다른 생각이 없으시다면, 무엇 때문에 병사들을 데리고 입성하십니까?"

하자, 조창은 즉시 좌우의 장수들을 물러가게 하고, 단신으로 궁중에 들어가 조비에게 뵈었다. 형제 두 사람이 서로 끌어안고 대성통곡하였다. 조창이 본부 군마를 모두 조비에게 넘겨주었다. 조비는 그에게 언릉으로 돌아가 지키라 하니, 조창이 하직하고 돌아갔다.

이에 조비는 왕위가 안정되자, 건안 25년 연호를 연강(延康) 원년으로 고쳤다. 그리고 가후를 봉하여 태위로 삼고 화흠을 상국을 삼았으며 왕랑을 어사대부로 삼았다. 또 대소 관료들을 다 승차시키고 상을 내렸다. 조조에게 시호를 내려 무왕(武王)이라 하고 업군의 고릉(高陵)에 장사 지냈는데 우금에게 능사를 맡겼다.

우금이 명을 받들고 고릉에 이르니, 능우 안쪽 벽에 흰 횟가루로 관운장이 칠합에서 물을 터뜨렸던 칠군의 일과 우금을 사로잡은 일들이 그려져 있었다. 그림 속에는 운장이 엄연히 윗자리에 앉아 있고 방덕이 분노를 굽히지 않고 있는데, 우금이 땅에 엎드려 절하며 목숨을 구걸하는 모습이 그려져 있었다. 원래 조비는 우금이 패하고 생포되자 죽음으로써 절개를 지키지 못하고 항복하였다가 다시 돌아온 것을 보고, 마음속으로 그의 사람됨을 비루하게 생각해 왔다.

그런 연유로 해서 사람을 시켜 능우의 벽에 횟가루로 그림을 그리게 해서, 일부러 그로 하여금 보게 하여 부끄러움을 느끼게 하려 했던 것이다. 그때 우금은 부끄럽기도 하고 또 분해서, 그로 인해 병이 나서 오래지 않아 죽었다.

후세 사람이 이를 한탄한 시가 전한다.

30년간 주종간의 정리가 있으면서도

가련할사 어려울 때 조씨에게 불충하였나.

　三十年來說舊交

　可憐臨難不忠曹.

사람들은 안다 해도 그 마음 알 길 없어

범을 그리려거든 뼈 속을 그려야 할 것을.

　知人未何心中識

　畵虎今從骨裏描.

　한편, 화흠이 조비에게 말하기를

"언릉후가 이제 군마를 바치고 본국으로 돌아갔으나, 임치후 조식과 소회후 조웅 두 사람은 끝내 문상하러 오지 않았습니다. 그 문제는 마땅히 죄를 물어야 할 것입니다."

하거늘, 조비가 그의 뜻을 좇아 곧 두 곳에 각기 사자를 보내 문책을 하였다.

　하루가 못 되어서 소회후에게 갔던 사자가 돌아와서,

"소회후 조웅은 죄를 두려워하여 스스로 목을 매어 죽었습니다."

한다. 이를 듣고 조비가 그를 후히 장사지내게 하고 소회왕이라 추증하였다.

　또, 하루가 지나지 않아서 임치후에게 갔던 사자가 돌아와서,

"임치후가 매일 정의(丁儀)·정이(丁廙) 형제와 술을 마시며 심히 무례하온데, 사자가 왔다는 말을 듣고도 그대로 앉아 까딱도 않았습니다. 정의가 저를 보고 꾸짖으며 '전날 선왕께서는 본시 나의 주군을 세자로 삼으시려 하다가, 신하들의 참소로 뜻을 이루지 못하였다. 지

금 선왕의 상사가 있은 지 멀지도 않았는데, 급히 형제에게 죄를 물으려 함은 어찌된 것이냐?' 하고, 또 정이는 '나의 주군께서 총명하심이 뛰어나서 마땅히 왕위를 계승해야 함에도, 지금은 오히려 왕위를 승계하지 못하였소. 너희들 묘당 신하들은 어찌해서 세상의 인재를 이렇듯 알지 못하느냐?' 했습니다. 그리고 임치후가 이로 인해 화를 내면서 무사를 시켜서 나를 난장질했습니다."

하였다. 조비가 이를 듣고 크게 노하여, 곧 허저에게 호위군 3천을 이끌고 급히 임치에 가서 조식 등 관련자들을 잡아오라 하였다. 허저가 명을 받고 군사들을 이끌고 임치성으로 갔다. 성문을 지키던 장수가 막고 나서자 저를 참하고 곧장 성에 들어가는데도, 한 사람도 감히 그 기세를 막지 못했다. 허저는 곧장 부당(府堂)으로 들어갔다.

그때, 조식은 정의·정이 등과 다 취해 쓰러져 있었다. 허저가 저들을 포박해서 수레에 싣고 또 부하 대소 관리들도 함께 업군으로 끌고 와서 조비의 처분을 기다렸다. 조비가 명하기를 먼저 정의·정이 등의 목을 다 베라 하였다. 정의 자는 정례(正禮)이고 정이의 자는 경례(敬禮)로 패군 사람인데, 한 때의 이름난 문사(文士)였다. 그들이 죽자 모두들 애석해 하였다.

한편, 조비의 어머니 변씨가 조웅이 목을 매어 죽었다는 소식을 듣고 몹시 슬퍼하였다. 그러는 중에 홀연 조식이 잡혀왔다는 소식과 또, 그의 무리인 정의 등이 이미 죽었다는 말을 듣고서 크게 놀랐다. 급히 전에 나가 조비를 불러 만나자 하였다. 조비는 어머니께서 전에 나와 보자고 하자 황망히 가서 배알하였다.

변씨가 울면서 조비에게 말하기를,

"네 아우 식은 평소에도 술을 좋아하며 기탄없이 굴었으나, 이는 가슴 속의 재주를 믿기 때문에 저가 방종하게 행동하는 것이다. 네가 형제의 정이 있다면, 그의 목숨을 살려주려무나. 그러면 내 구천에서도[1] 눈을 감을 수 있을 것이다."

하거늘, 조비가 아뢰기를

"저 또한 저의 재능을 아끼고 있는데 어찌 저를 해치겠나이까? 이제 막 그의 성질을 경계하고 있사오니, 어머님께서는 걱정 마십시오."

하였다.

변씨는 눈물을 흘리며 들어갔다. 조비가 편전에서 조식을 불러 만나려 하는데, 화흠이 묻기를

"지금 태후께서 전하께 자건(子建)을 죽이지 말라고 권하셨지요?"

하거늘, 조비가 대답한다.

"그렇소."

하매, 화흠이 말하기를

"자건은 재능이 있고 지혜가 있는 터여서 종시 연못 속에 들어 있을 분이 아닙니다.[2] 만약에 지금 제거하지 않으시면 반드시 후환이 될 것입니다."

한다.

조비가 대답하기를,

"어머님의 명이시니 거스를 수가 없소이다."

하니, 화흠이 권유하기를

"사람들이 다 자건이 입만 열면 명문이 이루어진다 하나 신은 이를

---

1) **구천(九泉)** : 저승. 땅 속. [阮瑀 七哀詩]「冥冥**九泉**室 漫漫長夜臺」. 「명도」(冥途). 죽은 사람이 가는 곳. 명토(冥土). [太平廣記]「**冥途**小吏」.

2) 종시 연못 속에 들어 있을 분이 아닙니다[非池中物] : 연못 속에 들어있기만 할 인물이 아님. '뒤에 반드시 드러날 인물'이란 뜻임. [三國志 吳志 周瑜傳]「劉備以梟雄之姿……恐蛟龍得雲雨 終**非池中物**也」.

믿지 않습니다. 주상께서 불러들이셔서 그 재주를 시험해 보시지요. 만약에 그렇지 못하거든 곧 저를 죽이시고 만약에 과연 능력이 있다면, 그를 폄직해서 세상 문인들의 입을 막으세요."

하였다. 조비가 그의 말을 좇기로 하였다. 잠깐 있다가 조식이 들어와 조비를 뵙고, 황급히 엎드려 죄를 청하였다.

조비가 말하기를,

"내가 정리 상으로는 형제지만 의리 면에서는 군신에 속한다. 네 어찌 감히 재주만 믿고 예의 없이 구느냐? 전날 아버님이 살아계실 때에 너는 늘상 문장을 사람들에게 보이며 자랑하였는데, 나는 다른 사람들이 대필해 준 것이 아닌가 의아해 왔다. 그래서 내 지금 너에게 일곱 걸음 안에 한 수의 시를 짓게 하겠다. 네 과연 지을 수 있으면 죽음만은 면하게 해주마. 만약에 짓지 못한다면 중죄로 다스려[3] 결코 용서하지 않으리라."

하니, 조식이 말하기를

"원컨대 시제[題目]를 주십시오."

하였다.

그때에 마침 정각 위에 한 폭의 수묵화가 걸려 있었는데, 두 마리 소가 흙담 아래에서 싸우다가 그 중 한 마리가 우물에 빠져 죽는 모습이 그려져 있었다.

조비가 그림을 가리키며,

"곧 이 그림을 시제로 하겠다. 시는 '두 마리 소가 싸우다가 한 마리가 우물에 떨어져 죽었네'라는 말이 들어가서는 아니 된다."

하였다.

---

3) 중죄로 다스려[從重治罪] : 두 가지 죄가 있을 때에는 중한 죄를 따져서 처벌함. [白虎通 攷黜]「賞宜從重」. [孔子家語 三恕]「從輕勿爲先 從重勿爲後」.

조식이 일곱 걸음 만에 시를 지었으니, 그 내용은 다음과 같다.

　두 덩이 고기 나란히 길을 가네
　머리에 얹은 뼈 '요(凹)'처럼 생겼구나.
　　兩肉齊道行
　　頭上帶凹骨.

　철산(凸) 밑에서 두 마리가 만나서
　서로 날뛰며 부딪히고 싸우도다.
　　相遇凸山下
　　欻起相搪突.

　두 적수 강한 정도 같지 않으니
　한 고깃덩이 토굴에 누웠네.
　　二敵不俱剛
　　一肉臥土窟.

　이는 힘이 같지 않아서가 아니고
　왕성한 기운을 다 쓰지 못함이어라.
　　非是力不如
　　盛氣不泄畢.

조비는 물론 모든 신하들이 다 놀랐다.
조비가 말하기를,
"칠보에 시를 짓는 것은4) 내 생각에는 너무 늦도다. 네 능히 즉석에서 한 수 시를 지을 수 있느냐?"

하니, 조식이 말하기를

"시제를 내리소서."

하였다.

조비가 말한다.

"나와 너는 형제다. 그러니 '형제'를 시제로 하여라. 또한 싯구 속에 '형제'라는 글자가 들어가서는 아니 된다."

하였다.

조식이 잠깐 생각하지도 않고 입으로 한 수 시를 읊는다.

콩깍지를 태우며 콩을 볶으니
그 콩이 가마솥 속에서 우는구나.

煮豆燃豆其
豆在釜中泣.

원래부터 같은 뿌리서 태어났건만
서로 들볶음이 이같이 태심한가!

本是同根生
相煎何太急!

조비가 이 시를 듣고 주르르 눈물을 흘렸다. 그 어머니 변씨가 전각

---

4) 칠보에 시를 짓는 것은[植行七步 其詩已成] : 조식이 일곱 걸음 걷는 사이에 지은 시. [世說新語 文學]「文帝 嘗令東阿王七步中作詩 不成者行大法 應聲便爲 詩日 '煮豆持作羹 漉菽以爲汁 其在釜下燃 豆在釜中泣 本自同根生 相煎何太急' 帝深有慙色」.

뒤에서 나오시며 말하기를,

"형이 어찌 동생을 이토록 핍박하느냐?"

하자, 조비가 황망히 일어나 아뢰기를,

"국법을 굽힐 수는 없사옵니다."

한다. 이에 조식의 벼슬을 낮추어 안향후(安鄕侯)로 하였다. 조식은 조비를 하직하고 말에 올라 가버렸다.

조비는 왕위를 계승한 뒤부터 법령을 쇄신하고, 헌제를 위협하며 핍박함이 그의 아버지보다 심하였다. 일찍이 세작이 성도에 들어가 보고하였다.

한중왕이 그 소식을 듣고 크게 놀라, 곧 문무 관료들과 의논하며 말하기를

"조조는 이미 죽었고 조비가 위를 계승하였는데, 천자를 위협하고 핍박함이 오히려 조조보다 더하답니다. 동오의 손권이 손을 맞잡고 칭신하였다 합니다. 내가 먼저 동오를 치고 운장의 원수를 갚으려 하오. 그리고 그 다음에는 난적을 제거하려 하오이다."

하고 말을 마치자, 요화가 반열에서 나와 울며 땅에 엎드려

"관공 부자께서 해를 당하심은 기실 유봉과 맹달의 죄입니다. 이 두 도적들을 죽이게 해 주시옵소서."

하매, 현덕은 곧 사람을 보내서 저들을 잡아오게 하였다.

공명이 말하기를,

"아니 됩니다. 저들은 응당 서서히 처리하여도 됩니다. 급하게 서둘면 변고가 생길 것입니다. 이 두 사람을 승차시켜 군수를 삼아, 서로가 떨어져 있게 한 연후에 저들을 잡아오게 하셔야 합니다."

한다.

현덕이 그의 생각을 따라서, 유봉을 승차시켜 면죽을 지키는 일에 봉하였다. 본시 팽양과 맹달은 아주 가까운 사이여서, 이 조치를 알고 급히 돌아가서 편지를 써서 심복을 시켜 맹달에게 알리게 하였다. 사자가 막 남문 밖을 나가는데, 마초의 순시하는 사람에게 잡혀 마초에게 끌려갔다.

마초는 이 일을 알고 곧 가서 팽양을 만났다. 팽양이 마초를 영접해 들이고 술을 내서 대접하였다.

술이 몇 잔 돌자, 마초가 저의 마음을 긁으며 묻기를

"전날에 한중왕은 공을 후하게 대우하였는데, 지금은 어찌하여 점점 신임이 낮아져 갑니까?"

하자, 팽양은 술에 취해 마초에게 불평하기를,

"그 늙은이가5) 나를 박대하다니. 내 반드시 원수를 갚을 날이 있을 것이외다!"

하였다. 마초가 또 탐색하며,

"나 또한 원한의 마음을 품은 지 오래외다."

하였다. 팽양이 권유하기를,

"공은 본부군을 일으켜 그 맹달과 연계하여 밖에서 합류하고 나는 천병을 이끌고 대응한다면 대사를 도모할 수 있을 것이오."

하거늘, 마초가 말한다.

"선생의 말이 썩 합당하니 내일 다시 의논하십시다."

하고 팽양과 헤어졌다. 마초는 팽양과 헤어지고는 곧 사람을 시켜 한중왕에게 그 일을 자세히 말하게 하였다. 현덕이 크게 노하여, 곧 팽양을 잡아다가 하옥시키고 그 일을 물었다. 팽양이 옥중에 있으면서

---

5) 늙은이[老革] : 노병(老兵). [三國志 蜀志 費詩傳]「羽聞黃忠爲後將軍 羽怒曰 大丈夫終不與老兵同列」. [晋書 謝奕傳]「失一老兵 得一老兵」.

후회했으나 어쩔 수 없는 일이었다.

현덕이 공명에게 묻기를,

"팽양이 모반할 뜻이 있으니, 저를 어찌 처리하면 좋겠소?"

하니, 공명이 대답하기를

"팽양은 미친놈이니, 저를 살려두면 머지 않아 필시 화를 일으킬 것입니다."

하였다. 이에 현덕은 팽양을 옥에서 죽여 버렸다.

팽양이 죽자 이것이 맹달에게 알려졌다. 맹달은 크게 놀라 할 바를 모르고 있는데 문득 사자가 명을 가지고 왔다. 유봉에게 면죽을 지키라는 칙지가 내려왔다. 맹달은 더욱 당황하여 상용과 방릉(房陵)의 도위인 신탐(申耽)·신의(申儀) 두 형제를 불러서,

"내가 효직과 함께 한중왕에게 공이 많았는데, 지금 효직은 죽었고 한중왕이 우리들이 세운 공을 잊은 게 분명합니다. 이에 해를 입게 되었으니 어찌했으면 좋겠소?"

하니, 신탐이 말하기를

"나에게 한 가지 계책이 있소이다. 한중왕으로 하여금 공에게 위해를 가하게 할 수 없도록 하는 계책입니다."

하니, 맹달이 기뻐하며 그 계책에 대해 물었다.

신탐이 말하기를,

"우리 형제가 위나라에 투항할 결심을 한 지 오래되었소이다. 공도 또한 표문을 올려, 한중왕에게 사의를 표하십시오. 그리고 위왕 조비에게 투항하면 조비는 반드시 공을 중용할 것입니다. 우리 두 사람이 또한 뒤따라 위에 항복하겠소이다."

한다.

맹달이 깊이 깨닫고 한 통의 편지를 써서 성도에서 온 사자에게 주

었다. 그리고 그날 밤으로 50여 기를 이끌고 위에 가서 투항하였다. 사자가 사표를 가지고 성도에 돌아가서 한중왕에게, 맹달이 위에 투항하였다고 말하였다.

선주(先主)는 크게 노하였다. 표문은 다음과 같은 내용이었다.

신 맹달은 엎드려 생각하옵나이다. 전하께서는 이윤과 여상의 대업을 세우시려 하시고, 환공과 문공의 큰 공을 따르시어 오와 초로부터 대업을 일으키시매, 유위지사(有爲之士)들이 위풍을 앙모하고 모여들었습니다.

제가 전하께 몸을 의탁한 이래, 허물이 산과 같이 쌓였음을 저도 알 수 있는데 하물며 전하께서이겠습니까? 이제 대왕의 조정에는 영웅과 준걸들이 운집하였사오나,6) 신은 안에서 보좌할 그릇이 못 되고 밖으로는 장령지재(將令之才)가 못 되어 공신의 반열에 있기가 심히 부끄럽습니다. 신이 듣자오되 범려는 구천의7) 비미(卑微)함을 알고도 오히려 오호에 배를 띄웠고, 구범은8) 사죄하고 황하의 기

---

6) 영웅과 준걸들이 운집하였사오나 : 원문에는 '今王朝英俊鱗集'으로 되어 있음. '영준'은 지식의 다과에 따라 명명한 명칭임. 「무선영준호걸현성」(茂選英俊豪傑賢聖). [淮南子 泰族訓]「知過萬人者爲之英 千人者爲之俊 百人者爲之豪 十人者爲之傑」. [史記 枚乘傳]「乘久爲大國上賓 與英俊竝游」.

7) 범려·구천(范蠡·句踐) : 월왕 구천이 오나라와 싸워 회계(會稽)에서 패하고 나자, 국력을 기르는 한편 범여의 계획에 따라 서시(西施)란 미녀로 미인계를 썼음. 오왕 부차가 이 계책에 빠진 것을 알고 군사를 일으켜 오나라를 멸하였다는 고사. [拾遺記]「西施越女所謂西子也 有絕世之美 越王句踐 獻之吳王夫差 夫差嬖之 卒至傾國」. [淮南子]「曼容皓齒形娇骨佳 不待傅粉 芳澤而美者 西施陽文也」. [韻語陽秋]「太平寰宇記載西施事云 施其姓也 是時有東施家 西施家」.

8) 구범(舅犯) : 본명은 호언(狐偃), 자를 자범(子犯)이라 했는데, 진문공(晋文公)의 외삼촌이므로 '구범'이라 함. 문공을 따라 19년간 국외에 망명하였으나, 문공이 그의 공로를 잊고 과오만 기억할 것이 두려워 끝내 고별하였다

숲에서 사퇴하고 돌아갔다 하옵나이다. 무릇 위급할 때를 당하여 목숨을 도모함이 어찌 어리석은 소행이9) 아니겠습니까.

그러나 그것은 진퇴를 깨끗이 하려는 바람 때문이라 하겠나이다. 하물며 신은 비천한 신하로서 위훈을 세우지 못하였사오나 과분한 자리에 올랐으며, 마음에 선현(先賢)을 사모하여 일찍이 부끄러움으로부터 멀어지려고 마음먹고 있었습니다.

옛날 신생(申生)은 효도가 극진하였으나 도리어 양친의 의혹을 받았으며 자서는10) 충성이 극진하여 임금에게 주살되었고, 몽염은11) 변방에 버려져 중형을 받았으며 악의는12) 제를 격파하였으나 참함(讒陷)에 빠졌습니다.

신이 그 서책을 읽을 때마다 감개무량하여 눈물을 흘리곤 하였삽더니, 이제 이 몸이 그런 처지를 당하매 그 슬픔이 더하여집니다.

함. [中國人名]「晋 突子 字子犯 爲文公之舅 故又稱**舅犯** 爲大夫……比文公定王室 宣信諸侯而覇天下 大抵偓謀爲多」.

9) 어리석은 소행[何哉] : 어리석고 굼뜸. 「우준」(愚蠢). [後漢書 虞詡傳]「**愚蠢** 之人 不足多誅」.

10) 자서(子胥) : 오원(伍員). 성은 오(伍) 명은 원(員)으로 초나라 사람임. [中文 辭典]「春秋楚人 字子胥……員掘墓鞭尸 以報父兄之仇……闔廬伐越……伐越破之 越王句踐請和 夫差許之 員諫不聽……夫差賜員屬鏤之劍曰 子以此死 員謂 其舍 人曰 抉吾眼懸諸吳東門 以觀越人之入滅吳也 乃自剄死 後九年 越果滅吳」.

11) 몽염(蒙恬) : 진나라 때의 장군. 당시 북방의 흉노 침입을 막고 만리장성을 쌓는 등 공로를 세웠으나, 후에 환관 조고(趙高)에게 암해를 받고 자살함. [中 國人名]「秦 武子……北逐戎狄 築長城 西起臨洮 東至遼東……威震匈奴 二世卽 位 爲趙高所構 矯詔賜死 恬始作筆 以枯木爲管……所謂蒼毫也」.

12) 악의(樂毅) : 전국시대 연(燕)나라의 장군. 제(齊)의 70여 성을 빼앗아 창국 군(昌國君)에 봉해짐. 후에 제나라 전단(田單)의 반간계에 넘어가 죽게 되자, 조나라로 도마쳐 망저군(望諸君)이 되고 나중에는 연·조 두 나라의 객경(客 卿)이 되었음. [中國人名]「燕 羊後 賢而好兵 自魏使燕……下齊七十餘城 以功封 昌國 號昌國君……田單乃縱反間於王 ……燕趙二國 以爲客卿」.

근자에 형주에서 패전하여 대신이 절(節)을 잃으매, 백에 한 가지도 돌아옴이 없사옵니다. 신은 황공무지하와13) 스스로 방릉·상릉을 봉환(奉還)하고 외지로 사라져 가려 하옵니다. 엎드려 생각하오매 전하께서는 성은에 의하여 감오(感悟)되시고, 신의 마음을 가련히 여기시어 이 일을 탓하지 마시옵소서.

신은 소인으로서 능히 끝맺음을 온전히 할 것 같지 못하와, 이를 알고 행하는 것이오니 스스로 그 죄가 중함을 생각하고 있나이다. 신이 들은 바로는 '정을 끊은 때에는 험담이 없어야 하고, 떠나간 신하에게는 원망이 없어야 한다.'14) 하였나이다.

신은 그릇되이 군자의 가르침을 받은 바 되었소이다. 바라옵건대 군왕께서도 이를 힘쓰시기 바라옵나이다. 신은 진정 황공무지함을 이기지 못하옵나이다!

표문을 읽고 나자, 현덕은 크게 노하며 말하기를

"필부 놈이 나를 배반하다니, 어찌 감히 문사로써 나를 희롱하는고!"

하고, 즉시 군사들을 일으켜 저를 잡고자 하였다.

공명이 말하기를,

"유봉에게 군사들을 이끌고 가서 두 범이 서로 싸우게 하시지요. 유봉이 이기거나 패하거나 하면 반드시 성으로 올 것이니, 그때 저를 제거하시면 둘 다 없애게 될 것입니다."

---

13) 황공무지(惶恐無地) : 황공하여 몸 둘 곳을 모름. '황공'은 두렵고 무서움의 뜻임. 「황송무지」(惶悚無地). [漢書 朱博傳]「右曹掾史皆移病臥 博問其故 對言 **惶恐**」. [鮑照 請暇啓]「執啓涕結 伏追**惶悚**」.

14) 정을 끊을 때에는 험담이 없어야 하고 …… : 원문에는 '交絶無惡聲 去臣無怨 辭'로 되어 있음. [史記 樂毅傳]「古之**君子** 交絶不出惡聲 忠臣去國 不絜其名」. [顔氏家訓 文帝]「**君子之交** 絶無惡聲」.

하거늘, 현덕이 그의 생각대로 사자를 면죽에 보내서 유봉에게 명을 전하게 하였다. 유봉은 명을 받고 군사들을 거느리고 맹달을 잡으러 갔다.

한편, 조비는 문무 관료들을 모아 놓고 의논하고 있는데, 갑자기 근신이 와서 말하기를,

"촉장 맹달이 투항해왔습니다."

한다.

조비가 불러들여, 묻기를

"네가 어떻게 왔느냐. 거짓 항복하려는 것은 아니겠지?"

하니, 맹달이 대답하기를

"신은 관공을 구하지 않아 위험하게 되었습니다. 한중왕이 신을 죽이려 해서 두려워 항복하러 온 것입니다. 다른 뜻은 없사옵니다."

하거늘, 조비는 그래도 믿기지 않았다.

또 문득 알려오기를,

"유봉이 5만 병사들을 이끌고 양양을 취하러 와서, 맹달을 잡아 죽이려 한답니다."

하고 보고한다. 조비가 말하기를,

"네가 진심을 보였으니, 곧 양양에 가서 유봉의 수급을 가져 오게. 그러면 내가 확실히 믿겠소."

하거늘, 맹달이 대답하기를

"신이 이해관계를 말해 보겠습니다. 그러니 동병은 필요하지 않고 유봉에게 와서 항복하라고 하겠습니다."

한다. 조비는 크게 기뻐하며, 마침내 맹달에게 벼슬을 더하여 산기상시15) 건무장군 평양정후에 봉하고 신성태수를 거느리게 하며 양양과 번성을 지키게 하였다. 원래 하후상과 서황은 이미 먼저 양양에 가

있으면서, 막 상용의 여러 부를 취하려 하고 있었다.

맹달이 양양에 이르자 두 장수와 인사를 끝내고, 유봉이 성에서 50여 리 떨어진 곳에 하채하고 있음을 탐청하였다. 맹달은 곧 한 통의 편지를 닦아 사람을 시켜 촉나라 영채에 보내 유봉에게 항복하라 하였다. 유봉이 편지를 보고 나서 크게 노하며,

"이 도적놈이 내 숙질간의 의를 끊게 하더니, 또 우리 부자간의 의를 끊어 나로 하여금 불충·불효를 만들려 하다니!"

하고, 마침내 편지를 찢어 버리고 사신을 참하였다.

다음 날 군사들을 이끌고 나가 싸움을 돋우었다.

맹달은 유봉이 보낸 편지를 찢어버리고 사신을 참했다는 것을 알고 크게 노하여, 또한 군사들을 통솔하고 나가 맞았다. 두 진영에서 둥글게 진을 치고 나자 유봉이 문기 아래에서 칼을 들어 가리키며, 꾸짖기를

"나라를 배반한 도적놈아. 어찌 쓸데없는 말을 하느냐?"

하자, 맹달이 말하기를

"네가 죽음이 이미 눈앞에 이르렀는데도, 도리어 혼미함을 고집하며 깨닫지 못하느냐!"

하거늘, 유봉이 크게 노하여 말을 박차고 칼을 휘두르며 나와 곧장 맹달에게 달려들었다. 싸움이 3합이 못 되어서 맹달이 패주하거늘, 유봉이 빈틈을 타고 20여 리까지 추살하였다. 그때 함성이 일더니 복병들이 몰려 나왔다. 왼쪽에선 하후상이 오른쪽에선 서황이 짓쳐 나왔다.

이에, 맹달은 몸을 돌려 다시 싸우려 하는데 세 군데서 협공을 하였다.

---

15) 산기상시(散騎常侍): 진이 만든 제도였는데 그때는 중상시(中常侍)만 두었으나, 황초(黃初) 초에 이를 부활시켜 천자를 모시며 잘못을 간하는 임무를 맡게 함. [中文辭典]「官名 秦置散騎與中常侍散騎並乘輿 專獻可替否」.

유봉은 대패하여 달아나 밤새 달려서 상용에 이르렀는데, 뒤에서 위병이 급히 쫓아왔다. 유봉이 성문 아래에서 큰 소리로 문을 열라 하자 성 위에서 어지러이 활을 쏘아댔다.

신탐이 적루 위에서 외치기를,

"나는 이미 위에 항복하였소이다!"

하거늘, 유봉이 크게 노하며 성을 공격하려 하자 뒤에서 추격군이 이르렀다. 유봉은 할 수 없이 방릉을 바라고 달아나며 보니, 성 위엔 이미 위나라의 깃발이 날리고 있었다. 신의가 적루에서 깃발을 휘두르자, 성의 뒤쪽에서 일표군이 나타나는데 깃발 위에는 '우장군 서황'이라 크게 쓰여 있었다. 유봉은 대항하지 못하고 급히 서천을 바라보며 달렸다. 서황은 승세를 타고 추살해 왔다. 유봉의 부하들은 단지 백여 기만 남은 채 성도에 이르러, 들어가 한중왕을 뵙고는 땅에 엎드려 울며 전에 있었던 일들을 자세히 아뢰었다.

현덕이 노하여 묻기를,

"이 치욕스러운 자식아!16) 뻔뻔스럽게 네 무슨 낯으로 다시 와서 나를 보느냐!"

하니, 유봉이 말하기를

"숙부의 어려움을 제가 구원하지 않은 것은 맹달이 막았기 때문입니다."

한다.

현덕이 더욱 노하면서,

"네 사람의 음식을 먹고 사람의 옷을 입으니 토목우인은17) 아니리

---

16) 이 **치욕스러운 자식아[辱子]** : 못난 아들. '부모에게 욕이나 먹이는 아들'이란 뜻의 겸양의 말임.

17) **토목우인(土木偶人)** : 허수아비로 사람처럼 만든 물건. 나무로 깎아 세운 장

라! 어찌 참소의 말만 들었단 말이냐!"

하며, 좌우에게 명하여 끌어내다가 참하라 하였다. 한중왕이 유봉을 참하고 나서야, 맹달이 저에게 항복을 권하는 편지를 찢어버렸다는 것을 알고 나서 마음속에 자못 후회가 일었다. 또 관공의 죽음을 애통하다가 병이 나서 이로 인해 병사들을 움직이지 못하였다.

이때, 위왕 조비는 왕위에 오른 후로 문무 관료들을 다 승차시키고 상을 내렸다. 마침내 30만 정예병들을 거느리고, 남방의 패국 초현을 순시하며 선영에 성대하게 제사를 드렸다. 시골의 노부들은 먼지가 길을 가리는 속에서 술잔 들어 술을 드렸다. 이는 한 고조가 패국에 돌아오던 일을[18] 본딴 것이었다.

그런데 사람이 또 보고하기를, 대장군 하후돈의 병세가 위독하다고 이뢰었다. 조비는 즉시 업군으로 돌아갔으나 하후돈은 이미 죽어, 조비는 상복을 입고 후한 예로써 저를 장사지내 주었다.

이해 8월에 석읍현(石邑縣)에 봉황이 날아오고 임치성에 기린이 나타나며, 황룡이 업군에 출현했다는 보고가 들어왔다. 이에 중랑장 이복(李伏)과 태사승 허지(許芝)가 상의하여, 여러 가지 상서로운 징후가 나타나니 이는 위가 마땅히 한을 대신할 징조라고 하며 수선지례(受禪之禮)를 행하여, 한제가 천하를 위왕에게 양도해야 한다는 명을 내리게 해야 한다 하였다.

승. 「우인」. [漢書 江充傳]「充將胡巫 掘地求**偶人**」. [淮南子 繆稱訓]「魯人**偶人** 葬 孔子歎」.

18) 한 고조가 패국에 돌아오던 일[高祖 還沛之事] : 고조가 한을 건국하고 고향 패현(沛縣)에 와서 부로들과 10여 일간 잔치를 한 일. 「금의환향」(錦衣還鄕) 이란 말은 여기서 나온 것임. [張繼命 德宮詩]「碧瓦朱楹白晝開 **金衣**寶扇曉風 寒」. [沈約 園橘詩]「但令入玉盤 **金衣**非所怯」.

그리고 마침내 화흠·왕랑·신비·가후·유이·유엽·진교·진군·
환개(桓皆) 등과 일반 문무 관료 40여 명이 곧바로 내전에 들어가서
한황 헌제에게 아뢰어, 위왕 조비에게 선위를 청하였다.

이에,

> 위나라 사직은19) 이제 막 세워졌는데
> 한나라 사직을 갑자기 넘기라 하는구나.
> 　魏家社稷今將建
> 　漢代江山忽已移.

헌제가 어떻게 대답하셨을지는 알 수가 없다. 하회를 보라.

---

19) **사직(社稷)** : 나라. 국가. 원래 사(社)는 '토신'(土神), '직'(稷)은 곡신(穀神)
임. [禮記 祭儀篇]「建國之神位 右社稷而左宗廟」. [後漢書 禮儀志]「考經援神契
曰 社者土地之主也 稷者五穀之長也 大司農鄭玄說 古者官有大功 則配食其神 故
句農配食於社 棄配食於稷」.

제80회

조비는 헌제를 폐하여 염유를 찬탈하고
한중왕은 제위에 올라 대통을 계승하다.
　　曹丕廢帝篡炎劉
　　漢王正位續大統.

한편, 화흠 등 일반 문무 관료들이 들어가 헌제를 뵈었다.

화흠이 앞으로 나가 아뢰기를,

"엎드려 바라옵건대, 위왕께서는 왕위에 오른 이래로 덕정(德政)을 사방에 펴시고 인화(仁化)는 만물에 미치고 있습니다. 이는 고금을 넘어 비록 당우(唐虞)라 하여도 이보다 낫지는 않을 것입니다. 군신들이 회의에서 의논하기를 '한조는 이미 끝났다'고 하였습니다.

바라건대, 폐하께서는 요와 순의 도를 효칙하시어 산천과 사직을 위왕에게 물려주시는 것이 위로는 천심(天心)에 부합되고, 아래로는 민의(民意)에 합치되옵니다. 그리하시면 폐하께서는 청한한 복을 누리실 수 있을 것이니, 이는 조종에게 심히 다행한 일이며 백성들에게도 다행한 일이옵나이다! 신 등이 의논하여 정하고 이에 와서 아뢰는 것입니다."

하자, 헌제가 듣고 크게 놀라서 한참동안 말이 없으시다가 문득 관료들을 보고 울며 말하기를,

"짐이 고조께서 삼척검을 드셔서 참사기의[1] 하시고, 진을 평정하고

초를 멸하신 후 나라를 세우신 세통(世統)이 오늘까지 이어져 4백 년이나 되었소. 짐이 비록 재주 없으나 큰 과오가 없는데, 어찌 차마 조종 대업을 한만히 버리겠는가? 너희 백관들은 다시 의논해 보라."
하였다.

화흠은 이복과 허지 등을 이끌고, 헌제 앞에 가서 아뢰기를
"폐하께서 만약에 믿지 못하겠다면 이들 두 사람에게 물어 보시오소서."
하니, 이복이 말하기를
"위왕께서 즉위하신 이래, 기린이 내려오고 봉황이 날아들며2) 황룡이 나타나고, 가화(嘉禾)가 우거지며 감로(甘露)가 내렸습니다. 이런 일들은 하늘에서 상서로움을 보이신 것으로, 위나라가 마땅히 한나라를 대신할 조짐이옵니다."
하니, 허지가 또 아뢰기를,
"신 등은 직업이 천문을 맡아보는 것이온 바, 밤에 건상을 살펴보니 염한의3) 기수는 이미 끝나고, 폐하의 제성(帝星)은 숨어 밝지 못하옵나이다. 위국의 하늘은 지극한 상천이 땅을 살피며 이루 말 할 수 없

---

1) 참사기의(斬蛇起義) : 한의 고조(高祖) 유방(劉邦)이 추종자들과 늪지대를 지나다가, 큰 백사(白蛇)가 길을 막고 있어 이를 죽이고 나서 초병하여 천하를 얻은 것을 말함. 유방이 '진나라를 멸하고 황제가 된 것은 하늘의 뜻'임을 뒷받침하고 있음. [史記 高祖紀]「高祖醉行澤中 前有**大蛇**當徑 乃拔劍**斬之** 一老嫗夜哭其處曰 吾子白帝子也 化爲蛇當道 今爲赤帝子**斬之**」.
2) 기린이 내려오고 봉황이 날아들며[麒麟降生 鳳凰來儀] : 기린이 내려오고 봉황이 날아듦. 기린은 성인이 이 세상에 나면 나타난다는 동물로, 산의 풀을 밟지 않고 생물을 먹지 않는 어진 짐승이라 함. [禮記 禮運篇]「山出器車 河出馬圖 鳳凰**麒麟** 皆在郊陬」. [孔子家語 執轡篇]「毛蟲三百六十 而**麟**爲之長」.
3) 염한(炎漢) : 한나라. 한(漢)은 화덕(火德)으로 왕이 되었다 함. [魏書 陳思王植傳]「植封雍丘王 朝京師 獻詩曰 受禪**炎漢** 臨君萬邦」.

습니다. 또한 위로 겸하여 도참에[4) 응하고 있습니다. 그 도참에선 이렇게 말하고 있사옵니다.

귀신들 옆에 있고 맡길 사람은 연했으니(鬼在邊委相連)
마땅히 한을 대신하란 말이 필요 없도다.(當代漢無可言)

말씀은 동편에 있고 말을 서편에 있으니(言在東午在西)
해가 둘 같이 위 아래로 옮기는도다.(兩日變光上下移)

이로 논할 것 같으면,
"폐하께서는 빨리 선위를 하셔야 합니다. '귀신이 옆에 있고 맡길 사람은 연했다' 함은 이는 곧 '위(魏)'자이고, '말씀은 동쪽에 있고 말은 서편에 있다' 함은 곧 '허(許)'를 뜻합니다. '두 해가 함께 아래 위를 비친다' 함은 이에 '창(昌)'자의 뜻이옵니다. 이로 보면 위는 허창에 있어 한의 선위를 받으란 것이옵나이다. 원컨대 폐하께서는 살펴주시옵소서."
하였다.
헌제가 말하기를,
"상서와 도참은 다 허망한 일이라. 어찌 그런 허망한 일로 해서 짐이 조종의 기업을 버리겠는가?"
하니, 왕랑이 아뢰기를
"자고 이래로 흥함이 있으면 반드시 폐하고 성할 때가 있으면 반드

---

4) **도참(圖讖)** : 도록(圖錄). 미래의 길흉에 관하여 예언하는 설법이나 그러한 내용을 적어 놓은 책. [後漢書 光武紀]「宛人李通等 以**圖讖**說光武曰 劉氏復起 李氏爲輔 (注) **圖**河圖也 **讖**符命之書 讖驗也 言爲王者受命之徵驗也」.

시 쇠할 때가 있는 것입니다. 어찌 망하지 않는 나라가 있고 망하지
않는 집안이 있사옵나이까? 한나라는 4백여 년 동안 폐하께 이어져
와 그 기수가 이미 다했사오니, 마땅히 일찍이 물러나야 하지 지체하
는 것은 아니 됩니다. 지체할수록 변고만 생길 것입니다."

하였다. 헌제가 크게 울며 후전으로 들어갔다. 문무 관료들은 비웃으
며 물러 나왔다.

다음 날 관료들이 또 대전에 모여서 환관들에게 들어가 헌제를 청
해 오게 하였다. 헌제는 근심과 두려움으로 나오지 못했다.

조후(曹后)가 말하기를,

"문무 백관들이 조회를 받으시라 청하옵는데, 어찌하여 폐하께서는
나가려 하지 않으십니까?"

하거늘, 헌제가 울면서,

"네 형이 위를 찬탈하려고 백관들을 시켜 나를 핍박하고 있어서, 짐
이 나가지 않는 것이니라."

하니, 조후가 크게 노하여,

"제 형이 어째서 이런 찬역의 일을 한답니까!"

하고 말을 마치기도 전에, 조홍과 조휴가 칼을 차고 들어와 헌제에게
대전으로 나오시기를 청한다. 조후가 큰 소리로 꾸짖기를

"너희들은 같이 난적들로 부귀를 도모해서 함께 역모를 꾀하는 것
이냐!5) 내 아버지께서 공이 세상을 덮으시고 위엄이 천하에 진동하
셨다. 그러나 감히 왕위를6) 찬탈하려 하지는 않으셨다. 이제 내 형제

---

5) 함께 역모를 꾀하는 것이냐[共造逆謀] : 대역부도(大逆不道)・대역무도(大逆
無道). 인도(人道)에서 크게 벗어남. [漢書 楊惲傳]「不竭忠愛盡臣子議……**大逆
不道** 請逮捕治」[漢書 游俠 郭解傳]「御史大夫 公孫弘議曰 解布衣 爲任俠行權
以睚眦殺人 當**大逆無道** 遂族解」.

들이 왕위에 오른 지 몇 년 되지도 않았는데 한조를 찬탈할 생각을
한다니, 하늘이 반드시 너희들을 돕지 않을 것이다."
하고 말을 마친 후, 통곡하며 궁으로 들어갔다. 좌우의 시자(侍者)들이
다 흐느끼며 눈물을 뿌렸다.

조홍과 조휴가 억지로 헌제에게 대전으로 나가라 하였다. 헌제는
핍박을 받고 어쩔 수 없이 옷을 갈아 입고 대전으로 나갔다.

화흠이 아뢰기를,

"폐하께서는 신들이 어제 논의한 일을 가납하셔서, 큰 화를 피하게
하시옵소서."

하니, 한제가 울면서

"경들이 다 한나라의 녹을 먹은 지 오래되었고 개중에는 한조의 공신
자손들이 많은데, 어찌 차마 이렇게 신하답지 않은 일을 하는 게요?"

하니, 화흠이 권유하기를

"폐하께서 만약에 중의를 따르지 않으신다면 조석으로 궁정에서 화
가 일어날 것이오니, 신들이 폐하에게 불충하는 것이 아닙니다."

한다. 헌제가 말하기를,

"누가 감히 짐을 시해하겠느냐?"

하니, 화흠이 목소리를 가다듬고

"세상 모든 사람들이 다 폐하께서 인군(人君)의 복이 없어서, 사방에
서 대란이 일어난다 하옵나이다! 만약에 위왕이 조정에 있지 않았다
면 폐하를 시해하려는 자가 어디 한두 명이겠나이까? 폐하께서는 아
직도 은혜와 덕을 갚을 생각은 않으시고 곧장 천하 사람들에게 함께
일어나 폐하를 치라고 명하려 하시나이까?"

---

6) 왕위[神器] : 임금의 자리[帝位]. [老子 第二十九章]「天下神器 不可爲也 爲者
敗之」. [河上公 注]「器物也 人乃天下之神物也」.

하거늘, 한제가 크게 놀라서 소매를 떨치고 일어났다. 왕랑이 이에 화흠에게 눈짓을 하였다. 화흠이 종종걸음으로 앞으로 나아가 용포를 잡고 낯빛을 바꾸며,

"허락하시든 불허하시든 빨리 말씀하소서!"

하매, 헌제가 전율하며 말을 하지 못하였다.

조홍과 조휴가 칼을 빼어들고 큰 소리로,

"부보랑은7) 어디 있는가?"

하니, 조필(祖弼)이 나서면서

"부보랑은 여기 있습니다!"

한다. 조홍이 옥새를 가져오라 하니, 조필이 말한다.

"옥새는 천자의 보배거늘 어찌 가져오라 하시오!"

하거늘, 조홍이 무사를 시켜 저를 끌어내어 참하라 한다. 조필은 꾸짖기를 그치지 않고 죽었다.

후세 사람이 이를 예찬한 시가 전한다.

간악한 무리 권력을 천단해 한실을 망치고
선위라 가장하며 당우를 본뜨는구나.
　姦尤專權漢室亡,
　詐稱禪位效虞唐.

만조 백관들 조정에 가득해 다들 위를 섬기나
충신이란 단 한 사람 보부랑뿐이구려.

---

7) **부보랑**(符寶郎) : 관직명으로 당(唐)에서는 '부보랑'(符寶郎), 명(明)에서는 '상서경'(尙書卿)이라 하였음. [唐書 百官志]「**符寶郎** 四人 掌天子八寶 及國之符節」. [通典 職官 符寶郎]「煬帝改監爲郎 大唐因之 顯慶三年 改爲**符寶郎**」.

滿朝百辟皆尊魏,

僅見忠臣符寶郎.

헌제가 몸을 떨었다. 뜰 아래에는 갑옷을 입고 창을 가진 수백여 군사들이 보이는데, 이들은 다 위병이었다. 헌제가 울며 뭇 신하들에게 말하기를,

"짐은 원컨대 천하를 위왕에게 선위하려 하며, 다행히 잔명을 보전하여 남은 삶을 살게 해 주소서."8)

하니, 가후가 말하기를

"위왕은 전혀 폐하를 짐 되게 생각지 않으실 것입니다. 폐하께서는 빨리 조서를 내리셔서 백성들을 안심시키시옵소서."

한다. 헌제가 진군에게 선위하는 조서를 쓰게 하고, 화흠으로 하여금 조서와 옥새들을 받들고 백관을 거느려, 곧장 위왕궁에 가서 헌납하게 하였다. 조비는 크게 기뻐하며 조서를 열어보니, 그 내용은 이러하다.

짐이 재위한 지 32년간에 천하가 크게 어지러웠으나, 다행히도 조종의 영령들의 힘을 받아 위태함 속에서 나라를 지켜왔다. 그러나 지금 하늘을 우러러보고 민심을 살펴보건대, 염정(炎精)의 운수는 끝이 나고 행운이 조씨(曹氏)에게 있도다.

이로써 전왕은 이미 신무의 공을 세웠으며 금왕 또한 명덕을 빛내어 이로써 그 기약에 응하니, 역수(歷數)가 빛나며 소명(昭明)함을 진실로 알겠도다. 무릇 대도를 행함에는 천하로 공을 삼아야 한다.

---

8) 남은 삶을 살게 해 주소서[以終天年]: 오복을 누리며 늙어서 자연스럽게 죽음. 「오복」(五福). [書經 周書篇 洪範]「五福 一曰壽 二曰富 三曰康寧 四曰攸好德 五曰考終命」. [晉書 阮种傳]「彝愉攸序 五福來備」.

당요가 아들이 없자 사사로이 왕위를 계승시키지 않아, 그 이름이 오래까지 전하였다. 짐은 이를 경모해 왔거니와 지금 요임금을 본받아서 승상 위왕에게 선위한다.

위왕은 사양하지 말지어다!

조비가 다 읽고 나서 곧 조서를 받고자 하니, 사마의가

"아니 됩니다. 비록 조서와 옥새를 가져 왔으나, 전하께서는 마땅히 표주를 올려 사양의 겸손함을 보이셔야 하옵니다. 이렇게 해서 천하의 비방을 없애야 합니다."

하거늘, 조비가 그에 따라 왕랑에게 표주를 올리게 하되, 자신은 덕이 없어서 훌륭한 분을 구하여 천위를9) 잇게 해야 한다고 하였다. 헌제가 표문을 보고 마음속에 심히 놀라고 의아해 하며, 신하들에게 이르기를,

"위왕이 겸손해 하니 이를 어찌하면 좋겠느냐?"

하매, 하흠이 말한다.

"옛날 위 무왕(武王)은 왕의 직을 받으실 때에 세 번이나 사양하셨으나, 허락하지 않자10) 겨우 받으셨습니다. 이제 폐하께서도 다시 조서를 내리시면 위왕은 자연히 허락하실 것입니다."

하였다. 헌제는 어쩔 수 없이 환계에게 조서를 초하게 하여, 고묘사(高

---

9) 천위(天位) : 하늘의 자리. 「천위지척」(天位咫尺)은 하늘이 멀지 않은 곳에서 감찰(鑑察)하여, 그 위엄이 면전에 있으니 공구하여 근신하라는 말. [禮記 禮運]「祭帝於郊 所以定天位也」. [漢書 師丹傳]「臣聞 天威不違顔咫尺 願陛下 深思先帝所以建立階下之意」.

10) 세 번이나 사양하셨으나, 허락하지 않자[三辭而詔不許] : 세 번씩이나 벼슬자리를 내놓으려 하였으나 허락되지 않음. [周禮 秋官 小行人]「皆旅擯再勞 三辭三揖 登拜受」. [禮記 禮器]「三辭三讓而至 不然則已蹙」.

廟使) 장음(張音)에게 절을 내리고 옥새를 받들고 위궁에 가게 하였다. 조비가 조서를 보니 그 내용은 이러하다.

아아 위왕이여, 글을 올려 겸양하는도다!

짐이 가만히 생각해 보니, 한의 도가 쇠퇴한 지 이미 오래되었도다. 다행히도 무왕 조(操)의 힘을 빌어 제왕이 될 천명을[11] 받고 신무를 떨쳐서, 흉포한 이들은 제하고 천하를 평정하였도다. 금왕 비(丕)는 선왕의 위업을 이어서, 지덕이 널리 퍼지고 성교(聲敎)가 사해에 미치고 인풍(仁風)이 벽지까지[12] 불었도다. 천지의 역수가 실로 그대에게 있도다.

옛 대공이 스물이 있으매 방훈이[13] 그에게 천하를 물려주었으며, 대우(大禹)께서는 치수의 공덕이 있으매 중화가[14] 제위를 물려주었도다. 한나라가 요의 기운을 이어서 전성(傳聖)의 의가 있는지라. 이에 신령에 순종하고 하늘의 명령을 받아 어사대부 장음으로 하여금, 절을 가지고 황제의 옥새를 받들어 보내니 왕은 이를 받을지어다.

조비가 왕의 조서를 접하자 기뻐하며, 가후에게
"비록 두 번씩이나 조서가 있었으나, 천하 사람이나 후세 사람들이

---

11) 제왕이 될 천명[符運] : 천운(天運). [後漢書 隗囂傳]「若囂命會符運 敵非天力 雖坐論西伯 豈多嗤乎」. [晉書 郭璞傳]「竊惟陛下符運至著 勳業至大」.

12) 벽지까지[八區] : 온 천하. [漢書 揚雄傳 下]「魚鱗雜襲 咸營于八區」(注) 八區 八方也」. [左思 詠史詩]「悠悠百世後 英名擅八區」.

13) 방훈(放勳) : 고대 제왕 당요(唐堯)의 이름. 당요가 제위를 순(舜)에게 물려주었다 함.

14) 중화(重華) : 고대 제왕 우순의 이름. 하우(夏禹)가 치수를 잘해 제위를 우(禹)에게 선양했다 함. [漢書 揚雄傳]「馳江潭之汎溢兮 將折衷乎重華」. [史記 五帝紀]「虞舜者 名曰重華」.

어찌 생각할까 두렵소. 왕위를 찬탈했다는 말을 면치 못할까 하오이다."

하거늘, 가후가 말하기를

"그런 일이라면 쉽게 해결할 수 있나이다. 장음에게 다시 옥새[璽綬]들을 갖추어 돌아가게 한 다음, 화흠에게 이르셔서 대를 쌓게 하시고 그 이름을 수선대(受禪臺)라 하게 하옵소서. 좋은 날을 가려서 대소 신하들을 다 대 아래 모이게 하옵소서. 그리고 천자가 직접 새수를 받들어 천하를 상께 선위하게 하옵소서. 그렇게 하시면 여러 신하들의 의심과 백성들의 생각을 풀 수 있을 것입니다."

하였다.

조비가 기뻐하며 곧 장음에게 새수를 돌려보내고, 다시 표문을 올려서 겸사하였다. 장음은 돌아가 헌제에게 아뢰었다.

헌제가 신하들에게 묻기를,

"위왕이 또 사양하니 그 생각은 어떤 것일까?"

하니, 화흠이 아뢰면서

"폐하께서 대를 세우시고 그 이름을 수선대라 하시옵소서. 그리고 공경과 백성들을 모아 놓고 선위를 분명히 하시면, 이는 곧 폐하의 자자손손들이 반드시 위왕의 은혜를 입게 될 것입니다."

한다.

헌제는 그의 말에 따라 태상원의 관리를 보내어 번양(繁陽)에 터를 잡아 3층의 높은 대를 세우게 하고, 10월 경오일 인시에 선양 의식을 하기로 하였다.

그날이 되자 헌제는 위왕 조비를 청하여 수선대에 오르게 하였다. 그리고 대 아래에는 대소 관료 4백여 명과 어림호분 금군 30여 만이 모였다. 헌제가 직접 옥새를 받들어 조비에게 바치니 조비가 그것을 받았다. 대하의 군신들은 무릎을 꿇고 책서를 들었다.

그 책서는 이러하였다.

아아 위왕이여!

지난 날 당요가 우순에게 선위하시고 순 또한 우에게 전했으니, 이는 천명이 끊이지 않고 오직 덕이 있는 이에게 돌아감이라. 한조는 이미 쇠진하고 세상이 그 차서(次序)를 잃었도다. 짐의 대에 이르러서 대란이 더욱 크게 일어나고, 여러 도적떼들이 나라를 뒤엎을 지경에 이르렀다. 이때 무왕의 신무를 힘입어 국난을 사방에서 구하고 9주를 소청하여, 우리의 종묘사직을 지킬 수 있었으니 어찌나 한 사람만이 현재(賢才)를 얻을 것이라 하겠는가. 만천하가 다 그 은혜를 입었다 하리로다.

금왕이 그 유업을 이어받아 덕을 빛내고 문무의 대업을 넓히며, 선대의 빛나는 공업을 밝히는도다. 하늘은 상서를 내리시고 사람은 귀신의 징조를 고하나니, 이에 정사를 밝히려고 짐이 왕에게 행하게 하려 하였다. 그러나 모두가 이르기를 네가 헤아려 보아 우순을 효칙하라 하거늘, 내 당전(唐典)을 좇아 경건히 위왕에게 위를 사양하노라.

아아! 천지의 역수가 그대에게 있으니, 그대는 삼가 대례를 따라서 만국을 받아 삼가 천명을 이으라!

책서를 읽고 나자 위왕 조비는 곧 선위하는 대례를 받고 제위에 올랐다. 가후는 대소 관료들을 이끌고 수선대 아래에서 조하를 드렸다.

이때는 연강 원년을 황초(黃初) 원년이라 고치고, 국호를 대위(大魏)라 하였다. 조비는 전지를 내려 천하에 대사령을 내리고, 아버지 조조에게 태조무황제(太祖武皇帝)라 시호하였다.

이때, 화흠이 나서서 아뢰기를,

"'하늘에는 해가 둘이 있을 수 없으며, 백성들에게는 두 임금이 있을 수 없다.'15) 하였습니다. 한나라 헌제께서 이미 선위하셨으니, 이치가 마땅히 번복으로16) 물러나야 합니다. 빌건대 유씨를 어디로 보내실 것인지 성지를 내려주시기 바랍니다."

하고 말을 마치자, 헌제를 부축하여 대 아래에 꿇어 앉히고 칙지를 받게 하였다. 조비는 칙지를 내려 헌제를 봉하여 산양공(山陽公)을 삼고 그날로 곧 떠나라 하였다.

화흠이 칼을 만지며 헌제를 가리켜,

"한 임금을 세우고 또 한 임금을 폐하는 것은 예부터 내려오는 상도(常道)입니다! 금상께서 인자하셔서 차마 해를 가하지는 않고, 그대를 봉하여 산양공을 삼으셨소. 오늘 당장 떠나되 소명이17) 없으면 입조할 수 없음을 아십시오!"

하거늘, 헌제께서는 눈물을 머금고 하직 인사를 하며, 말에 올라 떠났다. 수선대 아래에 모여 있던 군민들이 저를 보고 마음 아파 하지 않는 이가 없었다.

조비가 여러 신하들에게 말하기를,

"순·우의 일을 짐이 아는도다!"

하니, 군신들이 모두 만세를 외쳤다.

---

15) 하늘에는 해가 둘이 있을 수 없으며, 백성들에게는 두 임금이 있을 수 없다[天無二日 民無二王] : 하늘에는 해가 둘이 없다는 뜻으로, '한 나라에 두 임금이 없음'을 뜻함. [孟子 萬章篇 上]「孔子曰 天無二日 民無二王 舜旣爲天子矣 又帥天子諸侯 以爲堯三年喪 是二天子矣」. [大戴禮]「天無二日 國無二君 家無二尊」.
16) 번복(藩服) : 천자가 있는 곳에서 멀리 떨어진 지방. [中文辭典]「古九服之一 距王城五千里外方五百里之地也」. [周禮 夏官 職方氏]「又其外方五百里曰藩服」.
17) 소명[宣召] : 신하를 부르는 임금의 명령(召命). [夢溪筆談 故事]「蓋學士院在禁中 非內臣宣召無因得入」. [宋會要]「遞宿學士院 朝夕宣召 商榷古今」.

후세 사람이 이 수선대를 보고 시를 지어 찬탄하였다.

동·서한을 경영하는 일 자못 어렵구나
그 강산을 하루 아침에 잃게 되다니.
　兩漢經營事頗難
　一朝失却舊江山.

황초는 당우를 효칙하려 한다지만
사마씨가 뒷날에 저를 본뜰 줄 몰랐구나.
　黃初欲學唐虞事
　司馬將來作樣看.

문무 백관들이 청하여 조비에게 천지에 사례하라 한다. 조비가 무릎을 꿇고 절을 하려는데, 홀연 수선대 앞에 한 줄기 괴이한 바람이 일더니 모래와 돌이 날리는데, 거세게 몰아치는 비와 같아서 앞을 볼 수가 없었다. 대 위에 촛불들도 다 꺼져 버렸다. 조비는 놀라서 대 위에서 넘어졌다. 백관들이 급히 부축해 대에서 내려왔으나 한참만에서야 깨어났다.

시신들의 부축을 받아 궁중에 들어갔지만 여러 날 동안 조회를 열지 못하였다. 그 뒤부터 병이 좀 덜해지자 대전에 나와서 군신들의 조하를 받았다. 조비는 화흠을 봉하여 사도를 삼고 또 왕랑을 사공으로 삼았다. 그리고 대소 백관들을 일일이 승차시키고 상을 내렸다. 조비는 병이 낫지 않자 허창의 궁실에 요괴가 많은 것이 아닌가 의심하고, 허창에서 낙양으로 행행(行幸)하고 궁실들을 새로 크게 세웠다.

이때, 사람이 성도로 들어가서

"조비가 자립해서 대위 황제가 되었고 낙양에 궁전을 짓고 있사옵니다. 또 전하는 말에 따르면 한의 헌제를 죽였다고 합니다."
하였다.

한중왕이 이 소식을 듣고는 하루 종일 통곡하였다. 그리고 문무 백관들에게 상복을 입게 하고 멀리 허창을 바라보고 제를 지내고, 헌제에게 '효민황제'(孝愍皇帝)란 시호를 올렸다. 현덕은 이를 걱정함이 지나쳐서 마침내 병을 얻어 일을 다스릴 수 없게 되자, 정무를 다 공명에게 부탁하였다. 공명은 태부 허정·광록대부 초주 등과 의논하여 하늘에는 하루도 임금이 없을 수 없으니, 한중왕을 높여서 황제로 삼고자 하였다.

초주가 묻기를,

"근자에 상서로운 구름이 있고 성도의 서북쪽 모서리에 황기(黃氣) 수십 길이 하늘을 향해 올랐습니다. 제성(帝星)이 필(畢)·위(胃)·묘(昴)의 분야에 나타나는데 그 빛이 달빛처럼 밝습니다. 이는 정히 한중왕이 제위에 올라 한의 법통을 이으려는 것입니다. 다시 무엇을 의심하십니까?"
한다.

이에 공명과 허정이 대소 관료들을 이끌고 가서, 한중왕께서 곧 황제의 위에 오르시기를 아뢰었다.

한중왕은 표문을 보고 크게 놀라며, 말하기를

"경등은 나를 불충불의한 사람으로 몰아넣으려 하시는 게요?"
하거늘, 공명이 대답하기를

"아닙니다. 조비는 한 황제의 자리를 찬탈하여 스스로 황제에 올랐습니다. 주상께서는 이에 한실의 후예로서 이치로 따지자면 법통을 계승하셔서, 한나라 종사를 보존하셔야 합니다."

하거늘,

한중왕은 갑자기 낯빛이 변하시며,

"내 어찌 역적의 행위를 본받겠소이까!"

하며, 소매를 떨치고 일어나서 후궁으로 들어가 버렸다. 여러 관리들
또한 흩어졌다. 사흘 뒤에 공명은 또 관료들을 데리고 입조하여, 한중
왕께서 나오시기를 청하였다. 모든 신료들이 그 앞에 엎드렸다.

허정이 아뢰기를,

"이제 한의 천자께서는 이미 조비의 손에 시살되었습니다. 주상께
서 제위에 오르시지 않고 군사들을 일으켜 역적을 토벌하지 않으신다
면, 이는 충의가 되지 못할 것입니다. 지금 천하에는 왕상께서 제위에
오르셔서, 효민황제의 한을 풀어드리기를 바라지 않는 이가 없사옵나
이다. 만약에 신등의 의논을 좇지 않으신다면, 이는 실로 백성들의 바
람을 잃는 것이옵나이다."

하였으나, 한중왕이 묻기를

"내 비록 경제(景帝)의 후손이긴 하지만, 백성들에게 덕행을 펴지 못
하였소이다. 이제 하루 아침에 황제가 된다면 몰래 자리를 뺏는 것과
뭐 다르겠소이까?"

하였다. 공명이 여러 번 권하였으나 한중왕은 고집을 부리며 듣지 않
았다.

공명은 이에 한 가지 계책을 내어, 여러 관료들에게

"이리이리 하십시다."

하였다. 이에 공명은 병을 핑계대고 나가지 않았다.

한중왕은 공명이 병이 위독하다는 말을 듣고 직접 부중에 와, 곧바
로 병석에 들어가서

"군사께서 병이 나시다니 어찌된 일이오?"

하거늘, 공명이 말하기를

"마음에 걱정이 많아 타는 듯합니다. 오래 살지 못할 것 같습니다."

하였다.

한중왕이 듣고서 묻기를,

"군사께서 무슨 일을 걱정하십니까?"

하며 오래 물었으나, 공명은 병이 중하단 말만 하고는 눈을 감은 채 대답하지 않았다.

한중왕이 거듭 묻자, 공명이 위연 탄식하며

"제가 남양의 초려에서 나올 때에, 대왕을 만나서 서로가 지금까지 따르고 말을 듣고 계책을 좇았습니다. 다행히도 대왕께서 양천의 땅을 가지고 있어서 신이, 지난 날 말씀드렸던 일에 저버림이 없습니다. 현재 조비가 제위를 찬탈하고 한나라의 종사가 장차 끊기려 하며 문무 관료들이 다 대왕을 받들어 황제가 되기를 바라고 있으며, 위를 멸하고 유씨를 일으켜 함께 공명을 도모하고자 합니다.

대왕께서 굳이 받아들이지 않으시고 계시매, 여러 관료들이 다 원망하고 있으니 머지않아 필시 흩어지게 될까 걱정입니다. 만약에 문무 관료들이 다 흩어진다면, 오와 위가 공격해 온다 해도 양천을 보전하기가 어려울 것입니다. 신이 어찌 걱정되지 않겠습니까?"

한다. 한중왕이 말하기를,

"내가 막는 것이 아니라 천하의 논의를 두려워하는 것이외다."

하니, 공명이 대답한다.

"성인의 말씀에 '명을 바르게 하지 않으면 말이 순하지 않다'라[18]

---

18) 명을 바르게 하지 않으면 말이 순하지 않다[名不正 則言不順] : 주장하는 것이 정당하지 못함. 곧「명정언순」(名正言順)하지 못함을 말함. [論語 子路篇]「

하시었습니다. 지금 대왕께서 명이 바르고 언이 순합니다. 어찌 딴 공론이 있겠습니까? 어찌해서 '하늘이 주는 것을 받지 않으면, 도리어 그 앙화를 받는다.'란19) 말을 듣지 못하셨습니까?"

한다.

한중왕이 말하되,

"군사께서 병이 쾌차하실 때까지 기다렸다가 행해도 늦지 않을 것이외다."

하거늘, 공명이 듣고 나서 당상에서 뛰어 일어나 병풍을 밀치매, 밖에 있던 문무 관료들이 다 들어와, 땅에 엎드려 아뢰기를

"왕상께서 윤허하셨으니 곧 날을 잡아서 대례를 행하겠나이다."

하거늘, 한중왕이 저들을 보니 태부 허정·안한장군 미축·청의후 향거(向擧)·양천후 유표·별가 조조(趙祚)·치중 양홍·의조 두경·종사 장상·태상경 뇌공·광록경 황권·제주 하종·학사 윤묵·사업 초주·대사마 은순·편장군 장예·소부 왕모·소문박사 이적·종사랑 진북 등이었다.

한중왕이 놀라며 말하기를,

"나를 불의에 빠뜨린 것이 다 자네들이구려."

하거늘, 공명이 대답한다.

"왕상께서 저희들의 소청을 윤허하셨으니, 곧 길일을 택해 대를 쌓고 저희들 모두가 대례를 진행하겠습니다."

名不正 則言不順 言不順則事不成」. (集注) 楊氏曰 名不當其實 則言不順 言不順則無以考實而事不成」.

19) 하늘이 주는 것을 받지 않으면…… : 하늘의 뜻을 거역하면 오히려 자신에게 해를 가져오게 됨을 이름. 원문에는 '天與弗取 反受其咎'로 되어 있음. [逸周書]「天與弗取 反受其咎 當斷弗斷 反招其亂」. [國語 越語]「天與弗取 反受其殃 得時不成 反受其殃」. [史記 越世家]「范蠡曰 且夫天與弗取 反受其咎」.

하고, 즉시 한중왕을 환궁하시게 하겠다. 일면 박사 허자와 간의랑 맹광(孟光)에게 행례를 맡게 하고, 성도의 무담 남쪽에 대를 쌓도록 하였다. 모든 일들이 다 갖추어지자, 많은 관료들이 난가를 차려 한중왕을 맞아 단에 오르게 하고 제를 지내게 하였다.

초주가 단에 올라 목소리를 높여 제문을 낭독하니, 그 내용은 이러하다.

유(惟) 건안 26년 4월 병오 초하루 12일 정사에, 황제 비(備)는 황천후토에 비나이다.

한나라가 천하를 가지매 그 역수가 무궁하였습니다. 예전에 한때 왕망이 나라를 찬탈한 바 있었으나, 광무 황제께서 진노하여 저를 주멸하시어 사직이 다시 보존되었습니다.

이제 조조가 병사들을 동원하여 잔인한 행동으로 주후(主后)를 시해하매 그 죄가 하늘에 찬 중에, 그 아들 조비가 흉악을 자랑하여 제위[神器]를 빼앗았습니다. 여러 신하들과 장수가 말하기를 한나라의 종사가 폐하였다 하매, 비가 마땅히 한나라의 법통을 계승하여 이조(二祖)의 업을 이어 천명을 행함이 옳으리라고 하나이다.

비는 덕이 없어 제위에 오르는 것이 두렵습니다마는, 백성들과 외방 군장(君長)들에게 물어보니 천명은 응하지 않을 수 없고 조종의 업은 오래 폐하지 못할 것이며, 사해는 주인이 없어서는 아니 된다 하옵나이다. 그리고 백성들의 바라는 바가 저 한 사람에게 있었습니다. 저는 하늘의 명명(明命)이 두렵고 또 고조와 광무제의 업이 장차 땅에 떨어지는 것이 두려워, 삼가 길일을 가려서 단에 올라 고하나이다. 황제의 인수를 받아 사방을 진무하려 하옵니다.

오직 바라옵기는 신령은 흠향하시고 한실에 복을 내리시어, 길이 안녕을 보장해 주시옵소서!

제문을 읽고 나서, 공명은 여러 관료들을 거느리고 함께 올라서 옥새를 바쳤다. 한중왕은 옥새를 받아 단상에 놓고 재삼 사양하며,

"나는 재주와 덕이 없으니 재덕이 있는 이를 가려 그것을 맡게 하시구려."

하거늘, 공명이 묻기를

"왕상께서는 사해를 평정하고 공덕을 천하에 널리 펼치셨으며, 장차 대한의 종파로서 마땅히 대 위에 오르실 만합니다. 이미 제사를 올려 천신께 고하였으니, 다시 어찌 이를 사양하십니까?"

하자 문무 관료들이 다 만세를 불렀다. 배무의 예가[20] 끝나자, 연호를 장무(章武) 원년으로 고치고 오씨를 세워 황후를 삼고 큰 아들 유선(劉禪)을 태자로 삼았다. 둘째 유영(劉永)을 노왕에 삼으며 유리(劉理)를 양왕에 삼았다. 제갈량은 봉해 승상을 삼고 허정을 사도로 삼았으며, 대소 관료들을 일일이 승차시키고 상을 내렸다. 또한 대사령을 내리니 양천 군민들이 기뻐하지 않는 이가 없었다.

다음 날 조회 때에 문무 관료들의 인사가 끝나고 양반으로 나누어 서자, 선주(先主)가 조서를 내렸다. 선주는 조서에서,

"짐이 도원에서 관우·장비와 함께 결의를 맺으면서 생사를 같이하기로 맹세하였도다. 불행히도 둘째 아우 관우가 동오의 손권에게 죽었으니, 만약에 저의 원수를 갚지 않는다면 이는 맹세를 저버리는 것

---

20) 배무의 예[拜舞禮] : 「배무기거」(背舞起居). 꿇어 앉고 절함. 「배무」는 '서로 등지고 서서 추는 춤'이고, 「기거」는 '앉았다가 손님을 맞기 위해 일어섬'의 뜻. [杜甫 韋諷錄事宅觀曹將軍畵馬圖引]「盤賜將事**背舞**歸 輕紈細綺相追飛」. [漢書 谷永傳]「**起居**有常 循禮而動」.

이라. 이에 짐은 경국지병을[21] 일으켜 동오를 치려하오. 반드시 역적
을 사로잡아서 이 한을 풀려 하노라!"
하였다.

　말을 마치자, 줄에서 한 사람이 계하에 절하며 엎드려
"아니 됩니다."
한다. 선주가 저를 보니 이에 호위장군 조운이었다.

　이에,

　　군왕이 도적을 치러 나서기도 전에
　　신하가 직언을 드리는 걸 듣는구나.
　　　君王未及行天討
　　　臣下曾聞進直言.

자룡의 간함이 어찌 되었는지 알지 못한다. 하회를 보라.

---

21) 경국지병(傾國之兵) : 나라의 힘을 다 기울여 병사를 동원함. [史記 項羽傳]「
　　天下辯士 所居**傾國**」. [論衡 非韓]「民無禮義 **傾國**危主」.

제81회

급히 형의 원수를 갚으려다가 장비는 해를 입고
동생의 한을 풀기 위해 선주는 군사를 일으키다.

急兄讎張飛遇害

雪弟恨先主興兵.

한편, 선주는 기병하여 동정군(東征軍)을 일으키려 하였다.

조운이 간하기를,

"주적은 조조이지 손권이 아니옵나이다. 지금 조비가 한나라를 찬
탈하고 있어, 귀신과 사람이 함께 노여워하고 있습니다. 폐하께서는
먼저 관중을 도모하시고 위하의 상류에 둔병하셔서 흉적을 토벌하신
다면, 곧 관동의 의사들은 반드시 군량을 싸 가지고 말들을 몰고 와서
왕사를 맞을 것입니다. 만약에 위를 내버려 두고 먼저 오나라를 치신
다면, 싸움이 벌어지고 나서는 어찌 수습하시려 하십니까? 원컨대 폐
하께서는 이 점을 통촉해 주시옵소서."

하거늘, 선주가 묻기를

"손권은 짐의 아우를 해쳤소이다. 게다가 부사인·미방·반장·마
충 등이 절치지수들이오이다.[1] 저들의 고기를 씹고 그의 삼족을 다

---

1) 절치지수(切齒之讐) : 절치부심(切齒腐心). 몹시 분해서 이를 갈며 속을 썩
임. 「절치액완」(切齒扼腕). 치를 떨고 옷소매를 걷어 올리며 몹시 분개하는
것. [史記 刺客 荊軻傳]「樊於期偏袒 搤椀而進日 此臣之日夜**切齒腐心** (注) **切齒**

죽여야 겨우 짐의 한이 풀릴 터인데, 경은 어찌해서 막는 게요?"
한다. 조운이 아뢰기를,

"한의 원수는 공적인 것이고 형제간의 원수는 사적인 일입니다.2)
원컨대 천하가 더욱 중한 것이옵니다."

하거늘, 선주가 말하기를

"짐은 아우의 원수를 갚지 않고는 비록 만리강산이 있다 해도, 어찌
족히 귀하겠소."

하고 마침내 조운의 간을 듣지 않고, 기병하여 오를 치러 간다는 명을
내렸다. 또 오계(五谿)를 사신으로 보내 번병 5만을 빌리게 하고 함께
호응하게 하였다. 한편으로는 낭중에 사신이 보내 장비에게 벼슬을
높여 거기장군 사예교위서향우 겸 낭중목을 봉하니, 사신이 명을 받
들고 떠났다.

한편, 장비는 낭중에 있다가 관공이 오의 해를 입었다는 소식을 듣
고는, 조석으로 소리 내어 울어 피가 옷을 적셨다. 부하 장수들이 술
을 권했지만 노여움이 풀리기는커녕 노기만 더했다. 장막의 상하가
조금이라도 잘못을 저지르는 일이 있으면, 채찍으로 매질을 하여 채
찍에 맞아 죽는 자도 많았다. 매일 같이 남쪽을 바라보며, 이를 갈고
눈을 부릅뜨며 소리 내어 울어 마지않았다. 그때, 홀연 사신이 이르자
황급히 맞아들여 편지를 뜯어 전교를 보았다. 장비는 관직을 받고 북
쪽을 바라고 절을 하고 나서 술자리를 벌여 온 사자를 환대하였다.

齒相磨切也」. [戰國策 燕策]「荊軻私見樊於期曰 願得將軍之首 以獻秦王 秦王必
喜而召見臣 臣左手把其袖 右手揕其胸 則將軍之仇報 而燕國見陵之恥除矣 樊於
期曰 此臣之日夜切齒扼腕 乃今得聞教 遂自刎」.

2) 한의 원수는 공적인 것이고 형제간의 원수는 사적인 일입니다 : 원문에도 '漢賊
之讎 公也 兄弟之讎 私也'로 되어 있음. [禮 曲禮 上]「兄弟之讎不反兵. (疏)……有
兄弟之讎 乃得仕而報之」.

장비가 묻기를,

"내 형님이 해를 입어서 원수의 깊이가 바다 같소이다. 묘당의 신하들은 어찌해서 일찍 흥병을 아뢰지 않소이까?"

하고 물었다.

사자가 말하기를,

"많은 사람들이 먼저 위나라를 멸하고 그 후에 오나라를 치자 하였습니다."

하니, 장비가 노하여 말한다.

"이 무슨 말입니까? 전날 우리 세 사람이 도원에서 결의를 할 때에, 생사를 함께 하기로 맹세하였소이다. 이제 불행히도 둘째 형님이 중도에서 가셨는데, 내 어찌 혼자서만 부귀를 누리겠소! 내 당장에 천자를 뵙고 전부의 선봉이 되어 상복을 입은 채로 오를 징벌하고 역적을 생포하여, 둘째 형에게 고하여 전일의 맹세를 실천하겠소이다."

하며 말을 마치고 나서, 명을 받고 갔던 사신과 같이 성도로 왔다.

한편, 선주는 매일같이 직접 내려가서 군마를 조련시키고, 흥사할[3] 날을 정해 놓고 직접 친정을 하려 하고 있었다. 이에 공경들 모두가 승상부에 와서 공명을 보고,

"이제 천자께서 대위에 오르시고 처음으로 직접 군사들을 이끌고 가시려 하는데, 이는 사직을 중히 여기는 소이가 아닙니다.[4] 승상께서는 국가의 추기를[5] 맡고 계시면서 왜 간하지 않으십니까?"

---

3) 흥사(興事) : 기병(起兵). [書經 益稷]「奉作興事 愼乃憲 欽哉」. [禮記 王制]「量地遠近 興事任力」.

4) 사직을 중히 여기는 소이가 아닙니다 : 원문에는 '非所以重社稷也'로 되어 있음. [禮記 祭儀篇]「建國之神位 右社稷而左宗廟」. [後漢書 禮儀志]「考經援神契日 社者土地之主也 稷者五穀之長也 大司農鄭玄說 古者官有大功 則配食其神 故句農配食於社 棄配食於稷」.

하거늘, 공명이 말하기를

"내 여러 차례 간곡하게 간하였으나 듣지를 않으십니다. 오늘은 경 등이 나를 따라 교련장에 가서 간하십시다."

하였다. 그리고 공명은 백관들을 이끌고 가서, 선주에게

"폐하께서 처음 보위에 오르시고 만약에 북쪽의 한적을 토벌하셔서, 대의를 천하에 펴시기 위해 직접 육사를6) 이끄시는 것은 가합니다. 만약에 단지 오나라를 징벌하려 하신다면, 한 장수에게 명하여 군사를 이끌고 가게 하시면 됩니다. 하필 직접 성가를 수고롭게 하려 하십니까?"

하니, 선주가 공명의 간곡한 간을 들으시고 마음이 조금 누그러지셨다. 그때, 갑자기 장비가 왔다는 보고가 있어 선주는 급히 저를 불러들였다. 장비는 연무청에서 땅에 엎드려 절을 하고 나서 선주의 다리를 끌어안고 통곡하였다. 선주 또한 같이 울었다.

장비가 말하기를,

"폐하께서는 오늘 군주가 되셨다고 도원의 맹약을 벌써 잊으셨습니까! 둘째 형님의 원수를 어찌 갚지 않으십니까?"

하거늘, 선주가 말하기를

"여러 관료들이 간하며 막아서 쉽게 군사들 일으키지 못하고 있네."

하니, 장비가 묻기를

"다른 사람들이야 어찌 전날의 맹세를 알겠습니까? 만약에 폐하께서 직접 가지 않으신다면 신은 이 몸을 버려서라도 둘째 형님의 원수

---

5) 추기(樞機) : 중요한 부분이나 기관. [易經 繫辭 上傳]「言行君子之**樞機** **樞機**之 發 榮辱之主也」. [淮南子 人間訓]「知慮者 禍福之門戶也 動靜者 利害之**樞機**也」.
6) 육사(六師) : 주나라 때 천자가 통솔한 군대의 편제. [詩經 大雅篇 棫樸]「周 王于邁 **六師**及之」. [書經 周書 康王之誥]「張皇**六師** 無壞我高祖寡命」.

를 갚겠습니다! 만약에 때가 오지 않는다면 신은 차라리 죽어 폐하를 보지 않겠나이다!"

하였다.

선주가 말하기를,

"짐도 경과 함께 가겠네. 경은 본부병을 이끌고 낭중에서 나오게. 짐은 정예병을 이끌고 갈 테니 강주(江州)에서 만나서 같이 동오를 쳐서 이 한을 푸세나."

하였다.

장비가 떠날 때에 선주는,

"짐은 평소부터 경이 술을 마시고 나면 화를 내며 채찍으로 군사들을 친다는 것과, 그런 후에도 저들을 가까운 곳에 두고 있다는 것을 알고 있네. 이는 곧 화를 취하는 길이니, 이제부터는 마땅히 관용을 베풀어 전과 같이 행동하지 말게나."

한다. 장비가 하직하고 나갔다.

다음 날 선주는 병사들을 점검하고 떠나려 하였다. 학사 진복(秦宓)이 나와서 말하기를,

"폐하께서 만백성의 귀한 몸을7) 버리시고, 작은 의를 따르려 하심은 옛 사람들이 취하는 것이 아닙니다. 원컨대 폐하께서는 이를 신중히 생각하시옵소서."

하자, 선주가 크게 노하여,

"운장과 짐은 오히려 한 몸이라. 대의가 오히려 거기 있거늘 어찌

---

7) 만백성의 귀한 몸[萬乘之軀] : 만승지군(萬乘之君). 만승지존. 천자의 자리 또는 천자. 「만승지군」은 만승지국의 군주. [孟子 公孫丑篇 上]「不受於褐寬博 亦不受於萬乘之君」. [文選 張載 七哀詩]「昔爲萬乘君 今爲丘山土」. [孟子 梁惠王篇 上]「萬乘之國 弑其君者 父千乘之家 千乘之國」.

이를 잊을 수 있는가?"

하였다. 진복이 땅에 엎드려 일어나지 않으며,

"폐하, 신의 말을 윤중하지 않으시니 잘못될까 걱정입니다."

하거늘, 선주가 크게 노하며 묻기를

"짐이 군사를 일으키려 하는데, 자네가 어찌 이렇게 나와서 불리한 말을 하느냐?"

하며 꾸짖고 무사들을 시켜 끌어내어 참하라 한다. 진복이 얼굴빛이 변하지 않으며, 선주를 돌아보고 웃으면서

"신이 죽는 것은 한이 없습니다. 다만 새로 이룩하신 기업이 또 전복될까 애석합니다!"

한다. 여러 관료들이 다 진복을 살려 달라 하여 겨우 죽음을 면하였다.

선주가 말하기를,

"그렇다면 옥에 가두고 짐이 원수를 갚고 돌아올 때까지 기다리게 하여라."

하였다. 공명이 이를 듣고 곧 진복의 구원해 달라는 표문을 올렸는데, 그 내용은 대략 다음과 같다.

　　신 양등은 간절히 생각하오니 동오 역적들의 간흉한 계책에 빠져, 마침내 형주가 복망지화를8) 입고 장성은 두(斗)와 우(牛) 사이에 떨어졌으며 천주는9) 초(楚) 땅에서 꺾어졌습니다. 이는 실로 애통할 일이

---

8) 복망지화(覆亡之禍) : 패망의 참화를 당함. [左氏 隱 十一]「吾子孫 其**覆亡之不暇**」. [人物志 釋爭]「終有**覆亡之禍**」.

9) 천주(天柱) : 하늘이 무너지지 않도록 괴고 있다는 상상의 기둥. [武帝內傳]「三天太上道君……察丘山之高卑 立**天柱**」. 「천주절 지유결」(天柱折 地維缺)은 천강과 지유를 끊는다는 뜻으로 분란이 심함을 이름. [史記 三皇紀]「**天柱折地維缺** 女媧乃練五色石以補天」. [博物志 地]「共工氏 與顓頊爭帝而怒 觸不周之

어서, 결코 잊어서는 아니 될 일입니다. 단지 한의 국조를[10] 옮겨 놓은 것을 생각하면, 그 죄는 조조에게 있사오니 유씨의 종사를 끊어 놓은 것은 그 죄가 손권에게 있지 않습니다. 가만히 생각해보오니, 위적을 제거한다면 오는 자연히 복종할 것입니다. 원컨대 폐하께서는 진복의 금석 같은 말을 가납하시고 군사들의 힘을 길러서 달리 좋은 계책을 세우신다면, 사직에 이만 다행이 없을 것입니다!

천하 또한 실로 다행일 것이옵나이다.

선주가 보시고 땅에 던져 버리면서,

"짐의 뜻은 이미 결정되었으니 두 번 다시 간하지 말라!"

하고, 마침내 승상 제갈량에게 명하여 태자와 양천을 지키게 하고, 표기장군 마초와 그의 아우 마대에게는 진북장군 위연을 도와 한중을 지켜 위병을 막게 하고, 호위장군 조운을 후응으로 하여 양초를 독려하라 하였다. 황권(黃權)·정기(程畿) 등에게는 참모가 되게 하고, 마양 진진(陳震)에게는 문서를 맡아보게 하였다. 황충을 전부 선봉을 삼고 풍습(馮習)과 장남(張南)을 부장으로 삼았다. 부동(傅彤)과 장익을 중군 호위로 조융(趙融)과 요순(廖淳)을 후군으로 삼으니, 양천의 장수가 수백 명이 되고 아울러 오계의 번장 등 모두 합쳐서 75만이었다. 장무 원년 7월에 병인에 출사하기로 날짜가 정해졌다.

한편, 장비는 낭중으로 돌아와서 군사들에게 명을 내렸다. 사흘 안에 백기(白旗)와 백갑(白甲)을 준비하여 삼군이 다 거상하고 오의 정벌

山 **天柱折 絕地維**.

10) 한의 국조[漢鼎] : 국가의 복·왕위. [後漢書 順沖質帝紀]「故之君離佳幽放 而 反**國祚**者有矣」. [漢書 楚元王傳]「令**國祚**移於外」.

에 나선다 하였다. 다음 날 장하에 말장 범강(范疆)과 장달(張達) 두 사람이 장막에 들어와 보고하기를,

"백기와 백갑은 한꺼번에 만들기 어려우니 기한을 여유있게 해 주십시오."

하니, 장비가 크게 노하며

"내 빨리 원수를 갚으려 하여 내일로 곧 역적의 땅에 이르지 못하는 게 한이다. 네가 어찌 감히 나의 명을 어기려 하느냐!"

하며, 무사를 꾸짖어 나무 위에 매어 놓고 채찍으로 등을11) 50대씩 치게 하였다.

채찍으로 치고 나서 손으로, 저들을 가리키며

"내일까지 모두 완비하여라. 만약에 그 기한을 어기는 날에는 너희 두 놈을 죽여 여러 사람들이 보게 할 것이다!"

하였다. 매를 맞은 두 사람은 입으로 피를 토하였다. 그들은 영채로 돌아와 같이 의논하였다.

범강이 말하기를,

"오늘 우리가 형벌을 받았지만 어떻게 준비할 수 있소? 저 자의 성미가 불과 같으니 내일까지 준비하지 못하면 저가 우릴 죽일 것이외다!"

하거늘, 장달이 권유하기를

"저가 우리를 죽이려 한다면 차라리 우리가 저를 죽입시다."

한다.

범강이 묻기를,

"저에게 접근하기가 어려우니 어찌하나?"

하자, 장달이 말하기를

---

11) 채찍으로 등을[鞭背] : 배화(背花). 채찍으로 등을 때리는 형장(刑杖). [中文辭典]「背花爲棒所打傷處也」.

“우리 두 사람이 죽지 않을 운명이라면 저는 취하여 침상에 있을 것이외다. 우리가 죽을 운수라면 저는 술에 취해 있지 않을 것이오.”

하고 두 사람이 의논을 정하였다.

한편, 장비가 장중에 있는데 정신이 혼미하고 마음이 황홀하여, 이에 부장에게 묻기를

“내 지금 마음이 놀라고 살이 떨리며 앉아도 누워도 불안하니 이 어찌된 일이냐?”

하니, 부장이 말하기를

“이는 군후께서 관공에 대한 생각을 너무 골똘하게 해서, 여기에 이른 것인가 합니다.”

하였다. 장비는 사람을 시켜 술을 가져오라 해서, 부장과 같이 마시면서 대취하는 것을 깨닫지 못하고 장중에 누워버렸다. 범강과 장달 두 도적이 이 소식을 알아내고, 초경 시분쯤에 각기 단도를 품에 품고 몰래 장중에 들어갔다. 품의할 기밀 중대 사항이 있다고 거짓말을 하고는 곧장 침상 앞에 이르렀다.

원래 장비는 늘 잠잘 때에 눈을 감지 않고 자는 버릇이 있는 터였다. 그날 밤도 장중에서 자고 있는데, 두 도적은 장비가 수염이 곤두서고 눈을 뜨고 있는 것을 보고는 감히 손을 쓰지 못하였다. 그러나 코 고는 소리가 우렛소리 같은 것을 듣고서야 가까이 접근해서, 단도를 들어 장비의 배를 찔렀다. 장비가 큰 소리를 지르고 죽었다.

그때, 장비의 나이가 55세였다.

후세 사람이 이를 탄식한 시가 있다.

일찍이 안희현에선 독우를 매질하였고

황건적들을12) 소탕해 한조를 도왔었다오.

安喜曾聞鞭督郵

黃巾掃盡左炎劉.

호뢰관 위에선 그 위명이 크게 떨쳤고

장판교에선 강물도 거슬러 흘렀었지요.

虎牢關上聲先震

長坂橋邊水逆流.

엄안을 놓아 보내 촉나라를 안돈하였고

장합을 꾀로 속여 한중을 평정했다오.

義釋嚴安安蜀境

智欺張郃定中州.

동오를 정벌하기 전 자신이 먼저 죽었으니

가을 풀만 남은 낭중 땅 근심만 깊었지오.

伐吳未克身先死

秋草長遺閬地愁.

이때, 두 도적들은 그날 밤에 장비의 수급을 베어서, 곧 수십 인을
이끌고 밤을 도와 동오로 가서 투항하였다. 다음 날에서야 군사들이

---

12) **황건적(黃巾賊)**: 중국 후한(後漢) 말에 '태평도'라는 종교를 세워 반란을 일
으킨 무리. 두목은 장각(張角)이고 모두 머리에 누런 복건을 썼으므로 붙여진
이름인데, 이들이 일으킨 반란을 '황건의 난'[黃巾之亂]이라 함. [中文辭典]「東
漢末 張角聚衆倡亂 號**黃巾賊**」. [三國志 魏志 武帝紀]「光和末**黃巾**起 拜騎都尉潁
川賊」.

알고서 기병하여 추격하였으나 미치지 못하였다. 그때 오반(吳班)은 장비의 부장으로 있었다. 형주에서 찾아와 선주를 뵈러 갔다가 쓰임을 받아 아문장이 된 후, 장비를 도와 낭중을 지키게 했었다.

오반은 즉시 먼저 표장(表章)을 올려서 천자께 주달한 다음, 큰 아들 장포(張苞)에게 관을 갖추어 시신을 담게 하고, 아우 장소(張紹)에게 낭중을 지키게 하고는 장포가 직접 와서 선주께 보고하였다. 그때, 선주는 이미 날짜를 정하고 출사하였는데, 대소 관료들이 다 10여 리까지 공명과 함께 막 전송하고 돌아왔다. 공명이 성도로 돌아와서 앙앙불락하며 여러 관료들을 돌아보며 말하기를,

"만약에 법효직이 있었다면 반드시 주상의 동행(東行)을 제지할 수 있었을 터인데……."

라고 말하였다.

한편, 선주는 이날 밤에 마음이 놀라고 살이 떨려서 침상에 누웠으나 불안하였다. 그래서 장막에서 나가 하늘을 우러러 천문을 보니, 서북의 한 별이 보이는데 그 크기가 말(斗)만하였다. 갑자기 그 별이 땅에 떨어졌다. 선주는 크게 기이하게 생각하며 밤을 도와 사람을 공명에게 보내 물었다.

공명에게서 회답이 돌아왔는데,

"한 장수가 죽었는데 사흘 안으로 필시 놀라운 보고가 있을 것입니다." 하였다. 선주는 이로 인해 병사들을 일절 움직이지 않았다. 문득 시신(侍臣)이 들어와 아뢰기를,

"낭중의 장거기장군의 부장 오반이 보낸 표주가 도착하였습니다." 하거늘, 선주가 발을 구르며[13]

---

13) 발을 구르며[頓足] : 발을 구름. '몹시 화가 났음'의 비유. [韓非子 初見秦篇] 「聞戰頓足徒裼 犯白刃蹈鑪炭 斷死於前者 皆是也」. [漢書 楊惲傳] 「酒後耳熱 拂

"아! 셋째 아우가 죽은 게로구나!"

하며 표주를 보니, 과연 장비가 죽었다는 서신이었다. 선주는 방성대곡하며[14] 땅에 혼절하였다가 여러 관료들이 구원하여 겨우 깨어났다. 다음 날 한 무리의 군마가 질풍처럼 달려온다는 보고가 들어왔다. 선주는 영채에서 나와 저를 보았다. 한참 만에 한 명의 젊은 장수가 백포은개(白袍銀鎧)를 입고 말에서 뛰어내려 땅에 엎드려 통곡한다. 장포였다.

장포가 울며 말하기를,

"범강·장달 등이 아버지를 죽이고 수급을 가지고 동오에 투항하러 갔답니다."

하거늘, 선주가 애통함이 지극하여 음식을 들지 않았다. 군신들이 간곡하게 간하며,

"폐하! 이제 두 아우의 원수를 갚고자 하시면서, 어찌해서 먼저 용체를 상하려 하시오니까?"

하니, 선주가 겨우 음식을 들었다. 그리고 장포에게,

"경과 오반은 본부군을 이끌고 선봉이 되어 아버지 원수를 갚지 않겠는가?"

하니, 장포가 대답하기를

"나라와 아버지를 위해서라면 만 번 죽더라도 사양하지 않겠나이다!"

한다. 선주가 막 장포를 보내서 기병하려 하는데, 또 한 떼의 군마들

衣舊起 神低昻 **頓足起舞**」.

14) **방성대곡**(放聲大哭):「방성통곡」(放聲痛哭). 큰 소리를 내어 슬피 욺.「통곡유체장태식」(痛哭流涕長太息)은 나라를 근심하는 나머지 눈물을 흘리고 통곡하고 장탄식을 함. [漢書 賈誼傳]「誼上疏曰 方今事勢可爲**痛哭**者一 可爲**流涕**者二 可爲**長太息**者六」. [胡詮 上高宗封事]「此膝一屈 不可復伸 國勢陵夷 不可復振 可爲**痛哭流涕長太息**也」.

이 바람처럼 달려온다는 보고가 들어왔다. 선주는 시신에게 누군가 알아보라 하였다. 잠깐 있자니까 시신이 한 젊은 장수를 인도하고 들어오는데, 백포은개를 입은 한 젊은 장수가 영채 안에 들어와서 땅에 엎드려 통곡한다. 선주가 보니 관흥이었다. 선주는 관흥을 보자 관공의 생각이 나서 또 방성대곡하였다. 여러 관료들이 간곡히 권하였다.

선주가 말하기를,

"짐이 포의를[15] 입고 있을 때 관우·장비와 함께 결의를 하면서, 생사를 같이하자고 맹세하였소. 짐이 지금 천자가 되어 두 형제와 부귀를 누리고자 하거늘 불행히도 함께 비명에 죽었소이다! 이제 조카들을 보니 단장이 끊어지는구려!"

하였다.

말을 마치고 또 대곡하였다.

여러 관료들이 아뢰기를,

"두 장군들은 다 물러들 가세요 성상께서는 용체를 쉬셔야 합니다."

하며, 시신이 말하기를

"폐하께서는 육순이 지나셨으니 지나치게 애통하시는 일은 아니 됩니다."

하거늘, 선주가 대답하기를

"두 아우가 다 죽은 지금에 짐이 어찌 차마 혼자서 살겠느냐!"

하시며 말을 마치자, 머리를 땅에 찧으며[16] 울었다.

---

15) 포의(布衣) : 베옷. 벼슬이 없는 선비. 「갈건야복」(葛巾野服). [故事成語 衣服]「葛巾野服 陶淵明眞陸地神仙」. 「포의한사」(布衣寒士)·「포의지교」(布衣之交) 등은 평민의 교제를 이름. [史記 廉頗藺相如傳]「臣以爲布衣之交 尙不相欺 況大國乎 且以一璧之故 逆彊秦之驩不可」, [戰國策]「衛君與文布衣交」.

16) 머리를 땅에 찧으며[以頭頓地] : 머리로 땅을 찧음. '매우 슬퍼함'의 비유임.

여러 관료들이 아뢰기를,

"이제 천자께서 이토록 번민하시니 장차 어떻게 풀어드리면 될까요."

하니, 마양이 대답하기를

"주상께서는 직접 대병을 이끄시고 동오의 정벌에 나서서 종일 울고만 계시니, 이는 군의 사기에도 좋지 않소이다."

하니, 진진이 말하기를

"내가 듣기에 성도의 청성산(靑城山) 서쪽에 한 은자가 계시다는데, 성은 이(李)요 이름은 의(意)라 합니다. 세상 사람들에게 전해지기를 이 노인은 3백여 세나 되었다 하며, 사람의 생사와 길흉을 아는 당세의 신선이랍니다. 왜 천자께 아뢰지 않으십니까. 이 노인을 불러서 저희들 길흉을 물어보십시다. 그것이 우리가 말씀드리는 것보다 나을 것 같습니다."

하자, 마침내 선주께 아뢰니 선주가 그 말을 좇아, 곧 진진에게 조서를 가지고 첨성산에 가서 모셔오게 하였다. 진진이 밤을 도와 첨성에 이르러, 그 고을 사람들을 이끌고 산골짝 깊은 곳으로 들어가니 멀리 한 선장(仙)이 보였다. 그 선장은 맑은 속에서 은은히 보이는데 그 상서로운 기운이 범상하지 않았다.

문득 한 소동이 나와 맞으며,

"거기 오신 분이 진효기가 아니신가요?"

한다. 진진이 크게 놀라며,

"선동께서는 어찌 저의 이름을 아십니까?"

하니, 동자가 대답한다.

"저희 스승께서 어제 '오늘 필시 황제의 조서를 가지고 오는 사람이 있을 터이니, 그 사자는 필시 진효기일 것이다.'고 하셨나이다."

하거늘, 진진이 말하기를

"진정 신선이십니다. 사람들의 말이 허황된 게 아니구려!"

한다. 드디어 소동과 같이 선장에 들어가 이의를 뵙고 천자의 조서를 드렸다. 그런데 이의는 늙음을 핑계대고 가려 하지 않았다.

진진이 말하기를,

"천자께서는 급히 선옹을 만나고 싶어 하시는데 가시지요."

하며 재삼 간청하였다. 그제서야 이의가 집을 나섰다. 어영에 이르러 들어가 선주를 뵈었다. 선주가 이의가 학발동안에 눈이 푸르고 눈동자가 네모난 것이 반짝반짝 빛이 나며, 몸은 마치 늙은 잣나무 같았다. 보기부터가 이인(異人) 같아서 예를 다해 상대해 주었다.

이의가 묻기를,

"이 노부는 거친 산 속에 사는 촌부로서 무학무식합니다. 폐하께서 부르신다기에 오긴 왔사오나, 무슨 이르실 말씀이라도 있으십니까?"

하거늘, 선주가 대답하기를

"짐이 관우와 장비, 두 아우들과 생사를 같이하기로[17] 결의한 지 30여 년이나 되었소. 이제 두 아우가 다 죽어서 내가 직접 대군을 통솔하고 원수를 갚으려 하나, 길흉을[18] 알지 못하고 있소이다. 오래전부터 들으니 선옹께서는 현기에[19] 통효하시다니 저에게 가르침을 주소서."

하니, 이의가 말하기를,

"이는 천수입니다.[20] 이 늙은이가 알 수 있는 일이 아닙니다."

---

17) 생사를 같이하기로[生死之交] : 죽살이(생사존망·生死存亡)를 다짐한 우정. [中文辭典]「稱可共**生死之交**誼」. [韓非子 解老]「所謂廉者 **必生死之命**也 輕恬資財也」.

18) 길흉[休咎] : 길흉(吉凶). 「화복」(禍福). [漢書]「箕子爲武王 陳五行陰陽**休咎**之應」.

19) 현기(玄機) : 심오·오묘한 도리. [張說 奉敕撰篾道家詩]「金爐承道訣 玉牒啓**玄機**」.

20) 천수(天數) : 천명(天命)·천운. [書經 周書篇 君奭]「不知**天命**不易 天難諶 乃

한다. 선주가 재삼 구하니, 이의는 이에 지필에 병마와 기계 40여 장을 그렸다. 다 그리고 나서 곧 하나하나 찢어버렸다. 또한 큰 사람이 땅에 누워 있는 것을 그리더니, 그 곁에 한 사람이 땅을 파고 묻는 것을 그렸다. 그리고 그 위에 크게 '백(白)' 한 자를 쓰고는, 거기에 머리를 대고 절을 하더니 가버렸다. 선주가 불쾌해 하며 군신들에게

"이 미친 늙은이 아닌가! 믿을 것이 못 되오!"

하고는 즉시 그것을 불태워 버리고, 곧 군사들을 채근하며 전진하였다.

장포가 들어와 아뢰기를,

"오반의 군마가 이르렀으니 제가 선봉을 서겠습니다."

하거늘, 선주는 그 뜻을 장하게 여겨 곧 선봉을 서게 하고 장인을 장포에게 주었다. 장포가 바야흐로 인을 목에 걸고자 하는데, 또 한 젊은 장수가 분연히 나서며,

"인을 내려놓아라. 내 것이다."

하거늘, 보니 관흥이었다.

장포가 말하기를,

"내가 이미 조서를 받들었다."

하니, 관흥이 묻기를

"네 무슨 능력이 있어 감히 이 중임을 감당하겠느냐?"

하였다.

장포가 대답하기를,

"나도 어려서부터 무예를 익히고 배워 활을 쏘면 빗나가는 일이 없었다."

하였다.

其墜命」. [中庸 首章]「天命之謂性 率性之謂道」. [論語 爲政篇]「子曰 吾十有五
而志于學……五十而知天命」.

선주가 말한다.

"짐이 직접 현질의 무예를 보고 나서 우열을 가리겠다."

하매, 장포가 군사들에게 백보 밖에 나가서 기를 꽂게 하고, 기 위에 하나의 홍심을[21] 그려 놓게 하였다. 장포는 활에 화살을 멕여 연속 세 발을 쏘아 다 홍심에 적중하였다. 군사들이 일제히 칭찬하였다. 관흥은 활을 손에 들며,

"홍심을 맞추는 게 뭐 그리 기이한 일인가?"

하고 말하고 있는데, 갑자기 깃발 위를 한 떼의 기러기가 지나간다. 관흥이 그 기러기 떼를 가리키며 말하기를,

"내 저기 날아가는 세 번째 기러기를 쏘겠다."

하고 쏘니, 그가 말한 기러기가 화살을 맞고 떨어졌다. 문무 관료들이 일제히 소리를 지르며 갈채를 보냈다. 장포가 크게 노해 몸을 날려 말에 올라서 손에 아버지가 쓰던 장팔점강모를[22] 꼬나들고, 큰 소리로

"네 감히 나와 무예를 겨뤄보려 하느냐?"

하거늘, 관흥 또한 말에 올라서, 집에서 전해 내려오던 큰 칼을 뽑아 들고 말을 몰아 나오며

"너만 창을 쓸 줄 아느냐! 내 어찌 칼을[23] 쓰지 못할까 보냐!"

한다. 두 장수가 어울려 부딪히려 할 때에 선주가 소리치기를,

---

21) 홍심(紅心) : 붉은 칠을 한 과녁. [中文辭典]「槍箭靶之中央**紅點**也」. [潛確類書]「唐僖昭時 都下競事 膏脣有露珠兒 天宮巧 洛股澹 **紅心** 猩猩暈等」.

22) 장팔점강모(丈八点鋼矛) : 옛 중국의 무기인데 장비가 썼다 함. 「장팔사모」(丈八蛇矛). [晉書 劉曜載記]「手執**丈八蛇矛** 刀矛俱發」. [通俗編 武功]「**丈八蛇矛** 出隴西 灣孤拂箭白狼啼」.

23) 칼을 쓰지[大砍刀] : 대도(大刀). 칼날이 넓고 자루가 긴 칼. [經國雄略]「**大刀** 柄長五尺 帶刀纂 共長七尺五寸 方可大敵 名爲柳葉刀 連柄共重 五斤官秤」. [晉書 郭璞傳]「**大刀**而遲鈍」.

"두 사람이 무례하구나!"

하시거늘, 관흥과 장포 두 사람이 황급히 말에서 내려 각기 병기를 버리고 땅에 엎드려 죄를 청하였다.

　선주가 말하기를,

"짐은 탁군에서 경들의 아버지와 의형제를 맺은 뒤부터는 친동기간과 같이 지냈다. 이제 너희들 또한 형제라, 마땅히 같이 힘을 합쳐 아비의 원수를 갚아야 한다. 어째서들 다투어 대의를 잃으려 하느냐! 아비가 죽은 지 오래되지도 않았는데, 오히려 이와 같거늘 장차 오래되면 어찌 되겠느냐?"

하니, 두 사람이 재배하며 복죄(伏罪)한다.

　선주가 물으시기를,

"경들 두 사람 중에 누가 연장자이냐?"

하니, 장포가 아뢰기를,

"제가 관흥보다 한 살 위입니다."

하거늘, 선주가 곧 관흥에게 명하여 절하게 하고 장포를 형으로 대하게 하였다. 두 사람은 장막 앞에 나아가 화살을 꺾어 영원히 서로 구하고 보호하기를 맹세하였다. 선주는 조서를 내려 오반으로 하여금 선봉을 삼고, 장포와 관흥에게 명하여 어가를 보호하라 하였다. 수군과 육군이 나란히 나가고, 배와 기마가 열지어 호호탕탕하게[24] 오나라로 쳐들어 갔다.

　한편, 범강과 장달은 장비의 수급을 가지고 가서 오후에게 투항하

---

24) **호호탕탕**(浩浩蕩蕩) : 썩 넓어서 거칠 것이 없음. 거침이 없고 세참. [中庸 第三十二章]「肫肫其仁 淵淵其淵 浩浩其天」. [論語 泰伯篇]「蕩蕩乎 民無能名焉 巍巍乎其有成功也」.

며 바쳤다. 그리고 지난 일들을 자세히 고했다. 손권이 듣고 나서 두 사람들 받아들이며, 이에 백관들에게,

"이제 유현덕이 제위에 올라서 정예병 70여 만을 통솔하고 친정에 나섰다 하는데, 그 위세가 대단할 터이니 이를 어찌하면 좋겠소이까?"

하거늘, 백관들이 다 놀라서 서로 얼굴만 쳐다본다.[25]

제갈근이 나서며 말하기를,

"제가 군주의 식록을 먹은 지 오래이나, 그 은혜를 갚을 길이 없었습니다. 원컨대 남은 목숨을 바쳐서 촉주를 만나 이해 관계를 말씀드리고, 두 나라로 하여금 서로 화친해서 같이 조조를 토벌하자고 말씀드리겠습니다."

하거늘, 손권이 크게 기뻐하며 곧, 제갈근으로 사신을 삼아 선주에게 가서 군사를 돌리게 하라 하였다.

이에,

> 두 나라가 서로 싸우면서도 사신은 왕래하니
> 한 마디 말로써 국난을 풀 사자의 소임 중하네.
>
> 兩國相爭通使命
> 一言解難賴行人.

제갈근이 간 일은 어찌 되었는지 알지 못한다. 하회를 보라.

---

25) 서로 얼굴만 쳐다본다[面面相覷] : 말없이 서로 물끄러미 바라봄. 크게 놀라서 어찌해야 좋을지 몰라 쳐다 봄. 「면면시처」(面面厮覷). [警世通言 第八卷]「崔寧 聽得說渾家是鬼 到家中間丈人丈母 兩個面面厮覷走出門」.

제82회

손권은 위에 항복하여 구석을 받고
선주는 오를 정벌하며 육군에게 상을 내리다.
　孫權降魏受九錫
　先主征吳賞六軍.

한편, 장무 원년 가을 8월.

선주는 대군을 일으켜 기관(虁關)에 이르러 백제성(白帝城)에 주둔하고, 전대의 군마는 벌써 사천성 입구까지 나갔다.

근신이 아뢰기를,

"오의 사신 제갈근이 왔습니다."

하거늘, 선주는 전지를 내려 들이지 못하게 하였다.

황권이 말하기를,

"제갈근의 동생이 촉나라의 승상입니다. 반드시 일이 있어서 왔을 것인데, 폐하께서는 왜 저를 못 들어오게 하시나이까? 마땅히 불러들여서 저의 말을 들어보시지요. 따를 만하면 따르고 불가할 것 같으면 곧 저의 입을 빌어 손권에게 말하게 하면, 우리가 죄를 물을 명분이 있음을 알게 될 것입니다."

하거늘, 선주가 그의 말대로 제갈근을 불러 성에 들어오게 하였다. 근이 땅에 엎드려 절하였다.

선주가 묻기를,

"자유가 멀리 왔는데 무슨 일이 있는가요?"

하니, 근이

"신의 아우는 오랫동안 폐하를 섬겨왔습니다. 신은 그런 까닭으로 폐하의 처벌을 피하려 하지 않고 있습니다. 특히 형주의 일을 아뢰러 왔습니다. 전에 관공이 형주에 있을 때에, 오후가 누차 혼인을 청하였으나 관공이 듣지 않았습니다. 그 뒤로도 관공은 양양을 취하여 조조가 여러 차례 편지를 오후에게 보내어 하여금 형주를 공격하자 하였으나, 오후께서는 원래 허락하지 않았습니다.

여몽과 관공이 불목하였던 까닭에, 멋대로 스스로 군사를 일으켜 잘못을 저질렀습니다. 지금 오후께선 후회해도 미치지 못하고 있습니다. 이는 여몽의 죄요 오후의 허물이 아닙니다. 이제 여몽은 이미 죽었고 원수의 감정도 이미 식었습니다. 손부인께서도 돌아오실 생각을 가지고 계십니다. 이제 오후께서 저를 사신으로 보내셔서, 손부인을 보내주시며 포박한 항장을 돌려보내시고 아울러 형주를 옛날처럼 돌려주어 영원히 좋은 관계를 유지하시려 합니다. 그리고 같이 조비를 멸하여 찬역의 죄를 바로잡으려 하십니다."

하거늘, 선주가 노하며 말하기를

"너희 동오가 짐의 아우를 죽이고, 이제 감히 간교한 말을[1] 하러 왔느냐!"

하거늘, 근이 아뢰기를

"신은 청컨대 일의 경중과 대소로써 폐하와 이야기를 해보려 합니다. 폐하께서는 한조의 황숙이십니다. 그러나 지금 한제는 조비에게

---

1) 간교한 말[巧言] : 교언영색(巧言令色). 아첨하느라고 교묘하게 꾸며대는 말과 알랑거리는 태도. [書經 虞書篇 皐陶謨]「何畏乎 巧言令色孔壬」. [論語 學而篇]「子曰 巧言令色 鮮矣仁」.

죽고 제위를 찬탈당했는데, 악을 제거할 생각은 않고 의형제 사이의
친함만을 생각하시며 만승의 존엄을 굽히고 계시니, 이는 대의를 버
리고 소의를 취하시는 것입니다. 중원은 해내의 땅이며 양도는2) 다
대한의 창업을 이룩한 곳입니다.

　폐하께서는 이를 취하지 않으시고 비단 형주만 두고 다투시니, 이
는 중요한 곳을 버리시고 경미한 것을 취하는 격입니다. 천하가 다
폐하의 즉위를 알고 있고 반드시 한실을 일으켜서 산하를 다시 찾으
실 것으로 알고 있습니다. 이제 폐하께서는 위나라에게 죄를 묻지 않
으시고 도리어 동오를 치려하시니, 이는 폐하께서 취하실 일이 아닙
니다."
하거늘, 선주가 크게 노하며
　"내 아우를 죽인 원수와는 같은 하늘 아래서 살 수 없소!3) 짐의 파
병(罷兵)은 죽기 전에는 생각도 마시오! 승상의 낯을 보지 않았다면,
먼저 네 목을 베었을 것입니다. 지금은 너를 놓아 보낼 터이니 가서
손권에게 전하시오. '목을 씻고 죽음을 받으라고.'"
한다. 제갈근은 선주가 듣지 않으니 강남으로 돌아 갈 수밖에 없었다.

　한편, 장소가 손권을 보고
　"제갈자유가 촉병의 형세가 큰 것을 알고 거짓 강화를 하겠다는 말
로써 간 것은 오나라를 배반하고 촉나라에 들어가려 하는 것이니, 이
번에 가서는 필시 돌아오지 않을 것입니다."

---

2) 양도(兩都) : 서도 장안(長安)과 동도 낙양(洛陽)을 말함.
3) 같은 하늘 아래서 살 수 없다[不共戴天] : 같은 하늘 아래에서 살 수 없음.
　「불공대천지수」(不共戴天之讐). 「불구대천지수(不俱戴天之讐)」. [禮記 曲禮篇
　上]「父之讐 **弗與共戴天** 兄弟之讐 不反兵 交遊之讐 不同國」.

하거늘, 손권이 말하기를

"나와 자유는 생사의 길에 있더라도 맹세를 쉽게 바꾸지 않을 것이오. 내가 자유를 배반하지 않듯이 자유 또한 나를 저버리지 않을 것이외다.[4] 전에 자유가 시상에 있을 때에 공명이 오나라에 왔었는데, 내가 자유를 시켜서 저를 머물러 있게 하려 했더니, 자유가 말하기를 '아우는 이미 현덕을 섬기고 있나니 의에는 두 마음이 없는 것입니다. 아우가 여기 있지 않을 것이고 마찬가지로 저도 가지 않을 것입니다.' 했으니, 그 말이 족히 신명(神明)을 꿰뚫었다 할 것인데, 오늘에 어찌 촉으로 가겠소이까? 나와 자유의 교분은 가히 신교(神交)라 할 것이니, 다른 말을 해서 이간하려 마시오."

하고 말하고 있는데, 문득 제갈근이 돌아왔다는 보고가 들어왔다.

　손권이 묻기를,

"내 말이 어떻소?"

하거늘, 장소가 얼굴에 부끄러운 기색을 하고 물러났다. 근이 손권을 보고 선주가 화해를 할 뜻이 없어한다고 말하자, 손권이 크게 놀라며

"만약 그렇다면 강남이 위험하지 않겠소!"

하자, 뜰 아래에서 한 사람이 나서며

"저에게 한 가지 계책이 있습니다. 이 계책으로 이 위기를 넘길 수 있습니다."

하거늘, 저를 보니 중대부 조자(趙咨)였다.

　손권이 또 묻기를,

---

4) 내가 자유를 배반하지 않듯이, 자유 또한 나를 저버리지 않을 것이외다 : 원문에는 '孤不負子瑜 子瑜亦不負孤'로 되어 있음. '나와 자유는 서로 맹세를 바꾸지 않을 것'이라는 뜻임. 「불역지분」(不易之分)은 절조(節操)를 바꾸지 않음의 뜻임. [班固 答賓戲]「賓戲主人曰 蓋聞 聖人有一定之論 烈士有不易之分」.

"덕도에게 무슨 좋은 계책이 있소이까?"

하니, 조자가 대답하기를

"주공께서 한 통의 표문을 써서 주시면, 제가 사신이 되어 가서 위제 조비를 뵙고 이해 관계를 잘 설명해서 한중을 엄습하게 하면 촉병은 위험에 빠지게 될 것입니다."

한다. 손권이 동의하며,

"이 계책이 아주 좋소이다. 다만 이번에 경이 가서는 동오의 기상을 잃지 마시구려."

하매, 조자가 묻기를

"만약 조금이라도 실책이 있으면 곧 강에 뛰어들겠습니다. 무슨 낯으로 강남 사람들을 보겠습니까?"

하였다.

손권이 기뻐하며 표문을 쓸 때, 신이라 칭하고 조자를 사신으로 가게 하였다. 조자는 밤을 도와 허도에 이르러서 먼저 태위 가후 등과 대소 관료들을 만나보았다.

다음 날 아침 일찍 가후가 반열에서 나와

"동오에서 중대부 조자를 보내어 표주를 올렸습니다."

하니, 조비가 웃으며

"이는 촉병을 물리치고자 함이 아니겠소."

하며 곧 불러 들어오게 하라 하였다. 조자가 단지에5) 엎드려 절하였다. 조비가 표를 보고 나서 조자에게 말하기를,

"오후는 어떤 인군인가?"

하거늘, 조자가 말하기를

---

5) 단지(丹墀) : 붉은 칠을 한 계단(丹階). [漢官儀]「以丹漆階上地曰 **丹墀**」. [書言故事 朝制類]「殿墀曰 **丹墀**」.

"총명·인지·웅략을 겸비한 인군입니다."

하자, 조비가 크게 웃으며

"경은 칭찬이 너무 심하구려?"

한다.

조자가 묻기를,

"신은 지나치게 말하는 것이 아닙니다. 오후가 평범한 노숙을 받아
들였으니 이는 총명한 것이고 군사들 속에서 여몽을 뽑았으니 이는
밝음이며 우금을 잡고도 죽이지 않았으니 이는 어진 것이 아니옵니
까. 칼에 피를 묻히지 않고 형주를 얻었으니 이는 지혜로운 것입니다.
삼강에 웅거하면서 천하를 노리고 있으니 이는 영걸입니다. 이런 그
가 폐하께 몸을 굽혔으니 이는 웅략이 있음입니다. 이로 미루어 보면,
어찌 총명·인지·웅략의 인군이 아닙니까?"

하자, 조비가 또 묻기를

"오왕은 자못 학문을 아느냐?"

하였다.

조자가 대답하기를,

"오왕은 강에 만여 척의 배를 띄우고 수많은 강병을 가지고 있으
며, 많은 어진 이들을 임명하고 저들을 부리니 마음속에 경략을6) 가
지고 있습니다. 여가가 있을 때에는 널리 서전(書傳)을 읽고 사적(史籍)
을 보아서 그 대지를 채택하며, 서생들의 심장적구를7) 본뜨지 않고

---

6) **경략(經略)**: 나라를 다스리고 경영함. [佐傳 昭公七年]「天子**經略** 諸侯正封
古之制也」. [漢書 敍傳]「**經略**萬國」.
7) **심장적구(尋章摘句)**: 옛사람의 글귀를 따서 글이나 짓는 세속의 썩은 선비.
[三國志 吳主孫權傳注]「趙咨使魏 文帝曰 吳王頗知學乎 咨曰……雖有餘開 博覽
書傳 不效諸生 **尋章摘句**」. [李賀 南園詩]「**尋章摘句**老雕蟲 曉月當簾桂玉弓」.

있습니다."

하였다.

　조비가 말하기를,

"짐이 오를 토벌하려 하는데 가능하겠소?"

하매, 조자가 말하기를

"대국은 정벌의 병사들이 있지만 소국은 방어의 계책이 있습니다."

하였다. 조비가 또 묻기를,

"오는 위를 두려워하고 있소?"

하거늘, 조자가 대답한다.

"갑병 백만에 장강과 한수를 해자로 가지고 있는데 무엇이 두렵겠습니까."

하였다. 조비가 또 묻기를,

"동오는 대부가 몇 명이나 되오?"

하거늘, 조자가 대답하기를

"총명이 뛰어난 인물이 8, 90명이고, 저와 같은 무리들은 거재두량이어서8) 그 수를 헤아릴 수 없나이다."

하니, 조비가 탄식하면서

"사방에 사신으로 가서 군주의 명을 욕되게 처신하지 않는다9)하더

---

8) 거재두량(車載斗量) : 수레에 싣고 말로 잴 만큼 많다는 말로, '수량이 너무 많아 귀하지 않음'의 비유. [三國志 吳志 吳主權傳 注]「文帝曰 吳如大夫者幾人 咨曰聰明特達者七八十人 如臣輩**車載斗量** 不可勝數」. [故事故言 考器量]「**車載斗量**之人 不可勝數」.

9) 사방에 사신으로 가서 군주의 명[君命]을 욕되게…… : 외국사신으로 가서 임금의 명을 욕되게 하지 않음. 즉 '사명을 훌륭히 완수함'을 이름. 원문에는 **使於四方 不辱君命**'으로 되어 있음. [論語 子路篇]「子曰 行己有恥 **使於四方 不辱君命** 可謂士矣」.

니, 경이 그런 사람이구려."

하였다.

이내 곧 조서를 내리고 태상경 형정(邢貞)에게 명하여, 손권을 봉하여 오왕을 삼고 구석을[10) 내린다는 조서를 받들고 가게 하였다. 조자가 사은하고 출성하였다.

대부 유엽이 간하기를,

"손권이 촉나라를 두려워하여 와서 항복을 청한 것인데, 신이 보기에는 촉과 오가 싸우려는 것은 곧 하늘이 이들을 망하게 하려 하기 때문입니다. 지금 만약에 상장에게 군사 수만 명만 보내어 장강을 건너 저들을 기습하게 한다면, 촉은 오나라를 밖에서 공격하고 위나라는 안에서 공격할 것이니, 열흘 안에 망하게 할 수 있습니다.

오나라가 망하게 되면 촉나라만 남게 되는데, 폐하께서는 어째서 일찍이 저들을 도모하지 않으시나이까."

하니, 조비가 대답하기를

"손권이 이미 예를 갖추어 짐에게 항복하였는데, 짐이 만약에 공격한다면 이는 세상에서 항복하려는 자들을 막는 것이 되는 것이니, 받아들임만 같지 못하다."

하였다.

유엽이 또 말하기를,

"손권이 비록 재주는 있으나 한의 표기장군 남창후에 있었사옵니다. 저의 직이 낮으면 세 또한 미미해서 중원을 두려워하는 마음이

---

10) **구석(九錫)** : 임금이 하사하는 아홉 가지 물품. [漢書 武帝紀]「元朔元年 有司奏古者諸侯貢十二 一適謂之好德 再適謂之賢賢 三適謂之有功 乃加**九錫** (注) 九錫 一曰**車馬** 二曰**衣服** 三曰**樂器** 四曰**朱戶** 五曰**納陛** 六曰**虎賁百人** 七曰**鈇鉞** 八曰**弓矢** 九曰**秬鬯**」. [潘勖 册魏公九錫之]「今又加君**九錫**」.

아직도 있을 것이지만, 만약에 저에게 왕위를 더 해주시게 되면 폐하보다 계(階)가 한 단계 낮을 뿐이옵니다. 이제 폐하께서 저의 거짓 항복을 믿으시고 그 위호를 높여서 봉하시면, 이는 호랑이에게 날개를 달아 주는 격이11) 될 것입니다."

하니, 조비가 단호하게 말하기를

"그렇지 않소. 짐은 오나라를 돕지 않고 촉나라 또한 돕지 않을 것이오. 오나라와 촉나라가 싸우는 것을 기다려 보다가, 그 중 한 나라가 망하게 되면 한 나라만 남게 될 것이니, 그때 남은 나라를 없애는 것이 뭐가 그리 어렵겠소이까? 짐의 뜻은 이미 결정되었으니 경은 다시 더 말하지 마시오."

하였다.

마침내 태상경 형정이 명을 받고, 조자와 같이 책석을12) 받들고 곧바로 오나라로 떠났다.

한편, 손권은 백관을 모아 놓고 촉병을 막을 방책을 의논하고 있었다. 그때, 문득 위제가 주공을 왕으로 봉하고 온다는 소식이 들어 왔다. 손권은 예를 갖추고 멀리까지 나가 영접하였다.

고옹이 간하기를,

"주공께서는 마땅히 상장군 구주의 백으로 일컬을(九州伯之位) 수 있

---

11) 호랑이에게 날개를 달아 주는 격[是與虎添翼] : 이는 곧 호랑이에게 날개를 달아주는 격임. 「위호부익」(爲虎傅翼)은 '나쁜 사람을 도움'의 뜻임. [逸周書 寤儆]「無爲虎傅翼 將飛入宮 押人而食」.

12) 책석(册錫) : '책'은 책서(册書) 곧 칙서(勅書)이고, '구석'은 '九錫'을 이름. [漢書 公孫弘傳]「天子以册書答」. [漢書 武帝紀]「元朔元年 有司奏古者諸侯貢十二 一適謂之好德 再適謂之賢賢 三適謂之有功 乃加九錫 (注) 九錫 一曰車馬 二曰衣服 三曰樂器 四曰朱戶 五曰納陛 六曰虎賁百人 七曰鈇鉞 八曰弓矢 九曰秬鬯」. [潘勖 册魏公九錫之]「今又加君九錫」.

습니다. 그러니 위왕이 관직내리는 것을 받음은 당치도 않습니다."

하거늘, 손권이 말하기를

"옛날에 패공이 항우의 봉직을 받았던 것도[13] 다 시세에 따른 것이외다. 어찌하여 경은 그 일을 잊으셨소?"

하고는 마침내 백관들을 거느리고 성에서 나가 영접하였다. 형정은 상국의 사신임을 믿고 성문에 들어올 때에도 수레에서 내리지 않았다.

장소가 크게 노하여 목소리를 가다듬고,

"예란 공경치 않음이 없고 법은 정숙치 않음이 없거늘, 그대가 자존함이 크도다. 어찌 감히 강남에 한 치의 칼도 없다고 여기는가?"

하고 꾸짖으니, 형정이 그때서야 당황하여 수레에서 내려 손권과 인사를 나누고 수레를 나란히 하며 성으로 들어갔다. 문득 수레 뒤에서 한 사람이 소리 내어 울며,

"우리들이 목숨을 버려 분투하지 못해서 주군께서 위나라와 촉나라를 병탄하지 못하시고, 위의 봉작을 받으시게 되었으니 이 또한 욕됨이 아닙니까!"

하거늘, 저를 보니 서성이었다.

형정이 이 말을 듣고 탄식하기를,

"강동의 장군들이 이와 같으니 끝내 남의 밑에 오래 있지 않겠구나!"

하였다.

한편, 손권은 봉직을 받고 문무 관료들의 하례가 다 끝나자, 아름다운 옥과 비단 등 예물을 갖추어 사람을 보내 조비에게 사은하였다. 그때 벌써 세작이 와서,

---

13) 패공이 항우의 봉직을 받았던 것[沛公受項羽之封] : 한의 고조가 된 유방도 한 때 항우가 주는 한왕(漢王) 벼슬을 받았음.

"촉주가 본국의 대병들과 만왕 사마가(沙摩柯)의 번병 수만 명을 이끌고 오고 있습니다. 또 동계(洞溪)의 한나라 장수 두로(杜路)와 유영(劉寧)의 이지병(二枝兵)들이 수륙 양면에서 진격해 오는데, 그 성세가 하늘을 진동합니다. 수로군들은 벌써 무구(巫口)의 어귀에 이르렀고 육로의 군사들도 이미 자귀(秭歸)에 이르렀답니다."

라고 하였다.

그때, 손권은 비록 왕위에 올랐지만 어찌 위주가 기꺼이 접응해 주지 않았다.

문무 백관들에게 묻기를

"촉나라 군사들의 대세를 어찌하면 좋겠소이까?"

하였다. 관료들이 다 대답을 못하매 손권이 탄식하며,

"주랑이 죽은 후에 노숙이 있었으며 노숙이 죽은 후에는 여몽이 있었으나, 이제 여몽마저 죽었으니 나와 같이 걱정해 주는 사람이 없구려!"

하고 말을 마치기도 전에, 홀연 반열 중에서 한 젊은 장수가 분연히 나오며 땅에 엎드려

"신이 비록 나이 어리나 자못 병서를 익혔습니다. 원컨대 저에게 수만의 병사를 주시면 촉병을 물리치겠나이다."

하거늘, 손권이 저를 보니 손환(孫桓)이었다. 손환은 자가 숙무(叔武)이고 그 아비의 이름은 하(河)였다. 본성은 유씨인데 손책이 저를 아껴 손이라고 사성(賜姓)하였다. 이로 인해 오왕의 종족이 되었던 것이다.

하(河)는 아들 넷을 두었는데, 환은 그의 맏아들로서 궁마에 능숙하여 늘 오왕이 정벌군을 이끌고 갈 때마다 같이 다녔다. 여러 번 큰 공을 세워 벼슬이 무위도위에 이르렀는데, 올해 나이 25세였다.

손권이 묻기를,

"네가 무슨 계책이 있기에 저를 이길 수 있다 하느냐?"

하니, 손환이 대답하기를

"신에게는 두 장수가 있는데 한 사람은 이름이 이이(李異)옵고 다른 한 장수는 사정(謝旌)입니다. 이 두 장수가 다 누구도 당해낼 수 없는 용맹을14) 지니고 있습니다. 병사 수만 명만 주시면 가서 유비를 사로잡아 오겠습니다."

한다.

손권이 대답하되,

"네가 비록 강하긴 하지만 나이가 어리니 어찌하겠느냐? 반드시 도울 사람이 있어야만 나갈 수 있다."

하였다.

그때, 호위장군 주연이 나서며,

"신이 젊은 장수와 나가서 유비를 사로잡아오겠습니다."

하거늘, 이에 손권이 허락하였다. 마침내 수륙군 5만을 주며 손환을 좌도독을 삼고 주연을 우도독을 삼아 즉시 출병하게 하였다. 초마가 와서 촉병들이 벌써 의도(宜都)의 경계에 하채하였다고 알려왔다. 손환은 2만 5천의 군마를 이끌고 의도의 경계에 영채를 세웠다. 그리고 앞뒤로 세 개의 영채로 나누어 촉병을 막기로 하였다.

한편, 촉장 오반이 선봉을 이끌고 서천을 나오니, 동오 군사들은 이르는 곳마다 풍문만 듣고서도 모두 항복했다. 그래서 병사들은 칼에 피를 묻히지 않고 곧바로 의도에 이르게 되었다. 손환이 그곳에 있다는 것을 탐지하고는 나는 듯이 선주에게 보고하였다.

선주는 이미 자귀에 이르러 아뢰는 말을 듣고 노하여, 말하기를

---

14) 누구도 당해낼 수 없는 용맹[萬夫不當之勇] : 누구도 당해 낼 수 없는 용맹. 「만부지망」(萬夫之望). [易經 繫辭 下傳]「君子知微知彰 知柔知剛 萬夫之望」. [後漢書 周馮虞鄭周傳論]「德乏萬夫之望」.

"이런 어린 자가 어찌 감히 짐에게 대항하는가!"

하였다.

관흥이 아뢰기를,

"이미 손권이 이를 장군을 삼았다 하오니, 폐하께서 대장을 보내는 수고를 하지 마시고 저를 보내주시면 신이 가서 저를 생포해 오겠나이다."

하였다. 선주가 대답하되,

"짐은 마침 너의 장한 모습을 보고 싶어하던 터였다."

하고, 곧 관흥에게 나가 싸우게 하였다.

관흥이 절하고 가려 하자, 장포가 말하기를

"이미 관흥이 적을 토벌하러 가게 되었으니 저도 같이 가게 해 주소서."

하거늘, 선주가 당부하기를

"두 조카가 같이 나간다면 아주 잘 된 일이다. 부디 조심들 하고 실수가 없게 하여라."

하였다.

두 사람이 선주에게 작별 인사를 드리고, 선봉대와 합세하여 진군하며 전열을 가다듬고 진세를 벌였다. 손환은 촉병이 몰려온다는 것을 알고 세 영채의 군사들을 모아 나갔다. 양 진영이 둥글게 대치하자, 손환은 이이(李異)과 사정(謝旌)을 거느리고 문기 아래 나섰다. 촉나라 진영을 보니 두 장수가 병사들에게 둘러싸여 나오는데, 다 은투구에 은갑옷을 입었으며 백마 1백 기를 앞세우고 나선다. 앞에선 장수는 장팔점강모를 꼬나들고 있고 그 뒤에는 관흥이 대감도를 빗기 들고 나섰다.

장포가 크게 꾸짖으며,

"손환, 이 어린놈아! 죽을 때가 되었는데 어찌 감히 천병(天兵)에 대항하느냐!"

하였다.

손환 또한 꾸짖으면서,

"네 애비는 이미 머리 없는 귀신이 되었거늘 네 놈 또한 죽으려고 왔느냐. 이 어리석은 놈아!"

하거늘, 장포가 크게 노하여 창을 꼬나들고 곧장 손환을 취하러 나왔다. 손환의 뒤에서 사정이 말을 몰아 나와 맞았다. 두 사람의 싸움이 30여 합에 이르러 사정이 패주하자, 장포는 승세를 타고 급히 쫓아갔다. 이이는 사정이 패해 달아나는 것을 보고, 당황해서 말을 박차고 금칠을 한 도끼를[15] 휘두르며 나와 싸웠다. 장포와 20여 합을 싸웠으니 승부가 갈리지 않았다.

오군 중에서 비장 담웅(譚雄)이 장포의 용맹함을 보고 이이가 이기지 못할 것을 알고는, 급히 냉전을 쏘아 장포의 말에 적중시켰다. 그 말이 상처를 입고 본진으로 달려가 문기까지 이르지 못하고 땅에 쓰러졌다. 장포 또한 땅에 떨어졌다. 이이가 급히 대부를 휘두르며 앞으로 나오며 장포의 뒤통수를 내리 찍었다. 홀연 한 줄기 붉은 섬광이 빛나더니 이이의 머리가 땅에 떨어졌다.

원래 관흥은 장포의 말이 돌아오는 것을 보고 막 나가 접응하려고 기다리는데, 돌연 장포의 말이 돌아오다가 넘어지고 이이가 급히 쫓아오자, 관흥이 큰 소리를 지르며 이이를 한 칼에 베어 말 아래 거꾸러뜨려 장포를 구한 것이다. 승세를 타고 짓쳐 나가매 손환은 대패하여 각기 금고를 울려 병사들을 거둬들였다.

다음 날 손환은 또 군사들을 이끌고 왔다. 장포와 관흥이 함께 나갔

---

15) 금칠을 한 도끼[黇金斧] : 옛 무기의 일종으로 금빛 도금을 한 부월(斧鉞). '월'은 큰 도끼, '부'는 작은 도끼임. [左傳 昭公 四年]「將戮慶封 負之斧鉞」. [國語 晉語]「司寇之刀鋸日弊 面斧鉞不行」.

다. 관흥이 진 앞에 말을 세우고 손환에게 싸움을 돋우었다. 손환이 노하여 칼을 휘두르며 나와 관흥과 싸우기 30여 합이 되자 힘이 빠져서 대패하고 진으로 돌아갔다. 두 장수들이 추살하며 영채로 들어갔다. 오반은 장남·풍습 등을 이끌고 병사들을 몰아가며 엄살하였다. 장포는 용맹을 떨치며 앞장서서 오군을 짓쳐 들어갔다.

그때, 사정을 만나자 장포는 그를 장팔사모로 찔러 죽였다. 오군은 사방으로 흩어져 달아났다. 촉군의 장수들은 이기고 병사들을 거두었으나, 관흥만이 보이지 않았다.

장포가 크게 놀라며,

"안국(安國)에게 무슨 일이 생겼다면 나만 살아 있을 수 없다!"

하고, 말을 마치자 창을 들고 말에 올라 찾아 나서니 몇 리를 가지 않았는데, 관흥이 왼손에 칼을 들고 오른손에는 한 장수를 산 채로 옆구리에 끼고 달려왔다.

장포가 묻기를,

"그가 누구이냐?"

하니, 관흥이 웃으면서 대답하기를

"내가 어지러운 군사들 속에 있다가 마침 원수를 만나 사로잡아 오는 길이오."

하였다. 장포가 보니 어제 몰래 냉전을 쏘았던 담웅이었다.

장포가 크게 기뻐하며 함께 영채로 돌아왔다. 담웅을 참수하여 그 피로 죽은 말을 제사지내 주었다. 그리고는 사람을 시켜 선주께 승첩을 보고하게 하였다.

손환은 이이·사정·담웅 등 많은 장수들을 잃고 나자, 힘이 다하고 군세가 다해서 적과 싸울 기력이 없었다. 곧 사람을 시켜 오로 가서 구원을 청하게 하였다. 촉장 장남과 풍습 등은 오반에게,

"지금 오나라의 병세가 패하고 있으니, 저들의 허를 찔러 영채를 겁략하시지오."

하거늘, 오반이 묻기를

"손환이 비록 많은 장수와 군사들을 잃었지만, 주연의 수군은 지금 강 위에 영채를 짓고 있소. 이것을 보니 아직은 꺾인 것이 아니외다. 오늘 영채를 겁략하러 갔다가, 수군이 육지에 올라 우리들의 퇴로를 끊으면 그 일을 어찌하겠소이까?"

하였다.

장남이 대답한다.

"이 일은 아주 쉽소이다. 관흥과 장포 두 장수에게 각각 5천 군을 산골짜기에 매복하게 하였다가 주연이 구하러 오거든, 좌우 양군이 일제히 협공을 하면 틀림없이 이길 수 있소이다."

하자, 오반이 말하기를

"먼저 병사들로 하여금 거짓 항복하게 하여, 급히 가서 영채를 겁략하려 한다고 주연에게 알려 주는 게 더 나을 것이외다. 그런 연후에 불길을 보면 필시 구응하러 올 테니, 그때 복병들에게 공격하라고 하면 모든 일은 끝날 것이외다."

하거늘, 장남과 풍습 등이 크게 기뻐하며 드디어 계책대로 행하였다.

한편, 주연은 손환의 병사들이 크게 패했다는 소식을 듣고 구원하러 오고자 하고 있는데, 갑자기 촉의 매복군들이[16] 몇 명의 병사와 함께 배에 올라서 항복을 하였다. 주연이 물으니 군사들이 대답하기를,

"우리들은 풍습 밑에 있는 사졸이온데 장군의 상벌이 불투명해서, 이에 항복하러 왔습니다. 그리고 기밀을 알려 드리려 합니다."

---

16) 매복군[伏路軍] : 매복해 두었던 군사. 초계병(哨戒兵). 「초병」. [中文辭典]「軍隊中稱巡邏守望之兵曰 **哨兵 哨兵**之出動曰 **放哨**」.

하였다.

주연이 묻기를,

"알려 줄 게 무엇이냐?"

하니, 병사들이 대답하되

"오늘 저녁 풍습이 빈틈을 타서 손장군의 영채를 겁략하려고, 불길이 솟는 것을 신호 삼기로 하였습니다."

하였다. 주연이 듣고 나서 곧 사람을 보내 손환에게 알렸다. 이 일을 알리려는 사람이 중간쯤 가다가 관흥에게 죽고 말았다. 주연은 한편으로 의논하여, 병사들을 이끌고 손환을 구응하러 가려 하였다.

부장 최우(崔禹)가 말하기를,

"저들의 말을 다 믿을 수 없습니다. 오히려 실수라도 있게 되면 수륙 양군이 다 죽게 됩니다. 장군께서는 단지 숨어서 수채를 지키셔야 할 것입니다. 제가 장군 대신 가보겠습니다."

하니, 주연이 그의 말을 따라 최우에게 1만의 군사를 주어 먼저 가게 하였다. 이날 밤 풍습과 장남, 그리고 오반은 군사들을 세 길로 나누어 곧장 손환의 영채로 들어가 사방에서 불을 지르자, 오군들은 큰 혼란에 빠져 길을 찾아 달아났다.

이때, 최우가 가고 있는 중에 갑자기 화기가 일어나는 것이 보여 급히 병사들을 재촉하여 나가 산줄기를 돌아가려 하는데, 홀연 골짜기에서 북소리가 크게 울렸다. 왼쪽에선 관흥이 오른쪽에선 장포가 나타나 양쪽에서 협공해 왔다. 최우는 크게 놀라서 막 달아나려 하다가 장포와 마주쳤다. 서로 어울려 싸우기 1합만에 장포에게 사로잡혔다.

한편, 주연은 사태가 위급하다는 소식을 듣고 장선(將船)을 타고 아래쪽 5, 60리쯤 물러났다. 손환이 패군을 이끌고 도망가며, 부장에게

"앞으로 가면 어느 곳의 성이 견고하고 양곡이 많으냐?"

하니, 부장이 말하기를

"이리로 가면 북쪽에 이릉성(彝陵城)이 있는데 병사들을 주둔시킬 만합니다."

하였다. 손환은 패군을 이끌고 급히 이릉을 바라고 달렸다. 막 성에 이르려 하는데 오반 등이 이르러서 성을 사방으로 에워쌌다. 관흥과 장포 등이 최우를 묶어 자귀성으로 돌아갔다. 선주가 크게 기뻐하며 전지를 내려 최우를 참하게 하고, 삼군에게 크게 상을 내렸다.

이로부터 위풍(威風)이 진동하여 강남의 여러 장수들은 간담이 서늘해 하지 않는 자가 없게 되었다.

이때, 손환이 오왕에게 구원을 청하는 사람을 보내자, 오왕은 크게 놀라서 곧 문무를 모아 놓고 말하기를,

"지금 손환이 이릉에서 곤란한 지경에 있고 주연은 대패하여 강중에 있소이다. 그에 반해 촉군은 세력을 크게 떨치고 있다 하니, 이를 어찌하면 좋겠소이까?"

하였다.

장소가 대답하기를,

"지금 여러 장수들이 죽었다고는 하지만[17] 아직도 10여 명이나 남아 있으니, 어찌 유비를 염려하십니까? 한당을 정장으로 주태를 부장으로 삼으시고, 반장을 선봉, 능통으로 후군을 삼으시며 감녕으로 구응하게 하고, 병사 10만을 일으켜 저들을 막으면 됩니다."

손권은 그 말대로 좇아서 곧 여러 장수들에게 빨리 가라 하였다. 이

---

17) 죽었다고는 하지만[物故] : 죽었으나. [釋名 釋喪制]「漢以來 謂死爲**物故** 言其 諸物 皆就朽故也」. [黃生 義府 下卷]「漢書霍去病傳 士馬**物故**」.

때 감녕은 이미 이질에 걸려 통증을 앓고 있었으나, 정벌군과 함께 출정하였다.

한편 선주는 무협(巫峽) 건평(建平)에서 출발하여 곧장 이릉의 경계까지 70여 리에 연해 40여 채의 영채를 세웠다. 관흥과 장포가 여러 번 공훈을 세운 것을 보고,

"전일 짐을 따르던 제장들이 다 늙어 쓸모가 없이 되었는데, 이제 다시 두 조카가 이처럼 영웅이 되었으니 짐이 손권을 염려할 게 없구나!"

하고 말하고 있는데, 홀연히 한당·주태 등이 군사를 이끌고 온다는 보고가 들어왔다. 선주는 장수를 보내 맞아 싸우게 하려 하는데, 근신이

"노장 황충이 병사 5,6인을 이끌고 동오로 투항해 갔습니다."

하거늘, 선주가 웃으면서

"황한승은 나를 배반할 인물이 아니다. 짐이 늙은이들을 무용지물이라고 말을 잘못해서 저가 필시 노장이란 말에 불복한 것이리라. 그래서 힘을 다해 싸우러 갔을 것이다."

하고, 곧 관흥과 장포에게 말하기를

"황한승 장수가 간 것은 필연 내 실수이니, 너희들이 노고를 아끼지 말고 가서 돕거라. 조금이라도 공을 세우면 곧 돌아오게 하여라. 절대 실수가 있어서는 아니 된다."

하였다. 두 젊은 장수가 선주께 인사를 드리고, 본부군을 이끌고 황충을 도우러 갔다.

이에,

노신은 평소에도 충군의 뜻을 잃지 않고
젊은 장수들 공을 세워 나라에 보답하네.

老臣素矢忠君志

年少能成報國功.

황충이 가서 어찌 되었는지 알 수가 없다. 하회를 보라.

제83회

효정싸움에서 선주는 원수들을 잡고
강구를 지키던 서생은 대장이 되다.
　戰猇亭先主得讎人
　守江口書生拜大將.

한편, 장무 2년 봄 정월.

무위후장군 황충은 선주를 따라 오의 정벌에 나섰다가, 문득 선주
가 노장들은 쓸모가 없다고 말 하는 것을 들었다. 곧 칼을 들고 말에
올라 가깝게 따르던 군사 5, 6명만 데리고 곧바로 이릉의 영채에 이르
렀다.

오반과 장남·풍습이 들어와 묻기를,

"노장군께서 여기까지 오신 것은 무슨 일이십니까?"

하거늘, 황충이 대답하기를

"내 장사(長沙)로부터 천자를 따라 지금에 이르기까지 수많은 싸움
을 하였네. 지금 이미 나이가 70을 넘겼지만 아직도 고기 열 근을 먹
고 팔의 힘은 이석궁(二石弓)을 들 수 있으며, 천리마를 탈 수 있어서[1]
늙었다고 볼 수는 없소. 그런데 어제 주상께서 우리 늙은이들은 쓸모

---

1) 천리마를 탈 수 있어서[能乘千里馬] : 하루에 천 리를 갈 수 있다는 명마.
[戰國策 燕策]「郭隗曰 古之人君 有以千金使涓人求千里馬者 馬已死 買其骨五百
金而歸云云 朞年千里馬至者三」. [通鑑綱目 前漢孝文紀]「時有獻千里馬者」.

가 없다 하셨소. 그래서 여기 와 오나라와 싸워 적장의 목을 베어, 늙지 않았다는 것을 보이려 하네!"
하였다.

그때, 홀연 오나라 군사들의 전부대가 이르러 그 초마(哨馬)가 영채에 임하였다는 보고가 들어왔다. 황충은 분연히 자리에서 일어나 장막을 나서서 말에 올랐다.

풍습이 권하기를,
"노장군께서는 나가지 마십시오."
하며 말렸으나, 황충은 듣지 않고 말을 몰고 가버렸다. 오반은 풍습에게 군사들은 이끌고 가서 도우라 하였다. 황충은 오군 진영 앞에 나서서, 말을 몰아가며 칼을 빗겨 들고 싸움을 돋우며 선봉 반장과 교전하였다. 반장은 사적(史蹟)을 이끌고 말을 몰아 나왔다.

사적은 황충이 나이가 많음을 업신여기고 창을 꼬나들고 나가 싸웠다. 싸움은 3합이 채 못 되어서 황충의 칼에 사적의 목이 떨어져 말 아래에 거꾸러졌다. 반장이 크게 노하여 관공이 사용하던 청룡도를 휘두르며 나와서 황충과 싸웠다. 서로 어울리기 몇 합이 되었으나 승패가 갈리지 않았다. 황충이 힘을 다해 싸우니 반장이 당해내지 못하고 말을 돌려 달아났다. 황충은 승세를 타고 충살하여 크게 이기고 돌아오다가 길에서 관흥과 장포를 만났다.

관흥이 말하기를,
"저희들이 성지를 받들고 와서 장군님을 도우려 하였는데, 벌써 장군께서 공을 세우셨습니다. 속히 영채로 돌아가시지요?"
하였으나, 황충은 듣지 않았다.

다음 날, 반장은 또 와서 싸움을 돋우었다. 황충은 분연히 말에 올랐다. 관흥과 장포 두 사람이 싸움을 도우려 하였으나 황충은 듣지 않았다. 오반이 싸움을 돕게 해달라고 말하였으나, 황충은 또한 듣지 않고 직접 군사 5천을 이끌고 나가 맞았다. 싸움이 몇 합이 못 되어 반장은 칼을 끌며 달아났다.

황충은 말을 몰아 저를 추격하며, 목소리를 돋우고 말하기를

"적장은 달아나지 말아라! 내 지금 관공의 원한을 갚으려 한다!"

하며, 추격하여 30여 리쯤 이르자 사방에서 함성이 크게 일더니 복병들이 한꺼번에 나왔다. 우편에서는 주태가 좌편에서는 한당이 그리고 앞에는 반장, 뒤에는 능통이 나서서 황충을 에워싸고[2] 덤벼든다. 그런데 홀연히 광풍이 크게 일어서 황충이 급히 물러나니, 산언덕배기에서 마충이 군사들을 이끌고 나와서 활을 쏘아 황충의 어깻죽지에[3] 맞아 하마터면 떨어질 뻔하였다. 오나라 병사들이 황충이 살아 있는 것을 보더니 일제히 공격해 왔다.

이때, 문득 후면에서 함성이 크게 일어나더니 양로에서 군사들이 짓쳐 오거늘, 오병들은 흩어져 달아나고 황충은 구출되었다. 이는 관흥과 장포였다. 두 젊은 장수들이 황충을 보호하여 곧장 영채 앞에 이르니, 황충은 연로하여 혈기가 쇠하여 전창이 터져서 병세가 아주 심하였다.

선주가 어가를 타고 와서 등을 쓸며 말하기를,

"노장군께서 중상을 입으셨음은 짐의 잘못이외다!"

하였다.

---

2) 에워싸고[困在垓心] : 적에게 포위되어 처지가 몹시 곤란함. [水滸傳 第八三回]「徐寧与何里奇搶到垓心交战 兩馬相逢 兵器并舉」. [東周列國志 第三回]「鄭伯困在垓心……全无俱怯」. [中文辭典]「謂在圍困之中也 項羽被圍垓下 說部中所用困在垓心語 或卽本此」.

3) 어깻죽지[肩窩] : 어깻죽지. 「견박」(肩膊)은 '어깨'를 가리킴. [中文辭典]「謂肩也」.

황충이 권유하기를,

"신은 한낱 무부로 폐하를 만난 것은 아주 다행한 일이었습니다. 신의 나이 이미 75세이니 이 또한 장수한 것이옵니다. 바라건대 폐하께서는 용체를 보중하셔서 중원을 도모하옵소서."

라고 말을 마치고는 정신을 잃었다. 이날 밤 영채에서 운명하였다. 사람들이 이를 한탄한 시가 전한다.

노장 황충을 말하자면
천중에서 큰 공을 세웠지.
　老將說黃忠
　收川立大功.

황금쇄자갑을4) 입고서
철태궁으로5) 쏘았었지.
　重披金鎖甲
　雙挽鐵胎弓.

용맹은 하북을 놀래키고
위명이 촉중에 떨쳤지.
　膽氣驚河北

---

4) 황금쇄자갑(黃金鎖子甲) : 도금한 쇄자갑. 여러 개의 미늘을 작은 쇠고리로 꿰어서 만든 갑옷으로, 아주 정교하게 만들어서 화살이 뚫지 못하게 되어 있음. [正家通]「鎖 **鎖子甲** 五環相互一環受鐵 諸環拱議 故箭不能入」. [唐六典]「甲之制有十三日 **鎖子甲** 鐵甲也」.

5) 철태궁(鐵胎弓) : 강궁(强弓)의 하나로 몸에 철심을 넣어 만든 활. 「철궁」(鐵弓). [中文辭典]「鐵製烘物之架也 與**鐵炎**同」.

威名鎮蜀中.

죽을 땐 백발을 흩날리고
영웅의 그 기개 더욱 드날렸지.
　臨亡頭似雪
　猶自顯英雄.

　선주는 황충이 죽자 슬퍼 마지않으며, 좋은 관을 갖추어 성도에 장
사 지내게 하였다. 선주가 탄식하며,
　"오호대장 중 세 사람이 죽었구나. 그렇건만 짐은 아직도 원수를 갚
지 못하고 있으니 진실로 통분하도다!"
하고, 이에 어림군을 이끌고 곧장 효정에 이르러 장수들을 만나서, 군사
들을 여덟 길로 나누어 수륙군과 나가게 하였다. 수로군은 황권에게
거느리게 하고 선주는 직접 대군을 이끌고 먼저 진발하였다.
　때는 2월 중순이었다. 한당·주태 등은 선주의 어가가 온다는 소식
을 듣고 군사들을 이끌고 나가 맞았다. 양군이 둥글게 대치하자, 주태
가 말을 타고 나와서 촉군의 영채 문기가 꽂혀 있는 곳을 보았다. 선
주가 직접 나왔는데 황라쇄금산개를6) 받고 좌우에 백모 황월에다7)
금은 정절이8) 전후에서 둘러쌌다.

---

6) 황라쇄금산개(黃羅鎖金傘蓋) : 황금빛의 일산. [孔武仲 炭步港觀螢詩]「爛如
　神仙珠玉闕　青羅掩映千明紅」.
7) 백모 황월(白旄黃鉞) : 흰 깃발과 도끼. 주(周)의 무왕(武王)이 은(殷)의 주왕
　(紂王)을 정벌할 때 썼다 하여 '정벌'의 상징이 되었음. '백모'는 모우(氂牛:소의
　일종)의 꼬리나 날짐승의 깃을 장대 끝에 달아 놓은 기. '황월'은 누런 금빛
　도끼(무기). [書經 牧誓篇]「王左杖黃鉞　右秉白旄以麾曰　逖矣 西土之人」. [事物
　紀原]「興服志曰　黃鉞黃帝置　內傳曰 帝將伐蚩尤　玄女授帝金鉞以主煞　此其始也」.

한당이 큰 소리로,

"폐하께서는 지금 촉주가 되셨는데 어찌해서 경솔하게 나오셨나이까? 만약 실수라도 있으시면 후회하셔도 소용없나이다."[9]

하거늘, 선주는 저를 가리키며 꾸짖기를,

"너희 오나라 개놈들이 내 수족을 죽였으니, 내 맹세코 천지간에 같이 설 수가 없다!"[10]

하였다.

그때, 한당이 돌아보며,

"누가 감히 나가서 촉병을 무찌르겠느냐?"

하니, 부장 하순(夏恂)이 창을 꼬나들고 출마한다. 선주의 뒤에서 장포가 장팔사모를 꼬나들고 말을 몰아 나가며, 큰 소리를 지르고 곧장 하순을 취하려 하였다. 장포의 소리가 마치 우레처럼 큰 것을 듣고 속으로 크게 두려워하며 막 달아나려 하는데, 주태의 동생 주평(周平)은 하순이 적과 싸우지 못하는 것을 보고 칼을 휘두르며 말을 몰고 나왔다. 관흥이 이를 보고 말을 박차며 나가 맞았다.

장포의 일갈과 함께 사모를 한 번 휘두르니 하순이 맞고 말에서 떨어져 뒹굴었다. 주평이 크게 놀라 손을 쓸 새도 없이[11] 관흥의 칼에

---

8) 금은 정절(金銀旌節) : 금은으로 된 정절. 「정절」은 「지절」(指節)의 일종임. [周禮 地官 掌節]「道路用旌節 (注) 旌節 今使者所擁節是也」. [周禮 秋官 布憲]「正月之吉 執旌節以宣布于四方」.

9) 후회하셔도 소용없나이다[後悔何及] : 후회한들 어찌 미치겠는가. 「후회막급」(後悔莫及)은 '아무리 후회하여도 다시 어쩔 수가 없음'의 뜻. 「후회」(後悔). [漢書]「官成名立 如此不去 懼有後悔」. [詩經 召南篇 江有氾]「不我以 其後也悔」. [史記 張儀傳]「懷手後悔 赦張儀 厚禮之如故」.

10) 내 맹세코 천지간에 같이 설 수 없다! : 원문에는 '誓不與立於天地間'으로 되어 있음. '같은 하늘 밑에 살 수 없음'의 뜻. [中文辭典]「謂不共戴天也」.

11) 손을 쓸 새도 없이[措手不及] : 미처 손을 쓸 사이도 없음. [論語 子路篇]「禮

목이 떨어졌다. 두 젊은 장수들이 곧 한당과 주태에게 달려드니, 한
당·주태 두 사람은 당황하여 진으로 들어갔다.

선주가 이를 보고,

"호랑이 아비에게 개 아들이 없구나!"12)

하시며, 어편(御鞭)을 들어 가리키니, 촉병들이 일제히 엄습해 가 동오
군이 대패하였다. 그때 8로의 군사들이 마치 샘물이 솟구치듯이 짓쳐
가니, 오군의 시체가 들판에 즐비하고 그 피가 냇물처럼 흘렀다.

한편, 감녕은 그때 배에서 병을 치료하고 있었는데 촉병들이 밀려
온다는 소문을 듣고, 황망히 말을 타고 가다가 한 떼의 만병(蠻兵)과
마주쳤다.

저들은 다 머리를 풀어 늘어뜨리고 맨발이었으나, 모두가 궁노(弓
弩)·장창(長槍)·당패(搪牌)·도부(刀斧) 등을 지니고 있었다. 앞에 바로
번왕 사마가가 있었는데, 얼굴은 피를 뿜은 것 같이 붉고 파란 눈이
툭 튀어나와 있었다. 그리고 한 자루의 철질려골타를13) 들고, 허리에
는 활 두 개를 찼는데 위풍이 대단하였다.14) 감녕이 그 세력이 큼을

樂不與 則刑罰不中 刑罰不中 則民無所措手足」. 「조수」(措手)는 「착수하다」의
뜻임. [中文辭典]「謂着手布置也」.

12) 호랑이 아비에게 개 아들이 없구나! : 원문에는 '虎父無犬子'로 되어 있음. [後
漢書 班超傳]「不入虎穴 不得虎子」. [三國志 吳志 凌統傳]「二子烈封年各數歲 賓
客進見 呼示之曰 此吾虎子也」. [晋書 五行志]「聞地中有犬子聲 掘之得雌雄各一」.
[中文辭典]「今人謙稱其子曰犬子 或稱小犬」.

13) 철질려골타(鐵蒺藜骨朶) : 마름쇠. 능철(菱鐵). 네 발을 날카로운 송곳의 끝
과 같이한 마름모꼴의 무쇠붙이. [六韜 虎韜 軍用]「狹路微徑 張鐵蒺藜 芒高四
寸 廣八尺 長六尺以上 千二百具」. [武備志]「鐵蒺藜竝以置賊來要路 使人馬不得
騁 古所謂渠答也」.

14) 위풍이 대단하였다[威風抖擻] : 위풍이 늠름함. 본래는 모든 번뇌의 티끌을
떨어버리고 불도를 구하는 일. [名義集]「新云杜多 此云抖擻 亦云修治 亦云洮
汰 垂裕記云 抖擻煩惱故也 善住意天子經云 頭陀者 抖擻 貪欲瞋恚愚癡三界內外

보고 감히 싸우지 못하고 말을 돌려 달아나다가, 사마가의 화살을 머리에 맞았다.

감녕은 화살을 맞은 채 부지구(富地口)에 이르러 큰 나무 아래 앉아 죽었다. 나무 위에는 수백 마리의 까마귀가 날아와 그 시체를 둘러쌌다. 오왕이 이 말을 듣고는 애통해 마지 않았다. 그리고 예를 갖추어 후히 장사를 지내주고 사당을 세워 제사를 지내게 하였다.

후세 사람이 이를 한탄한 시가 전한다.

오나라 감흥패는
장강의 금범적15)이었다네.
吳郡甘興霸
長江錦帆舟.

깊은 지기에 보답하며
벗에게 갚고 나자 원수를 만났네.
酬君重知己
報友化仇讎.

경기만 이끌고 가 영채를 겁략했고
군사를 몰고 가기 전 큰 사발로 마셨지.
劫寨將輕騎

六人 若不取不捨不修不著 我說彼人 名爲杜多 今訛稱頭陀」.

15) 금범적(錦帆賊): 장강(長江)을 무대로 살인과 약탈을 일삼던 도적. 「금범」은 비단으로 만든 돛임. [煬帝 開河記]「錦帆過處 香聞百里」. [書言故事 水程類]「問人行日 錦帆何日掛」.

驅兵飮巨甌.

까마귀 떼 성스러움 드러내니
그 향화 천추에 영원하리.
神鴉能顯聖
香火永千秋.

한편, 선주는 승세를 타고 추살하여 효정을 빼앗았다. 오병들이 사방으로 흩어져 달아나매, 선주는 군사들을 수습하였으나 관흥이 보이지 않았다. 당황하여 장군들에게 명을 내려 사방으로 찾아보게 하였다. 원래 관흥은 오나라 진영으로 들어가다가 원수 반장과 마주치자 말을 몰아나가 저를 추격하였다. 반장은 크게 놀라 산골짝 안으로 달려 들어가 어디 있는지를 알 수가 없었다.

관흥은 산 속을 뒤졌으나 끝내 찾을 수가 없었다. 날이 어두워져 그만 길을 잃고 말았다. 다행히 별빛과 달빛을 따라 산골짝 사이를 이르니 때는 2경 시분이 되었다. 한 산장에 이르러 말에서 내려 문을 두드렸다. 한 노인이 나와서 누구냐고 물었다.

관흥이 말하기를,

"나는 싸움터의 장수인데 길을 잃어 여기에 왔습니다. 한 끼 주린 배를 채우게 하소서."

하니, 노인이 인도하는 대로 들어가 보니 집 안에 등촉을 밝혀 놓았는데, 중당(中堂)에 관공의 신상이 그려져 있다.

관흥이 크게 곡하며 절하자, 노인이 묻기를

"장군은 어찌해서 울며 절을 하십니까?"

한다. 관흥이 대답한다.

"이분은 저의 아버님입니다."

하니, 노인이 그 말을 듣고는 곧 절을 한다.

관흥이 말하기를,

"무슨 연고로 내 아버님을 공양하십니까?"

하니, 노인이 대답하기를

"이 지방에서는 다 이렇게 모시고 있답니다. 살아 계셨을 때에 받들어 뫼시고 있었는데, 하물며 오늘날 신령이 되신 때오니이까! 이 늙은 이는 촉병들이 속히 원수 갚기만 바라고 있습니다. 이제 장군께서 여기에 이르신 것은 백성들의 복이옵니다."

하며, 술을 내어 대접하고 말에게도 안장을 풀고 풀을 먹였다. 삼경에 이른 후에 홀연 문밖에서 문을 두드리거늘 노인이 나가서 물으니, 이에 오의 장수 반장이 투숙하러 왔다 한다. 반장이 마침 초당으로 들어가다가 관흥을 보았다.

관흥이 칼을 빼며 큰 소리로,

"적은 도망 갈 생각을 말라."

하니, 반장이 돌쳐나가려 하였다.

그때, 문득 문밖에 있던 한 사람이 얼굴은 대추처럼 붉고 봉의 눈, 누에 눈썹, 세 가닥 아름다운 수염을 날리며 녹색 전포 금빛 갑옷을 걸치고 칼을 빼어 들고 들어왔다. 반장이 보니 관공의 현성이라 크게 소리를 지르며 치더니 넋을 잃고 몸을 돌리려 하였으나, 관흥이 손으로 칼을 들어 내리치니 목이 땅에 떨어졌다. 관흥은 염통을 들어내어 피를 뿌려 관공의 신상 앞에 제사를 드렸다.

관흥이 부친의 청룡언월도를 얻고 반장의 목을 말 목에 걸고, 노인을 하직하고는 반장의 말을 타고 본영을 바라고 떠났다. 노인은 반장의 시체를 끌어내어 불태워 버렸다. 이때, 관흥이 몇 리도 가지 않았는데 문득 사람과 말 울음소리가 들렸다. 한 떼의 군사들이 오는데 보니, 앞에 선 장수는 반장의 부장 마충이었다. 마충은 관흥이 저의 주장 반장을 죽여서 그의 수급이 말목에 걸려 있는 것을 보았다. 또한 청룡도가 관흥의 손에 있는 것을 보고, 발연 대로하여 말을 몰고 나오며 관흥을 취하려 하였다.

관흥은 마충이 아버지를 해친 원수인 것을 알고 노기가 두우를 찔러, 청룡도를 들어 곧바로 마충을 내리 찍었다. 이때 마충의 부하 3백여 명이 함께 나섰다. 저들은 크게 함성을 지르며 관흥을 에워쌌다. 관흥은 혼자인데다가 위태한 지경에 빠지게 되었는데, 홀연 서북쪽에서 한 떼의 군사들이 짓쳐오는데 보니 장포였다. 마충은 구원병이 도착한 것을 보고 황급히 군사들을 이끌고 물러났다. 관흥과 장포는 그 뒤를 쫓았는데, 수 리를 못 가서 앞에서 미방과 부사인이 병사들을 이끌고 와서 마충을 찾았다.

양군이 서로 어울려 한바탕 혼전이 벌어졌다. 장포와 관흥 두 사람은 군사가 적어 황급히 후퇴하여, 효정에 이르러 선주를 뵙고 수급을 바치며 있었던 일들을 자세히 말씀드렸다. 선주는 놀라 기이하게 여기며 삼군을 호궤하였다.

한편, 마충은 돌아가 한당과 주태를 보고 패군들을 수습하고는, 각기 맡은 구역을 지키기로 하였다. 군사들 중에서 부상자가 수를 헤아리기 어려웠다. 마충도 부사인과 미방을 데리고 가 강가에 주둔하였다. 그날 밤 3경 시분에 군사들 속에서는 울음소리가 그치지 않았다.

미방이 가만히 들으니, 한 군사가 말하기를

"우리들은 다 형주의 군사들인데 네놈의 간계에 빠져 주공의 생명을 잃게 되었다. 지금 유황숙께서 친정하러 오셨으니 동오는 머지않아 무너질 것이다. 우리가 원한을 품고 있는 것은 미방과 부사인이다.

우리들은 어찌해서 이 두 도적을 죽이고, 촉의 진영에 가서 투항할 생각을 못했을까요? 그렇게 하면 우리들의 공로도 많을 터인데 말이외다."

하거늘, 또 한 군사도 따라서

"성급하게 할 일이 아니오. 기회를 보아서16) 실행하도록 하십시다."

하였다.

미방은 듣고 크게 놀라서 마침내 부사인과 의논하기를,

"군사들의 마음이 변하였소이다. 우리 두 사람의 목숨을 보존하기 어려울 것 같소. 이제 촉주가 한하는 것은 마충이외다. 저를 죽여 그 목은 촉주에게 보내고, '우리들은 부득이 오나라에 투항하였습니다. 지금 어가가 여기까지 오신 것을 알고 영채에 와서 죄를 청합니다.' 하십시다."

하니, 사인이 말하기를

"아니 되오, 반드시 화가 있을 것이오."

하였다.

미방이 대답하기를,

"촉주는 너그럽고 후덕한 인물입니다. 지금의 아두 태자는 나의 외생(外甥)이니 저가 나의 외척이오. 결코 우리를 해치지는 않을 것이외다."

하였다. 두 사람은 계획이 이미 정해지자 먼저 말을 준비시켰다. 삼경쯤 해서 장막에 들어가 마충을 찔러 죽이고 수급을 베었다. 그리고는 수십 기만 데리고 곧바로 효정에 와서 투항하였다. 길에 매복하여 있던 군사들이 먼저 저들을 발견해 장남과 풍습에게 데려가 자신들에게 있었던 일들을 상세히 이야기하였다.

---

16) 기회를 보아서[等個空兒] : 잠시 기회를 기다림. 「공아」(空兒). [中文辭典]「閒暇時間也」, 「機會也」.

다음 날 어영에 와서 선주를 뵙고 마충의 수급을 바쳤다.

그리고 선주 앞에 나아가 아뢰기를,

"신들이 실제로 반심을 품은 것이 아니오라, 여몽의 간계에 빠져서 관공께서 이미 돌아가셨다는 말을 듣고 성문을 열어 주게 되었고 저희들은 어쩔 수 없이 항복한 것입니다. 이제 성가가 여기까지 오신 것을 듣고서, 이 도적을 죽여 폐하의 한을 풀어드립니다. 그리고 엎드려 비오니 신들의 죄를 용서해 주시옵소서."

하니, 선주가 크게 노하시면서,

"짐이 성도를 떠난 지가 오래되었거늘, 너희 두 사람이 어찌 죄를 빌러 오지 않았느냐? 이제 세력이 약해지니 와서 교언영색을17) 하며 목숨을 비느냐! 짐이 만약에 너희들을 용서한다면 구천에18) 가서 무슨 낯으로 관공을 보겠느냐!"

하시고는, 관흥에게 명하여 관공의 영위를 세우게 하였다. 선주는 친히 마충의 수급을 올리고 앞에 나아가 제를 올렸다. 또 관흥에게 명하여 미방과 부사인을 옷을 벗기고 영전 앞에 꿇어 앉히고 직접 칼을 잡고 그들을 죽여[刀剮] 관공에게 제를 드렸다.

문득 장포가 장막에서 울며 앞에 나와 묻기를,

"둘째 백부께서 원수진 사람은 다 죽었으나 신의 아비의 원수는 어느 날에나 갚겠나이까?"

하거늘, 선주가 대답하기를

---

17) **교언영색[巧言]** :「교언영색」(巧言令色). 아첨하느라고 교묘하게 꾸며대는 알랑거리는 태도. [書經 高陶謨]「何畏乎 **巧言令色** 孔壬」. [論語 學而篇]「子曰 **巧言令色** 鮮矣仁」.

18) **구천(九泉)** : 저승. 땅 속. [阮瑀 七哀詩]「冥冥**九泉**室 漫漫長夜臺」. 「명도」(冥途). 죽은 사람이 가는 곳. 명토(冥土). [太平廣記]「**冥途**小吏」.

"조카는 걱정하지 말어라. 짐이 강남을 평정하면 오나라의 개들을 다 죽이고 기어이 두 도적을 생포하여 너에게 줄 터이니 네가 아비의 제사를 드리거라."

하시니, 장포가 울며 사례하고 물러갔다.

이때, 선주의 위엄이 크게 떨쳐 강남 사람들이 다 간담이 찢어져 밤낮으로 소리쳐 운다. 한당과 주태가 크게 놀라서 급히 오주에게 고하고 미방과 부사인이 마충을 죽이고 끝내는 촉제에게 돌아갔으며, 또한 촉제에게 잡혀 죽었다는 것을 자세히 말하였다. 손권은 마음에 심히 겁이 나서, 드디어 문무 관료들을 모아 놓고 의논하였다.

보즐이 아뢰기를,

"촉주가 원한을 갖고 있는 것은 여몽·마충·미망·부사인 등입니다. 이들 중 대부분은 죽었고 오직 범강과 장달 두 사람만 살아서 동오에 있습니다. 이들 두 사람을 잡아서 장비의 수급과 함께 사신을 보내 돌려보내고, 형주와 함께 부인을 돌려보내십시오. 그리고 표를 올려서 전정을 생각해서 같이 위를 도모하자고 하면, 촉국은 자진해서 물러날 것입니다."

하였다.

손권이 그의 말대로 침향목갑에 장비의 머리를 잘 넣고, 범강과 장달을 함거 안에 싣고 정병(程秉)을 사신으로 삼아, 국서로 가지고 효정에 가게 하였다.

한편, 선주가 병사들을 진격시키려 하는데, 홀연히 군사가 와서

"동오에서 사신을 보내서 장비의 수급과 함께 범강·장달 두 도적을 잡아 보내왔다고 하옵니다."

하거늘, 선주가 두 손을 이마에 대고[19] 말하기를

"이는 하늘이 주심이라. 또한 셋째 아우의 영이 말미암은 일이라!"

하시고, 곧 장포에게 장비의 영위를 세우라 하였다.

선주가 보니, 장비의 수급이 갑중에 있는데도 얼굴빛이 생시와 같았다. 이를 보시고 선주가 방성대곡하실 때에 장포가 날카로운 칼을 꺼내서 범강과 장달을 만 번 찍어 능지를[20] 하여 아버님 영정 앞에 제를 올렸다. 제가 끝나서도 선주의 노기가 가라앉지 않아, 기어이 동오를 멸해 버리려고만 하였다.

한편, 마양이 나서서 간하기를,

"원수들을 다 죽였고 그 원한도 다 씻으셨다 하오리다. 이제 오의 대부 정병이 여기에 와서, 형주를 돌려주고 부인을 보내며 길이 좋은 관계를 유지하면서 같이 위를 멸하자 하오며, 엎드려 성지를 기다리고 있사옵나이다."

하거늘, 선주가 노해서 말하기를

"짐이 이제 절치하고 있는 사람은[21] 손권이다. 지금 만약에 저들과 화의를 하면 이는 두 아우와의 맹세를 저버리는 것이다. 이제 먼저 오를 멸하고 그다음에 위를 멸하리라."

---

19) 두 손을 이마에 대고[兩手加額] : 손시늉으로 두 손을 이마에 올려놓음. 「양수」. [毛傳]「兩手曰匊」. [禮記 禮曲 上篇]「長者與之提攜 則兩手奉長者之手」.

20) 능지(陵遲) : 능지처참(陵遲處斬). 팔·다리·몸둥이를 토막 치는 극형. 「능지처사」(陵遲處死). [遼史 逆臣傳]「陵遲而死」. [王鍵刑書 釋名]「隋唐宋周二等 一曰絞 二曰斬 金加陵遲 共三等」.

21) 절치하고 있는 사람은[切齒讎人] : 내가 원수로 생각하는 사람. 「절치부심」(切齒腐心). 몹시 분해서 이를 갈며 속을 썩임. 「절치액완」(切齒扼腕). 치를 떨고 옷소매를 걷어 올리며 몹시 분개하는 것. [史記 刺客 荊軻傳]「樊於期偏袒搤椀而進曰 此臣之日夜切齒腐心 (注) 切齒 齒相磨切也」. [戰國策 燕策]「荊軻私 見樊於期曰 願得將軍之首 以獻秦王 秦王必喜而召見臣 臣左手把其袖 右手揕其 胸 則將軍之仇報 而燕國見陵之恥除矣 樊於期曰 此臣之日夜切齒扼腕 乃今得聞 敎 遂自刎」.

하시고는, 곧 온 사신을 참하고서 오와의 정을 끊으려 하였으나, 여러 관료들이 간곡하게 간하여 겨우 사신을 방면하였다.

　정병이 머리를 쥐새끼처럼 감싸고[22] 돌아가, 오주에게

　"촉은 강화할 생각이 없고 맹세코 동오를 먼저 멸한 다음에 위를 치려합니다. 중신들이 극구 간해도 듣지 않고 있으니 이를 어찌하면 좋겠습니까?"

하였다. 손권이 크게 놀라 행동거지를 못한다.

　감택이 반열에서 나오며

　"지금 하늘을 떠받칠 기둥이[23] 있는데, 어찌해서 이를 써보시려 하지 않으십니까?"

하거늘, 손권이 급히 누구냐고 묻는다.

　감택이 말하기를,

　"전날 동오에 큰 일이 생겼을 때 큰일은 주랑이 맡아 하였고, 그 뒤에는 노자경이 이를 대신하였습니다. 자경이 죽은 뒤에는 자명이 일을 하였습니다. 지금 자명이 죽었으나 육백언(陸伯言)이 형주에 있습니다. 제가 비록 명색은 유생이나 실제로는 웅재대략을[24] 지녔습니다. 신이

---

22) 머리를 쥐새끼처럼 감싸고[抱頭鼠竄] : 머리를 감싸쥐고 쥐새끼처럼 도망감. '아주 황급히 달아남'의 비유. [中文辭典]「急逃之意」. '숨을 죽이고 꼼짝도 못함'을 형용하는 말임. 원문에는 '抱頭鼠竄'으로 되어 있음. [漢書 蒯通傳]「常山王 奉頭鼠竄 以歸漢王」. [遼史 韓匡傳]「棄我師旅 挺身鼠竄」. [中文辭典]「急逃之意」.

23) 하늘을 떠받칠 기둥[擎天之柱] : 하늘을 떠받드는 기둥. [楚辭 天門 八柱何當注]「天有八山爲柱」. [張說 姚崇神道碑]「八柱擎天 高明之位列 西時成歲」. 「천주」(天柱). [武帝內傳]「三天太上道君……察丘山之高卑 立天柱」. 「천주절 지유결」(天柱折 地維缺)은 천강과 지유를 끊는다는 뜻으로 분란이 심함을 이름. [史記 三皇紀]「天柱折 地維缺 女媧乃練五色石以補天」. [博物志 地]「共工氏 與顓頊爭帝而怒 觸不周之山 天柱折 絕地維」.

논하건대 주랑의 아래가 아닙니다. 예전 관공을 파한 것도 백언에게서 나온 바이니, 주상께서 만약에 저를 기용하시면 반드시 촉을 깨뜨릴 수 있습니다. 혹여 실수를 하게 된다면 신이 그 죄를 지겠습니다."

하거늘, 손권이 대답한다.

"덕윤(德潤)의 말이 아니었다면 내가 큰 일을 그르칠 뻔하였소이다."

하였다.

장소가 말하기를,

"육손(陸遜)은 한낱 서생일 뿐입니다. 유비의 적수가 못 되오니 저를 기용함은 걱정이 됩니다."

한다.

고옹이 또 나서면서,

"육손은 나이가 어려서 경거망동하여 여러 사람들이 불복할까 걱정됩니다. 만약에 불복한다면 생으로 환란만 일으켜 반드시 대사를 그르치게 될 것입니다."

하니, 보즐 또한

"육손의 재주는 고을을 맡아서 다스릴 정도일 뿐입니다. 만약 저에게 대사를 맡긴다면 그것은 온당치 않습니다."

하였다.

감택이 큰 소리로,

"만약에 육백언을 쓰지 않는다면 동오는 망하게 될 것입니다! 신은 원컨대 전 가족의 목숨을 걸고서라도 그를 보증하겠습니다!"

하였다.

---

24) 웅재대략(雄才大略) : 남보다 뛰어난 재주와 탁월한 계책. [漢書 武帝記 贊]「如武帝之**雄材大略** 不改文景之恭儉 以濟斯民 雖詩書所稱 何有加焉」. [文選 沈約 齊故安陸昭王碑文]「**雄材**盛烈 名蓋當時」.

손권이 말하기를,

"나 또한 평소 육백언이 기이한 재주가 있음을 알고 있소이다. 내 생각은 이미 정해졌으니, 경들은 더 말하지 마시구려."

하였다.

이에 육손을 불러 명하였다. 육손의 본명은 육의(陸議)였으나 뒤에 이름을 고쳐 손이라 하고 자를 백언이라 했는데 오군의 오 땅 사람이었다. 한성문교위 육우(陸紆)의 손자요 구강도위 육준(陸駿)의 아들이라. 키가 8척이고 얼굴이 미옥(美玉)같으며 관은 진서장군이었는데, 명을 받들기 위해 들어와서 예를 올렸다.

손권이 명하기를,

"지금 촉나라 군사들이 오의 경계에까지 와 있어서, 내 자네에게 특별히 군마를 총동원하도록 명하니 유비를 무찌르시오."

하니, 육손이 묻기를

"강동의 문무들이 다 대왕의 옛 신하들이온데, 신은 나이도 어리고 재주가 없으니 어찌 저들을 제압하겠습니까?"

하거늘, 손권이 말하기를

"감덕윤이 전 가족의 목숨을 걸었고 나 또한 평소 경의 재주를 알고 있소. 이제 경을 대도독을 삼으니 경은 더 이상 사양하지 마시오."

하였다.

육손이 또 묻는다.

"문무가 불복하면 어찌합니까?"

하매, 손권이 패검을 주면서 말하기를

"명령을 듣지 않는 자가 있으면 선참후주하게."[25]

---

25) **선참후주(先斬後奏)** : 선참후계(先斬後啓). 먼저 죄인의 목을 베고 뒤에 임금에게 알림. [中文辭典]「喩**先處理而後報告**」.

하였다.

육손이 청하기를,

"이렇듯 중임을 맡기시니 따르지 않고 어찌하겠습니까? 다만 바라옵건대 대왕께서 내일 중관들을 모아놓고, 그 자리에서 검을 주시옵소서."

하였다.

감택이 말하기를,

"옛날 장수에게 명을 내릴 때에는, 반드시 단을 쌓고 백성들이 모인 자리에서 백기와 절월을 주고 인수와 병부를26) 내렸다 합니다. 그러한 연후에야 위엄을 행하고 영이 섰다 하오이다. 이제 대왕께서는 마땅히 이 예로써 날을 가려 단을 쌓고, 백언을 대도독을 삼으시고 절월을 내리소서. 그리하시면 사람들이 불복하는 일이 없을 것입니다."

하였다.

손권은 그의 말에 따라 밤을 도와 준비하라 하고 백관 등을 모이게 하였다. 그리고 육손을 단에 오르게 하여 대도독우호군 진서장군을 삼고, 누후(婁侯)를 봉하고 보검과 인수를 주었다. 그리고는 6군 81주 겸 형주·초국의 군마를 장악하게 하였다.

오후는 저에게 부탁하기를,

"곤성 안은27) 내가 주장하려니와 궁성 밖의 모든 일은 장군이 통제하시게."

---

26) **병부(兵符)** : 발병부(發兵符). 군대를 동원하는 표지로 쓰이던 나무패로 나무·옥·상아 등으로 만듦. [史記 信陵君傳]「公子之盜其**兵符**」. [洛賓王 宿溫城望軍營詩]「**兵符**關帝闕 天策動將軍」.

27) 곤성 안은[閫以內] : '성곽의 안'의 뜻으로 '성내·국내'의 비유임. [史記 馮唐傳]「**閫以內**者 寡人制之 **閫以外**者 將軍制之」.

하였다. 육손은 영을 받들고 하단하여, 서성·정봉을 호위로 삼고 그 날로 출사하였다. 한편으로는 제로 군마를 조발하여 수륙으로 나아가게 하였다.

문서가 효정에 이르자, 한당과 주태는 크게 놀라서

"주상께서 어찌하여 일개 서생에게 병권을 총독하게 하시는가?"

하고, 육손이 이르러도 여러 장수들이 다 불복하였다.

육손은 장상에 올라 일을 의논하려 하였으나 여러 사람들이 마지못해 와서 참배한다. 육손이 말하기를,

"주상께서 명하시어 나를 대장으로 삼으시고, 군사들을 총독해서 촉나라를 깨뜨리라 하였소이다. 군에는 지켜야 할 법이 있으니 공들은 각기 마땅히 이를 준수해야 하오. 위법하는 자에게는 왕법은 무친이라 하였으니,28) 후회하지 마시구려."

하였다.

여러 사람들이 다 말이 없었으나, 주태가 말하기를

"지금 안동장군 손환은 주상의 조카로서 이릉성에서 포위되어 있고, 성 안에는 양초가 부족하나 밖에서 구원병이 없는 형편이외다. 도독께서 빨리 양책을 써 손환장군을 구출해서 주상의 마음을 안심시켜 드려야 할 것이외다."

하니, 육손이 대답하기를

"내 평소부터 손안동이 군사들의 마음을 잘 이해하고 있음을 알고 있소. 필시 굳건히 지키고 있을 터여서 저를 구원할 필요는 없소이다. 내가 촉나라를 무너뜨린 후면 스스로 나올 것이오이다."

---

28) 왕법은 무친이라 하였으니[王法無親] : 왕법(國法)에는 사정(私情)을 두어서는 안 된다는 뜻. [史記 儒林傳]「太師公日 故因史記作春秋 以寓王法 其辭微而指博」. [三國志 魏志 任城威王彰傳]「受事爲君臣 動以王法從事 爾其戒之」.

하니, 여러 사람들이 속으로 비웃으며 물러나왔다.

한당이 주태에게 이르기를,

"이 유생을 장군으로 명하였으니 동오는 망했소이다. 공도 저의 소행을 보았지요?"

하거늘, 주태가 묻기를

"그래서 내가 저를 시험하려고 하였으나 전혀 계책이 없었소. 어찌 촉나라를 깨뜨리겠소이까?"

하였다.

다음 날, 육손은 영을 내려 제장들에게 각 처의 관방들은29) 애구를 굳게 지키되, 경거망동하지30) 말도록 명을 전했다. 여러 사람들은 저의 유약함을 비웃으며 굳게 지키려 하지 않았다.

이튿날 육손은 장대에 올라서 제장들을 불러 묻기를,

"내가 왕명을 받들어 제군을 총독한 후 벌써 영을 내려31) 자네들에게 각처를 굳게 지키라 하였으나 모두가 나의 영을 지키고 있지 않으니 이 어찌된 일이오이까?"

하거늘, 한당이 대답한다.

"나는 손장군이 강남을 평정한 이래 수백 번 싸움에 나갔소이다. 그리고 다른 장수들도 혹은 토역장군(討逆將軍)을 따랐거나 혹은 지금의

---

29) 관방(關防) : 관문. 나라의 중요한 곳. [宋史 選擧志]「州郡措置**關防** 每人止納 一卷」. [靑瑣詩話]「過**關防** 汝以吾詩示之」.

30) 경거망동(輕擧妄動) : 진중하지 못하고 경망된 행동. [韓非子 難四]「明君不 懸怒 懸怒則臣懼罪 **輕擧**以行計 則人主危」.「망동」. [戰國策 燕策]「今大王事秦 秦王必喜 而趙不敢**忘動**矣」.

31) 제군을 총독한 후 벌써 영을 내려[三令五申] : 군중에서 세 번 호령하고 다섯 번 신칙하는 일. '몇 번이고 되풀이하여 경계(警戒)함'의 뜻임. [史記 孫吳傳]「約束旣布 乃設鈇鉞卽 **三令五申**之」.

대왕을 따르면서, 몸에 갑옷을 입고 병장기를 잡고서 생사를 넘나들었던 사람들이외다. 이제 주군께서 공을 대도독을 삼아 촉병을 물리치라 하셨소. 마땅히 빨리 계책을 세워 군마를 조발해야 하며 군사들을 나누어 정벌에 나서서 대사를 도모해야 합니다.

그러나 단지 굳게 지키고 싸우지 말라고 명하니, 어찌 하늘이 저절로 적이 죽기만을 기다리고 있겠소이까? 나는 죽음을 두려워하고 삶을 탐하는 사람이 아니니, 어찌 우리들로 하여금 그 예기로 떨어뜨리려 하오?"

하였다.

이에 장하의 제장들이 다 저를 성원하며,

"한장군의 말씀이 옳습니다. 우리들은 죽기로 싸우기를 바랍니다!"

하였다. 육손이 듣고 나서 칼을 손에 들고, 목소리를 가다듬고

"나는 일개 서생이나 지금 주상으로부터 중임을 받은 것은 나에게 촌척의 취할만한 바가 있어, 욕을 참고 중임을 감당할 수 있으리란 까닭이오. 자네들은 마땅히 애구를 지키고 험한 곳을 지키며 망동함을 허락하지 않을 것이되 영을 어기는 자는 다 참하겠소!"

하거늘, 여러 사람들이 다 노기를 품고 나갔다.

한편, 선주는 효정으로부터 군마를 벌이고 곧장 천구에 이르러, 7백리에 연해 영채 40여 채를 세웠다. 그래서 낮에는 정기가 하늘을 가리고 밤이면 불빛이 하늘까지 비쳤다.

문득 세작이 와서 보고하기를,

"동오에선 육손을 대도독으로 삼고 군마를 통제하게 하였는데, 육손은 제장들에게 영을 내려 각자가 요새를 지키고 나가지 말라 하였답니다."

하였다. 선주가 묻기를,

"육손이란 어떤 인물인가?"

하니, 마량이 말하기를

"육손은 비록 동오의 한 서생이지만, 나이가 젊고 재주가 많으며 깊은 지략을 지니고 있습니다. 전에 형주를 엄습한 때에도 다 이 사람의 위계였습니다."

하니, 선주가 크게 노하며,

"어린 놈이 위계로써 내 둘째 아우를 죽이다니. 당장 저를 생금해야겠다!"

하고는, 곧 진병을 명하였다.

마량이 말하기를,

"육손의 재주는 주랑에 버금가오니 경솔하게 대해서는 아니 됩니다."

하거늘, 선주가 대답하기를

"짐은 용병으로 늙었소. 어찌 어린 유생과 같지 못하겠소!"

하고, 마침내 전군을 이끌고 여러 관진의 애구를 공격하였다. 한당도 선주가 병사를 이끌고 온다는 것을 사람을 시켜 육손에게 알렸다. 육손은 한당이 경거망동할까 두려워 하여 급히 말을 달려와서 보았다.

이때, 한당이 말을 타고 산 위에서 보니, 멀리 촉병들이 산과 들을 덮으며 오는 것이 보이는 속에 은은한 청라산개가 보였다. 한당은 육손을 맞아 말고삐를 나란히 하고 보았다. 한당이 가리키며,

"저 군사들 속에 반드시 유비가 있소이다. 내 저를 공격하리라."

하니, 육손이 말하기를

"유비가 군사를 일으켜서 동오로 오면서 10여 차례 싸움에서 승리하여 그 기세가 한창 성할 것이오. 지금은 험준한 지형을 타고 굳게 지키며 가벼이 나가서는 아니 되오이다. 나가면 우리가 불리하오. 다만 병사들을 장려하여 방어책을 펴고서 그 변화를 보아야 합니다.

지금도 저들이 평원의 넓은 곳을 달려오고 있으니 마치 뜻을 얻은

듯할 것입니다. 그러나 우리가 굳게 지키고 나가지 않으면 저들은 싸워도 소득이 없을 터이니, 그리되면 필시 산림 숲 속에 주둔할 것입니다. 나는 그때 기계(奇計)로써 저들을 이길 것이오."

하였다.

한당이 비록 입으로는 응낙하나 심중에는 이내 불복하고 있었다. 선주는 전대를 시켜 싸움을 돋우며 온갖 욕설을 하며 꾸짖었다. 그러나 육손은 귀를 막고 듣지 말라하고 나가 싸우는 것을 허락하지 않았다. 그리고 직접 두루 제관의 애구들을 둘러보면서 장사들을 위무하며 다 굳게 지키기만 하라 하였다. 선주는 오군이 나오지 않자 마음이 초조해졌다.

마량이 말하기를,

"육손은 깊은 계략이 있는 자이오니, 지금 폐하께서는 멀리 와서 싸우면 봄부터 여름이 지날 때까지 저들이 나오지 않으면서 아군의 변화를 기다리려 할 것입니다. 원컨대 폐하께서는 이 점을 살피시옵소서."

하거늘, 선주가 묻기를

"저들에게 어떤 계책이 있겠소? 다만 겁을 먹고 있다 뿐이외다. 전에 여러 번 패했으니 지금 어찌 감히 나오겠소이까?"

하거늘, 선봉 풍습이 나서며

"지금은 날씨가 아주 더워서 군사들을 불 속에 주둔시키고 있는 듯합니다. 게다가 물을 얻기가 아주 불편한 상태입니다."

하자 선주가는 각 영채에 영을 내려, 다 산림이 무성하고 시내 가까운 물가 영채로 옮기라 하였다. 그리고 여름이 지나 가을이 되면 힘을 다해 진발하라 하였다. 풍습은 전지를 받들어 모든 영채를 다 산속 그늘이 있는 곳으로 옮기게 하였다.

마량이 아뢰기를,

"저희 군사들이 이동하면 오병들이 몰려 올 터인데, 그렇게 되면 어찌하시렵니까?"

하거늘, 선주가 말하기를

"짐이 오반에게 명하여 만여 명의 약병(弱兵)을 이끌고, 오의 영채 가까운 평지에 주둔하게 하겠소이다. 짐이 직접 8천의 정병을 이끌고 산속에 매복해 있다가, 만약에 육손이 짐의 이영(移營)을 알면 반드시 틈을 타고 공격해 올 것이외다. 그때 갑자기 오반에게 거짓 패하게 하면 육손이 추격해 올 것이오. 그러면 짐이 병사들을 이끌고 나가 저들의 퇴로를 끊는다면, 그 어린 놈을 사로잡을 수 있을 것이오."

한다. 문무 백관들이 다 경하하며,

"폐하의 신기묘산을 저희들은 따를 수 없나이다!"

하였다.

마량이 묻기를,

"근자에 듣건대 제갈승상이 동천에 있으면서, 각 애구를 둘러보는 것은 폐하께서 위병이 쳐 들어올까 걱정되기 때문입니다. 어찌해서 각 영채의 옮기는 곳을 그림으로 그려, 도본을 만드셔서 승상에게 묻지 않으십니까?"

하였다.

선주가 말하기를,

"짐 또한 병법을 알고 있는데 굳이 승상에게 물을 필요가 있소?"

하였다.

마량이 말하기를,

"옛말에 이르기를 '겸청즉명하고 편청즉폐'라32) 하였습니다. 폐하

---

32) 겸청즉명 · 편청즉폐(兼聽則明 · 偏聽則蔽) : 여러 사람의 의견을 들으면 밝아지고, 듣고 싶은 의견만 들으면 어두워짐. 「겸청」(兼聽). [唐書 魏徵傳]「帝問爲

께서는 이 점을 살피시옵소서."

하니, 선주가 당부하기를

"경은 각 영채에 가서 사지팔도 도본을33) 그려서 직접 동도에 가지고 가 승상에게 묻고 오시오. 불편한 것이 있을 것 같으면 빨리 와 알리시구려."

하거늘, 마량이 명을 받고 갔다. 이에 선주는 군사들을 수풀의 나무가 있는 곳으로 옮기게 해서 더위를 피하게 하였다. 그때 세작이 한당과 주태에게 고하였다.

두 사람이 이 일을 듣고 크게 기뻐하며, 육손에게 와서

"지금 촉이 40여 채의 영채를 다 숲이 우거진 곳과 시내 곁으로 옮겨, 물가 서늘한 곳에서 쉰답니다. 도독은 허를 틈타 공격하시지요."

하였다.

이에,

촉주는 계책이 있어 매복을 해 놓았으니
오병들은 용기만 믿다가 모두 사로잡네.

蜀主有謀能設伏
吳兵好勇定遭擒.

육손이 이 말을 듣고 무어라 했는지 알지 못하겠다. 하회를 보라.

君者 何道而明 何失而暗 徵曰 君所以明 **兼聽**也 所以暗 **偏聽**也」. 「편청」(偏聽)은 한쪽 말만 맹신하는 것을 이름. [漢書 鄒陽傳]「**偏聽**生姦 獨任成亂」.

33) 사지팔도 도본(四至八道 圖本) : 전국의 산천·도로들을 상세하게 그려놓은 지도. 「四至」는 동서남북의 경계, 「八道」는 사면팔방으로 통하는 길을 말함. [漢書 五行志中之下]「雨雪**四至**而溫」. [呂氏春秋 不屈]「國家空虛 天下之兵**四至**」. [明史 朝鮮傳]「是時 倭尸墳墓 劫王子陪臣剽府**八道**」.

제84회

육손은 칠백 리의 영채를 불태우고
공명은 공교하게 팔진도를 배포하다.
　陸遜營燒七百里
　孔明巧布八陣圖.

　한편, 한당과 주태는 선주가 영채를 서늘한 곳으로 옮긴다는 소식
을 탐지하고는, 급히 육손에게 알렸다. 육손은 크게 기뻐하며 드디어
병사들을 이끌고 동정을 살폈다. 단지 평지에 주둔하고 있는 촉병들
은 만여 명에 지나지 않으며, 태반이 다 노약의 무리들이었다. 그들은
'선봉 오반'이라고 쓴 큰 기를 들고 있었다.

　주태가 말하기를,

"내 보기에 이들 병사들은 다 아이들 같소이다. 내가 한당장군과 함
께 양로에서 저들을 공격하겠소. 만약에 이기지 못할 것 같으면 군령
을 받겠소이다."

하거늘, 육손이 오랫동안 보고 나서 채찍을 들어 가리키며

"전면의 산골짜기에 은은히 살기가 느껴지니, 그 아래엔 필시 복병
이 있을 것이오. 그렇기 때문에 평지에는 이렇게 노약병만 남겨둔 것
이외다. 나를 유혹하려는 수작이니 제공들은 일절 나가서는 절대 아
니 되오."

하였다. 여러 사람들이 그 소리를 듣고 다들 겁이 많다고 생각하였다.

다음 날 오반은 병사들을 이끌고 관의 앞에 와서 싸움을 돋우며, 무력을 뽐내고 위세를 떨치며 욕하고 꾸짖기를 계속하였다. 많은 무리들이 무기를 놓고 갑옷을 벗고 알몸을 드러내는 자도 있고, 앉거나 자는 병사들도 있었다.

서성과 정봉은 장막에 들어가 육손에게,

"촉병은 우리들을 우습게 보고 있소! 저희들이 나가서 저들을 공격하겠소이다!"

하거늘, 육손은 말하기를

"공들은 단지 혈기만 믿고 있소이다. 손·오의 묘한 병법을[1] 알지 못하시오. 이는 적들의 유적지계니[2] 3일 후에는 반드시 그 속임수가 드러날 것이오이다."

하거늘, 서성이 묻기를

"3일 후에는 저들의 영채 옮기는 일이 끝날 것인데, 어찌 공격한다는 게요?"

---

1) 손·오의 묘한 병법[孫吳妙法] : 손자와 오기의 병법. 손자(孫子). 손무자(孫武子)는 제(齊)나라의 병법가인데, '孫子'는 그를 존경하는 표현임. [中國人名]「春秋 齊 以兵法見吳王闔廬 王出宮中美人百八十人 使武敎之戰……吳王用爲將 西破强楚 北威齊晋 顯名諸候 有**兵法三篇**」. 오기(吳起). 전국시대 위나라 사람. 위의 문후(文候)가 어질다는 말을 듣고, 찾아가 공을 세워 진(秦)과 한(韓)을 막음. 문후가 죽자 무후(武候)를 섬겼는데 공숙(公叔)의 참소를 당하자 초나라로 가서 백월(百越)을 평정하였음. 장수가 되자 말단 군사들과 숙식을 같이 하였으며 재상이 되어서는 법령을 밝게 폈음. 강병책을 써서 귀족들의 미움을 사기도 하였으며 병법서 「吳子」6편이 있음. [中國人名]「戰國 衛人 嘗學於曾子 善用兵 初仕魯 聞魏文候賢 往歸之 文候以爲將 拜西河守……南平百越 北郤三晋 西伐秦 諸侯皆患楚之强」.

2) 유적지계(誘敵之計) : 적을 유인하려는 계책. [六韜 大韜 戰騎]「左有深溝 右有坑阜 高下如平地 進退**誘敵** 比騎之陷也」. [左氏 定 七 齊師聞之墮伏而待之注]「墮毁其軍以**誘敵** 而設伏兵」.

하였다.

육손이 대답하기를,

"나는 저들이 영채로 다 옮기도록 하자는 것이오."

하거늘, 여러 장수들이 비웃으며 물러갔다. 과연 3일이 지나자 여러 장수들이 관에 올라가 바라보니, 오반의 병사들은 이미 물러가고 없었다.

육손이 가리키며,

"살기가 일고 있소이다. 유비가 틀림없이 산골짜기에서 나올 것이오."

하고 말을 마치기도 전에, 촉병들이 모두 완전 군장을 하고 선주를 호위하고 지나갔다. 오병들이 보고 다 간담이 서늘하였다.

육손이 말하기를,

"내가 제공들의 공격 건의를 듣지 않은 것은 바로 이 때문이었소. 이제 복병이 나왔으니 열흘 안에 반드시 촉병을 깨뜨릴 것이외다."

하니, 여러 장수들이 다 말하기를

"촉병을 깨뜨리려면 처음의 싸움에 달려 있습니다. 지금 촉병들은 5, 6백 리에 연해서 영채를 치고 있소이다. 이대로 7, 8월이 지나면 상대가 모든 요해처를 다 굳게 지키게 될 것입니다. 그렇게 되면 어떻게 촉병을 파하겠소이까?"

하니, 육손이 대답하기를

"제공들은 병법을 모르는구려. 유비가 세상의 효웅이라3) 하고 게다가 지모가 많소. 그 군사들이 처음 모여 들었을 때에 법도가 매우 엄숙했소이다. 지금은 오랫동안 지키고만 있고 우리와 싸울 수 없어

---

3) 효웅(梟雄) : 사납고 용맹한 영웅의 모습. [後漢書 袁紹傳]「除忠害善 專爲梟雄」. [三國志 吳志 周瑜傳]「劉備以梟雄之姿 而有關羽 張飛 能虎之將 必非久屈爲人用者」.

병사들은 피곤해 하고 있소이다. 바로 오늘이 저들을 깨뜨릴 수 있는
날이오."
하매, 제장들이 그제서야 탄복하였다.

　후세 사람이 저를 예찬한 시가 남아 있다.

　　장막에선 병무를 말하며 육도를 안배하여
　　향기로운 미끼로 고래를 잡는구나.
　　　虎帳談兵按六韜
　　　按排香餌釣鯨鰲.

　　세상이 삼분되고 영웅들은 많지만
　　강남의 육손은 그 이름 드러냈네.
　　　三分自是多英俊
　　　又顯江南陸遜高.

　이때, 육손은 촉을 깨뜨릴 계책을 이미 세우고, 드디어 글을 닦아
사신에게 주어 손권에게 아뢰었다. 그 글에는 촉병을 날을 정하여 깨
뜨리겠다고 말하였다.

　손권이 보고 크게 기뻐하며, 말하기를
"강동에 이런 이인이 있으니 내 무슨 걱정이 있겠소이까? 제장들은
다 글을 올려 저를 유약하다 하였으나 나 혼자서 믿지 않았소. 이제
저의 글을 보니 과연 유약한 인물이 아니외다."
하였다.

　이에 오병들은 군사들을 크게 일으켜서 접응하기로 하였다.

한편, 선주는 효정의 수군들을 보내서 강가에 수군의 영채를 세우게 하였다. 황권이 간하기를,

"수군이 강을 따라 내려가는 것은 나가기는 쉬우나 물러나기는 어렵습니다. 신이 원컨대 앞에서 군사들을 이끌겠나이다. 폐하께서는 뒤에 계시면서 만에 하나라도 실수가 없기를 바라나이다."

하니 선주는 말하기를,

"오나라 군사들도 모두 놀라서 겁을 먹고 있네. 짐이 군사들을 몰아가면4) 저들이 무슨 수로 막겠소?"

하였다. 여러 관료들이 나서서 누차 간하였지만, 선주는 이를 듣지 않고 드디어 군사들을 두 길로 나누었다. 황권에게는 강북의 군사들을 감독하여 위병을 막게 하고, 선주가 직접 강남의 제군을 독려하며 강을 끼고 영채를 세우게 하여 진군하였다.

세작들이 이를 밤을 도와 위왕에게 알리기를, 촉병들이 오나라를 치기 위해서 나무로 영채 울타리를 세웠는데 그 길이만도 7백여 리나 되며, 군사들을 40여 영채에 나누어 주둔하고 있다고 하였다. 촉의 영채는 다 산 옆의 나무 아래 있고, 지금 황권이란 자가 강북의 군사들을 총독하고 있으며, 매일 나가 백여 리를 순시하고 있는데 그 이유를 알 수 없다고 했다.

위왕이 그 탐보를 듣고, 얼굴을 들어 웃으며 말하기를

"유비는 장차 패할 것이오."

하거늘, 여러 군신들이 그 까닭을 듣고자 하였다.

위주가 말하기를,

"현덕은 병법에 밝지 못한 인물이오. 어찌해서 영채를 7백 리에 이

---

4) **군사들을 몰아가면[長驅大進]** : 한꺼번에 몰아 진격함. 「장구」. [史記 秦紀]「造父爲穆王御 **長驅**歸周 以救亂」. [新書 雜事]「輕卒銳兵 **長驅**至齊」.

어 세워놓고 적을 막을 수 있겠소. 원습험조에5) 군사를 주둔시키는 것은 병법에서 크게 기피하고 있는 것이오. 현덕은 틀림없이 동오의 육손의 손에 패배할 것이외다. 열흘 안에 그 소식이 반드시 오리다."
하거늘 군신들은 미더워하지 않고, 다 군사들을 일으켜서 대비하자 하였다.

위주가 대답하기를,

"만약에 육손이 이긴다면 필시 오병들은 서천을 취하려 할 것이오. 오병이 멀리 가면 나라가 빌 터이니, 짐은 그 허를 틈타 싸움을 돕겠다는 구실로 일제히 3로에 나누어 진병한다면, 동오는 타수가득이6) 될 것이외다."
하니, 그때서야 모든 관료들이 배복하였다.

위주는 영을 내려 조인으로 하여금 일군을 총독하여 유수(濡須)로 가게 하고, 조휴에게는 일군을 이끌고 동구(洞口)로 진군하라 하였다.

또 한편 조진에게는 일군을 이끌고 남군(南郡)으로 나가게 하여,

"3로 군마들이 날짜를 정해 비밀리에 동오를 엄습하면, 짐은 뒤따라서 직접 접응하겠소."
하며, 이미 정한 대로 조발하여 보냈다.

위병이 오나라 군사들을 엄습한 내용은 더 말하지 않겠다.

---

5) 원습험조(原隰險阻) : 높으며 습하고 험한 지형으로 둘러싸임. '원'은 고원(高原), '습'은 습지, '험저'는 험한 지형의 뜻임. [書經 夏書篇 禹貢]「**原隰底績 至于豬野**」.

6) 타수가취(唾手可取) : 「타수가득」(唾手可得). 어렵지 않게 일이 잘 되기를 기약할 수 있음. '타수'는 손에 침을 뱉으며 힘을 낸다는 말로, '힘을 내면 얻을 수 있다'의 뜻임. 「타수가결」(唾手可決)은 쉽게 승부를 낼 수 있음을 이름. [後漢書 公孫瓚傳]「瓚曰 始天下兵起 我謂**唾手可決**」.

이때, 마량이 동천에 이르러 들어가 공명을 만나 도본을 바치며 "지금 강을 끼고 7백여 리에 걸쳐 40여의 영채를 세워 군사들을 주둔시키고 있는데, 거의가 다 물가에 있거나 풀이 무성한 곳에 있습니다. 황상께서는 저에게 도본을 가지고 가서 승상께 보여드리라 하셨습니다."

하거늘, 공명이 이를 보자마자 책상을 치며 말하기를,

"어떤 사람이 주상에게 이렇게 영채를 치라 하였소? 그게 누구인지 참해야 하오!"

하였다. 마량이 말하기를,

"이는 다 주상이 몸소 하신 일이지 누가 계책을 낸 것이 아닙니다."

하니, 공명이 탄식하면서

"한의 기운이 빨리 끝나는구려!"

하매, 마량 그 연고를 물었다.

공명이 말하기를,

"원습험조에 영채를 치는 것은 병가에서 크게 꺼려하는 것인데, 이는 저들이 화공을 당하면 구할 방법이 없기 때문이오. 또 영채가 7백 리에 연하여 있으면 어찌 적을 물리칠 수가 있소이까? 화가 멀지 않았소! 육손이 굳게 지키면서 나오지 않는 것은 진정 이를 위한 것이오. 자네는 빨리 천자께 가서 다시 영채를 치라 하시오. 이처럼 하는 것이 불가하다 아뢰시게."

하였다. 마량이 또 묻기를,

"이미 오병이 승리를 했다면 이를 어찌하면 좋습니까?"

하니, 공명이 대답한다.

"육손은 감히 추격해 오지는 못할 것이니 성도는 걱정할 게 없소이다."

하거늘, 마량이 말하기를

"육손은 왜 추격해 오지 않는 것입니까?"

고 물으니, 공명이 대답하기를

"위병이 저들의 뒤를 엄습할까 걱정되기 때문이외다. 주상께서 만약에 패하시거든 백제성으로 피하게 하시오. 내가 서천에 들어올 때에, 이미 10만의 군사들을 어복포(魚腹浦)에 매복해 놓았소이다."

하거늘, 마량이 놀라면서

"제가 어복포를 여러 차례 오갔는데도 전혀 군사들 한 명도 보이지 않았는데, 승상께서는 어찌 이렇게 거짓말을 하십니까?"

한다.

공명이 말하기를,

"뒤에 와서 보시오. 번거롭게 하지 말고."

하니, 마량이 표문을 써 달라 해서 급히 어영을 바라고 왔다. 공명은 성도로 돌아와서부터 군마를 조발하여 구응하기로 하였다.

한편, 육손은 촉병의 기강이 흔들리고 방비가 없는 것을 보고, 장대에 올라 대소 장수들을 모아 놓고 영을 내리며

"내가 명을 받은 이후부터 일찍이 출전하지 아니 하였소. 지금 촉병들을 보고 충분히 저들의 움직임을 간파하였소이다. 그런 까닭에 먼저 강남에 있는 한 영채를 취하려 하는데 누가 나가시겠소?"

하고, 말도 끝나지 않았는데 한당·주태·능통 등이 대답하고 나와,

"저희들을 보내주시오."

하거늘, 육손이 다 물리고 쓰지 않으며 유독 계하의 말장 순우단(淳于丹)에게 말하기를,

"내 너에게 군사 5천을 줄 터이니 가서 강남의 제 4영채를 취하거라. 촉장 부동이 지키고 있을 것이나 오늘 저녁까지 성공해야 한다.

내가 직접 병사를 이끌고 가서 접응하겠다."

하니, 순우단이 군사들을 이끌고 떠났다. 또 서성과 정봉을 불러서

"장군들은 각기 군사 3천을 데리고 영채 밖 5리쯤에 군사들을 주둔시키고 있으시오. 순우단이 패하여 돌아오면 쫓아오는 군사들이 있을 것이니, 그때 나가서 저를 구응하시오. 그리고 적들을 추격하지는 마시오."

하거늘, 두 장수들이 군사를 거느리고 떠났다.

한편, 순우단이 황혼 무렵에 군사들을 거느리고 나갔다. 촉의 영채에 이른 때는 이미 3경도 지났다. 순우단의 많은 군사들이 북을 울리며 들어갔다. 촉나라의 영채 안에서 부동이 군사들을 이끌고 짓쳐 나오며, 창을 꼬나들고 곧바로 순우단을 취하려 하였다. 순우단은 적을 막을 수 없게 되자 말을 돌려 달아났다.

문득 함성이 진동하더니 한 떼의 군사들이 퇴로를 막고 나섰다. 보니 앞선 장수는 조융(趙融)이었다. 순우단은 길을 뚫고 달아났으나 군사 태반을 잃었다. 달아나고 있는데 산의 뒷편에 한 떼의 만병(蠻兵)들이 나와 길을 막아서거늘, 보니 수장은 사마가였다. 순우단은 죽기로써 싸우며 벗어나려 하고 있는데 뒤의 3로 군들이 급히 쫓아왔다. 영채에서 5리쯤에 이르니 서성과 정봉 두 장수가 짓쳐 나왔다. 촉병들이 물러가자 순우단을 구해 영채로 돌아왔다. 그는 활을 가진 채 들어가 육손을 보고 죄를 청하였다.

육손이 말하기를,

"이는 너의 잘못이 아니다. 내가 적군의 허실을 시험한 것뿐이다. 촉군을 피할 계책이 내게는 이미 세워져 있다."

하거늘, 서성과 정봉이 대답하기를

"촉병의 기세가 크니 저들을 깨뜨리기가 쉽지 않을 것이오. 괜스레

군사들을 잃고 장수만 잃게 될 것이외다."

하니, 육손이 말하기를

"나의 이번 계책은 다만 제갈량을 속이지 못할 뿐이오. 그러나 다행히도 그가 이곳에 있지 않았으니, 나로 하여금 큰 공을 이루게 한 것이외다."

하였다.

그리고는 대소 장수들에게 명령하였다. 주연은 수로로 진병하라. 내일 오후에 동남풍이 크게 불면 배에 마른 풀을 재어 싣고 지시한 대로 행동하라 하였다. 한당은 일군을 이끌고 강북 쪽을 공격하고, 주태도 일군을 이끌고 강남 쪽 연안을 공격하라 하였다.

그리고 각 군사들은 손에 마른 풀 한 단씩을 들고 그 안에 유황과 염초를 숨겨 각각 부싯돌을 가지고 가되, 각기 창이나 칼을 들고 일제히 상륙하라 하였다. 촉의 진영에 이르렀다가 바람이 불면 불을 붙이게 하였다. 촉병의 진지 40곳 중 한 진지 건너 하나씩 20곳만 불태워야 한다. 각 군사들은 미리 마른 식량을[7] 가지고 가게 하되, 절대로 물러나지 못하게 하였다. 오직 유비를 잡으면 그치라 하였다. 여러 장수들은 군령을 듣고 각기 계획대로 갔다.

한편, 선주는 어영에 있으면서 오를 깨뜨릴 계책을 깊이 생각하고 있었다. 그때 문득 장중의 군기들이 바람이 없는데도 저절로 넘어졌다. 그래서 정기에게 묻기를,

"북쪽에 무슨 조짐이 있느냐?"

하니, 정기가 묻기를

---

7) **마른 식량[乾糧]** : 비상식량. 특히 쌀·보리쌀 따위를 볶거나 쪄서 말리어 갈아서 가루로 만든 미숫가루 같은 것을 이름. [論衡 藝增]「周殷士卒 皆費盛糧 或作乾糧」.

"오늘 밤 오병들이 겁채하려는 것이 아닐까요?"

하거늘, 선주가 대답하기를

"어제 밤에 다 죽여 버렸는데 어찌 감히 또 오겠느냐?"

하였다.

정기가 또 묻는다.

"아직 육손이 시험하느라고 짐짓 패한 것이라면 어찌하지요?"

하고 말하고 있는데, 사람이 와서 보고하기를

"산 위 멀리를 바라보니 오병들이 산을 끼고 동오를 바라고 떠나고 있었사옵니다."

하였다.

선주가 말하기를,

"이는 의병(疑兵)일 것이다. 움직이지 말라."

하였다. 그리고 급히 관흥에게 명하여 5백 기를 이끌고 순시를 나가게 했다.

황혼 무렵에 관흥이 돌아와,

"강북의 영채에 불길이 솟습니다."

하거늘, 선주가 급히 관흥에게 강북으로 가라 하고, 장포에게는 강남으로 가서 허실을 정탐하게 하며

"만약에 동오의 군사들이 오면 급히 돌아와 보고하라."

하였다.

두 장수가 명을 받고 떠났다. 초경 시분쯤 해서 동풍이 몰아치더니 어영 좌편 영채에서 불길이 치솟았다. 막 불길을 잡으려 하는데 어영 우측 영채에서 불길이 또 일어났다. 바람이 거세고 나무가 다 불이 붙었다. 그때 함성이 크게 진동하더니 양쪽에 주둔하고 있던 군마들이 일제히 나오며 어영군으로 달려들었다.

어영군들은 서로 밟혀 그 죽은 자는 헤아릴 수 없었다. 후면에서 오병이 짓쳐 나오고 또 그 군사들의 숫자가 얼마나 되는지 알 수가 없었다. 선주는 급히 말에 올라서 풍습의 영채로 가려 하는데, 그의 영채에서도 불길이 하늘로 치솟아 올랐다. 강남과 강북이 온통 대낮처럼 밝았다. 풍습은 당황하여 말에 올라 수십 기만 이끌고 달아났다. 그때, 오장 서성의 군사들과 맞닥뜨렸는데 적들이 짓쳐 왔다.

선주는 이들을 보자 말머리를 돌려 서쪽으로 달아났다. 서성은 풍습을 버려두고 군사들을 이끌고 추격해 왔다. 선주가 당황하고 있는데 앞에서 일군이 길을 막고 나서거늘, 보니 오나라 장수 정봉이었다. 양쪽에서 협공을 하거늘 선주가 크게 놀랐으나 사방에 길이 없었다. 홀연 함성이 크게 진동하더니 일표군이 포위망을 뚫고 짓쳐 오는데 보니 장포였다. 겨우 선주를 구해 어림군을 이끌고 달아났다. 막 가려는 순간에 전면에서 또 한 떼의 군사들이 이르니 촉장 부동이었다. 그 군사들을 합쳐 나가는데 배후에는 오군이 추격해 오고 있었다.

선주의 군사들이 앞산에 이르고 보니, 그 산은 마안산(馬鞍山)이었다. 장포와 부동이 선주에게 산위로 가기를 청하고 있는데, 산 아래에서 함성이 또 일어나더니 육손의 대부대가 인마가 장차 마안산을 에워싸려 했다. 장포와 부동이 산의 입구에서 죽기로 버티고 있었다. 선주는 멀리 보이는 들판에 불길이 끊이지 않고 있고, 또 죽은 시신들이 겹겹이 쌓여 강을 막고 있는 것을 바라보았다.

다음 날, 오병이 또 사방에서 불을 놓아 산을 태우고, 군사들이 어지럽게 도망하자 선주는 놀라고 당황해 하였다. 홀연 불길 속에서 수기가 산 위로 올라오고 있었는데, 저를 보니 관흥이었다.

관흥이 땅에 엎드려 아뢰기를,

"사방에서 불길이 밀려오니 여기 오래 머물 수 없습니다. 폐하께서는 속히 백제성으로 피하셔서 다시 군마들을 수습하셔야 합니다."

하거늘, 선주가 말하기를

"누가 뒤를 끊어야 할 터인데?"

하니, 부동이 나서며 말하기를

"제가 남아서 죽기로써 저들을 막겠습니다."

하였다.

그날 황혼 무렵에 관흥이 앞에 서고 장포는 가운데 있고, 부동은 남아서 추격병을 막았다. 그리고 선주를 보호하고 산 아래로 짓쳐 내려갔다. 오병은 선주가 달아나는 것을 보고 다 서로가 공을 다투어, 각기 군사들을 이끌고 하늘을 가리고 땅을 덮으며 쫓아왔다.

선주는 군사들에게 영을 내려 갑옷을 벗게 하고 불을 질러 길을 막고 후군을 막았다. 그러면서 달아나고 있는 차에 함성이 크게 울리더니, 오장 주연이 일군을 이끌고 강가를 따라 추격해 오며 가는 길을 막았다.

선주가 부르짖기를,

"짐이 여기서 죽는구나!"

하시니, 관흥과 장포가 말을 몰아 나가며 충돌하고 있는데, 오병이 활을 쏘아대서 몸 곳곳에 중상을 입어 달아날 수가 없었다. 그때, 배후에서 함성이 또 일어나더니 육손이 이끄는 대군이 산골짜기에서 짓쳐오고 있었다.

선주가 아주 다급해 하고 있을 이 때는, 이미 날이 밝아오고 있었다. 앞에서 함성이 진동하더니, 주연의 군사들이 하나하나 바위 구르듯이 골짜기 시내로 떨어지고 일표군이 어가를 구하러 왔다. 선주는 크게 기뻐하며 보니 산상 조자룡이었다.

그때, 조운은 천중의 강주에 있다가 오병과 촉군이 싸운다는 소식을 들고 군사들을 이끌고 온 것이다. 홀연 동남방 일대에는 불길이 하늘로 치솟고 있는 것이 보여서 조운이 마음속으로 놀라고 있었는데, 멀리 선주가 곤경에 처해 있음을 보고 용기를 내어 짓쳐 온 것이 있다. 육손은 이가 조운인 것을 듣고 급히 군사들을 물렸다.

조운이 짓쳐 나가고 있다가 문득 주연과 마주쳐 서로 어우러졌다. 겨우 한 합이 못 되어서 한 창에 주연을 찔러 말 아래로 거꾸러뜨렸다. 동오를 물리치고 조운은 선주를 구출하여 백제성(百帝城)을 바라고 달아났다.

선주가 급히 묻기를,

"짐은 비록 탈출하였지만 여러 장수들은 어찌할꼬?"

하자, 조운이 대답하기를

"적군이 뒤에 있으니 지체할 수가 없습니다. 폐하께서는 백제성에 들어가셔서 잠시 쉬시고 계시면, 다시 군사들을 수습하여 장수들을 구응하겠나이다."

하였다. 이때, 선주는 겨우 남은 백여 명만 이끌고 백제성으로 들어갔다.

후세 사람이 육손을 예찬한 시가 남아 있다.

창을 들고 불을 질러 잇달아 영채를 깨뜨리니
현덕은 세가 달려 백제성으로 달아났네.
　持矛舉火破連營
　　玄德窮奔白帝城.

하루 아침 그 위명에 촉과 위나라가 떨었으니
오왕이 어찌 서생을 공경하지 않았으리.
　一旦威名驚蜀魏

吳王寧不敬書生.

　한편, 부동은 선주를 위해서 뒤를 끊다가 오군에게 사면팔방으로 둘러싸이게 되었다.

　정봉이 큰 소리로,

"천병은 죽은 자가 무수하고 항복한 자 또한 아주 많다. 너희 주군 유비는 이미 생포되었다. 이제 너는 역궁세고인데,8) 어찌해서 항복하지 않느냐?"

하거늘, 부동이 꾸짖으며 말하기를

"나는 한나라 장수이다. 어찌 오나라의 주구에게 항복하랴!"

하고, 창을 꼬나들고 말을 몰아 나오며 촉군을 이끌고 힘을 다해 죽기로써 싸웠다. 1백여 합이 넘게 싸우며 충돌하였으나 끝내 벗어나지 못하였다.

　부동은 길게 탄식하며

"내 이제 죽는구나."

하고 말을 마치자 입으로 피를 토하며 오군 중에서 죽었다.

　후세 사람이 부동을 예찬한 시가 전한다.

　이릉에서 오와 촉군이 싸울 때에

　육손은 계책을 써서 영채를 불태웠네.

　　彝陵吳蜀大交兵

---

8) 역궁세고(力窮勢孤) : 힘이 다 하고 형세가 약함. '형세가 곤궁해짐'의 비유. 「역세」(力勢)는 「힘이 있음」의 뜻임. [潛夫論 交論]「貨財不足以合好 力勢不足以枝急」. 「궁고」(窮孤)는 '곤궁하고 의탁할 곳이 없음'의 뜻임. [後漢書 何敞傳]「節省浮費 賑恤窮孤」.

陸遜施謀用火焚.

죽음에 임해서도 '오나라 개'라 꾸짖더니
부동은 한나라 장군으로 부끄럼이 없구나.
至死猶然罵「吳狗」
傅彤不愧漢將軍.

그때, 촉의 좨주(祭酒) 정기(程畿)는 단기로 강변에 이르러 수군을 불러서 적과 싸우게 하려 하였다. 그러나 동오 군사들이 뒤를 추격해 오자 수군은 또한 사방으로 흩어져 달아났다.

정기의 부장이 말하기를,

"오병이 이르렀습니다! 정좨주께서는 빨리 달아나십시오."

하거늘, 정기가 노하여,

"내 주상을 모시고 출전한 이래 일찍이 적을 맞아 도망간 적이 없네!"

라고, 말을 마치기도 전에 오병이 몰려 들어 사방에 길이 없어졌다. 정기는 칼을 빼어 스스로 목을 찔러 죽었다.9)

후세 사람이 이를 예찬한 시가 전한다.

슬프다! 초나라 정제주 장군이여
몸에 지닌 칼 한 자루 군주에게 보답했네.
慷慨蜀中程祭酒
身留一劍答君王.

---

9) 칼을 빼어 스스로 목을 찔러 죽었다[拔劍自刎] : 칼을 빼어 자기 목을 찌름.
「자경이사」(自刎而死). [戰國策 魏策]「「樊於期 偏袒阨腕而進日 此臣日夜 切齒拊心也 乃今得聞敎 遂自刎」. [戰國策 燕策]「欲自殺以激 荊軻日 願足下急過太子 言光已死 明不言也 自刎而死」.

위험에 처하고도 평생의 뜻 바꾸지 않으니
널리 그 명성은 만고에 향기롭구나!
　臨危不改生平志
　博得聲名萬古香.

　그때, 오반과 장남은 이릉성을 오래 포위하고 있었는데 갑자기 풍
습이 달려와서 촉병이 패배하였다고 했다. 그래서 그들은 군사들을
이끌고 선주를 구하러 갔다. 이 틈에 손환은 겨우 벗어나게 되었다.
　정남과 풍습 두 장수가 막 떠나려 하는데, 앞에서 동오의 병사들이
오고 뒤에서는 손환이 이릉성에서 군사들을 이끌고 와 양쪽에서 짓쳐
왔다. 장남과 풍습은 힘을 내어 격돌했으나 쉽게 벗어날 수가 없어서,
결국 혼란한 군사들 속에서 죽었다.
　후세 사람이 이들을 예찬한 시가 남아 있다.

　풍습의 그 충성 짝이 있으랴
　장남의 그 의기 찾기 어렵도다.
　　馮習忠無二
　　張南義少雙.

　사장에서 싸우다 죽으니
　향기로운 그 이름 역사에 남으리라.
　　沙場甘戰死
　　史冊共流芳.

　오반은 겹겹의 포위망을 뚫고 나갔으나 또 동오의 군사들이 급히

추격해 왔다. 다행히도 조운을 만나서 구함을 받아 백제성으로 돌아
갔다. 이때, 만왕 사마가는 단기로 달아나는 중에 주태와 맞닥뜨려
20여 합을 싸우다가 주태에게 죽었고, 촉장 두로(杜路)와 유영(劉寧) 등
은 다 항복하였다. 촉나라 진영에서는 양초와 무기가 남아 있지 않았
고 항복한 장수와 병사들이 무수하였다. 그때 손부인은 오나라에 있
었는데 효정에서 유비가 대패했다는 소식을 들었다.

　또 선주가 군중에서 사망했다고 잘못 듣고는 마침내 수레를 몰아
강변에 이르러 서쪽을 바라보며, 통곡하다가 강에 투신하여 죽었다.
후인들이 강가에 사당을 세우고 그 사당을 '효희사(梟姬祠)'라 하였다.
　지금도 행적을 논하는 자들이 이 일을 한탄한 시가 전한다.

　　선주는 병사를 이끌고 백제성으로 갔는데
　　오부인은 잘못 듣고 목숨을 버렸구나.
　　　先主兵歸白帝城
　　　夫人聞難獨捐生.

　　지금 강가에는 비석만 남아 있으니
　　천추에 열녀 이름 남아서 전하누나!
　　　至今江畔遺碑在
　　　猶著千秋烈女名.

　한편, 육손은 전공을 세우고 승병을 이끌고 서쪽으로 가서 추습(追
襲)하였다. 기관에서 멀지 않은 곳에서 육손이 말에 올라 앞쪽의 강과
산에 인접한 곳을 보니, 한 줄기 살기가 하늘로 치솟는다.
　마침내 그는 말고삐를 돌려, 여러 장수들을 보며

"남쪽에 반드시 매복군이 있을 것이니 3군은 가벼이 나가지 마시오."
하며 곧 10리를 물러났다. 그리고 지세가 넓은 공터에 진세를 벌이고
적군을 막기로 하고, 곧 초마를 보내서 알아보게 하였다. 탐마가 돌아
와서 여기에 주둔하고 있는 군사들이 없다고 보고하거늘, 육손은 믿
지 않고 말에서 내려 언덕배기에 올라가서 앞을 바라보니 다시 살기
가 일어났다.

육손이 다시 사람을 보내 자세히 탐색하게 하니, 돌아와서 보고하
기를 전면에는 일인일기도 전혀 없다고 했다. 육손이 보니 날이 장차
서쪽으로 지려하고 살기는 더욱 심해졌다. 마음에 의혹하여 심복을
시켜 가서 탐색케 했다. 돌아와 보고하기를, 강가엔 돌무지 8, 90개
만 있고 인마는 보이지 않는다 하였다. 육손이 크게 의심하며 그곳
사람을 찾아서 물으라 했다. 잠깐 있다가 몇 사람이 왔다.

육손이 말하기를,

"어떤 사람이 돌을 가지고 무더기를 쌓았느냐? 어찌해서 돌무더기
속에서 이토록 살기가 솟느냐?"
하니, 그 고장 사람이 말하기를

"이곳은 지명이 '어복포'입니다. 제갈량이 서천에 들어올 때에 병사
들을 몰아, 이곳에 이르러 돌을 쌓아 모랫벌에 진세를 벌여 놓았습니
다. 그때부터 늘상 구름과 같은 기운이 그 안에서 일고 있습니다."
한다.

육손이 듣고 나서 말에 올라 수십 기만 이끌고 석진(石陣)을 보러 나
섰다. 언덕에서 말에 올라서 사면팔방을 돌아보니 다 문호가 있었다.
육손이 웃으면서,

"이것이 사람을 속이는 술법이니 무슨 유익함이 있을꼬!"
하고, 드디어 수 기만 이끌고 산의 언덕에서 내려가 곧장 석진으로

들어가 보았다.

부장이 말하기를,

"날이 저물었으니 도독께서는 빨리 돌아가시지요."

하였다. 육손이 진을 나오려 하였다. 그때, 홀연 광풍이 크게 일더니 비가 내리고 사석이 날리며 천지가 막히었다. 다만 괴석들은 서로 들 쭉날쭉하여 창검과 같고 가로 누운 모래와 흙덩이는 마치 험한 산과 같았다. 강물이 용솟음 쳐 마치 칼과 북소리 같았다.

육손은 크게 놀라서 말하기를,

"내가 제갈량의 계책에 들었구나!"

하고, 급히 돌아 나오려 하였으나 길을 찾을 수가 없었다.

놀라고 있는 사이에 홀연, 한 노인이 말 앞에 서서 웃으며

"장군은 여기서 나가려 하십니까?"

하였다.

육손이 대답하기를,

"노인장께서는 나에게 길을 알려 주시오."

하니, 노인이 지팡이를 짚고 천천히 석진에서 나가는데 전혀 막힌 곳 이 없이 산상에서 배웅한다.

육손이 또 묻기를,

"노인은 뉘십니까?"

하니, 노인이 말하기를

"저는 제갈공명의 악부(岳父) 황승언(黃承彦)입니다. 지난날 사위가 서천으로 들어갈 때에, 여기에 석진을 남겼는데 그것을 팔진도라[10])

---

10) 팔진도(八陣圖) : 촉한(蜀漢) 때 제갈량이 창안했다는 진법의 그림. 가운데 중군을 두고 전후 좌우, 사우(四隅)에 여덟 진을 배치하였음. [三國志 蜀志 諸 葛亮傳]「亮長于巧思 損益連弩木牛流馬 皆出其意 推演兵法 作八陣圖 咸得其要

합니다. 8개의 문이 반복해 있고 둔갑의11) 휴・생・상・두・경・사・경・개를 안배해 두어서, 매일 매시 변화가 끊이지 않고 있어 10만의 병사와도 같소이다. 떠날 때에 일찍이 나에게 '뒤에 동오의 장수가 진 중에서 길을 잃을 터이니 저에게 길을 알려주지 말라.' 했소이다.

이 늙은이는 산 속의 바위 위에 사는데 장군께서 사문(死門)으로 들어가는 것을 보고, 이 진을 몰라 혼란에 빠질까 걱정되었습니다. 이 늙은이는 평생 좋은 일하기를 즐겨해서, 장군이 이곳에 빠진 것을 차마 볼 수 없어 생문을 따라 데리고 나온 것이외다."

하거늘, 육손이 묻기를

"공께선 일찍이 진법을 배우셨습니까?"

하고 물으니, 황승언이 대답한다.

"변화가 무궁하여 다 배울 수 없었습니다."

한다.

육손이 황망히 말에서 내려 배사하고 돌아왔다.

뒤에 두공부는12) 이런 시를★ 남겼다.

云」. [水經注]「諸葛亮所造**八陣圖** 東跨故壘 皆累細石爲之 自壘西去 聚石八行 行相去二丈 因曰**八陣**」.

11) 둔갑(遁甲) : 둔갑술. 「기문둔갑」(奇門遁甲). '둔갑'은 술법을 써서 마음대로 제 몸을 감추거나 다른 것으로 변하게 함을 뜻함. 여기서는 '군사동향의 승패와 길흉을 미리 알아서 조치를 취함'의 뜻임. [後漢書 方術前注]「**奇門**推六甲之陰而隱**遁**也 今書七志有**奇門經**」. [奇門遁甲 煙波釣叟歌句解上]「因命風后演成文**遁甲奇門**從此始」.

12) 두공부(杜工部) : 두보(杜甫). 두릉호(杜陵豪). [辭源 漢書地理志 杜陵注]「古杜伯 國漢宣帝葬此 因曰**杜陵** 在長安南五十里 陵西卽子美舊宅 自稱**杜陵** 布衣少陵野老以此」.

★ 두보(杜甫)의 「팔진도」(八陣圖).

그의 공은 삼국을 뒤덮고

팔진도로 그 명성을 얻었네.

功蓋三分國

名威八陣圖.

강물 흘러도 돌이야 구르지 않는 법

오를 병탄 못한 한 오늘에도 남았네.

江流石不轉

遺恨失吞吳.

육손은 영채로 돌아와,

"공명은 진정 '와룡(臥龍)'이로다! 내 저에게는 미치지 못하겠다!"

하고, 이에 군사를 돌리라 하였다.

좌우가 말하기를,

"유비가 패하여 그 위세가 초라해져서 겨우 한 성만 지키고 있는데, 이 틈을 타서 저를 공격해야 하오이다. 이제 석진을 보고서 퇴군하는 것은 무엇 때문이오이까?"

하거늘, 육손이 대답하기를

"내가 석진을 보고서 퇴군하는 것이 아니외다. 내 생각에 위주 조비가 그 아비 못지 않게 간사하니, 지금 내가 촉병을 추격한다면 반드시 빈틈을 타고 내습해 올 것이오. 내가 만약에 서천에 깊숙히 들어간다면 급히 나올 수 없을 것이오."

하고, 드디어 뒤를 끊게 하고 육손은 대군을 거느리고 회군하였다. 저가 군사를 물린 지 이틀이 못 되니 3곳에서 보고가 날아들었다.

"위장 조인이 유수로 나왔고 조인은 동구에서 나왔으며, 조진은 남

군에서 나왔습니다. 3로 병마가 수십만에 이르고 밤을 도와 경계에
이르고 있는데, 그 뜻을 알 수가 없습니다."
하였다.

육손이 웃으면서,

"내 생각했던 바 그대로요. 내 이미 병사들에게 저들을 막게 하였소
이다."
하였다.

이에,

　웅대한 마음은 곧 서촉을 삼키고 싶지만
　승자가 되려면 반드시 북조(위)를 막아야 할 것을.

　　雄心方欲吞西蜀
　　勝算還須禦北朝.

육손이 어떻게 조비의 군사를 물리쳤는지는 알 수가 없다. 하회를
보라.

제85회

유선주는 조서를 남겨 고아를 부탁하고
제갈량은 앉아서 오로의 병사를 평정하다.
　劉先主遺詔託孤兒
　諸葛亮安居平五路.

한편, 장무 2년 여름 6월.

동오의 육손은 효정과 이릉의 땅에서 촉병을 크게 파했다. 선주는 백제성으로 돌아오고 조운이 군사들을 이끌고 성을 굳게 지키고 있었다. 홀연, 마량이 이르렀을 때에는 이미 대군이 패한 뒤여서 후회해도 어쩔 수 없는[1] 지경이라는, 공명의 말을 선주에게 아뢰었다.

선주가 탄식하며 말하기를,

"짐이 일찍이 승상의 말을 들었다면, 오늘날 이렇게 패하지 않았을 것을! 지금 무슨 낯으로 다시 성도로 돌아가 신하들을 본단 말이오!"
하였다. 마침내, 백제성에 군사들은 주둔하고, 관역을 영안궁(永安宮)으로 개칭하겠다는 성지를 전하였다. 사람들이 와서 풍습·정남·부동·정기·사마가 등이 다 나라를 위해 죽었다고 전하자, 선주는 비감

---

1) 후회해도 어쩔 수 없는[懊悔不及] : 후회해도 미치지 못함. 「후회막급」(後悔莫及)은 '아무리 후회하여도 다시 어쩔 수가 없음'의 뜻. 「후회」(後悔). [漢書]「官成名立 如此不去 懼有後悔」. [詩經 召南篇 江有氾]「不我以 其後也悔」. [史記 張儀傳]「懷手後悔 赦張儀 厚禮之如故」.

해 마지 않았다.

또 근신들이 아뢰기를,

"황권이 강북의 군사들을 이끌고 위에 항복하고 가버렸습니다. 폐하께서는 그 집의 가속들을 유사에2) 보내 문책을 하여야 합니다."

하거늘, 선주가 말하기를,

"황권은 오병들이 강을 끊었을 때 강북의 연안에 있었으니, 돌아오고 싶어도 길이 없어 부득이 위에 항복한 것이다. 이는 짐이 황권을 저버린 것이지 그가 짐을 저버린 것이 아니다. 어찌 그 가솔들에게 죄를 물을 필요가 있는가?"

하고, 이에 녹미(祿米)를 주어 저들을 부양하게 하였다.

한편, 황권이 위에 항복하자 제장들의 안내로 조비를 뵈었다.

조비가 말하기를,

"경이 지금 짐에게 항복하였으니, 이는 진평과 한신을3) 추모하려

---

2) 유사(有司) : 관리·담당관. [書經 入政篇]「文王罔攸兼于庶言庶獄庶愼 惟有司之牧夫 是訓用違 庶獄庶愼」. [儀禮 聘禮]「有司二人 牽馬以從出門」.

3) 진평과 한신(陳平·韓信) : 두 사람 다 항우의 부하로 있다가 유방을 도운 한나라의 개국공신이 됨. 진평(陳平). 전한(前漢) 때의 재상. 항우의 신하였다가 유방에게로 가서 도위(都尉)가 되었으며, 그의 반간계가 성공하여 곡역후에 봉해졌음. 여후(呂后)가 죽자 주발(周勃)과 함께 문제를 옹립하였음. [中國人名]「漢 陽武人 小家貧 好讀書 美如冠玉……分肉甚均……屢出奇策 縱反間 以功封曲逆候……與周勃合謀誅諸呂」.
「진평재육」(陳平宰肉)은 진평이 고기를 똑같이 나누어 손님에게 주면서, 나에게 재상을 맡기면 이와 같이 나라의 일을 공평히 다스려 태평하게 하겠다고 했다는 고사임. [史記 陳丞相世家]「里中社 陳平爲宰 分肉食甚均 父老曰善陳儒子之爲宰 平曰 嗟乎 使平得宰天下 亦如是肉矣」. '한신'은 한 고조 유방의 장수. 소하(蕭何)·장량(張良)과 함께 한나라 창업의 삼걸 중의 한 사람임. [漢書 韓信傳]「王曰 吾爲公以爲將 何曰雖爲將 信不留 王曰以爲大將 何曰幸甚於是王欲召信拜之 何曰 王素慢無禮 今拜大將 如召小兒 此乃信所以去也 王必欲

는 것이냐?"

하거늘, 황권이 울면서 대답하기를

"신은 촉제의 은덕을 받았고 특히 심히 후대를 받았습니다. 신은 강북에 있는 군사들을 총독하고 있었사온데, 육손에게 길이 끊겨 촉나라로 돌아갈 수가 없습니다. 그래서 오나라에 항복할 수는 없었기 때문에 폐하께 항복한 것입니다. 패군지장이 죽음을 면한 것은 다행한 일이오나, 어찌 감히 고인을 추모한 것이겠습니까?"

하거늘 조비가 크게 기뻐하며, 마침내 황권을 배수하여 진남장군을 삼았다. 그러나 황권은 사양하며 받지 않았다.

문득 근신이 아뢰기를,

"세작이 촉나라에서 돌아와서 촉주가 황권의 가솔들을 다 죽었다 합니다."

하거늘, 황권이 말하기를

"신과 촉주는 성심으로 서로 믿는 터라 신의 본심을 알고 계실 것입니다. 그러시면 반드시 저의 가솔들을 죽이시지는 않았을 것입니다."

하자, 조비도 그러리라 생각하였다.

후세 사람이 황권을 책망한 시가 전한다.

오나라엔 항복할 수 없다며 조비에게 항복함은
충의가 어찌해서 두 임금을 섬기는 일이랴?

降吳不可却降曹
忠義安能事兩朝?

拜之 擇日齋戒 設壇場具禮乃可 王許之 諸將皆喜 人人各自 以爲得大將 至拜乃 **韓信**也 一軍皆驚」.

한스럽구나 황권이여, 어찌 단번에 죽지 않았나
자양서법은4) 가벼이 용서하지 않았네.

堪歎黃權惜一死
紫陽書法不輕饒.

조비가 가후에게 말하기를,

"짐이 천하를 하나로 통일하고자 하는데, 촉나라와 오나라 중에 어느 것을 먼저 취함이 좋겠소?"

하니, 가후가 말하기를

"유비는 천하의 웅재이며, 게다가 제갈량이란 치국을 잘하는 모사를 데리고 있습니다. 그리고 동오의 손권은 허실을 잘 아는 인물인데다가, 육손이 험한 은처에 군사들을 주둔시키고 있습니다. 강을 사이하여 넓은 호수가 있어서 둘 다 도모하기가 어렵습니다. 신의 소견으로서는 여러 장수들 중에서도 모두가 다 손권과 유비의 적수가 될 만한 이가 없습니다. 비록 폐하께서 천위에 있으시다 해도,5) 또한 만전지세로6) 보이지는 않을 것입니다. 굳게 지키시고 계시며, 두 나라에

---

4) **자양서법(紫陽書法)** : 송나라 때의 학자 주희(朱熹)의 역사를 쓰는 법을 말함. 「자양서원」(紫陽書院). [方回 雌陽書院記]「紫陽山 去歙郡之南門五里而近 故待制侍講贈太師徽國文公先生郡人也 今山與人稱曰 **紫陽夫子** 若洙泗先聖然 此書院之所由作 而名之曰**紫陽**」.

5) **천위에 있으시다 해도[天威]** : 황제의 권위. 「천위지척」(天威咫尺). 「천위지척」(天位咫尺)은 하늘이 멀지 않은 곳에서 감찰(鑑察)하여, 그 위엄이 면전에 있으니 공구하여 근신하라는 말. [禮記 禮運]「祭帝於郊 所以定**天位也**」. [漢書 師丹傳]「臣聞 **天威**不違顏咫尺 願陛下 深思先帝所以建立陛下之意」.

6) **만전지세(萬全之勢)** : 아주 안전하고 완전한 형세. 「만전지계」(萬全之計). [三國志 魏志 劉表傳]「曹公必重德 將軍長亨福祚 垂之後嗣 此**萬全之策**」. [北史 祖珽傳]「今宣命皇太子早踐大位……此**萬全計也**」.

변화가 생길 때까지 기다리시는 게 좋은 듯합니다."
하였다.

조비가 말하기를,

"짐은 이미 3로 대병으로 오나라를 치려 하는데, 어찌 승리할 수 없다 하오?"
하거늘, 상서 유엽이 아뢰기를

"근자에 동오의 육손이 새로 촉나라의 70만 대군을 깨뜨렸고 상하가 합심하며 강호의 험한 지형을 가지고 있어서, 쉽게 제어하기 어려울 것입니다. 육손은 지모에 능한 인물이오니 반드시 그에 대한 준비가 있어야 할 것입니다."
한다. 조비가 묻기를,

"경은 전에 짐에게 오나라를 치라 하지 않았소이까. 지금 와서는 또안 된다 간하니 어찌 된 일이오!"
하자, 유엽이 아뢰기를

"때가 그때와 같지 않습니다. 전날에 오나라는 누차 촉에 패하여 그기세가 많이 꺾여 있던 터라 공격이 가능했을 뿐입니다. 그러나 지금은 싸움에 전승하여 그 기세가 백배나 더한 상태이어서 공격해서는 안 됩니다."
한다.

조비가 말하기를,

"짐의 뜻은 이미 결정되었소. 경들은 다시 더 말하지 마시오."
하고, 드디어 어림군을 이끌고 직접 3로 병마를 접응하러 나섰다. 이때, 보마가 들어와 보고하기를, 동오는 이미 준비하고 있어서 지금 여범이 병사들을 이끌고 나와서 조휴의 병사들을 막고 있고 제갈근은 남군에서 조진의 군사들에 대항하고 있으며, 주환(朱桓)은 군사들을 이끌고 나와서 유수에 주둔하여 조인의 군사들에 대항하고 있다 하였다.

유엽이 또 아뢰기를,

"이미 저들이 대비하고 있으니 가셔도 얻을 것이 없을 것입니다."
하였으나, 조비는 듣지 않고 군사들을 이끌고 떠났다.

한편, 오의 장수 주환은 이제 나이 겨우 27세이나, 담략이 있어서
손권이 심히 아끼는 장수였다. 그때, 유수의 군사들을 독려하고 있었
는데 조인이 대군을 이끌고 선계(羨溪)를 취하러 온다는 소식을 듣고,
마침내 군사들을 모두 진발하여 선계로 보내고 5천여 기만 남겨 성을
지키고 있었다. 갑자기 조인이 대장 상조(常雕)로 하여금 제갈건(諸葛
虔)·왕쌍(王雙)과 함께 5만의 정예병을 이끌고 유수성으로 달려온다고
보고하였다. 여러 군사들은 다 두려운 기색이 역력하였다.

주환이 칼을 빼어 들고 크게 말하기를,

"승부란 장수들에게 있는 것이지 병사의 많고 적음에 있는 것이 아
니다. 병법에 이르기를 '객병이 배나 되고 주병이 그 반이라 해도 주
병은 오히려 객병을 이길 수 있다.'7) 하였다. 지금 조인의 군사들은
천 리나 걸어왔기 때문에 인마가 모두 곤핍한 상태이지만, 나와 너희
들은 모두 높은 성에 웅거하고 있고 남쪽은 큰 강을 끼고 있으며 북쪽
이 험한 산세에 둘려 있으니, 앉아서 편안하게 저들을 기다린다면8)

---

7) 객병이 배나 되고 주병이 그 반이라 해도, 주병은 오히려 객병을 이길 수 있다
[客兵倍而主兵半] : 공격은 방어의 두 배의 병력이 있어야 함. 본래 「주병」(主
兵)은 '일정한 곳에 머물러 있는 주군(駐軍)'을, 「객병」(客兵)은 '다른 지방에서
온 병사(僑軍)'를 말함. [韓愈 論淮西事宜狀]「所在將帥 以其客兵難處 使先不存
優邮」. [王問 團兵行]「客兵貪悍不可制 糾集鄕勇團結營」. [管子 地圖]「主兵必參
具者也 主明相知 將能之 謂參具」. [李德裕 奏晋州刺史 李丕狀]「李丕旣不主兵 無
以自衛」.

8) 이일대로(以逸待勞) : 편안하게 쉬고 있다가 피곤해진 적들을 공격함. [孫子
兵法 軍爭篇 第七]「以近待遠 以佚待勞 以食待飢 此治力者也」. [後漢書 馮異傳]

주(主)로써 객(客)을 제압함이니 이것은 백전백승의 기세이다.9) 비록 조비가 직접 온다 해도 걱정할 필요가 없거늘, 하물며 조인의 무리들이겠느냐?"

하였다.

이에 영을 내려 군사들은 군기를 숨기고 북을 울리지 않으며, 성을 지키는 군사들이 없는 것처럼 하라고 하였다.

이때, 위나라 장군 선봉인 상조는 정예병 거느리고 유수성을 취하려고 와서, 성 위에 군사들이 없는 것을 바라보았다. 상조는 군마들을 독려하며 급히 진발시켜서 성에서 얼마 떨어지지 않은 곳에 이르렀는데, 일성포향에 정기가 일제히 일어났다. 주환이 칼을 빗기들고 나는 듯이 말을 몰아 나오며 곧바로 상조를 취하려 나섰다. 싸움이 3합이 못 되어서 주환의 단칼에 상조가 거꾸러졌다. 오병은 승세를 타고 충돌하며 나왔다. 위병은 크게 패하여 죽은 자가 헤아릴 수 없었다. 주환은 대승하여 무수한 깃발과 군기·군마 등을 얻었다.

조인은 병사들을 거느리고 뒤따라 도착했는데 선계(羨溪)에서 되돌아오던 오군이 들이치자, 조인은 크게 패하여 물러갔다. 돌아가 위주를 뵙고 대패한 일을 자세히 아뢰자, 조비는 크게 놀랐다. 막 이야기를 하고 있는데, 문득 탐마가 들어와 보고하기를,

"조진과 하후상이 남군을 포위하였으나, 육손은 안에 복병을 두고 제갈근은 밖에 복병을 두어 내외에서 협공을 하여 크게 패했습니다."

하였다.

「以逸待勞 非所以爭也 按逸亦作佚」.

9) 백전백승의 기세이다[百戰百勝] : 매번 싸울 때마다 이김. [孫子 謀攻]「是故 百戰百勝 非善之善者也 不戰而屈人之兵 善之善者也」. [史記 魏世家]「臣有百戰 百勝之術」.

말이 끝나기도 전에 홀연 탐마가,

"조휴 또한 여범에게 죽었습니다."

하였다. 조비는 3로의 병사들이 패배했다는 소식을 듣고, 탄식하기를

"짐이 가후와 유엽의 말을 듣지 않아서 그 결과 이렇게 패하였구나!"

하였다. 이때는 바로 여름이어서 크게 역병(疫病)이 유행하여, 마보군 열 명 중 예닐곱이 죽었다. 드디어 군사를 이끌고 낙양으로 돌아갔다. 오와 위나라는 이로부터 계속 관계가 나빴다.

한편, 선주는 영안궁에 있었는데 병이 들어 점점 심해갔다. 장무 3년 여름 4월에 이르러서 선주는 자신의 병이 골수에 들었음을 알게 되었다. 관우·장비 두 아우를 생각하며 울기만 하고, 늙어서 병이 더욱 깊어지고 두 눈이 보이지 않자 시종들을 만나는 것마저 싫어하게 되었다.

이에 좌우를 꾸짖어내어 보내고 혼자서 병상에 누워 있었다. 홀연, 음풍이 몰아치더니 등불이 꺼졌다가 다시 밝아졌다. 보니 등불의 그림자 아래 두 사람이 서 있었다.

선주가 노하여 말하기를,

"내 마음이 편안하지 않으니 너희들도 물러가라 했는데 어찌해서 왔는고!"

하며 물러가게 하였으나, 선주가 일어나 저들을 보니 위에 있는 이는 운장이고 아래에 앉은 이는 익덕이었다.

크게 놀라서 말하기를,

"두 아우님께서 원래 살아계셨소!"

하니, 운장이 말하기를,

"신들은 사람이 아니라 귀신입니다. 상제(上帝)께서 신들 두 사람이

평생 신의를 잃지 않았다 해서, 다 신(神)이 되라고 칙명을 내리셨습니다. 큰 형님 등 형제가 모일 날이 멀지 않았습니다."

하거늘, 선주가 손을 잡고 크게 울다가 깨었다. 홀연 놀라 깨달으니 두 아우는 보이지 않았다. 곧 종인을 불러 물으니 그때가 3경이었다. 선주가 탄식하시기를,

"짐이 세상에 오래 있지 못하리로다!"

하고, 드디어 성도에 사람을 보내 승상 제갈량·상서령 이엄 등에게 밤을 도와 영안궁으로 와서 유명을 받들라 하였다. 공명 등과 선주의 둘째 노왕(魯王) 유영·양왕(梁王) 유리 등이 영안궁에 와서 선제를 뵈었고, 태자 유선이 성도에 남아 지켰다.

이때, 공명은 영안궁에 도착해서 선주의 병세가 위독한 것을 보고, 황망하여 용상 앞에 엎드렸다.

선주가 공명을 용상 옆에 앉게 하고, 그의 등을 어루만지며,

"짐이 승상을 만난 이래로 다행히도 제업을 이루었소이다. 그러나 지식이 천박하고 비루하여 승상의 말을 듣지 않다가 스스로 패배하였소. 그 회한이 병이 되어 죽음을 앞두고 있소이다. 사자는[10] 잔약하니 어쩔 수 없이 대사를 부탁하려 합니다."

하고, 말을 마치고 눈물을 얼굴 가득히 흘린다.

공명 또한 같이 울며,

"원컨대 폐하께서는 용체를 보중하옵소서, 그리하여 백성들의 바람에 부응하시기 바랍니다!"

하였다.

선주가 눈을 들어 보시더니 마량의 아우 마속(馬謖)이 곁에 있는 것

---

10) **사자**(嗣子) : 대를 이을 아들. 「禮記 曲禮」「大夫士之子 不敢曰自稱曰 嗣子某」. [漢書 高后紀]「世世勿絕嗣子」.

을 보시고, 선주가 물러가라 하시매 물러나왔다.

　선주는 공명에게 이르기를,

"승상께서 마속의 재주를 어찌 보십니까?"

하거늘, 공명이 대답하기를

"이 사람 또한 당세의 영재입니다."

한다.

　선주가 말하되,

"그렇지 않소이다. 짐이 저를 보건대, 말이 행동에 앞서고 있어서[11] 크게 기용해서는 아니 될 인물입니다. 승상께서도 마땅히 깊이 저를 살피셔야 할 겝니다."

하고 분부를 마치자, 전지를 내려 제신들을 들게 하고 지필을 가져와 유조를[12] 쓰게 하여 공명에게 주시면서, 탄식하기를

"짐은 책을 읽지 않았지만 대강은 알고 있소이다. 성인께서 이르시기를 '새가 죽을 때에는 그 울음이 슬프고 사람이 죽을 때에는 그 말이 선하다.'[13] 하였소이다. 짐은 본래 경등과 같이 도적을 멸하고, 한실을 일으켜 세우기를 기다렸소이다. 이제 불행하게도 중도에서 헤어지게 되었소. 번거로우시더라도 승상께서는 유조를 태자 선에게 주시되 그저 그런 말로 여기지 마시고, 모든 일들을 승상께 가르침을 받게

---

11) 말이 행동에 앞서고 있어서[言過其實] : 말이 실제보다 지나침. [三國志 馬謖傳]「先主謂諸葛亮曰 馬謖 **言過其實** 不可大用」. [管子 心術]「**言不得過實 實不得延名**」.

12) 유조(遺詔) : 유명(遺命)·고명(顧命). [史記 秦始皇紀]「受始皇**遺詔**沙丘」. [後漢書 光武帝紀]「**遺詔**曰 朕無益百姓 皆如孝文皇帝制度 務從約省」.

13) 새가 죽을 때에는 그 울음이 슬프고 사람이 죽을 때에는 그 말이 선하다[鳥之將死 其鳴也哀] : 새가 죽으려 할 때에는 소리가 더욱 애처로움. [論語 泰伯篇]「曾子曰 **鳥之將死 其鳴也哀 人之將死 其言也善**」.

하여주시오!"

하자, 공명 등이 울면서 땅에 엎드려 말하기를,

"원컨대 폐하께서는 용체를 쉬시옵소서! 신 등은 견마지로를 다 하여서, 폐하의 지우지은에14) 보답하겠나이다."

하였다. 선주는 내시에게 명하여 공명을 일어나게 하고는, 한 손으로 눈물을 닦고 또 한 손으로는 그의 손을 잡고

"짐은 이제 가오. 짐의 심중의 말을 하려 하외다!"

하거늘, 공명이 아뢰기를

"무슨 가르침이십니까!"

하니, 울며 말하기를

"그대의 재주는 조비보다 열 배는 더합니다. 그러니 능히 나라를 안정시키고 끝내는 대사를 이룰 것입니다. 만약에 사자가 도울 만하면 그를 보좌해 주시구려. 그러나 그가 재주가 없을 것 같으면 그대가 성도의 주인이 되어 주시오."

하였다. 공명이 듣고 나서 전신에 땀을 흘리고 수족을 제대로 움직이지 못하며, 땅에 엎드려 울면서

"신이 어찌 죽기로써 고굉의 노력을15) 다하지 않겠나이까? 충정지절을 다해서 받들며 죽겠나이다!"

하고 말을 마치자, 머리를 조아려 이마에서 피가 흘렀다.

선주는 또 공명을 용상 앞에 앉게 하시고, 노왕 유영과 양왕 유리를

---

14) **지우지은(知遇之恩)** : 「지우지감」(知遇之感). 자기를 알아주고 대우해 준 은혜. 자신의 재주와 능력을 평가해 주는 이에 대한 은혜. [南史 南康王 曇朗傳]「梁簡文之在東宮 深被**知遇**」. [白居易 爲人上宰相啓]「伏觀先皇帝之**知遇**相公也」.

15) **고굉의 노력[股肱之力]** : 「고굉지신」(股肱之臣). 임금이 가장 믿을 만한 신하. [史記 太史公 自序]「輔拂**股肱之臣**配焉 忠信行道 以奉主上」. [書經 禹書篇 益稷]「帝曰 臣作朕**股肱**耳目」.

가까이 오게 하시고는 부탁하기를

"너희들은 다 짐의 말을 기억하거라. 짐이 죽고 난 후에도, 너희 3 형제가 다 아비를 섬기듯이 승상을 섬기는 일에 태만해서는 안 된다." 말을 마치고, 두 아들로 하여금 공명에게 절을 하게 하였다. 두 아들의 절이 끝나자, 공명이 아뢰기를

"신이 비록 간이 땅에 떨어진다 해도16) 어찌 폐하를 알게 된 은덕을 갚지 않겠나이까!"

하였다.

선주는 여러 관료들에게 말하기를,

"짐이 이미 승상에게 부탁했거니와 사자에게 써 아비처럼 섬기라 했소이다. 경등은 모두가 태만해서 짐의 바람을 저버리면 아니 될 것이오."

하고, 또 조운에게 당부하시기를,

"짐과 경은 환란 중에서도 서로 따르며 지금에 이렀으니, 지금 와서 서로 헤어진다고는 생각지도 못했던 일이오. 경은 짐과 오랫동안 사귀어 왔으니 내 아이들을 잘 돌봐 주시게. 짐의 말은 저버리지 않을 줄 알고 가외다."

하거늘, 조운이 울며 절하고 대답하기를

"신은 감히 하찮은 힘이나마 보태겠습니다!"

하였다.

선주는 여러 관료들을 돌아보며,

"경들에게 짐이 일일이 부탁을 하지는 못하지만, 바라건대 다 자애

---

16) 비록 간이 땅에 떨어진다 해도[肝腦塗地] : 아주 참혹한 죽임을 당함. [史記 劉敬傳]「使天下之民肝腦塗地 父子暴骨中野」. [漢書 蘇武傳]「常願肝腦塗地」. [戰國策 燕策]「擊代王殺之 肝腦塗地」.

(自愛)하시구려"

하고, 말을 마치시고 붕어하셨다. 향년 63세였다.

때는 장무 3년 여름 4월 24일이었다.

뒤에 두공부가 이 시를★ 남겨 탄식하였다.

촉주는 오를 치려고 삼협으로 갔더니

붕어하신 당년에는 영안궁에 계셨네.

蜀主窺吳向三峽

崩年亦在永安宮.

화려했던 그 모습은17) 저기 저 산 너머인가

화려했던 궁전 없고 들판엔 절만 우뚝 섰네.

翠華想像空山外

玉殿虛無野寺中.

옛 궁터엔 소나무 무성한데 재두루미18) 깃들이고

해마다 복랍이면19) 촌로들만 찾아드네.

古廟杉松巢水鶴

---

17) 화려했던 그 모습[翠華] : 푸른 새의 깃을 보(葆)로 만들어 꽂은 천자의 깃
발. [杜甫 北征行]「都人望翠華 佳氣向金闕」. [白居易 長恨歌]「翠華搖搖行復止
西出都門百餘星」.

18) 재두루미[水鶴] : 창괄(鶬鴰). [文選 江淹 雜體 苦雨詩]「水鶴巢層甍 山雲潤柱
礎 (注) 善曰 鄭玄毛詩箋曰 鶴水鳥 將陰雨而鳴」.

19) 복랍(伏臘) : 복사(伏祠)와 납향(臘享). 여름 삼복 날과 납일(臘日)에 있는
제일(祭日). [漢書 郊祀志]「作伏祠 (注) 孟康曰 六月伏日也」. [漢書 楊惲傳]「歲
時伏臘」.

★ 두보(杜甫)의 「영회고적」(詠懷古迹).

歲時伏臘走村翁.

무후사 그 사옥은 멀지 않은 이웃거리
군신이 하나 되어 함께 제사 잡수시네.
　武侯祠屋長鄰近
　一體君臣祭祀同.

선주가 붕어하자 문무 관료들은 애통하지 않는 이가 없었다. 공명
은 여러 관료들을 이끌고 재궁을20) 받들어 성도로 돌아갔다. 태자 유
선(劉禪)은 성 밖까지 나와 영구를 맞아 정전 안에 모셨다. 발상을 끝
내고 유조를 읽으니, 유조의 내용은 다음과 같았다.

　　짐이 병을 얻으매 처음에는 이질에 지나지 않더니, 그 뒤부터 여
러 가지 병이 생겨 스스로 다스리기 어렵게 되었도다.
　　짐이 들으매 '인생 50이면 요수라21) 일컫지 않는다.' 하였도다.
이제 짐이 나이 60이 지났으니 죽는다 한들 다시 무슨 한이 있겠는
가? 다만 경들 형제의 일들이 염려될 따름이다. 부디 힘쓰고 또 힘
쓸지어다! 악이 적다 하여 해서는 아니 되며 선이 적다고 하여 하지
않아서는 아니 되도다.22) 오직 어짊과 덕으로써 사람들을 감복시

---

20) 재궁[梓宮] : '자궁'은 '재궁'의 원말. 임금님의 널(棺). [漢書 成帝紀]「成帝崩
　　未幸梓宮」. [三國志 魏志 溫恢傳]「奉梓宮還鄴」.
21) 요수(夭壽) : 요절(夭折). 요함(夭死). [三國志 吳志 孫登傳]「孫登臨終疎云 顔
　　回有上智之才 而尙夭折」. [列女傳 母儀傳]「今吾子夭死」.
22) 악이 적다고 하여 해서는 아니되며…… : 원문에는 '勿以惡小而爲之 勿以善小
　　而不爲'로 되어 있음. [三國志 蜀志 先主傳]「裵松之 (注) 諸葛亮集 載先主遺詔勅
　　後主曰 勿以惡小而爲之 勿以善小而不爲 惟賢惟德 能服於人」. [明心寶鑑 繼善篇]

켜야 하는도다.

경의 아비는 덕이 박해서 본받을 바 못 되는 도다. 경등은 승상과 함께 나랏일에 종사하고 저를 아비처럼 섬기거라. 잊지 말지어다 절대 잊지 말지어다! 경들 형제는 곧 문달을[23] 구할지어다.

부탁이다. 간절한 부탁이다!

여러 신하들이 선주의 유조 읽기를 마치자, 공명이 말하기를
"나라에는 하루라도 임금이 없을 수 없으니, 태자를 세워서 한나라 대통을 이어야 합니다."
하고, 이에 태자 선을 곧 황제로 즉위시키고 연호를 건흥(建興)이라 고쳤다. 제갈량에게는 벼슬을 더하여 무향후를 삼고 익주목을 거느리게 하였다. 선주를 혜릉(惠陵)에 장사지내고 시호를 올려 소열황제(昭烈皇帝)라 하며, 황후 오씨를 높여 황태후로 삼고 감부인(甘夫人)을 올려 소열황후로 하였다. 미부인 또한 시호를 높여 황후로 하고, 여러 신하들을 승차시키고 상을 내렸으며 백성들에게는 대사면을 내렸다.

일찍이 위나라에서는 이 일을 탐지하고 중원에 보고를 드렸다. 군신들이 위왕에게도 아뢰어 알렸다.

조비가 크게 기뻐하며 말하기를,
"유비가 이미 죽었으니 짐에게 이제 걱정이 없도다. 어찌 저들의 나라에 임금이 없는 틈을 타서 군사들을 일으켜 촉나라를 정벌하지 않

「勿以惡小而爲之 勿以善小而不爲之」.

23) 문달(聞達) : 이름이 세상에 드러남. [論語 顔淵篇]「在邦必達 在家必達 夫聞也者……在邦必聞 在家必聞」. [文選 諸葛亮 出師表]「躬耕於南陽 苟全性名於亂世 不求聞達於諸侯」.

겠느냐?"

하자, 가후가 간하기를

"유비가 비록 죽었다고는 하지만 반드시 제갈량에게 후주를 부탁했
을 것입니다.24) 제갈량은 유비의 지우지은에 감격하여 반드시 마음
을 기울이고 힘을 다해 사주(嗣主)를 받들 것입니다. 폐하께서는 성급
히 저들을 정복하시겠다는 생각은25) 불가합니다."

하고 말하고 있는데, 홀연 한 사람이 부중에서 분연히 나오면서

"이때를 타서 진병을 않고, 다시 어느 때를 기다리겠다는 것이오?"

하거늘, 저를 보니 사마의였다. 조비가 기뻐하며 사마의에게 계책을
물었다. 사마의가 말하기를,

"중원의 군사만 가지고는 빨리 이기기가 어려울 것입니다. 모름지
기 5로 대병을 일으켜 사방에서 협공을 하면서, 제갈량으로 하여금
수미가 구응하지 못하게 한 연후에 하면 촉을 얻을 것입니다."

하였다. 조비가 5로 병이란 어떤 것인가 하고 물으니, 사마의가

"편지 한 통을 담아서 사자를 시켜 요동의 선비국(鮮卑國)에 보내 국
왕 가비능(軻比能)을 만나서 금백을 뇌물로 주고 요서의 강병 10만을
기병하게 하시고, 먼저 육로로 서평관(西平關)을 취하면 이를 1로(一路)
라 할 것입니다. 또 글을 닦아 사자에게 관작 임명과 함께 많은 선물
을 주어서 곧장 남만으로 가게 해서 만왕 맹획(孟獲)에게 10만을 기병

---

24) 후주를 부탁했을 것입니다[託孤] : 죽으면서 자식을 부탁한다는 뜻으로, 유
   비가 제갈량에게 아들(劉禪)을 부탁한 일을 이름. [三國志 蜀志 先主紀]「先主
   病篤 **託孤**於丞相亮」. [文選 袁宏 三國名臣序贊]「把臂**託孤** 惟賢與親」.

25) 성급히 저들을 정복하시겠다는 생각은[倉卒伐之] : 성급하게 적들을 정복시키
   겠다는 생각. 「간과」(干戈)는 방패와 창. '전쟁' 또는 '병란'의 비유. [詩經 大雅
   篇 公劉]「弓矢斯張 **干戈**戚揚 爰方啓行」[史記 伯夷傳]「伯夷叔齊 叩馬而諫曰父死
   不葬 爰及**干戈** 可謂孝乎」.

해서 익주·영창(永昌)·장가(牂牁)·월준(越嶲) 등 4군을 쳐들어가 서천의 남쪽을 치게 하는 것이 2로입니다.

또한 오나라에 보내서 우호관계를 맺고 땅을 떼어 줄 것을 허락하며 손권에게 10만 군사를 일으켜서 양천의 협구(峽口)를 공격하면, 바로 부성은 얻을 수 있으니 이를 3로라 할 것입니다. 또 사신을 보내 항장 맹달이 있는 곳에서 상용의 군사 10만을 일으켜서 서쪽으로 한중(漢中)을 치게 할 것이니 이를 4로라 할 것입니다. 그런 연후에 대장군 조진을 대도독으로 삼으시고 병사 10만을 주어서 경조를 경유하여 곧장 양평관으로 나가 서천을 취하게 하면 이를 5로라 할 것입니다.

이렇게 되면 대병 50만이 하나가 되어 5로로 함께 나가게 되는 것이니, 제갈량이 아무리 여망(呂望)의 재주가 있다 한들 어찌 이를 감당하겠습니까?"

하였다.

조비가 크게 기뻐하며, 곧 말재주가 좋은 관료 네 사람을 사신으로 가게 하였다. 또 한편 조진으로 대도독을 맡게 하여 병사 10만을 이끌고 가서 곧 양평관을 취하게 하였다. 이때에 장료 등 일반 구장(舊將)들은 다 열후에 봉해져 있고 모두 기주·서주·청주·합비 등으로 나가 관진의 애구를 지키고 있어서 구태여 부르지 않았다.

한편, 촉한의 후주 유선은 즉위한 이래, 구신들이 다 병들어 죽은 일에 대해서는 자세히 설명할 것이 없다. 무릇 조정의 관리 등용·제정·송사·전량(錢糧)·정사 등의 일들을 다 제갈량이 처리하게 하였다. 그때 후주께서는 황후를 세우지 않는데, 공명과 군신들이

"돌아가신 거기장군 장비의 따님이 아주 현명하고 나이 17입니다. 저를 정궁황후(正宮皇后)로 삼는 일을 가납해 주시오소서."

하니, 후주가 이를 가납하셨다.

건흥 원년 가을 8월. 홀연 변보(邊報)가 들어왔는데,

"위나라가 5로의 대병을 조발하여 서천을 취하려고 옵니다. 제 1로는 조진이 대도독이 되어 병사 10만을 일으켜 양평관을 취하려 하고, 제 2로는 반장(反將) 맹달이 상용의 군사 10만을 이끌고 와서 한중을 치려 한답니다. 제 3로는 동오의 손권이 정예병 10만을 이끌고 협구를 취한 후 서천으로 진군하려 하고, 제 4로는 만왕 맹획이 만병 10만을 일으켜 익주 등 4군을 공략하려 한답니다.

그리고 제 5로는 번왕 가비능이 강병 10만을 이끌고 서평관을 취하려 하는데, 이 5로 군마들은 매우 강합니다. 그래서 먼저 승상께 보고하였습니다. 승상께서 어찌하실지는 알지 못하오나, 며칠이 되어도 일을 보러 나오시지 않으시고 계십니다."

라고 보고한다. 후주께서 그 보고를 듣고 크게 놀라 곧 근시에게 전지를 주어 공명에게 입조하라 하였다.

전지가 간 지 반나절이 지나서야 회보가 오기를,

"승상부 사람들이 말하기를 승상께서는 병이 나서 나오지 않으셨다고 합니다."

하였다. 후주는 전갈을 듣고 당황하였다.

다음 날 또 황문시랑 동윤과 간의대부 두경(杜瓊) 등이 승상의 병상 앞에 나가서 이 일을 고하게 하였다. 동윤과 두경 두 사람이 승상의 앞에 이르러서도 다 들어갈 수가 없었다.

두경이 말하기를,

"선제께서 승상에게 후주를 부탁하셨습니다. 이제 주상께서 처음 보위에 오르셨는데, 조비가 5로병을 이끌고 국경을 범하여 나라의 형편이 심히 급한 지경입니다. 승상께서 무슨 까닭으로 병을 칭탁하고 나오시지 않는 것입니까?"

하였다.

한참 있다가 승사부의 문지기가 명을 전하기를,

"병이 점점 나아지고는 있어 내일 아침 나갈 터이니, 모두 도당에 모이게 하라 하십니다."

하였다. 동윤과 두경 두 사람이 탄식하며 돌아왔다.

다음 날 여러 관료들이 또 승상부 앞에서 기다렸으나, 한참이 되어서도 나오지 않았다. 여러 관료들이 당황해 하며 흩어졌다. 두경이 들어가 후주에게 아뢰기를

"폐하께서 친히 승상부를 찾아가셔서 계칙을 물으셔야 할 듯합니다."

하니, 후주께서 많은 관료들을 이끌고 가서 황태후께 아뢰었다. 태후께서 크게 놀라셔서 말하시기를,

"승상께서 무엇 때문에 이리한다 합디까? 선제께서 부탁하신 일을 저버리려 하는 겝니까! 내가 직접 가보겠나이다."

하였다. 동윤이 아뢰기를,

"황태후께서는 가벼이 가지 마옵소서. 신 등이 생각건대 승상께서는 반드시 높은 식견이 있으실 것입니다. 먼저 주상께서 다녀오시기를 기다리소서. 정말 태만할 것 같으면 황태후께서 태묘(太廟) 안으로 불러 물으셔도 늦지 않을 것이옵니다."

하자, 황태후께서 그 말을 따르기로 하였다.

이튿날, 후주께서 어가를 타시고 친히 승상부에 이르셨다. 문리가 어가의 도착을 보고 당황하여 땅에 엎드려 맞는다. 후주께서 묻기를,

"승상께서는 어디에 계시냐?"

하시거늘, 문리가 대답하기를

"어디에 계신지 알 수가 없나이다. 승상께서 백관을 막고 들이지 말라 하셔서 들어가지 못하게 하고 있었습니다."

하거늘, 후주가 어가에서 내리시고 걸어서 혼자서 제 3중문에 이르러

보니, 공명이 혼자서 대나무 지팡이에 의지하고 작은 연못가에서 고

기를 보고 있었다.

후주는 뒤에 오래 서 있었다. 이에 천천히 말하기를,

"승상께서는 편안하신지요?"

하거늘, 공명이 돌아보니 후주였다.

당황해서 지팡이를 버리고 땅에 엎드려 아뢰기를,

"신이 만 번 죽어 마땅합니다."

하였다.

후주께서 부축해 세우시며 물으시기를,

"이제 조비가 군사들을 5로에 나누어 와 국경을 범하여 시급합니다,

상부께서는26) 무엇 때문에 부중에 나와 일을 보지 않으시는 게요?"

하니, 공명이 웃고 후주를 부축하며 내실에 들어가, 자리를 정하고 아

뢰기를,

"5로병이 왔다 하는데 신이 어찌 알지 못하고 있겠습니까? 신이 물고

기를 보고 있던 것이 아니라 생각하는 것이 있어서 그런 것입니다."

하니, 후주가 말하기를

"그렇다면 이를 어찌해야 합니까?"

한다. 공명이 아뢰기를,

"강왕 가비능과 만왕 맹획, 그리고 반장 맹달과 위장 조진 등 이들

이 4로병은 신이 이미 다 물리쳤습니다. 다만 손권의 1로병만 남았으

나, 신에게는 이미 저들을 물리칠 계책이 있습니다. 모름지기 말솜씨

가 좋은 이를 시키려 합니다만, 아직 그런 사람을 찾지 못하여 깊이

---

26) 상부(相父) : 제왕이 원로대신을 부르는 칭호. [三國魏志 第八十回 注]「皇帝
代丞相極尊敬稱號」.

생각 중입니다. 폐하께서는 어찌 근심하시나이까?"

후주는 듣고 나서 놀랍고 또 기뻐하면서,

"상부께서는 과연 귀신도 헤아릴 수 없는 기모를 가지고 계십니다! 원컨대 퇴병지책을 듣고 싶습니다."

하시니, 공명이 아뢰기를

"선제께서 이미 폐하를 신에게 부탁하셨으니, 신이 어찌 감히 조석으로 태만히 할 수 있겠나이까? 성도를 지키는 여러 관료들도 다 병법의 묘리를 알지 못하고 있사옵나이다. 일이란 사람으로 하여금 알지 못하게 함을 귀히 여기는데, 어찌 남들에게 누설할 수 있겠나이까? 노신은 전일에 번국의 임금인 가비능이 군사들을 이끌고 서평관을 치려 한다는 것을 알았습니다.

신의 생각으로 마초는 대대로 서천에서 살았기 때문에, 평소 강인들의 마음을 얻고 있고 강인들이 모두 그를 신위천장군으로 여기고 있습니다. 신은 먼저 한 사람을 보내 밤을 도와 격문을 가지고 달려가서 마초로 하여금 서평관을 굳게 지키게 하고 사방에 복병을 깔아 두고 매일 서로 교대를 시켜서 적병과 싸우게 하였으니, 저들의 1로병은 걱정할 것이 없습니다.

또 만왕 맹획이 병사들을 이끌고 와서 4군을 범하려 한다기에, 신 또한 격문을 급히 보내서 위연에게 일군을 거느리고 왼쪽에서 나왔다가 오른쪽으로 들어가게 하고 오른쪽에서 나와 왼쪽으로 들어가게 하는 의병지계(疑兵之計)를 썼습니다. 만병들은 오직 용력만 있을 뿐 의심이 많기 때문에, 만약에 의병을 보면 반드시 나오지 못 할 것입니다. 이로써 다른 1로병은 걱정하지 않아도 되옵니다.

또 맹달이 군사들을 이끌고 한중을 치러 온다지만, 맹달은 이엄과 함께 일찍이 생사지교를 맺고 있습니다. 신이 성도에 돌아올 때, 이엄을 남겨 영안궁을 지키게 하였습니다. 신은 이미 한 통의 편지를 써서 이엄의 친필로 맹달에게 보이게 하였습니다. 맹달은 틀림없이 병을 핑계 대고 나서지 않을 것입니다. 그리되면 군심이 태만해질 터이니 이 일로 또한 걱정하지 않아도 될 것입니다. 또 조진이 군사들을 이끌고 양평관을 범하려 한다 합니다.

그러나 지형이 험준해서 잘 지켜낼 수 있는데다가, 신은 이미 조운에게 일군을 조발하게 하여 관액을 지키되 나가 싸우지 말라 하였습니다. 조진이 만약에 우리 군사들이 오지 않는 것을 보면 머지 않아 스스로 물러갈 것입니다. 이로써 4로병 모두가 걱정치 않아도 됩니다. 신은 일찍이 4로병을 막지 못하게 될까 걱정이 되어, 은밀하게 관흥과 장포 두 장수에게 각기 3만의 병사들을 이끌고 중요한 곳에 주둔하고 있다가 각 군마다 구응하게 하였습니다. 이렇게 여러 군사들을 보내는 일은 다 성도를 경유하지 않게 하였으므로 아는 사람들이 없었습니다.

단지 손권의 1로병들은 필시 곧 움직이지는 않을 것입니다. 4로의 병사들이 이기는 것을 보고 나서, 천중이 위급해지면 와서 공격할 것입니다. 만약에 4로병들이 일제히 나오지 않으면 어찌 움직일 수 있겠나이까? 신이 생각하기에는 손권은 조비의 3로병들이 오나라를 침범하던 원한을 생각하면, 필시 그 말을 따르지 않을 것입니다.

비록 이렇게 되었으나 모름지기 말솜씨가 뛰어난 선비가 곧 동오에 가서, 이해 관계를 설명해 먼저 동오의 군사들이 물러간다면 4로병 또한 어찌 근심하겠나이까? 단지 오나라를 설득시킬 만한 사람을 얻지 못하고 있어서 신이 머뭇거리고 있는 것입니다. 어찌 폐하의 성가가 여기까지 오셨나이까?”

하였다.

후주가 말하기를,

"태후 또한 상부를 뵈러 오고자 하십니다. 지금 짐이 상부의 말씀을 듣고서야 꿈에서 깨어난 듯하오니, 다시는 무슨 걱정을 하겠습니까!" 하였다.

공명은 후주와 함께 몇 잔의 술을 마시고, 배송하려고 부중을 나왔다. 여러 관료들이 문 밖에 둘러서 있다가 후주의 얼굴에 기쁜 빛을 보았다. 후주께서 공명과 헤어져 주상의 어가가 환궁하시는 것을 보고서도, 여러 신하들은 다 의혹을 풀지 못하였다. 공명은 여러 관료들 중에서 한 사람이 하늘을 보며 웃는 것을 보았다. 그도 또한 얼굴에 기쁜 빛을 띠고 있었다.

공명이 보니 의양(義陽) 신야 사람이었다. 성은 등(鄧)이고 이름을 지(芝), 자는 백묘(伯苗)인데 벼슬이 호부상서를 한 사마 등우의[27] 후손이었다. 공명이 은밀히 사람을 시켜 등지를 남아 있게 하였다. 여러 관료들은 다 흩어져 가자 공명이 등지를 서원으로 불렀다.

공명이 묻기를,

"지금 촉·위·오가 셋으로 나뉘어 버티고 있는데, 두 나라를 토벌하고 한나라로 중흥하려면, 마땅히 먼저 어떤 나라를 정복해야 하겠소이까?"

---

27) 등우(鄧禹) : 대사도(大司徒). 「등우」. 신야 사람으로 광무제 유수(劉秀)를 도와 왕망(王莽)을 쳐 후한(後漢)을 세우는데 공헌하였음. 광무제가 즉위하자 대사도에 임명되었으니, 그때 그의 나이가 24세였다 함. 고밀후(高密候)에 봉해졌고 명제(明帝) 즉위 후에는 태부(太傅)에 임명 되었음. [中國人名]「漢 新野人 字仲華 幼游長安 興光武相親善 及光武收河北 禹杖策往見 光武大悅 任使諸將……拜大司徒 禹時年二十四 進討赤眉 遷拜右將軍 天下平正 論功最高 奉高密候」.

하니, 등지가 대답하기를

"제 어리석은 생각으로 말한다면, 위는 비록 한나라의 적이긴 하나 그 세력이 매우 커서 급히 흔들기는 어렵습니다. 그래서 서서히 도모해야 할 것입니다. 이제 주상께서 처음 보위에 오르셨고 민심이 안정되지 못하였으니, 마땅히 동오와 연합하여 순치의 결의를 맺어[28] 선제의 구원을 씻는 것이 오랜 계책[長久之策]을 세우는 것입니다. 승상의 생각은 어떠하신지 알지 못하옵나이다."

한다. 공명이 크게 웃으며,

"내 그런 생각을 한 지 오래되었소, 그러나 그런 사람을 얻지 못하였는데 오늘에서야 얻게 되다니!"

한다.

등지가 묻기를,

"승상께서는 그 사람을 무엇에 쓰시려 하십니까?"

하거늘, 공명이 대답하기를

"내 그에게 동오에 가서 동맹을 맺게 하려 하오. 공은 이미 이 뜻을 분명히 알고 있지 않소. 그러니 반드시 임금의 명을 욕되게 하지 않을 줄 알고 있소. 사신의 임무는 공이 아니면 안 되겠소이다."

한다.

등지가 말하기를,

---

28) 순치의 결의를 맺어[結爲脣齒] : 「순치지의」(脣齒之誼)를 맺음. 「순치지세」 (脣齒之勢). 입술과 이. '서로가 깊은 관계에 있음'의 비유. 「순망치한」(脣亡齒寒)은 입술이 없으면 이가 시리다는 뜻으로, '가까운 두 사람 중에서 한 사람이 망하면 다른 사람도 그 영향을 받음'을 비유한 말. [左傳 僖公五年]「晉侯復假道於虞以伐虢 宮之奇諫曰 虢 虞之表也 虢亡 虞必從之 諺所謂輔車相依 **脣亡齒寒**者 其虞虢之謂也」. [戰國策]「趙之於齊楚也 隱蔽也 猶齒之有脣也 **脣亡則齒寒** 今日亡趙 則明日及齊楚」.

"제가 재주가 없고 아는 게 없어서 이런 임무를 감당하지 못할까 걱정됩니다."

하거늘, 공명이 대답한다.

"내 내일 천자께 아뢰고 곧 백묘 일행을 청할 터이니 절대 사양하지 마시구려."

하니, 등지가 허락하고 물러갔다.

다음 날이 되자, 공명은 후주께 아뢰어 비준을 받고 등지를 보내서 동오에 배사케 하였다. 등지 일행이 인사를 하고 동오를 바라고 떠났다.

이에,

오나라는 바야흐로 전쟁을 그치려는데
촉나라 사신이 옥백을29) 드리누나.
　吳人方見干戈息
　蜀使還將玉帛通.

등지가 이렇게 가니, 어떻게 될지 알 수가 없다. 하회를 보라.

---

29) 옥백(玉帛) : 옷과 비단. '옥'은 오옥(五玉), '백'은 삼백(三帛)임. 「옥백종고」
　(玉帛鐘鼓)는 예악을 이름. [書經 虞書篇 舜典]「修五禮 五玉三帛 二生一死贄」.
　[論語 陽貨篇]「子曰 禮云禮云 玉帛乎哉 樂云樂云 鐘鼓乎哉」.

제86회

진복은 천변을 늘여 장온을 꾸짖고
서성은 화공을 써서 조비를 깨뜨리다.
　難張溫秦宓逞天辯
　破曹丕徐盛用火攻.

　한편, 동오는 육손이 위나라 병사들을 물리친 후에, 오왕은 육손에게 벼슬을 내려 보국장군 강릉후를 삼고 형주목을 거느리게 하였다. 이로부터는 군권은 다 육손에게 돌아갔다. 장노와 고옹은 오왕에게 아뢰어 개원하기를[1] 청하니, 손권이 이에 따라 마침내 황무(黃武) 원년이라고 고쳤다. 문득 위왕이 보낸 사신이 왔다는 보고를 듣자, 손권이 사자를 불러들였다.

　사자가 자세히 설명하기를,

　"전에 촉이 사신을 보내 구원을 청했는데, 위가 한 때 잘못 생각하고 군사를 보내 저들에 응한 바 있습니다. 그 일은 지금에 와서 크게 후회하고 있으며, 4로에 군사를 일으켜 서천을 취하고자 하는데 동오가 접응해 주기를 바랍니다. 만약에 촉을 얻으면 반을 나눠드리겠습니다."

　하였다.

---

　1) 개원(改元) : 연호를 고침. [文中子 問易]「**改元**立號 非古也」. [漢書 天文志]「其 六月甲子夏 賀良等建言 當**改元**易號增漏刻」.

손권이 그 말을 듣고 결정을 못 하고 있다가, 이에 장노와 고옹 등에게 물었다.

장노가 말하기를,

"육백언이 고견을 가지고 있을 터이니 그에게 물으시지요."

하거늘, 손권이 곧 육손을 불렀다.

육손이 대답하기를,

"조비는 중원을 차지하고 있어서 도모할 수 없습니다. 지금 만약에 저들의 요구를 따르지 않으면 반드시 원수를 갚으려 할 것입니다. 신의 생각으로는 위와 오가 다 제갈량의 적수가 아닙니다. 이제 또한 강하게 권할 때에 짐짓 허락하여 군사들을 정돈하여 예비하고 있다가, 4로가 어찌되어 가는지 탐청해야 합니다. 만약에 4로병들이 승리한다면 천중은 심히 위급해져서 제갈량이 앞뒤가 서로 구응할 수 없을 것이니, 주상께서는 곧 군사들을 내어서 저들에 응하여 먼저 성도를 취하시는 것이 아주 좋은 계책이 될 것입니다. 만약에 4로병들이 패전하면 그때는 별도로 의논해야 할 것입니다."

하거늘, 손권이 그 말에 따르기로 하고, 위나라 사신에게 이르기를

"군수 준비가 덜 되었으니 준비되는 대로 날짜를 가려 곧 기병하리다."

하자, 사자가 배사하고 떠났다. 손권이 명을 내려 서번(西番)의 군사들이 서평관에 출발하였는지 탐청하자, 그들은 마초를 보고는 싸워보지도 않고 스스로 물러났다 하였다.

남만의 맹획은 군사를 일으켜 4로를 공격하였으나 위연의 의병계에2) 걸려 본동으로 돌아갔고, 상용의 맹달 병사들은 중간에 이르러

---

2) 의병계(疑兵計) : 적을 의혹시키기 위해 군사가 많은 것처럼 꾸미는 계책. [史記 淮陰侯]「信乃益爲疑兵」. [戰國策 秦策]「是以臣得設疑兵 以持韓陣 觸魏之不意」.

서 문득 전염병에 걸려 행군이 불가하게 되었다 하였다. 조진의 병사들은 양평관으로 진발하였으나 조자룡이 각처의 애구를 막고 있어, 과연 '한 장수가 관을 지키매 누구도 그 길을 얻지 못한다'는3) 말이 맞는 듯합니다.

하였다.

조진은 사곡도(斜谷道)에 군사를 주둔하다가 이기지 못하고 돌아가버렸다.

손권은 이 보고를 듣고, 문무에게 이르기를,

"육백언은 아주 귀신처럼 정세를 잘 맞히고 있소. 내가 만약에 경솔하게 움직였다면 또 한 번 서촉과 원수질 뻔하였소이다."

하고 있는데, 문득 서촉에서 보낸 등지가 이르렀다 한다.

장소가 말하기를,

"이 또한 제갈량의 퇴병지계로 등지를 세객으로 보낸 것입니다."

하거늘, 손권이 묻기를

"어찌 대답하면 좋겠소이까?"

하였다.

장소가 대답한다.

"먼저 전각 앞에 한 개의 큰 솥을 걸어놓고, 기름 수백 근을 담아 밑에다 불을 피우게 하십시오. 그 기름이 끓을 때까지 기다렸다가 키가 크고 얼굴이 큰 무사 1천 명을 뽑아 각각 손에 칼을 들게 하여, 궁

---

3) 한 장수가 관을 지키매 누구도 그 길을 얻지 못한다[一將當關 萬夫莫開] : 강한 한 사람의 장수가 관문을 지키고 있어서, 만 명의 군사로도 깨뜨리지 못함. 즉 '지세가 험한 요해처는 적은 병력으로 많은 적을 막아낼 수 있다'는 뜻임. 「일장」(一將). [史記 秦紀]「桓公三年 晋敗我 一將」. [張端 次韻酬馬國瑞都 詞詩]「才難自古人興歎 一將賢於萬里城」.

문 앞에서부터 곧장 전상까지 세우고 등지를 불러서 보십시오. 그리고는 이 사람이 입을 열기를 기다릴 것도 없이, 꾸짖으며 역이기가 제나라를 설득하던 고사로써[4] 꾸짖고 이를 본받아 저를 삶아 죽이라 하시면서 저가 어찌 대답하는지 보십시오."

하였다. 손권이 그의 말대로 기름솥을 세우고 병사들을 좌우에 세우되, 모두 무기를 잡고 등지를 불러들이게 하였다. 등지가 의관을 정제하고 들어오다가 궁전에 이르러서 양쪽에 무사들이 위풍 늠름하게 벌여 서 있는데, 모두가 칼[鋼刀]·대부(大斧)·장극(長戟)·검[短劍]을 들고 전상에까지 늘어서 있는 것을 보았다.

등지는 그 뜻을 알고 조금도 두려워하지 않고 고개를 들고 걸어서 전각 앞에 이르니, 또 가마솥에 기름이 펄펄 끓고 있고 좌우의 무사들이 눈을 부릅뜨고 있는 것을 보았다. 등지는 빙그레 웃음을 지었다. 근신이 그를 인도하여 발 앞에 이르자, 등지가 읍을 하면서 절도 하지 않았다.

손권이 주렴을 걷으며 큰 소리로, 말하기를

"어찌해서 절을 하지 않느냐!"

하거늘, 등지가 늠름하게 말하기를

---

4) 역이기가 제나라를 설득하던 고사[酈食其 故事] : 역이기는 한 고조 유방의 세객(說客). 「육가」(陸賈). '육가'는 한고조 유방의 막빈(幕賓)으로 천하가 평정되자, 사자가 되어 남월(南越)을 굴복시켰음. [中國人名]「漢 楚人 以客從高祖定天下 使南越尉佗 賜印封爲王 賈時時前說詩書……文帝卽位 復以大中大夫 使尉佗」. '역생'은 역이기(酈食其)를 말하는데 한의 고양사람임. 유방이 고양으로 들어오자 진류(陳留)를 함락시킬 계책을 내었으며, 군사를 쓰지 않고 제(齊)를 설득하여 70여 성을 함락시켰음. 역이기는 제왕을 설득시켜 항복케 하였는데, 한신이 제나라를 공격하자 제왕은 역이기를 삶아 죽였음. [中文辭典]「漢 高陽人 爲里監門 沛公至高陽 食其獻計下陳留 號曰 廣野君 常爲說客 說齊 憑軾下齊七十餘城」.

"상국의 사신은 작은 나라의 주군에게 절을 하지 않는 법입니다."

하였다.

손권이 크게 노하여,

"너는 헤아리지 못하도다. 세 치 혀를 놀려서5) 역이기가 제나라를 설득하던 일을 흉내 내려 하는 게냐? 빨리 기름솥에 들어갈 것이다."

하거늘, 등지가 웃으며 대답하기를

"사람들이 다 말하기를 동오에는 현재가 많다더니 누가 한 선비를 두려워할 줄 생각했으리오!"

하였다. 손권이 더욱 노하며,

"내 어찌 너 같은 한 필부를 두려워하겠느냐?"

하거늘, 등지가 말하기를

"이 등백묘를 두려워 않는다면 어찌 당신들은 내가 세객으로 온 것을 근심하십니까?"

하니, 손권이 또 묻는다.

"너는 제갈량의 세객이 되어, 나에게 위와의 관계를 끊고 촉나라를 향하게 설득하러 오지 않았느냐?"

한다.

등지가 대답하기를,

"나는 촉나라의 일개 서생에 지나지 않습니다. 특히 오나라의 미래를 위해 왔는데 군사들을 벌여 놓고 기름가마솥을 차려 한낱 사신을 거부하고 있으니, 그 국량이6) 이토록 좁아서야 어찌합니까?"

---

5) 세 치 혀를 놀려서[三寸之舌] : 세 치 길이에 지나지 않은 혀로 말함. [史記 平元君傳]「今以三寸舌 爲帝者師 又毛先生以三寸之舌 强於易萬之師」.

6) 국량(局量) : 한 개인의 재량과 도량. 국도(局度). [三國志 魏志 夏候尙傳]「以規格局度 世稱其名」. [後漢書 袁紹傳]「紹外寬雅 有局度 憂喜不形於色 而性矜復

하였다.

손권이 그 말을 듣고 당황하고 부끄러워 무사들을 물러가게 하고는, 등지를 전상에 오르게 하여 자리를 권하였다.

그리고 말하기를,

"오나라와 위나라의 이해관계는 어떠하오? 선생이 나에게 들려주시구려."

하거늘, 등지가 묻는다.

"대왕께서는 촉과 화친을 원하십니까, 아니면 위와 화친을 하려 하십니까?"

하였다.

손권이 대답하기를,

"나는 진정 촉과 강화를 하고자 하나 촉주가 나이 어리고 식견이 일천하여 걱정이외다. 그래서 시종이 여일하지 못할까7) 걱정이 되오."

하거늘, 등지가 대답하기를

"대왕께서는 당세의 영웅이시고 제갈량 또한 일세의 준걸이십니다. 촉나라는 지형이 험하고 오나라는 삼강의 견고함이 있습니다. 만약에 두 나라가 화친을 맺어 함께 순치의 관계가 되어 나간다면 천하를 병탄할 수 있을 것이고, 물러나면 가히 솥발처럼 설 수 있을 것입니다.8) 이제 대왕께서 위에 예물을 바치고 칭신하신다면, 위는 반드시 대왕

自高」.

7) **시종이 여일하지 못할까[全始全終]** : 「시종여일」(始終如一)・「시종일관」(始終一貫). 처음과 나중이 바뀌지 않음. [史記 秦始皇紀]「先王見**始終**之變 知存亡之機」. [史記 惠景閒候者年表]「咸表**始終** 當世仁義成功之著者也」.

8) **솥발처럼 설 수 있을 것입니다[鼎足]** : 솥발처럼 맞서 대치하여 안정되게 자리할 수 있는 형국. 옛날 솥은 발이 세 개여서 비유한 것임. [史記 淮陰侯傳]「莫若兩利 而俱存之三分天下 **鼎足**而居」.

의 조근을9) 바랄 것이며 태자를 데려다 내시(內侍)하라 할 것입니다. 그를 따르지 않으면 군사들을 일으켜 협공도 할 것입니다. 촉나라 또한 형편에 따라 취하려 내려올 것이외다.

이리되면 강남의 땅은 다시는 대왕의 것이 되지 못할 것입니다. 만약에 대왕께서 이 사람의 어리석은 말이 그렇지 않다고 하시면, 저는 대왕 앞에서 죽어서 세객의 이름을 끊어버릴까 합니다."

하고 말을 마치고는, 전각에서 내려가 옷자락을 걷어쥐고 기름솥을 향해 뛰어들려 한다. 손권이 급히 이를 제지하고 후전(後殿)에 들게 하여 상빈의 예로써 대하였다.

손권이 말하기를,

"선생의 말은 꼭 내 생각과 같소이다. 내가 이제 촉국과 화친을 맺으려 하니 선생께서 나를 잘 소개해 주시겠소?"

하거늘, 등지가 묻기를

"소신을 기름가마에 삶으려 하신 것도 대왕이시고, 지금 소신을 이용하시려는 것 또한 대왕이십니다. 대왕께서는 오히려 소신에 대한 의구심이 남아계신데, 어찌 능히 저를 믿으시려 하십니까?"

하거늘, 손권이 결연히 말하기를

"내 생각은 이미 결정되었소. 선생은 더 의심치 마시구려."

하였다.

이에 오왕은 등지를 머물게 하고는, 많은 관리들을 모아놓고

"내가 강남 땅 81주를 장악하고 있으며, 게다가 또 형주와 초 땅을 가지고 있는데, 오히려 서촉과 같이 편벽한 곳을 가진 것만 못하오.

---

9) **조근**(朝覲) : 조현(朝見). 신하가 임금께 뵘. 「조알」(朝謁). [孟子 萬章篇 上] 「堯崩 三年之喪畢 舜避堯之子於南河之南 天下諸侯**朝覲**者 不之堯之子而舜」. [三國志 魏志 陳思王植傳] 「嘉詔未賜**朝覲**莫從」.

서촉에는 등지가 있어 그 주군을 욕되게 하지 않고 있지만,10) 오에는 촉나라에 들어가서 내 뜻을 전할 사람이 한 사람도 없는 것 같소."

라고 말하고 있는데, 문득 한 사람이 반열에서 나오며,

"신이 사신으로 가겠나이다."

하거늘, 여러 사람들이 저를 보니 오군 사람으로 성은 장(張), 이름은 온(溫), 자가 혜서(惠恕)인 중랑장이었다.

손권이 말하기를,

"경이 서촉에 들어가 제갈량을 보면 나의 생각을 잘 전하지 못할까 걱정이 되오이다."

하니, 장온이 묻기를

"공명 또한 사람일 겝니다. 신이 어찌 저를 두려워하겠나이까?"

하였다.

손권이 크게 기뻐하며 장온을 중상하고, 등지와 함께 서천에 들어가 강화를 맺게 하였다.

한편, 공명은 등지가 떠난 후에, 후주에게 아뢰기를

"등지가 이번에 갔으니 일은 반드시 성사될 것입니다. 오나라에는 현자가 많으니 틀림없이 답례를 하러 사람이 올 것입니다. 폐하께서는 마땅히 예로써 저를 대하여, 저에게 오나라에 돌아가서 더 좋은 관계를 맺게 하옵소서.

오나라와 화친을 맺으면, 위나라는 틀림없이 촉나라에 병사들을 보내지 못할 것입니다. 오와 위나라에 대한 일이 평온해지면 신은 곧 남정(南征)을 해서 남만(南蠻)을 평정하겠습니다. 그런 다음에 위나라를

---

10) 그 주군을 욕되게 하지 않고 있지만[不辱其主] : 주군을 위해 목숨을 버림.
   [論語 子路篇]「子曰 行己有恥 **使於四方 不辱君命** 可謂士矣」.

도모하려 합니다. 위가 없어지기만 하면 동오 또한 오래 못 갈 것입니다. 그렇게 되면 다시 하나로 통일된 나라를 세울 수 있을 것입니다." 하니, 촉주께서 그러리라 생각하였다.

돌연 첩보가 들어오기를, 오에서 장온을 보내 등지와 같이 서천에 들어와 답례를 하러 온다고 하였다. 후주는 문무 관료들을 단지에[11] 모아 놓고 등지와 장온이 온 것을 맞게 하였다. 장온은 자신의 뜻대로 되자 앙연히 전상에 올라 후주를 뵙고 예를 올렸다.

후주는 방석을[12] 주어 전상에 앉게 하고 연회를 베풀어 대접하면서도, 단지 공경의 예만 보일 뿐이었다. 연회가 끝나자 백관들이 장온을 관사로 전송하였다.

다음 날, 공명이 연석을 베풀고 상대하였다.

공명은 장온에게 은근히 말하기를,

"선제께서 재위해 계실 때에는 오와 화목하지 못하셨는데, 지금은 이미 승하하셨소이다. 지금 주상께서는 오왕을 존경하며 옛 원한을 잊고, 영구히 화친을 맺어 함께 위나라를 파하고자 하오이다. 바라건대 대부께서는 돌아가 잘 말씀드려 주시구려."

하니, 장온이 승낙하였다. 술이 점점 취해가자 장온이 웃고 기뻐하며 자못 오만한 행동을 하였다.

이튿날, 후주께서 금백을 장온에게 주며 성의 남쪽 역사에[13] 술자리를 베풀어 여러 관료들에게 전송하라 하였다. 공명은 은근히 술을

---

11) 단지(丹墀) : 붉은 칠을 한 계단. [漢官儀]「以丹漆階上地曰 **丹墀**」. [書言故事 朝制類]「殿墀曰 **丹墀**」.

12) 방석[錦墩] : 등받이가 없이 걸터앉게 만든 의자. [水滸傳 第四十二回]「御簾 內傳旨 教諸星性主坐……扶上**錦墩**坐 宋江只得勉强坐下 殿上喝聲捲簾」.

13) 역사[郵亭] : 역참(驛站). 역마를 바꾸어 타는 곳. [水滸傳 楔子]「臣等**郵亭**以 來 纔得到此」. [白居易 送劉谷詩]「**郵亭**已送征車發 山館誰將候火迎」.

권하였다. 그때, 문득 한 사람이 취해서 들어와 앙연히 장읍하고 자리에 앉는다.

장온이 이상히 여겨 공명에게 묻기를,

"이는 어떤 사람이오니까?"

하거늘, 공명이 말하기를

"성은 진(秦), 이름은 복(宓)이며 자는 자칙(子敕)인데, 지금 익주의 학사이외다."

하였다.

장온이 웃으면서,

"명칭이 학사인데 흉중에 무엇을 배웠는지 모르겠습니다?"

하거늘, 진복이 정색을 하며 말하기를,

"촉중의 삼척소동도 일찍이 학문을 익혔는데 하물며 나겠소이까?"

하였다.

장온이 묻기를,

"그러면 공은 무엇을 배우셨소?"

하거늘, 진복이 대답하기를

"위로는 천문에 이르고 아래로는 지리를 배웠고, 삼교구류와14) 제자백가15) 등 알지 못하는 게 없소. 고금의 흥폐와 성현의 경전 등 보

---

14) 삼교구류(三教九流) : 삼교는 유교·불교·도교, 구류는 유가·도가·음양가·법가·명가·묵가·종횡가·잡가·농가류(農家流)를 말함. [通俗編 白虎通 三教篇]「三教一體而分 不可單行 接其所云 三教謂夏教忠 殷教敬 周教文也」. [南史 袁粲傳]「九流百氏之言 雕龍談天之藝」. [北史 周武帝紀]「三墨八 儒 朱紫交懿 九流七略 異說相騰」.

15) 제자백가(諸子百家) : 춘추전국시대의 모든 학자들과 저서를 말함. [漢書 藝文志] (顔注)「諸子百六十九家 言百家擧成數也」. [史記 始皇記]「天下敢藏 詩書 百家語者 悉詣守尉雜燒之」.

지 않은 것이 없소이다."

하니, 장온이 웃으며

"공이 이미 큰 소리를 쳤으니 천문에 관해 묻겠소. 천은 머리가 있소이까?"

하자, 진복이 대답한다.

"머리가 있소이다."

한다. 장온이 말하기를,

"머리는 어느 방향에 있소이까?"

하매, 진복이 대답하기를

"서쪽에 있소이다. 시경에 이르기를 '내권서고'16) 즉, 안타까워 서편을 돌아보사 하였으니, 이로 미루어 머리가 서쪽에 있음을 알 것이오."

하였다.

장온이 또 묻는다.

"하늘은 귀가 있소이까?"

하매, 진복이 말하기를,

"하늘은 높은 곳에서 낮은 곳의 소리를 들으니, 시경에 이르기를 '학명구고 성문어천' 즉, 학은 깊은 곳에서 울지만 그 소리는 하늘에 들린다 했으니17) 귀가 없으면 어찌 들을 수가 있겠소?"

하였다.

---

16) 내권서고(乃眷西顧) : 안타까워서 보고 또 돌아봄. [詩經 大雅篇 皇矣]「**乃眷西顧** 此維與宅」. [三國志 魏志 公孫淵傳]「淵表孫權日 仰此天命 將有**眷顧** 私從一隅 永膽雲日」.

17) 학명구고 성문어천(鶴鳴九皐 聲聞於天) : '군자는 그 몸을 은신하여도 그 이름이 하늘에까지 들린다'는 비유. [詩經 小雅篇 鶴鳴]「**鶴鳴于九皐 聲聞于野**」. [張籍 不食仙姑山房詩]「月出溪路靜 **鶴鳴雲樹深**」. [張籍 不食仙姑山房詩]「月出溪路靜 **鶴鳴雲樹深**」.

장온이 또 묻는다.

"하늘은 발이 있소이까?"

하거늘, 진복이 대답하기를

"발이 있소이다. 시경에 이르기를 '천보간난'18) 즉, 하늘의 걸음이 어렵다 했으니, 발이 없으면 어찌 걷겠소이까?"

하였다.

장온이 또 묻기를,

"하늘은 성이 있소이까?"

하매, 진복이 또 대답하기를

"어찌 성이 없겠소이까?"

하니, 장온이 또 묻는다.

"무슨 성이오."

하거늘, 진복이 대답하기를

"성은 유씨오이다."

하였다.

장온이 말하기를,

"어찌 그것을 알 수 있소?"

하거늘, 진복이 대답한다.

"천자의 성이 유씨(劉氏)이니 그것으로서 알 수 있소이다."

하였다.

장온이 묻기를,

"해는 동쪽에서 뜨지요?"

---

18) **천보간난(千步艱難)** : 천보는 천운(天運)과 같은 뜻으로 '천운이 아직 돌아
오지 않아 시기가 간난함'을 이름. [詩經 小雅篇 白華] 「**千步艱難** 之子不猶」.
[六韜 武韜 順啓] 「**天運不能移**」.

하거늘, 진복이 대답하기를

"동쪽에서 뜨지만 서쪽으로 지오이다."

하였다. 이때, 진복의 말씨는 청랑하고 대답은 물 흐르는 듯하매 거기 앉아 있는 이들이 다 놀랐다. 장온이 더 말이 없다.

진복이 묻기를,

"선생은 동오의 명사로서 이미 하늘의 일로 해 나에게 물으셨으니, 반드시 하늘의 이치에 관해 깊은 식견이 있으실 것이외다.

옛적에 혼돈이[19] 이미 갈리었으니 음과 양이 갈리어 가볍고 맑은 것은 위에 걸려서 하늘이 되고, 무겁고 탁한 것은 아래에 엉기어 땅이 되었소이다. 모두가 공공씨와의 싸움에서 패하여[20] 머리로 불주산(不周山)을 치받았기에 하늘 기둥이 부러지고 땅의 한 귀퉁이가 부서졌소이다. 그래서 하늘은 서북쪽으로 기울고 땅은 동남쪽이 무너졌소이다.

하늘이 이미 가볍고 맑아서 위로 뜬 것인데, 어찌해서 서북쪽으로 기울겠소이까? 또 가볍고 맑은 것 이외에는 무엇이 있는 것일까요? 선생께서 좀 가르쳐주시기 바랍니다."

하니, 장온이 대답하지 못하고 이에 자리를 피하면서,

"뜻밖에도 촉나라에는 많은 준걸들이 있구려! 지금 강론을 들으니

---

19) 혼돈(混沌) : 하늘과 땅이 나뉘지 않은 개벽 이전의 상태. 혼륜(渾淪). [白虎通 天地]「混沌相連」. [淮南子 要路]「混沌萬物」.

20) 공공씨와의 싸움에서 패하여[共工氏 戰敗] : 중국의 천지창조신화로 공공씨가 전욱(顓頊)과 싸울 때에 분하여 머리를 불주산(不周山)을 떠받았는데, 그로 인해 하늘을 버티던 기둥(天柱)이 무너지고 대지의 한 귀퉁이가 허물어[地陷]졌다 함. 공공은 실제 승리한 영웅을 일컬음. [淮南子 墜形訓]「共工景風之所生也 (注) 共工天神也 人面蛇身 離爲景風」. [書經 虞書篇 舜典]「流共公于幽州放驩兜崇山」.

이 사람의 막혔던 가슴이 활짝 열리는 듯하오이다."

하였다. 공명은 장온이 부끄러워 할까보아, 좋은 말로써 해명하며

"좌석에서 어려운 질문은 거개가 희담(戱談)일 뿐입니다. 족하께서
는 나라를 안정시킬는지를 깊이 통찰하고 계신데, 어찌 입씨름[脣齒之
戱]이 있겠습니까?"

하니, 장온이 배사하였다.

공명이 또 등지에게 오나라에 가서 답례를 하라 하였다. 장온과 등
지 두 사람이 공명에게 하직 인사를 하고 동오를 향해 떠났다.

한편, 오왕은 장온이 촉나라에 갔다가 돌아오지 않자, 문무 관료들
과 의논하였다.

그때, 문득 근신이 아뢰기를,

"촉나라가 등지를 장온과 함께 보내 답례차 왔습니다."

하거늘, 손권이 불러서 들게 하였다.

장온이 전각 앞에까지 나왔던 촉주와 공명의 덕을 일컬으며 '영구
히 강화를 맺기를 원하여, 특히 등상서를 보내 또 답례하러 왔습니
다.' 하니, 손권이 크게 기뻐하며 연회를 베풀어 등지를 대접하였다.

손권이 등지에게 묻기를,

"만약에 오나라와 촉나라가 합심하여 위나라를 멸하고 천지가 태평
하게 되어, 두 임금이 나누어 다스린다면 어찌 즐겁지 않겠소이까?"

하자, 등지가 대답하기를

"'하늘에는 해가 둘이 있을 수 없으며 백성들에게는 두 임금이 있을
수 없나이다.'21) 위나라가 망하게 되면 그 뒤에는 천명(天命)이 어떤

---

21) 하늘에는 해가 둘이 있을 수 없으며, 백성들에게는 두 임금이 있을 수 없나이
다[天無二日 民無二王] : 하늘에 해가 둘이 없고 백성들에게는 두 임금이 있을
수 없음. [孟子 萬章篇 上]「孔子曰 天無二日 民無二王 舜旣爲天子矣 又帥天子

사람에게 돌아갈지는 알 수가 없나이다. 다만 임금이 되는 자는 각기 그 덕을 닦고, 신하된 자는 각기 충성을 다한다면 전쟁은 그칠 것입니다."

하거늘, 손권이 크게 웃으면서

"자네의 성실함이 이와 같구려!"

하고, 마침내 등지를 후히 대접하여 보냈다.

이로부터 오와 촉은 서로 좋은 정의를 맺고 지내었다.

한편, 위의 세작이 이 일을 탐지하여 급히 중원에 들어가 상세히 보고하였다.

조비가 듣고는 크게 노하여 말하기를,

"오와 촉이 함께 강화를 맺은 것은 반드시 중원을 도모하려는 의도가 있는 것이리라! 짐이 먼저 저들을 정벌해야겠소."

하였다. 이에 문무 관료들을 다 모이게 하고 병사를 일으켜 오나라를 칠 것을 명하였다.

이때, 대사마 조인과 태위 가후는 이미 죽고 없었다.

시중 신비(辛毗)가 반열에서 나와 말하기를,

"중원의 지형은 땅은 넓으나 백성들이 많지 않습니다. 용병을 한다 하여도 그 이로움을 보지 못할 것입니다. 오늘의 계략은 양병과 둔전을22) 10여 년간 하는 것만 못할 것입니다. 그래서 군량이 다 된 다음에 용병을 한다면, 오와 촉을 파할 수 있을 것입니다."

諸侯 以爲堯三年喪 是二天子矣」. [大戴禮]「天無二日 國無二君 家無二尊」.

22) 양병과 둔전(養兵·屯田) : 좋은 밭을 가려 군대로 하여금 둔전하게 하여 식량을 자급자족하게 함. [周禮 冬官]「有屯部 今日屯田司」. [漢書 趙充國傳]「乃詣金城上屯田 奏願罷騎兵 留步兵萬餘 分屯要害處 條不出兵留田 便宜十二事」.

하니, 조비가 노여워하며,

"이는 어리석은 선비의 논리이다.23) 지금 오와 촉이 서로 연합하고 있는 터여서 조만간에 틀림없이 국경도 침범할 것인데, 어찌 한가롭게 10년을 기다린단 말이오?"

하고, 곧 칙지를 내려 병사를 일으켜 오를 치기로 하였다.

이때, 사마의가 나서며 말하기를,

"오나라는 장강의 험준한 지형을 가지고 있어서, 배가 아니면 건널 수조차 없습니다. 폐하께서는 반드시 어가로 친정하신다면 크고 작은 배들을 가려서, 채하와 영수로부터 회수(淮水)로 들어가 수춘(壽春)을 취하고 광릉(廣陵)에 이르러 장강어귀를 건너 남서(南徐)를 취하시는 것이 상책입니다."

하니, 조비는 그의 말을 좇기로 하였다. 이내 밤낮으로 일을 몰아쳐서 용주(龍舟) 10여 척을 만들게 하니, 그 배는 20여 장으로 2천여 명이 탈 수 있었다. 또 전선 3천여 척을 수습하게 하였다.

위 황초(黃初) 5년 가을 8월. 대소 장수들과 관료들을 모아놓고 조비는 영을 내려, 조진을 전부로 삼고 장료·장합·문빙·서황 등을 대장으로 삼아서 먼저 가게 하였다. 그리고 허저·여건을 중군호위로 하고, 조휴를 후군으로 삼아 유엽·장제 등을 참모관으로 삼았다. 전후 수륙군마 30여 만이 기일을 정해 기병하기로 하였다. 또 한편으로는 사마의를 상서복야로 삼아 허창에 남게 하여, 모든 국정의 일들을 다 그의 결단에 따라 처리하도록 하였다.

위병의 기병 일정에 대해서는 더 말하지 않겠다. 마침 동오의 세작

---

23) 이는 어리석은 선비의 논리이다[此迂儒之論也] : 이것은 선비의 주장임. [漢書 英布傳]「上置酒 對衆折瓶何曰 **腐儒** 爲天下 安用**腐儒**」. [史記 黥布傳]「上折 隨何之功 謂何爲 **腐儒**」.

들이 이 일을 탐지하여 오나라에 알렸다.

근신들이 당황하여 오왕에게 아뢰기를,

"지금 위왕 조비가 직접 용주를 타고 수륙병 30여 만을 이끌고 채하와 영수로부터 회수로 나온다 합니다. 반드시 광릉을 취한 뒤에 강남으로 쳐올 것인데, 그 형세가 심히 급하옵나이다."

하거늘, 손권이 크게 놀라 즉시 문무 관료들을 모아 놓고 의논하였다.

고옹이 대답하기를,

"이제 주상께서 서촉과 화친을 맺었는데 글을 닦아, 제갈량에게 군사를 일으켜 한중으로 나가게 해서 세력을 분산하면 됩니다. 또 한편으로는 한 대장을 보내어 남서에 군사들을 주둔하게 하여 저들을 막으면 됩니다."

하거늘, 손권이 말하기를

"육백언이 아니면 이 중대한 일을 맡을 만한 사람이 없소이다."

하였다.

고옹이 대답한다.

"육백언은 형주를 지키고 있으니 가볍게 움직이게 해서는 아니 됩니다."

하거늘, 손권이 말하기를,

"나도 알지 못하는 것이 아니나, 눈앞의 일에 그를 대신할 사람이 없으니 하는 말이외다."

하였다.

말을 마치기도 전에, 한 사람이 반열에서 나오며

"신이 비록 재주 없사오나, 군사를 이끌고 나가서 위병을 막겠습니다. 만약에 조비가 직접 강을 건너온다면 제가 반드시 생포하여 전하께 바치겠습니다. 그가 강을 건너오지 않는다면 또한 위병 태반을 죽이면 감히 동오를 바로 보지도 못할 것입니다."

한다. 손권이 보니 서성이었다.

손권이 크게 기뻐하면서,

"경을 보내어 강남 일대를 지킬 것 같으면 내 무슨 걱정이 있겠소!"

하고, 드디어 서성을 봉하여 안동장군을 삼고, 건업·남서의 군마들을 총독하게 하였다. 서성이 사은하고 명을 받고 나가서 곧 영을 내려, 여러 관료와 군사들에게 무기를 많이 준비하고 정기를 꽂고 강연안을 지킬 계책을 세웠다.

이때 문득 한 사람이 나서며,

"오늘 대왕께서 중임을 장군에게 위탁하셨고, 장군께서도 위병을 파하고 조비를 생포한다 하였소이다. 그런데 어찌해서 일찍 군마를 내어 강을 건너지 않으시고 회남에서 적을 맞으려 하십니까? 곧 조비의 군사들이 이를 터인데 미치지 못할까 걱정되오이다."

한다. 서성이 저를 보니 오왕의 조카 손소(孫韶)였다. 그의 자는 공예 (公禮)이고 벼슬은 양위장군으로, 일찍이 광릉에 있으면서 성을 지키고 있었으나, 나이가 어리고 혈기가 왕성하며 아주 용감하였다.

서성이 말하기를,

"조비의 군세가 크고 게다가 이름난 장수가 선봉이 되어 오니, 강을 건너서 막는 것은 어렵소이다. 저들의 배가 북쪽 강안에 모이면 내 저들을 파할 계책이 있소이다."

하였다.

손소가 말하기를,

"내 수하에 3천의 군마가 있고 거기에다 광릉의 길 형편을 잘 알고 있소. 내가 직접 강북에 가서 조비와 죽기로 싸우겠습니다. 만약에 이기지 못할 것 같으면 군령을 달게 받겠소이다."

하였으나, 서성은 그의 말을 따르지 않았다. 손소가 집요하게 가기를 원하였으나 서성은 이를 받아들이지 않았다.

그러나 손소가 재삼 재사 가기를 원하거늘, 서성이 노하여

"자네가 이와 같이 명령을 듣지 않으면, 내 어찌 군사들을 통제할 수 있겠는가?"

하고, 무사들을 꾸짖어 끌어내어 참하게 하였다. 도부수들이 손소를 둘러싸고 원문24) 밖에 나가서 검은 기를 세웠다.

손소의 부장이 나는 듯이 이 일을 손권에게 보고하였다. 손권이 듣고 급히 말을 타고 와서 저를 구하였다. 무사들이 영을 집행하려던 차에, 손권이 와서 도부수들을 꾸짖어 흩어지게 하고 손소를 구하였다.

손소가 울며 아뢰기를,

"신은 지난 해에 광릉에 있었기에 지리를 잘 알고 있습니다. 어찌해서 거기서 조비를 맞아 싸우지 않고, 장강을 넘어올 때까지 기다립니까? 그랬다가는 동오는 머지않아 망하게 될 것입니다!"25)

하거늘, 손권이 곧바로 영채 안으로 들어갔다. 서성이 영접해 장막 안으로 들어가 아뢰기를,

"대왕께서 신에게 총독을 명하시고 군사들을 내어 위병을 막게 하셨습니다. 지금 양위장군 손소가 군법을 지키지 않고 명을 어겨서 참하려 하는데, 대왕께서는 어찌하여 저를 사면하십니까?"

하니, 손권이 대답하기를,

---

24) 원문(轅門) : 진영의 문. [周禮 天官掌舍]「設車宮轅門」. [穀梁 昭 八]「置旃以 爲轅門」.

25) 머지않아 망하게 될 것입니다![指日休矣!] : 머지않아 망하게 될 것임. 「지일 천정」(指日遄征)은 기한을 정하고 여행을 함. [文選 曹植 應詔詩]「弭節長鶩指 日遄征」. [韓愈 送劉師服詩]「還家雖闕短 指日親晨餐」.

"손소는 혈기가 대단한 장수요. 잘못 군법을 범하였으나 저를 용서해 주시구려!"

하였다.

서성이 묻기를,

"군법이란 신이 만든 것이 아니옵고, 또한 대왕께서 만든 것도 아닙니다. 이는 국가의 전형(典刑)이어서 만약에 친소 관계로서 벌을 면해 준다면, 어찌 여러 군사들이 이를 지키겠습니까?"

하거늘, 손권이 말하기를

"손소가 군법을 어겼으니 장군에게 처치하도록 한 것이지만, 그가 비록 성은 유씨이나 내 형님께서 심히 사랑하여 손씨 성을 준 것이요. 그리고 자못 공적도 있고 한데 지금 저를 죽이면, 형제간의 의리를 저버리게 될 것이외다."

하였다.

서성이 대답하기를,

"대왕의 체면을 보아서 죽음은 면하도록 하겠나이다."

하거늘, 손권이 손소에게 배사하라 하였다.

그러나 손소가 절하지 않을 뿐 아니라, 소리 내어 부르짖기를

"내 생각으로는 군사를 이끌고 가서 조비를 치는 것이외다! 이제 곧 죽더라도 당신의 생각에 불복합니다!"

하였다.

서성이 얼굴빛이 변하거늘, 손권이 꾸짖어 손소를 물리치고 서성에게 이르기를,

"이놈이 없다고 해서 오나라에 무슨 손실이 있겠소이까? 이후에는 절대 저를 쓰지 않겠소."

하고는 돌아갔다.

이날 밤 사람이 와서 서성에게,

"손소가 본부 3천 정예병을 이끌고 몰래 강을 건너갔습니다."

하였다.

서성은 저가 실수하고 있을까 걱정되었고 그리되면 오왕의 체면에 좋지 않을까 해서, 정봉에게 비밀리 계책을 주어 3천 명을 이끌고 강을 건너가 접응하게 하였다.

한편, 위주가 용주를 타고 광릉에 이르니, 전부 조진은 이미 병사들을 거느리고 장강 연안에다 군사들을 벌여놓고 있었다. 조비가 묻기를,

"강 연안에 군사들이 얼마나 되는가?"

하니, 조진이 대답하기를

"건너편 연안을 살펴보니, 군사들은 하나도 보이지 않고 영채에 깃발도 없습니다."

하였다.

조비가 말하기를,

"이는 필시 위계(詭計)일 것이오. 짐이 직접 가서 그 허실을 보아야겠소이다."

하고, 강길을 활짝 열어 용주가 직접 대강에 이르러 강 연안에 정박하였다. 배 위에는 용봉일월 오색정기를 꽂고 의장이 앞뒤에서 옹위하여 그 빛깔에 눈이 부셨다. 조비는 용주 가운데 단정히 앉아서 강남 일대를 바라보았다. 군사들이 하나도 보이지 않자 유엽과 장제를 돌아다보면서,

"강을 건너는 것이 좋겠소?"

하니, 유엽이 말하기를

"병법에는 허허실실이란26) 게 있습니다. 저들이 우리의 대군이 이른 것을 보고도 어찌 준비가 없겠나이까? 폐하께서는 서두르지 마옵

소서. 4, 5일 기다리며 저들의 동정을 살핀 연후에, 선봉이 도강하여 살펴보게 하시옵소서."

하니, 조비가 대답하기를

"경의 말이 내 생각과 같소이다."

하였다.

이날 저녁에는 강가에서 잤다. 그날 밤은 칠흑같이 어두웠으나, 군사들은 다 등불을 들고 있어서 천지가 밝아 마치 대낮과 같았다. 강남을 바라보니 한 점 불빛도 보이지 않았다.

조비가 좌우에게,

"이 무슨 연고인가?"

하니, 근신이 와서 말하기를

"폐하께서 천군(天軍)을 이끄시고 왔다 하니, 바람에 쥐새끼처럼 도망한 게 아닐까 하옵나이다."

하거늘, 조비가 속으로 웃었다.

해가 뜨려 하자 안개가 자욱하여 앞에 있는 사람의 얼굴도 볼 수가 없었다. 장강 일대에 바람이 일더니 안개가 흩어지고 구름이 거두어졌다. 강남 일대를 바라보니 다 성으로 이어져 있고, 성루 위에는 창과 칼들이 햇빛에 번쩍이며, 성벽에는 정기와 호대가[27] 꽂혀 있었다.

얼마 안 되어서 여러 차례 보고가 오기를,

"남서 장강 연안 일대에서 석두성(石頭城)까지가 수백여 리나 되는

---

26) 허허실실[實實虛虛]: 허허실실지법(虛虛實實之法). [孫子兵法 勢篇 第五] 「兵之所加 如以碬投卵者 虛實是也」. [中文辭典] 「謂虛實不定虛者 或實 實者或虛 使人無所測度也」.

27) 호대(號帶): 깃대에 매달아 군졸을 부르는 긴 명주 띠. [六部成語 兵部 號帶 注解] 「號帶乃長條之帛 繫于竿頭 用以呼軍卒」.

데, 성곽과 군선들이 끊이지 않고 연이어 있사옵나이다. 그런데 그것
들이 하룻밤 새에 이루어진 것이랍니다."

하거늘, 조비가 크게 놀랐다.

원래 서성은 갈대를 묶어 마치 사람처럼 청의(靑衣)를 입히고 깃발
을 잡게 하여, 가성과 의루28) 위에 세워둔 것이었다. 위병들은 성 위
에 수많은 인파가 있는 것을 보고, 어찌 간담이 서늘해지지29) 않았겠
는가?

조비가 탄식하며,

"위가 비록 군사들이 많으나 모두가 쓸모가 없구나. 강남의 인물들
이 이렇다 하거늘 도모할 길이 없도다."

하였다.

조비가 놀라고 의아해 하는 중에 홀연 미친 듯이 바람이 불고 파도
가 하늘까지 올라가더니, 강물이 쳐서 용포를 적시고 큰 배들이 뒤집
히려 하였다. 조진은 당황하여 문빙에게 작은 배들을 가지고 가서 조
비를 구하라고 하였다. 용주 위에는 사람이 서 있을 수가 없었다. 문
빙이 용주 위로 뛰어올라가서, 조비를 업고 작은 배로 와서 급히 포구
로 들어갔다.

문득 유성마가 보고하기를,

"조운이 병사들을 이끌고 양평관에 와서 곧 장안을 취하려 합니다."

하거늘, 조비가 듣고 크게 놀라서 어쩔 줄을 몰라 하며, 곧 군사들을

---

28) 가성과 의루(假城·疑樓): 적을 속이기 위해 외관만 성곽과 누각처럼 만들어
   놓은 것을 이름. [三國志 吳志 徐盛傳]「從建業築圍 作毒落圍 上設假樓」.「의성」
   (疑城). [晋記]「魏文帝之在廣陵 吳人大駭 乃臨江爲疑城 自石頭城至於江」.

29) 어찌 간담이 서늘해지지[膽寒]: 담이 서늘해지도록 몹시 두려움. [宋名臣言
   行錄]「軍中有一韓 西賊聞之心膽寒」.「담전심척」(膽戰心惕)은 '몹시 놀람'을 이
   름. [王起 轅門射戟枝賦]「觀之者心惕 聞之者膽戰」.

돌리라 하였다.

여러 군사들이 각자 흩어져 달아나고 있는데, 그 뒤로 오의 추격병이 몰려왔다. 조비는 전지를 내려 어용지물들을 다 버리게 하고 달아났다. 용주가 막 회하로 들어가려 하는데, 갑자기 고각이 일제히 올리고 함성이 크게 일더니 한 떼의 군사들이 짓쳐 나왔다. 앞선 장수는 손소였다. 위병들이 막아내지 못하고 태반이나 죽고, 물에 떨어져 죽는 자는 수를 알 수 없었다.

여러 장수들이 힘을 다해 위주를 구출하였다. 위주가 회하를 건너서 채 30리도 못 갔는데, 회하는 온통 갈밭이고 미리 생선기름을 뿌려둔 터여서 모두가 불이 잘 붙었다. 마침 바람이 일고 풍세가 아주 심하였다. 불길이 공중으로 오르더니 용주의 길을 막았다.

조비가 놀라서 급히 작은 배를 내려 강안에 대었는데, 용주 위에도 이미 불이 붙어 타기 시작하였다. 조비가 황망하여 말에 오르자 강안에서 한 떼의 군사들이 짓쳐 왔다. 앞선 장수는 정봉이었다. 장료가 급히 말을 몰아와 맞으려 하였으나, 정봉이 쏜 화살에 허리를 맞았다. 급히 서황의 도움을 받고 같이 위주를 보호하고 달아났다. 위병들은 꺾인 군사가 무수하였다.

그 뒤로 손소와 정봉이 마필·거장·배·무기 등을 셀 수 없을 만큼 빼앗았다. 이 싸움에서 위병은 대패하고 돌아갔다. 오장 서성은 아주 큰 공을 세워 오왕으로부터 많은 상을 받았다. 장료는 허창으로 돌아오자 전창이 터져 죽었다. 조비는 그를 후히 장사지내 주었는데, 그 뒤의 이야기는 더 하지 않는다.

한편, 조운은 병사들을 이끌고 양평관으로 짓쳐 나가려 하는데, 홀연 승상의 문서가 왔다는 보고가 있었다. 그 문서에는 익주의 노장 옹개(雍闓)가 만왕 맹획과 연계하여 10만의 만병을 일으켜 네 군을 치고 있으니, 곧 군사들을 돌려서 마초로 하여금 양평관을 지키게 하라는 것과, 승상이 직접 군사들을 이끌고 남정(南征)하려 한다는 내용이었다. 조운은 급히 군사들을 수습해서 돌아갔다.

이때, 공명은 성도에 있으면서 군마들을 정돈하고는 직접 남정하려 하였다.

이에,

바야흐로 동오병사가 북위와 싸우더니
또 서촉의 군사들은 남만을 치려 하네.
　方見東吳敵北魏
　又看西蜀戰南蠻.

승부가 어찌 되었는지는 알 수가 없다. 하회를 보라.

제87회

남만을 치려고 승상은 크게 군사들을 일으키고
천병에 맞서다가 만왕은 처음 잡히다.

　征南寇丞相大興師
　抗天兵蠻王初受執.

한편, 제갈승상은 성도에 있으면서 일들이 크고 작고 간에 다 직접 공평하게 처리하였다. 양천의 백성들 모두가 태평을 누리며 밤에도 문을 닫지 않고, 길에 물건이 떨어져도 주워가지 않았다. 또 연이어 풍년이 들어서 노유가 격양가를 부르고[1] 무릇 요역(徭役)을 만나면 서로가 다투어 나섰다. 이로 인해 군수물자나 무기 등 물건들도, 갖추어지지 않은 것 없이 완비되었다. 쌀은 창고에 가득하고 재물은 부고에 가득 들어찼다.

건흥 3년에 익주에서 보고가 날라들었다.

"만왕 맹획이 10만 병을 일으켜 경계를 침범하여 약탈을 하고 있습니다. 건영태수 옹개(雍闓)는 곧 한조의 십방후(什邡侯) 옹치(雍齒)의 후손인데, 지금 맹획과 연계해서 반란을 일으키고 있습니다. 장가(牂牁)

---

1) 격양가를 부르고[鼓腹謳歌] : 배를 두드리며 노래를 부름. '태평성대를 즐김'의 뜻임. 「고복격양」(鼓腹擊壤). [莊子 馬蹄]「夫赫胥氏之時 民居不知所爲 行不知所之 含哺而熙 **鼓腹擊遊**」. [十八史略 卷一 堯帝 陶唐條]「有老人 含哺鼓腹 擊壤 **而歌**」.

태수 주포(朱褒)와 월준(越寯)태수 고정(高定) 두 사람이 성을 바쳤습니다. 오직 영창(永昌)태수 왕항(王伉)만이 반기를 들지 않고 있는 실정입니다. 지금 옹개·주포·고정 세 장수의 부하 인마가 다 맹획이 향도관이 되어 영창군을 공격하고 있습니다. 왕항과 공조인 여개(呂凱)가 백성들을 모아 성을 사수하고 있으나, 그 형편이 아주 급박합니다."
하였다.

공명은 이에 조정에 들어가, 후주에게 아뢰기를,

"신이 보기에는 남만이 불복하고 있는데, 이는 실제로 나라의 큰 화근거리입니다. 신이 직접 대군을 거느리고 가서 저들을 토벌하겠습니다."
하니, 후주가 묻기를

"동쪽에는 손권이 있고 북쪽에는 조비가 있습니다. 이제 상부마저 짐을 버리고 간다면, 오와 위가 공격해 올 터인데 그렇게 되면 어찌한단 말입니까?"
하거늘, 공명이 아뢰기를

"동오는 이제 우리나라와 강화를 맺었으니 생각건대 다른 마음이 없을 것이나, 만약에 다른 생각을 갖는다면 이엄이 백제성에 있으니 이 사람이 육손을 막아낼 수 있을 것입니다. 조비는 최근에 패했기 때문에 그 예기가 이미 꺾였으니, 멀리까지 와서 도모하려고는 않을 것입니다. 또 마초가 한중의 여러 관구(關口)들을 지키고 있사오니, 걱정하지 않으셔도 됩니다.

신 또한 관흥과 장포 등에게 군사들을 반분해서 구응하게 할 터이니, 폐하를 보호하는 데는 전혀 실수가 없을 것입니다. 이제 신은 먼저 가서 오랑캐들의 힘을 소탕하고, 그 뒤에 북벌을 하여서 중원도 도모하려 합니다. 그리하면 선제께서 저를 세 번씩이나 찾아주시고[2], 신에게 후사의 중임을 부탁하신 뜻에[3] 보답하려 하나이다."

하매, 후주가 대답하기를

"짐은 나이도 어리고 아는 것이 없으니, 오직 상부께서 알아서 하시기 바라오."

라고 말을 마치기도 전에, 반열에서 한 사람이 나오면서

"아니 됩니다. 안 됩니다!"

하고 외친다. 여러 사람들이 저를 보니, 남양사람 왕문의였다. 그는 성이 왕(王)씨이고 이름은 련(連)이라 하며 자를 문의(文儀)라 했는데, 당시 간의대부의 자리에 있었다.

왕련이 말하기를,

"남방은 불모의 땅이고4) 장역의 땅이거늘5) 승상께서 균형의 중임을 맡으신 몸으로, 직접 멀리까지 원정을 가시는 것은 마땅하지 않습니다. 또 옹개 등은 그리 대수로운 인물이 아니니,6) 승상께서는 한

---

2) 세 번씩이나 찾아주시고[三顧之恩] : 세 번씩이나 찾아준 은혜. 「삼고초려」 (三顧草廬)에서 온 말인데, 유비가 제갈량의 초려를 세 번씩이나 찾아 가서 그를 초빙하여 군사(軍師)로 삼았던 일. '인재를 얻기 위한 끈질긴 노력'을 일컫는 말. [三國志 蜀志 諸葛亮傳]「亮字孔明 瑯琊陽都人也 躬耕隴畝 每自比於管仲樂毅 先主屯新野……由是先主遂詣亮 凡三往乃見 建興五年 上疏(卽前出師表) 曰 臣本布衣 躬耕於南陽 先帝不以臣卑鄙 猥自枉屈 **三顧**臣**於草廬**之中」. [故事成語考 文臣]「孔明有王佐之才 嘗隱草廬之中 先王慕其芳名 乃**三顧其廬**」.

3) 후사의 중임을 부탁하신 뜻에[鈞衡之重任] : 국가의 운명을 지닌 중대한 임무를 함에 있어서, 어느 한 쪽으로 치우치지 않음. [無可 送沅江宋明府詩]「一遂**鈞衡**薦 今爲長史歸」「균형」(鈞衡). [素問 五常政大論]「五化**均衡** (注) **均**等也 **衡**平也」.

4) 불모의 땅[不毛之地] : 식물이 자라지 못하는 메마른 땅. [史記 鄭世家]「不忍絶其社稷 錫**不毛地**」. [公羊傳 宣公十二年]「今如矜此喪人 錫之**不毛之地**」. [諸葛亮 出師表] (注)「深入**不毛**」.

5) 장역의 땅[瘴疫之鄕] : 장역이 많은 곳. 「장역」은 '산중이나 무더운 지방의 독기를 마시고 앓게 되는 유행성 열병'임. [文選 远瑀爲曹公作書與孫權書]「遭**離疫氣** 燒船自還」.

장수를 보내서 저를 토벌해도 필시 성공할 수 있을 것입니다."
한다.

　공명이 대답하기를,

"남만은 여기서 멀리 떨어져 있고 대다수 백성들이 왕화(王化)에 익숙하지 못하고 있기 때문에, 복속시키기가 쉽지 않소이다. 그래서 내 마땅히 직접 가서 저들을 토벌해야 하오. 강경함과 유연하게 해야 하는 지는 특별히 짐작되는 것이 있으니, 다른 사람에게 부탁하는 게 쉽지 않소이다."
하였다.

　왕련이 재삼 간곡히 권했으나 공명은 이를 따르지 않았다.

　이날 공명이 후주께 인사를 드리고 나서 장완에게 영을 내려 참군을 삼고, 비위를 장사(長史), 동궐(董厥)과 번건(樊建) 두 사람을 연사로7) 삼았다. 그리고 조운·위연을 대장을 삼아 군마를 총독하게 하였다. 또한 왕평·장익을 부정으로 삼고, 서천의 장수 수십 명과 천병 50만을 일으켜 익주를 바라고 진군하였다.

　문득 관우의 셋째 아들 관색(關索)이 들어와, 공명을 뵙고

"형주가 함락된 뒤부터 난을 피해 포가장(鮑家莊)에서 병을 치료하고 있었습니다. 매양 서천에 가서 선제의 원수를 갚고자 하였으나, 상처가 아물지 않아서 떠나지 못하였습니다. 요즘에 와서야 겨우 낫사와 동오에 탐문하였으나, 원수들은 이미 다 죽었다 합니다. 곧바로 서천

---

6) 대수로운 인물이 아니니[疥癬之疾] : 대수로운 인물이 아님. 원래는 옴과 적취(積聚)로 '피부병처럼 대수롭지 않은 문젯거리'를 비유함. 적기(積氣). [安氏家訓 後娶]「疥癬蚊虻 或未能免」. [呂氏春秋 知化]「夫齊之於吳也 疥癬之病也」.
7) 연리(掾吏) : 아전(衙前). [史記 張湯傳]「必引正監 掾史賢者」. [漢書 丙吉傳]「官屬掾史」.

에 가서 임금님을 뵙고자 가던 중에, 길에서 남정하러 가는 병사들을 보고 찾아 뵈온 것입니다."

하였다. 공명이 그 말을 듣고 경탄해 마지 않으며, 한편으로는 사람을 조정에 보내 알리고 영을 내려 관색을 전부의 선봉을 삼고 함께 남정에 나서게 하였다. 대부대의 인마들이 각기 대오를 따라 행군하였다. 주리면 밥을 먹고 목마르면 물을 마시며, 밤에는 자고 날이 밝으면 행군을 하였다. 대군이 지나는 곳에는 털끝만치도 백성들의 물건을 범하는 일이 없었다.

한편, 옹개는 공명이 직접 대군을 이끌고 온다는 소식을 듣고, 곧 고정·주포 등과 의논하고 군사들을 3로로 나누었다. 고정이 중로를 맡고 옹개는 좌로, 주포는 우로를 맡기로 하였다. 3로가 각각 병사 5, 6만씩을 이끌고 적들을 막기로 하였다. 이에 고정은 악환(鄂煥)에게 명을 내려 전부 선봉을 삼았다. 악환은 신장이 9척인데다가 얼굴이 아주 험상궂게 생겼으며, 한 개의 방천극(方天戟)을 사용하였는데 대단한 용맹을[8] 지니고 있었다. 그는 본부병을 거느리고 영채를 떠나 촉병과 대치하였다.

한편, 공명이 이끄는 대군이 이미 익주의 경계에 이르렀다. 전부 선봉은 위연이 맡고 장익·왕평 등을 부장으로 하여 점점 경계로 들어오다가 악환의 군사들을 만났다. 양군이 원형으로 대치하자, 위연이 말을 타고 나서며 크게 꾸짖기를

"반적은 속히 항복하라!"

---

8) 대단한 용맹[萬夫不當之勇] : 누구도 당해낼 수 없는 용맹. 「만부지망」(萬夫之望). [易經 繫辭 下傳]「君子知微知彰 知柔知剛 **萬夫之望**」. [後漢書 周馮虞鄭周傳論]「德乏**萬夫之望**」.

하니, 악환이 말을 박차며 나와서 위연과 맞섰다. 싸움이 몇 합이 못
되어 위연이 짐짓 패주하자, 악환이 뒤를 급히 쫓아갔다. 쫓아가기 얼
마 안 되어 함성이 크게 일어나고, 장익·왕평이 두 갈래로 짓쳐오며
그 뒤를 끊었다. 위연은 다시 돌아서서 세 명의 장수들이 힘을 다해
싸워서 악환을 생포하였다. 그리고는 대채에 이르러 공명을 뵈었다.
공명은 악환의 포박을 풀어주게 하고, 술과 음식으로 저를 대접하였
다. 그리고 묻기를,

"너는 누구 수하의 장수냐?"

하니, 악환이 말하기를

"저는 고정 수하의 부장입니다."

하거늘, 공명이 말하기를

"내가 고정을 잘 안다. 그는 충의지사인데 지금 옹개에게 미혹되어
서 이 지경에 이르렀구나. 내 이제 너를 풀어주어 돌아가게 할 것이
니, 고태수에게 빨리 항복을 드리게 하여 큰 화를 면하게 하라."

하니, 악환이 배사하고 돌아갔다. 돌아가서 고정을 보고 공명의 덕을
말하니, 고정 또한 감격해 마지않는다. 다음 날 옹개가 영채에 왔다.
인사가 끝나자 옹개가,

"어떻게 악환 장군이 돌아왔소."

하거늘, 고정이 말하기를

"제갈량은 의로써 저를 놓아주었소이다."

하니, 옹개가 대답한다.

"이는 제갈량의 반간계요9) 우리측 사람 사이를 갈라놓으려고 이 계

---

9) 반간계(反間計) : 적을 이간시키는 계책. [史記 燕世家]「說王仕齊爲反間計 欲以
亂齊」. [孫子兵法 用間篇 第十三]「故用間有五 有因間 有內間 有反間 有死間 有生
間……反間者 因其敵間 而用之」. 이간책(離間策). [晉書 王豹傳]「離間骨肉」.

책을 쓰는 것이외다.”

하였다. 고정이 반신반의하면서10) 마음을 정하지 못하였다. 그때, 문
득 촉장이 와서 싸움을 돕는다는 보고가 들어왔다. 옹개가 직접 3만
여 군사들을 이끌고 나가 맞았다. 싸움이 몇 합이 못 되어 옹개가 말
을 돌려 달아났다. 위연이 군사들을 거느리고 뒤쫓아 20여 리까지 추
격해 왔다. 다음날 옹개는 또 병사들을 내어 싸우러 나왔다. 그러나
공명은 계속 3일 동안 나오지 않았다. 4일째가 되자 옹개는 고정과
같이 군사들을 양로로 나누어가지고 공명의 영채로 왔다.

한편, 공명과 위연은 길 양쪽에서 매복하고 기다렸다. 과연 옹개와
고정이 양로에서 올라왔으나, 복병에게 군사들이 죽거나 다친 자가
태반이었고 생포된 자는 그 수를 헤아릴 수조차 없었다. 모두 흩어져
서 영채로 돌아왔다. 공명은 옹개 수하의 병사들을 한쪽에 가두게 하
고, 고정 수하의 군사들은 다른 쪽에 가두게 하였다. 그리고 군사들을
시켜서,

“고정의 군사들은 모두 살려주고 옹개의 군사들은 다 죽이려 한다.”
고 소문을11) 퍼뜨리게 하였다. 여러 군사들이 이 말을 듣게 하였다.
조금 있다가, 공명은 옹개의 군사들을 장막 앞으로 끌고 와서,

“너희들은 모두 누구의 부하들이냐?”

하니, 옹개의 군사들이 거짓으로,

“고정 장군의 부하입니다.”

---

10) 반신반의하면서[半信不信] : 반쯤 믿고 모두 다는 믿지 않음.「불신」(不信).
　　[論語 學而篇]「爲人謀而不忠乎 與朋友交而**不信**乎 傳不習乎」. [左氏 襄二十七]「匹
　　夫一爲**不信**」.
11) 소문[謠說] : 참요(讖謠). 정치적 징후 따위를 암시하는 민요.「요언」(謠言).
　　[後漢書 劉陶傳]「詔公卿以**謠言** 擧刺史二千石爲民蠹害者」. [三國志 魏志 公孫度
　　傳]「稍遷冀州刺史 以**謠言**免」.

하매, 공명은 저들도 다 살려주라 하였다. 그리고는 주식을 주고 상을 내리고 경계까지 가서 보내고 영채로 돌아왔다. 공명은 또 고정의 부하들을 불러서 물었다.

여러 군사들이 말하기를,

"우리들이 정말로 고정의 부하 군사들입니다."

하거늘, 공명은 또한 다 살려주게 하고 주식을 주며 이렇게 말하였다.

"옹개는 오늘 사람들을 시켜 투항한다고 알려왔다. 너희들의 주인과 주포의 수급을 가져다 바쳐 저의 공을 삼겠다 하거늘, 내 차마 못할 일이라고 생각한다. 너희들이 정말 고정의 부하라 하니 돌아가게 하는 것이다. 다시는 배반해서는 안 된다. 만약에 다시 사로잡혀 올 때에는 결코 가벼이 용서하지는 않을 것이다."

하였다. 여러 군사들이 배사하며 돌아갔다. 돌아가 영채에 이르러서 고정을 보고 이 일을 자세히 알렸다. 고정은 이내 몰래 사람을 보내 옹개의 영채를 탐청하게 하였다. 잡혔다가 돌아온 사람들은 모두가 공명의 덕을 말하였다.

이로 인해 옹개의 부하들은 거의가 고정에게로 마음으로 돌아섰다. 비록 이와 같다고는 하여도 고정의 마음은 불안하였다. 또 한편으로는 사람을 시켜 공명의 영채에 가서 그 허실을 탐청하게 하였다. 그러나 이 사람은 길을 지키는 군사에게 붙잡혀 공명에게 끌려갔다.

공명은 일부러 옹개쪽 사람인 것처럼 하고, 장중에 불러들여 묻기를,

"너의 원수가 이미 고정과 주포의 머리를 드리기로 약속하였는데, 무엇 때문에 기일을 어기고 있느냐? 이놈, 네가 그렇게 잘 알지 못해서야 어찌 세작 노릇을 한단 말이냐!"

하자, 그 군사는 모호하게 대답할 뿐이었다.

공명은 저에게 주식을 주고 한 통의 편지를 써서 군사에게 부탁하며,

"너는 특히 이 편지를 옹개에게 주고, 저에게 속히 일을 하여 일이 잘못되지 않게 하라."

하였다.

세작은 배사하고 돌아가서 고정에게 공명의 편지를 드리고, 옹개가 이리이리 했더라고 말하였다.

고정이 편지를 보고 나서, 크게 노하여 말하기를,

"내 진심으로 저를 대해 주었건만, 저가 오히려 나를 해치려 하다니 도저히 참을 수 없구나!"

하고는, 곧 악환을 불러 의논하였다.

악환이 말하기를,

"공명은 어진 사람이니 저를 배반해서 좋을 것이 없소이다. 우리들이 반란을 꾀해 나쁜 일을 하지마는 이는 다 옹개 때문인 것이외다. 옹개를 죽이고 공명에게 투항하는 것이 상책인 것 같소이다."

하거늘, 고정이 묻기를

"어떻게 손을 써야[下手] 좋겠소?"

하니, 악환이 말하기를

"술자리를 만들어 사람을 시켜 옹개를 청하십시다. 제가 만약에 딴 마음을 가지고 있지 않다면 반드시 올 것이고, 만약에 그가 오지 않는다면 필시 딴 마음을 품고 있는 것이외다. 주공께서는 그의 전면을 공격하시고, 저는 영채 뒤 소로에 매복하고 있으면 옹개를 생포할 수 있을 것이옵이다."

하였다. 고정이 그 말대로 술자리를 만들고 옹개를 청하였다.

옹개는 과연 전날 풀려 돌아온 군사들의 말에 의혹이 생겨 오지 않았다. 이날 밤 고정은 병사들을 이끌고 옹개의 영채로 짓쳐 들어갔다.

원래 공명에게 죽음을 면하고 돌아간 군사들은 다 고정쪽으로 돌아설 마음을 가지고 있었기에, 이때를 타서 고정을 도왔다. 옹개의 군사들은 싸우지도 않고 자중지란이 생겼다. 옹개는 말을 탄 채 산길로 달아났다. 2리를 못 가서 소리가 나는 곳에 한 떼의 군사들이 나타났는데, 이에 악환이었다. 악환은 방천극을12) 꼬나들고 말을 몰며 앞장섰다.

옹개는 손도 써 보지 못하고 악환의 칼에 맞아 말 아래로 떨어졌다. 악환은 그의 수급을 효수하였다. 옹개 부하의 군사들은 다 고정에게 투항하였다. 고정은 양부 군사들을 이끌고 와서 공명에게 투항하며, 옹개의 수급을 장막 아래에서 드렸다. 공명은 장막 위에 앉아서, 좌우에게 명하여 고정을 끌어내라 하고 목을 베게 하였다.

고정이 묻기를,

"저는 승상의 대은에 감읍하여 이제 옹개의 수급을 가지고 와서 투항하는데, 무슨 연고로 참하려 하십니까?"

하거늘, 공명이 크게 웃으며

"너는 거짓 항복해 왔으면서 감히 나를 속이려 하는 게냐!"

하였다.

고정이 또 묻기를,

"승상께서는 어찌 내가 거짓 항복한 것을 아시나이까?"

하거늘, 공명이 주머니에서 한 통의 편지를 꺼내어 고정에게 주며,

"주포가 이미 사람을 보내 은밀히 항서를 드리면서, 네가 옹개와 더불어 생사를 같이 하기로 하였다는데, 어찌 저를 죽였느냐? 내가 그런 까닭에 네가 거짓인 줄을 알았노라."

하니, 고정이 꿇어 엎드려

---

12) 방천극(方天戟) : 옛 무기의 한 가지로 언월도나 창처럼 생겼음. 「방천화극」 (方天畵戟). [東京夢華錄]「高旗大扇 畵戟長矛 五色介冑」. [長生殿 勦寇]「畵戟雕 弓耀彩 軍令分明」.

"주포가 반간지계를 쓰고 있사오니, 승상께서는 일절 믿어서는 안됩니다."
하였다.

공명이 말하기를,

"내 또한 너무 한 쪽의 말만 믿을 수 없으니, 네가 만약에 주포를 잡아 온다면 너의 진심을 믿을 것이다."
하였다.

고정이 묻는다.

"승상께서는 의심치 마시옵소서. 제가 가서 주포를 생금해서 승상께 다시 올 것이니 어떻겠습니까?"
하거늘, 공명이 대답하기를

"만약에 그렇게만 한다면 내 의심도 풀릴 것이다."
하였다.

고정은 곧 부장 악환과 본부 병사들을 이끌고, 주포의 영채로 짓쳐 들어갔다. 영채에서 약 10여 리 떨어진 곳의 산 뒤쪽에서 한 떼의 군사들이 몰려오는데 보니 주포였다. 주포가 고정의 군사들이 오는 것을 보고 황망하여 말을 걸려 하는데, 고정이 큰 소리로 꾸짖으며

"네가 어찌하여 제갈량에게 편지를 보내, 반간계를 써 나를 해하려 하였느냐?"
하니, 주포가 눈을 부라리고 입을 다물지 못한 채, 대답을 하지 못하였다.

그때, 홀연히 악환이 말의 뒤쪽에서 나오며 단번에 찔러 주포를 말 아래 떨어뜨렸다.

고정이 목소리를 가다듬고,

"순종하지 않는 자는 모두 죽이리라!"

하자, 여러 군사들이 일제히 항복하였다.

고정은 양부군을 이끌고 와서 공명을 뵈오며, 주포의 수급을 장막 아래에서 드렸다.

공명은 크게 기뻐하며,

"내 너로 하여금 두 도적을 죽이게 하여, 너의 충성심을 나타내게 한 것이다."

하고는, 드디어 고정에게 명하여 익주태수를 삼아 삼군을 총섭하게 하였다. 또 악환을 아장으로[13] 삼았다. 이로 인해 3로의 군마들을 다 평정하였다.

이내, 영창태수 왕항은 성에서 나가 공명을 영접하였다. 공명은 성에 입성하자 묻기를,

"공과 함께 이 성을 지키는데 애쓴 사람이 누구요?"

하니, 왕항이 말하기를

"제가 오는 날 이 군(郡)을 얻어 위험이 없이 지낼 수 있게 된 것은, 영창의 불위(不韋) 사람에게 힘입은 바 큽니다. 그는 성은 여(呂)이고 명은 개(凱), 자는 계평(季平)이라 하는데 다 이 사람의 힘입니다."

하거늘, 공명은 드디어 여개를 청하였다.

여개가 들어와 보고 인사가 끝나자, 공명이

"오래전부터 공이 영창의 고사인 줄을 알고 있었소이다. 거의 망가진 이 성을 공이 지켜내셨다지요. 이제 만방(蠻方)을 평정하려 하는데 공의 고견은 어떻소이까?"

하니, 여개가 마침내 한 지도를 펴더니 공명에게 주면서

"제가 관직에 있으면서부터, 남인들이 모반하려 하는 것을 오래전

---

13) **아장(牙將)** : 부장(副將). [五代史 康懷英傳]「事朱瑾爲**牙將**」.

부터 알고 있었습니다. 그 까닭에 몰래 사람을 그 경계에 들여보내서, 병사들을 주둔시키고 싸울 만한 곳을 살펴 이 지도를 그렸습니다. 이것이 '평만지장도'입니다.[14] 이제 감히 공에게 드리는 것이오니, 명공께서 시험삼아 보면 만방을 정벌하는데 일조할 것입니다."

하였다. 공명이 크게 기뻐하며 이를 받고 여개를 행군교수로 삼고 향도관을 겸하게 하였다. 이에 공명은 병사들을 이끌고 진군하여 남만의 지경 깊숙이까지 들어갔다. 막 행군하려 하는데 문득 천자의 사자가 이르러 명을 전했다. 공명이 중군으로 청해 들이니, 단지 한 사람이 흰 도포에 흰 옷을 입고[15] 들어왔다.

그는 마속이었다. 그의 형 마량은 최근에 죽었기 때문에 상복을 입은 것이었다.

그가 말하기를,

"주상의 칙명을 받들어 여러 군사들에게 술과 선물을 주라 하셔서 가지고 왔습니다."

하거늘, 공명은 조서를 받고 명대로 한 사람 한 사람에게 나누어 주었다. 그리고는 마속을 장막에 머물게 하고 이야기를 나눴다.

공명이 묻기를,

"나는 천자의 조서를 받들어 만방을 평정하러 가는데, 오래전부터 유상(幼常)의 고견을 들었던 터이니 가르침을 주시지요."

하니, 마속이 권유하기를

"제 어리석은 의견을 말씀드리겠으니 승상께서 살펴주시기 바랍니

---

14) 평만지장도(平蠻指掌圖): 만병(蠻兵)을 평정할 수 있는 지도. [王璲 送翰林 王孟腸參將安南詩]「暫報含香值曉班 新參將閫出平蠻」.

15) 흰 도포에 흰 옷을 입고[素袍白衣]: 흰 도포에 흰 옷. [宋史 方技傳]「綸巾素 袍 鬢髮斑白」. [虞集 題秋山圖詩]「峯迴留深隱 天淸襲素袍」.

다. 남만은 땅이 멀고 험한 것만 믿고 오래전부터 불복하고 있습니다. 비록 오늘날 저들을 깨뜨린다 하여도 얼마 안 가서 또 반역할 것입니다. 승상께서 대군을 이끌고 여기에 이르렀으니, 필연 저들을 평복(平服)시키실 것이고 군사를 회군하실 때에는 반드시 북쪽에 있는 조비를 치려는 것입니다. 하지만 남만의 군사들이 만약에 우리가 촉을 비웠다는 것을 알면, 또 반기를 들고 빨리 따라올 것입니다. 무릇 용병의 도는 '마음을 공격하는 것이 상이고 성을 공격하는 것을 하라 했고, 마음으로 싸우는 것이 상이며 군사들을 이용해 싸우는 것은 하라'고16) 했습니다. 원컨대 승상께서는 저들이 마음으로 복종하게 하십시오."

하거늘, 공명이 탄복하며 대답하기를,

"유상은 내 폐부를 꿰뚫고 있소이다!"

하였다. 이에 공명은 마침내 마속으로 참군을 삼고, 곧 대병을 이끌고 진군하였다.

한편, 만왕 맹획은 공명이 기지를 써 옹개 등을 깨뜨렸다는 것을 알고, 드디어 3동의 원수들을 모아 놓고 의논하였다. 제 1동은 이에 금환삼결(金環三結) 원수이고, 제 2동은 동다나(董荼那) 원수이며 제 3동은 아회남(阿會喃) 원수였다. 3동 원수가 들어와 맹획을 뵈오니, 맹획이

"이제 제갈 승상이 대군을 이끌고 우리의 경계를 치러 오고 있으니, 어쩔 수 없이 힘을 합쳐서 적들을 막아야겠소. 자네들 세 사람들은 각기 군사들을 3군로 나누어 진군하시오. 싸움에서 이기는 자는 곧 동주가 될 것이외다."

하였다.

---

16) 마음을 공격하는 것이 상이고……[攻心爲上] : 적을 공격하겠다는 마음이 최선의 방책임. 원문에는 '攻心爲上 攻城爲下 心戰爲上 兵戰爲下'로 되어 있음. [三國志 蜀志 馬謖傳 注]「襄陽記曰 夫用兵之道 攻心爲上 攻城爲下」.

이에 금환삼결은 중로로 나가고 동다나는 왼쪽 길을, 아회남은 오른쪽 길로 나가되, 각기 5만의 만병들을 이끌고 명에 따라 행군하였다.

한편, 공명은 영채에서 일을 처리하고 있는데, 문득 보마의 보고가 들어왔다. 3동의 원수들이 군사를 3로로 나누어 온다는 것이었다. 공명은 듣고 나서 곧 조운과 위연을 급히 들어오게 하고도 전혀 분부하지 않았다. 곧 왕평과 마충도 왔다.

저들에게 말하기를,

"이제 만병이 3로로 진격해 오는데 내가 자룡과 문장을 보내려 하나, 이 두 사람은 지리에 익숙하지 못해서 쓰지 못하고 있오. 왕평은 좌로로 가서 적을 맞고 마충은 우로 가서 적을 맞으시오. 내 자룡과 문장으로 하여금 뒤에서 접응하게 하겠소. 오늘 군마들을 정돈하고, 내일 날이 밝으면 출발하도록 하오."

하였다. 두 사람이 명을 듣고 나갔다.

또 장의(張嶷)와 장익을 불러 분부하기를,

"자네 두 사람은 함께 일군을 이끌고 중로에 가서 적들과 대적하시오. 오늘 군마를 점고하고 내일 왕평과 마초를 만나 진군하시오. 내 자룡·문장과 가고자 하나 저들 두 사람은 지리에 익숙하지 못하기 때문에 기용하지 못하는 것이외다."

하였다. 장의와 장익이 영을 받들고 나갔다.

조운과 위연이 공명을 보고는 쓰이지 않자 각각 얼굴에 성내는 기색이 있었다.

공명이 말하기를,

"내가 자네들 두 사람을 쓰지 않는 것이 아니라 단지 중년의 나이에 험굿은 곳을 건너 들어갔다가, 만인의 책략에 들어 예기를 잃을까 두려워함이외다.”

하거늘, 조운이 묻기를

“혹시라도 저희들이 지리를 안다면 어쩌실 것입니까?”

하거늘, 공명이 당부하기를

“자네들 두 사람은 마땅히 조심하여 망동을 말게나.”

하니, 두 사람은 앙앙하여 돌아갔다.

　조운은 위연을 자신의 영내로 청하여 의논하거늘,

“우리 두 사람이 선봉이 되었는데도 지리에 밝지 못하다 하여 쓰지 않고 있소이다. 이번에 이렇게 후배들을 기용한다면 우리들은 부끄러워 어찌하겠소이까?”

하자, 위연이 말하기를

“우리 두 사람이 말을 타고 직접 저들을 염탐해 보십시다. 지방 사람을 하나 잡아서 곧 길을 안내하도록 하여 만병과 싸운다면, 일을 이룰 수 있을 것이외다.”

하거늘, 조운도 그의 의견을 따르기로 하였다. 마침내 말을 타고 중로의 지름길로 갔다. 겨우 수 리를 못 갔는데, 멀리서 흙먼지가 일어나는 것이 보였다. 두 사람이 산으로 올라가서 보니 과연 수십 기의 만병이 이편으로 달려오는 것이 보였다. 두 사람이 양로에서 짓쳐 가니 만병들이 보고는 크게 놀라 달아났다.

　조운과 위연은 각각 몇 사람씩 생금하여 영채로 돌아와서는, 주식을 주고 그들에게 자세히 물었다.

　만병이 대답하기를,

“금환삼결 원수의 대채가 바로 산의 어귀에 있습니다. 영채 주변에 동서 두 길이 있는데 오계동(五溪洞)과 동다나, 그리고 아회남의 영채가 그 뒤로 이어 서로 통합니다.”

하거늘, 조운과 위연은 이 이야기를 듣고 마침내 정병 5천을 점고하고는, 사로잡은 만병에게 길을 인도하게 하였다. 이들이 군사들을 움직일 때는 벌써 2경이었는데 달이 밝아 달빛을 밟고 행군하였다. 그들이 금환삼결의 대채에 이르른 것은 마침 사경 무렵이었다. 만병들은 바야흐로 조반을 지어 먹고 날이 밝기를 기다려 시살하려 하고 있는데, 홀연 조운과 위연 두 사람이 양로에서 시살하며 들어오자, 만병들은 큰 혼란에 빠졌다.

조운은 곧장 중군으로 짓쳐 들어가다가 금환삼결 원수와 딱 마주쳤다. 두 명이 어울려 싸우기 한 합이 못 되어서, 조운의 창을 맞고 말 아래 떨어지거늘, 그의 수급을 효시하자 나머지 군사들은 궤멸하여 흩어졌다. 곧 군사들을 반씩 나누어 위연은 동쪽을 바라고 동다나의 영채로 가고, 조운은 분병한 반의 군사들을 이끌고 서쪽 길로 해서 아회남의 영채로 갔다.

만병의 영채에 이르렀을 때는 날도 이미 훤히 밝았다. 먼저 위연은 동다나의 영채로 짓쳐 갔다. 동다나는 영채 뒤에 군사들이 왔다는 것을 알고는, 곧 군사들을 이끌고 영채에 나와 싸웠다. 그런데 갑자기 영채 앞에서 함성이 일고 만병들은 대혼란에 빠졌다. 원래 왕평의 군마가 이미 도착해 있다가 양쪽에서 협공을 하자, 만병들이 패한 것이었다. 동다나가 길을 뚫어 달아나는 것을 위연이 급히 쫓았으나 잡지는 못하였다.

한편 조운이 이끄는 병사들이 시살하며 아회남의 영채 앞에 이르렀을 때, 마충도 이미 시살하며 영채의 앞에 이르렀다. 양쪽에서 협공하니 만병들은 대패하고 아회남이 혼란을 타서 탈주하자, 각자가 군사들은 수습하여 돌아가 공명을 뵈었다.

공명이 묻기를,

"3동의 만병들도 달아나고 양동의 동주를 놓쳤다면, 금환삼결의 수급은 어디 있소이까?"

하거늘, 조운이 수급을 바쳤다.

여러 사람들이 다 대답하되,

"동다나와 아회남이 다 말을 타고 고개를 넘어 달아나기에, 급히 쫓아갔으나 잡지 못하였습니다."

한다.

공명은 크게 웃으면서 말하기를,

"두 사람은 이미 사로 잡혔소이다."

하거늘, 조운과 위연 두 사람과 병사들이 다 믿지 않았다. 조금 있자, 장의가 동다나를 묶어 이끌고 오고 장익은 아회남을 압령해 들어오거늘 모두가 다 의아해 하였다.

공명이 대답하기를

"나는 이미 여개의 지도를 보고 저들의 영채에 대해 알고 있어서, 말로서 자룡과 문장의 전의를 격동시킨 것이외다. 그래서 적의 중지(重地)에까지 들어가서 먼저 금환삼결을 격파하고 뒤따라 군사들을 좌우에 나누어 영채의 뒤쪽으로 나가게 하였으며, 왕평과 마충에게 접응하게 했던 것이오. 자룡이나 문장이 아니었다면 이런 임무를 맡을 사람이 어디 있겠소이까.

내 생각에 동다나와 아회남은 필시 지름길로 해서 산길로 달아났을 것이어서, 장의와 장익을 보내서 복병하고 기다리게 했던 것이외다. 그리고 관색이 군사들을 이끌고 가서 접응하게 하여, 저들 두 사람을 사로잡을 수 있었소이다."

하거늘, 여러 장수들이 다 땅에 엎드려

"승상의 기묘한 계산은 귀신도 예측하지[17] 못할 것입니다."

하였다.

공명은 동다나와 아회남을 압령해 영채에 이르자, 저들의 묶인 것을 풀어 주고 술과 음식을 주고 옷을 내어주었다. 그리고는 각자가 자신의 본동으로 돌아가 다시는 나쁜 짓을 하지 말라 하였다. 두 사람은 감읍하며 절하고 각기 소로를 따라갔다.

공명이 제장들에게 이르기를,

"내일은 맹획이 틀림없이 직접 군사들을 이끌고 시살해 올 것이니, 곧 저를 사로잡을 수 있을 것이오."

하며, 이에 조운과 위연을 불러서 계책을 일러주고, 각기 군사 5천씩을 이끌고 가게 하였다.

또 왕평과 관색도 일군을 이끌고 계책을 받고 갔다. 공명은 각기 군사들을 나누어 보내고 나자 장막에 앉아서 기다렸다.

한편 만왕 맹획은 이때 관중에 남아 있었는데, 홀연 탐마가 와서 아뢰었다. 삼동의 원수들이 모두 제갈량에게 잡혀 갔고 부하 병사들 또한 궤멸하였다 하겠다. 맹획은 크게 노하여 드디어 만병 모두를 거느리고 진발하였는데, 마침 왕평의 군마와 마주쳤다. 양쪽이 둥글게 진을 벌였다.

왕평이 말을 타고 칼을 빗기 들고 나와 문기가 꽂혀 있는 것을 보니, 수백의 남만 기병들이 양쪽으로 벌리어 진을 열어 놓고 있었다. 그 가운데에 맹획이 나와 있었다. 머리에는 보석을 박은 상투관[紫金

---

17) 기묘한 계산은 귀신도 예측하지[機算神鬼] : 신묘한 기개와 묘책. 「신기묘산」 (神機妙算). [後漢書 皇甫嵩傳]「實神機之至會 風發之良時也」. [三國志 蜀志 陳思王植傳]「登神機以繼統」. 「신산」(神算)은 '영묘한 꾀'를 뜻함. [後漢書 王渙傳]「又能以譎數 發摘姦伏 京師稱歎 以爲渙有神算」. [文選 王儉 褚淵碑文]「仰贊宏規 參聞神算」.

冠]을 쓰고, 몸에는 술 달린 붉은 비단전포[紅錦袍]를 입고 허리에는 옥으로 사자를 새긴 옥대[獅子帶]를 띠고 있으며, 발에는 독수리 문양의 녹색신[抹綠靴]을 신고 있었다. 한 필의 곱슬털 적토마를 타고 솔잎 문양을 새긴 두 개의 보검을[18) 들고 있었다. 맹획은 앙연히 촉진을 바라보다가 고개를 돌려 좌우의 만왕들에게 말하기를,

"사람들이 매양 말하기를 제갈량이 용병에 능하다 하였으나 지금 저들의 진을 보건대, 정기가 섞여 있고 대오가 맞지 않으며 창검과 무기들이 우리의 것보다 하나도 나은 것이 없으니, 이제야 전에 들은 말들이 잘못되었음을 알겠도다. 일찍이 이럴 줄을 알았더라면 내 벌써 반기를 들었을 것이다. 누가 감히 가서 촉장을 사로잡아서 우리 군의 위세를 떨쳐보겠느냐?"

하였다.

말이 끝나기도 전에 한 장수가 소리를 내며 나오는데, 그의 이름은 망아장(忙牙長)이었다. 그는 한 자루의 목을 베는 큰 칼[截頭大刀]에 흰 점박이 누런 말[黃驃馬]을 타고 왕평을 취하러 나왔다. 두 장수가 서로 어울어져 몇 합이 못 되어 왕평이 곧 달아났다. 맹획은 병사들을 모아 전진하며 그 뒤를 급히 쫓아갔다. 관색이 나와 싸우다가 또 20여 리나 달아났다.

맹획은 추살하던 차에 홀연히 함성이 일어나더니, 왼편에선 장의가 오른편에서는 장익이 양로에서 병사들을 이끌고 짓쳐 나오며 퇴로를 끊었다. 왕평과 관색은 다시 군사들을 돌려 짓쳐 왔다. 전후에서 협공을 하자 만병들은 크게 패하였다. 맹획은 부장을 이끌고 죽기로 싸우며

---

18) 솔잎 문양을 새긴 두 개의 보검을[松紋鑲寶劍] : 칼날에 소나무 무늬가 있는 명검(名劍). 「송문」(松文). [夢溪筆談 器用]「又謂之松文 取諸魚燔熟 觀去脇 視 見其腸 正如今之燔鋼劍文也」.

길을 열어 금대산(錦帶山)을 바라고 달아났다. 뒤에서 3로병들이 추살하며 쫓아왔다. 맹획이 막 달아나고 있는데, 앞에서 함성이 크게 일더니 한 떼의 군사들이 나서서 길을 막았다. 앞선 장수는 상산 조자룡이었다.

맹획은 보고 크게 놀라 황급히 금대산의 소로로 달아났다. 자룡이 계속 충살하자 만병은 대패하였을 뿐만 아니라, 생포된 자들이 그 수를 셀 수조차 없었다. 맹획은 단지 수십여 기만 이끌고 산골짜기로 달아나는데, 뒤에선 추격병들이 점점 가까이 왔다. 앞에도 길이 좁아서 말이 갈 수가 없게 되자, 말을 버리고 산을 기어 올라가 고개를 넘어 도망쳤다.

그때, 홀연 산골짜기에서 북소리가 요란하게 울렸다. 위연이 공명의 계책을 받고 군사 5백 여의 보군을 이끌고 이 곳에 매복해 있었던 것이다. 맹획은 적을 대적할 방법이 없어 위연에게 사로잡히게 되었다. 따르던 기병(騎兵)들도 다 항복하였다.

위연은 맹획을 압령해서 대채의 공명을 뵈러 갔다. 공명은 벌써 소와 말을 잡아 영채 안에다가 술자리를 마련하고 기다리고 있었다. 장중에다가 일곱 겹으로 위자수를[19] 벌여 세우니 창과 칼 부리가 마치 서릿발 같이 빛났다. 또 임금께서 주신 황금 부월을 들고 곡병산개(曲柄傘蓋)를 손에 잡고, 앞뒤로 우보고취를[20] 벌여 놓았다. 좌우로 어림군을 도열

---

19) 위자수(圍子手) : 위숙군(圍宿軍)의 속칭임. 원대(元代) 초기에는 황성을 짓지 못해, 조회 때는 군사들이 빙 둘러서서 호위하였는데 이를 '위숙군'이라고 했음. [續文獻通考 兵考 禁衛兵]「世祖時 設五衛以象五方……用之於大朝會 則謂之圍宿軍」.

20) 우보고취(羽葆鼓吹) : 화개(華蓋)에 북을 울림. '우보'는 조정에서 발인할 때의 중요한 의장의 하나로 모양은 둑과 같으나 흰 기러기 털로 만듦. [禮記 雜記 下]「匠人執羽葆 御枢 (疏) 羽葆者以鳥羽注於柄頭如蓋 謂之羽葆 謂蓋也」. [三國志 蜀志 劉備傳]「先主少時……吾必乘此羽葆蓋車」.

시켜 위엄을 십분 발휘하고 있었다.

공명은 장막 위에 단정히 앉아서 만병들이 분분히 묶여 들어오는 것을 보고 있다가, 저들을 장중에 불러들여 그 묶인 것을 모두 풀어 주었다.

그리고 저들을 위무하며 말하기를,

"너희들은 다 훌륭한 백성들인데 불행하게도 맹획에게 이끌린바 되어 지금 크게 놀랐겠구나. 내 생각에 너희들 부모·형제·처자들이 간절히 기다릴 것이다.21) 만약에 싸우다가 패배했다는 소식을 들으면, 진정 가슴이 찢어지고 눈에 피눈물이 흐를 것이다.22) 내 지금 너희들을 돌아가게 할 터이니, 각자 돌아가 부모·형제·처자식들의 마음을 편안케 하거라."

하고 말을 마치자, 각자에게 주식과 쌀을 주어 보냈다. 만병들이 그 은혜에 감읍하여 울며 절하고 갔다.

공명은 무사들을 불러서 맹획을 끌어오게 하였다 얼마 지나지 않아서, 앞에서 끌고 뒤에서 밀어서 맹획이 묶인 채 장막 앞에 이르렀다. 맹획은 장하에 꿇렸다.

공명이 묻기를,

"선제께서 너희들에 대한 대우를 박하게 하지 않았거늘, 네 어찌 감히 배반하려 하느냐?"

하니, 맹획이 말하기를,

---

21) 간절히 기다릴 것이다[倚門而望] : 어미가 문에 기대어 자식이 돌아오기를 기다림. [戰國策 齊策]「王孫賈母曰 汝朝出而晚來 則吾**倚門而望** 汝暮出而不還 則吾**倚閭而望**」. [王維 送友人南歸詩]「懸知**倚門望**」.

22) 진정 가슴이 찢어지고 눈에 피눈물이 흐를 것이다[割肚牽腸 眼中流血] : 창자가 끊어지고 눈에선 피눈물이 흘러내림. 「할장」(割腸)은 '근심을 없이 함'의 비유. [柳宗元 與浩初上人同看山寄京華親故詩]「海畔尖山似劍鋩 秋來處處**割愁腸**」.

"양천의 땅을 다 타인들이 점유하고 있소이다. 당신 주인이 강제로 이를 빼앗아 가고는 자칭 황제가 된 것 아니오이까. 우리들이 대대로 살아온 땅을 당신들이 무례하게도 우리 땅을 침략하였는데, 어찌 배반이라 하는 게요?"

하였다.

공명이 묻기를,

"내가 지금 너를 사로잡고 있는데도 네 마음으로부터 복종하지 않느냐?"

하니, 맹획이 대답하기를

"산이 궁벽하고 길이 좁아서 내 잘못 당신의 수중에 있게 되었는데, 어찌 항복하겠소?"

하거늘, 공명이 또 묻는다.

"네 끝내 불복하겠다면 내 너를 놓아 주겠다. 어떠냐?"

하였다.

맹획이 대답하기를

"당신이 나를 놓아주면 내 돌아가 군마를 정비하여 같이 자웅을 겨루겠소. 만약에 내 다시 사로잡힌다면 그때 항복하리라."

하거늘, 공명은 곧 그의 결박을 풀게 하고 옷을 입게 하였다. 주식을 주고 안장을 얹은 말을 주어 사람을 시켜 지름길로 보내주고, 본채에서 저가 가는 것을 바라보았다.

이에,

도적이 손안에 들어왔으나 놓아 보내니
왕화를 모르니23) 항복 또한 모르고 있네.

---

23) **왕화를 모르니[化外]** : 왕의 음덕을 입지 못한 변방. 오랑캐의 땅. [宋史 太祖

寇入掌中還放去

人居化外未能降.

다시 싸우려고 오면 어찌 될지 알 수가 없다, 하회를 보라.

紀]「禁銅錢無出**化外**」.「화외인」(化外人).[明律名例]「**化外人** 卽外夷來降之人」.

제88회

노수를 건너가 다시 번왕을 잡고
거짓 항복함을 알아 세 번째 맹획을 사로잡다.

渡瀘水再縛番王
識詐降三擒孟獲.

한편, 제갈량이 맹획을 놓아주자, 여러 장수들이 장막에 올라와 묻기를

"맹획은 남만의 괴수입니다. 다행히 생포하여 남만이 곧 안정되리라 생각했는데, 승상께서는 어찌하여 저를 놓아 보내셨습니까?"

하거늘, 공명이 웃으며 말하기를

"내가 저를 사로잡기는 주머니 속에 있는 물건을 찾는 것과 같소이다.[1] 모름지기 그 마음을 항복 받아야만 평정되는 것이오."

하였다. 여러 장수들이 그 말을 듣고서도 다 수긍하지 못하였다. 그날 맹획은 노수를 건너는데 마침, 수하의 패잔병들이 다 나와서 그의 소식을 알려고 하고 있었다.

여러 군사들이 맹획을 보자 놀라고 한편 기뻐하고 나와서 절하며,

---

1) 주머니 속에 있는 물건을 찾는 것과 같소이다[囊中取物]: 주머니 속에서 물건을 취함. '손쉽게 할 수 있음'을 비유하는 말임. [五代史 南唐世家]「李穀曰 中國用吾 爲相 取江南如探囊中物耳」. [黃庭堅 李少監惠硯詩]「探囊贈硯 頗宜墨 近出黃山非遠求」.

"대왕께서 어떻게 이처럼 돌아오십니까?"

하거늘, 맹획이 말하기를

"촉인들이 나를 감시하며 장막에 있기에, 10여 명을 죽이고 밤을 틈타 도망 왔다. 오는 도중에 한 초마군을 만났는데 내 저 또한 죽이고 이 말을 빼앗아 여기까지 왔다."

하매, 군사들이 모두들 기뻐하였다.

맹획이 무리들에게 에워싸여 노수(瀘水)를 건너 영채를 세우고 각 동의 추장들과 원래 잡혀 갔다가 풀려난 만병들을 연달아 모으니 대략 10여 만쯤 되었다. 이때, 동다나와 아회남은 이미 돌아와 동중에 있었다. 맹획이 사람을 시켜서 저들을 청하니, 두 사람 다 두려워하면서도 서로 동병들을 이끌고 왔다.

맹획이 명을 내려,

"내 이미 제갈량의 계책을 알고 있으니 저와 싸워서는 아니 되오. 싸우면 반드시 저의 계책에 들게 될 것이외다. 저들 서천의 군사들은 멀리 오느라고 지쳐 있고 하물며 날씨 또한 뜨거우니, 저들이 어찌 오래 버틸 수 있겠소! 우리들은 이 노수가 험함을 알고 있으니, 배와 뗏목을 다 남쪽 해안에 묶어 놓고 긴 토성을 쌓되 구거를 깊게 하고 보루를 높게 쌓으면, 제갈량인들 어찌 계책을 펴겠소?"

하거늘, 여러 장수들이 그의 계획에 따라, 배와 뗏목을 남안에 묶어놓고 긴 토성을 쌓기 시작하였다. 산기슭의 단애를 이용하여 높게 망루를 쌓았다.

그리고 망루 위에 궁노와 돌멩이들을 많이 올려다 놓고, 오랫동안 버틸 계획을 세우고 양초들은 다 각 동에서 함께 운반해 오기로 하였다. 맹획은 만전지책이라[2] 생각하고 전혀 걱정하지 않았다.

한편, 공명은 대군을 진벌시켜 전군이 이미 노수에까지 이르렀다.

초마가 와서 아뢰기를,

"노수 안에는 배나 뗏목이 전혀 없고 또한 수세가 아주 빠르고 건너쪽 일대에는 긴 토성을 쌓았는데, 다 만병들이 지키고 있나이다."
하였다.

때는 마침 5월이어서 날씨가 몹씨 덥고 게다가 남방이어서 더욱 뜨거웠다. 그래서 군사가 갑옷을 입고 있을 수가 없었다. 공명은 직접 노수변에 이르러 보고 본채로 돌아와서 제장들을 장막에 모으고, 영을 전하기를,

"지금 맹획이 노수의 남쪽에 군사들을 주둔시켜, 해자를 깊이 파고 보루를 높이하여서 우리의 군사들을 막고 있소. 내 이미 군사들을 이끌고 이곳까지 왔는데, 어찌 빈 손으로 돌아가겠소이까? 당신들은 각자가 병사들을 이끌고 산이나 수목이 우거진 곳에 군사들을 주둔시키고, 나와 같이 그곳에서 인마를 쉬게 하시오."
하고는, 이에 여개를 보내 노수에서 백리쯤 떨어진 서늘한 곳을 가려 네 개의 영채를 나누어 짓게 하였다. 그리고 왕평과 장의·장익·관색 등에게 각자가 하나의 영채를 맡아 지키게 하며 내외에 다 초붕을3) 짓게 하여 말들을 쉬게 하고 장수와 병사들은 서늘함을 타서 더위를 피하였다.

참군 장완이 이를 보고, 들어와서 공명에게
"제가 보기에는 여개가 지은 영채는 아주 잘못되었습니다. 지난날

---

2) 만전지책(萬全之策):「만전지계」(萬全之計). [三國志 魏志 劉表傳]「曹公必重德 將軍長亭福祚 垂之後嗣 此萬全之策」. [北史 祖珽傳]「今宣命皇太子早踐大位……此萬全計也」.

3) 초붕(草棚): 풀을 말려서 묶은 덤불 사다리.「붕잔」(棚殘)은 계곡을 가로질러 높이 걸쳐놓은 다리. [沈遼 詩]「尤厭吏舍喧 牛羊鬨棚殘」.

선제께서 동오에게 패하셨을 그때의 지세와 아주 꼭 같습니다. 만병들이 노수를 몰래 건너 영채를 겁략해 와서 화공을 쓴다면, 어찌 저들을 구하시렵니까?"

하거늘, 공명이 웃으면서

"공은 너무 걱정 마시오. 나에게 묘책이 있소이다."

한다. 그러나 장완 등이 다 그의 뜻을 깨닫지 못하였다.

　그때 홀연, 촉중에서 마대(馬岱)를 보내어 해서약과4) 군량미를 가지고 왔다 하여, 공명을 저를 불러들였다. 마대가 인사를 끝내자, 해서약과 군량을 넷으로 나누어 각 영채에 보냈다.

　공명이 묻기를,

"자네가 지금 군사들을 얼마나 데리고 왔소이까?"

하니, 마대가 대답하기를,

"3천쯤 됩니다."

하였다.

　공명이 말하기를,

"우리 군사들이 오랜 싸움으로 피곤해 있어서 그대의 군사들을 써 볼까 하는데, 자네의 의향은 어떤가?"

하자, 마대가 또 묻기를,

"이는 다 조정의 군마인데 굳이 저와 승상을 구별할 일이 있습니까? 승상께서 필요하시다면, 비록 죽는 길이라 해도 사양할 리가 있겠습니까?"

하였다.

　공명이 말하기를,

---

4) 해서약(解暑藥) : 더위 먹은 병사들을 치료하는 약. 해열약(解熱藥). [中文辭典]「與解熱劑同」.

"지금 맹획이 노수를 막고 있으니 건널 길이 없소. 내가 먼저 그 양도를 끊어 저들을 자중지란에 빠지게 하려 하오."

하니, 마대가 묻기를

"어떻게 끊지요."

하매, 공명이 대답한다.

"여기서 150리나 떨어진 노수의 하류에 사구(砂丘)가 있는데, 이곳은 물 흐름이 완만하여 뗏목만 가지면 건널 수 있다. 자네가 본부병 3천을 이끌고 노수를 건너서 직접 만동으로 들어가, 먼저 저들의 양도를 끊은 연후에 동다나와 아회남 두 동주들과 합쳐서 내응을 하면 일이 잘못되지 않을 것일세."

하였다.

마대는 흔연히 나가서 병사들을 거느리고 사구에 이르러, 병사들에게 강을 건너게 하였다. 물이 얕은 것을 보고 태반이 뗏목을 타지 않고 옷을 벗고 건너 반쯤이나 건넜다. 그런데 병사들이 다 쓰러져 급히 구해서 강안에 이르렀으나, 입과 코에서 피를 흘리며 죽었다. 마대가 크게 놀라 밤을 도와 공명에게 알렸다.

공명은 향도사를 불러서 그 까닭을 물으니, 토인이 대답하기를

"요즘은 날씨가 더울 때라 독이 노수에 찹니다. 낮 동안에는 더 더워 독기가 드러난 것입니다. 강을 건너는 사람들은 틀림없이 그 독에 노출되게 될 것입니다. 혹여라도 이 물을 마시면 그 사람은 반드시 죽을 것입니다. 이 강을 건너려 한다면 모름지기 밤이 되어 물이 차지면 독기가 일어나지 않사오니, 배불리 먹고 강을 건너면 무사할 것입니다."

하였다. 공명이 마침내 토인에게 길을 안내하게 하였다.

또 정예의 건장한 군사 5, 6백 명을 뽑아, 마대를 따르게 하여 노수

의 사구에 이르러 뗏목을 만들어 밤에 노수를 건너게 하였더니 과연 무사하였다. 마대는 2천여 장정들에게 토인의 인도에 따라, 지름길로 해서 만동의 군량을 운반하는 좁은 산골짜기[夾山谷]까지 왔다.

이곳은 양쪽이 산이고 중간에 길 하나만 나있는데, 사람 하나 말 한 필만 겨우 지날 수 있었다. 마대는 이 협산곡을 점령하고 군사들을 나누어 벌여서 영책을 세웠다. 골짜기에 있는 만병들이 이를 알지 못한 채 군량을 영거해 오니, 마대가 앞 뒤에서 길을 막아 양곡의 수레 백여 대를 빼앗았다. 만병들은 이를 맹획의 영채에 보고하였다.

이때, 맹획은 영채에서 종일토록 술을 마시며 즐기고 있으면서 군무를 보지 않고 있었다.

그러면서 여러 추장들에게 말하기를,

"내가 만약에 제갈량과 싸우게 된다면 필시 간계에 들게 될 것이오. 지금 이 노수는 물결이 험하고 해자가 깊고 보루가 높아서 저들을 기다리고 있으면, 촉의 군사들이 지독한 더위를 이기지 못하고 필시 물러갈 것이네. 그때에 내 자네들과 같이 촉병을 공격한다면 곧 제갈량을 생포할 수 있을 것이오."

하고 말을 마치자, 큰 소리로 웃었다.

그때, 홀연 반열의 한 추장이 나서며 말하기를,

"사구는 수심이 얕아서 오히려 촉병들이 건너온다면, 아주 패하게 될 것입니다. 군사들을 나누어 보내서 지키도록 하시지요."

하매, 맹획이 웃으면서

"네가 이곳의 토인이면서 어찌 그리 모른단 말이냐? 나는 촉병들이 이 물을 건너기를 바라나니, 건너는 즉시 반드시 물에서 죽을 것이네."

하였다.

추장이 또 묻기를,

"토인 가운데 밤에 건너는 법을 말해주는 자가 있으면 어찌합니까?"

하거늘, 맹획이 대답하기를

"자넨 너무 의심이 많네. 내 경내의 사람들이 어찌 적을 도울 사람들이 있겠는가?"

하였다.

이런 말을 하고 있는데, 갑자기 보고가 들어오기를,

"촉병들이 밤에 그 수를 알 수 없을 만큼 노수를 건너와서 협산곡의 양도를 끊었는데, 깃발에 '평북장군 마대'라 썼다 합니다."

하였다.

맹획이 웃으며 말하기를,

"이들은 아직 적은 무리들이니 어찌 말할 거리가 되겠느냐!"

하고, 즉시 부장 망아장에게 군사 3천을 주어 협산곡으로 보냈다.

한편, 마대는 만병이 이르는 것을 보고 장수에게 2천의 군사를 산 앞에 벌여 세웠다. 양진이 둥글게 대진하자 망아장이 마대와 어우러졌다. 싸움이 단지 한 합이 못 되어 망아장이 마대의 한 칼에 말 아래 떨어졌다. 만병들은 대패하여 돌아가 맹획을 보고, 그 일을 자세히 보고하였다.

맹획이 제장들을 불러 묻기를,

"누가 가서 마대와 싸우겠느냐?"

하고 말을 마치기도 전에, 동다나가 앞으로 나서며

"제가 가겠습니다."

하였다. 맹획이 기뻐하며 군사 3천을 주어 가게 하였다.

맹획은 또 촉병들이 다시 노수를 건너올까 두려워서, 곧 아회남에게 병사 3천을 주어 가서 사구를 지키라 하였다.

이때, 동다나는 만병들을 이끌고 협곡에서 이르러 영채로 세웠다.

마대가 병사들을 이끌고 나와서 맞았다. 마대의 군사들 중에 이미 동다나임을 알고 있는 자가 있어서, 마대는 그에게 이리이리 하라고 말하였다.

마대는 말을 몰아 앞으로 나가면서, 크게 꾸짖어

"이 은혜를 모르는 놈아! 우리 승상께서 너의 목숨을 살려주었거늘, 이제 또 배신하다니 어찌 부끄럽지도 않느냐!"

하니, 동다나가 얼굴에 부끄러운 빛을 띠고 차마 대답하지 못하고 싸우지 않고 물러갔다. 마대는 그 뒤를 엄살하고는 돌아왔다.

동다나가 돌아가 맹획을 뵙고,

"마대는 영웅이어서 저를 대적할 수가 없소이다."

하니, 맹획이 크게 노하며,

"내 본래 네가 제갈량의 은의를 받고 싸우지 않고 물러 왔으니, 이는 곧 매진지계임을5) 알고 있노라!"

하며 꾸짖고 끌어내어 참하라 하였다. 여러 추장들이 재삼 읍간하여 겨우 죽음을 면하였다. 맹획은 무사들을 시켜 동다나를 대곤(大棍) 1백 도를 쳐서 본채로 쫓아 보냈다.

여러 추장들이 와서 동다나에게,

"우리들이 비록 만방에 살고 있지만 일찍이 중국을 범한 일이 없소이다. 또 중국도 우리를 침범한 일이 없소이다. 이제 맹획이 힘으로 강권하는 통에 부득이 반기를 들게 된 것이오. 생각건대 공명은 그 신기함을 예측할 수 없는 인물이어서, 조조나 손권도 오히려 두려워 했던 인물이외다. 하물며 우리들 만방이야 말할 게 어디 있겠소이까? 항차 우리들은 다 저에게서 목숨을 구해 받은 은혜를 입고 있는 터에

---

5) 매진지계(賣陣之計) : 적과 내통하여 고의로 싸움에 패하게 하는 계책.

갚을 길이 없나이다. 이제 목숨을 버릴 각오라면 맹획을 죽이고 공명에게 투항하여, 이 동굴의 백성들을 도탄지고에서[6] 구해 주는 것이 어떻소이까?"

하니, 동다나가 묻기를

"자네들의 마음이 어떤지를 알 수 없구려?"

하거늘, 그 중에서 원래 제갈량에게서 풀려 돌아온 사람들이라, 일제히

"가겠습니다."

한다. 이에 동다나가 손으로 칼을 잡고 수백여 군사들을 이끌고, 곧장 달려 대채로 왔다. 그때, 맹획은 장중에서 대취해 있었다. 동다나가 여러 군사들을 이끌고 칼을 잡고 들어가자, 장막 아래에서 두 장수가 시립하고 있었다.

동다나가 칼을 들어 가리키며, 말하기를

"너희들 또한 제갈승상에게 목숨을 구한 은혜를 입었으니, 마땅히 보답해야 할 것이다."

하니, 두 장수가 말하기를

"장군께서 손을 쓰실 것도 없이, 저희들이 응당 맹획을 사로잡아 가서 승상께 바치겠습니다."

하고, 이내 일제히 장막으로 들어가 맹획을 잡아 묶어 놓고 노수변으로 압령해서, 배를 타고 곧장 북쪽 언덕을 지나 사람을 보내 이를 공명에게 보고하였다.

한편, 공명은 이미 세작들로부터 이 일을 탐지해 알고 있어서, 이에 몰래 명령을 전해 각 영채의 장수들에게 무기를 정돈하라 일렀다. 바

---

6) 도탄지고(塗炭之苦) : 아주 어려운 지경. [書經 仲虺之誥篇]「有夏昏德 民墜塗炭」 [傳]「民之危險 若陷泥墜火 無救之者」. [後漢書 光武帝紀]「豪傑憤怒 兆人塗炭」.

야흐로 우두머리 추장이 맹획을 압령하여 들어오자, 나머지들은 다 본채에서 기다렸다. 동다나가 먼저 본영에 들어와 공명을 뵙고, 그 간의 일을 자세하게 말하였다. 공명은 상을 내리고 노고를 위로하며, 좋은 말로써 저를 위무하였다.

그리고는 동다나를 보내어 여러 추장들을 이끌고 가게 하였다. 그런 뒤에 도부수들에게 명하여 맹획을 끌어들이라 하였다.

공명이 소리없이 웃으며,

"네 전에 말한 바 있지 않느냐. '다만 다시 잡혀오면 곧 항복하겠다'고 말이다. 오늘 어쩌겠느냐?"

하니, 맹획이 대답하기를,

"이는 당신의 능력이 아니오이다. 내 수하들이 서로 해치려 하는 바람에 이 지경에 이르렀으니 어찌 기꺼이 항복하겠소이까?"

한다.

공명이 또 묻기를,

"내 지금 다시 너를 놓아 주어 돌아가게 한다면 어쩌겠느냐?"

하니, 맹획이 대답하기를

"내 비록 만인이지만 자못 병법을 좀 아오이다. 만약 승상께서 나를 놓아 주어 동학으로 돌아가게 한다면, 내 마땅히 병사들을 이끌고 와서 승부를 겨루겠소. 만약에 승상께서 전번처럼 다시 나를 사로잡으시면, 그때는 마음을 다 하고 간을 토해[7] 항복하겠소. 다시는 감히 마음을 바꾸지 않겠나이다."

하였다.

---

7) 마음을 다 하고 간을 토해[傾心吐膽] : 마음을 쏟고 간을 토한다는 뜻으로 '온 정성을 기울임'에 비유. 「경심」. [後漢書 竇皇后紀]「后性敏給 **傾心**承接」. [後漢書 袁紹傳]「**傾心**折節 莫不爭赴其庭」.

공명이 또 말한다.

"다음에 생포되었을 때 또 복종하지 않으면, 틀림없이 너를 가벼이 용서하지 않겠다."

하고, 좌우에게 명하여 그 묶은 것을 풀게 하고 전과 같이 주식을 주고 장상에 앉게 하였다.

공명이 묻기를,

"내가 초려에서 나온 이후로 싸워서 이기지 못한 경우가 없고 공격하여 얻지 못한 것이 없었는데,8) 너희 만방사람들이 어찌 복종하지 않는가?"

하였다. 맹획이 잠자코 대답하지 않는다.

공명은 술 자리가 끝나 맹획을 불러 함께 말을 타고 영채를 나서서, 여러 영채들 울타리 안에 있는 양초와 무기를 쌓아 둔 곳을 둘러 보았다.

공명이 맹획을 보고,

"네가 나에게 항복하지 않는다는 것은 진정 어리석은 사람이다. 나에게는 이같은 정병과 맹장들이 있고 양초와 병기가 있는데, 네가 어찌 나를 이길 수 있단 말이냐? 만약에 빨리 항복한다면, 내 천자께 표주를 올려, 네가 만왕의 자리를 잃지 않고 자자손손이 영원히 만방을 다스리게 할 수 있는데, 네 생각은 어떠냐?"

하니, 맹획이 말하기를

"내가 비록 항복한다 해도 동중의 사람들은 심복하지 않을 것이외

---

8) 싸워서 이기지 못한 경우가 없고 공격하여 얻지 못한 것이 없었는데[戰無不勝 攻無不取] : 한신이 싸우면 이기고 공격하면 반드시 얻었음을 이르는 말. 「전 필승 공필취」(戰必勝 攻必取). [史記 高祖紀]「高祖曰 夫運籌策惟幄之中 決勝於 千里之外 吾不如子房 鎭國家撫百姓 給饋饟不絶糧道 吾不如蕭何 連百萬之軍 戰 必勝攻必取 吾不如韓信」. [三國志 魏志 武帝紀]「運籌演謀」.

다. 만약에 승상께서 놓아 주어 돌아간다면, 내 마땅히 본부 인마를 불러서 함께 협력해 귀순시키겠나이다.”

하였다. 공명이 기뻐하며 맹획과 더불어 대채로 돌아왔다. 그리고는 늦도록 술을 마셨다. 맹획이 인사를 하자 공명을 직접 노수까지 바래다주고 맹획이 탄 배를 전송하고 영채로 돌아왔다.

맹획은 본채에 돌아와서 먼저 도부수들을 장막 아래에 매복시켜 놓고 심복을 보내서, 동다나와 아회남을 오게 하였다. 다만 ‘공명에게서 사자가 명령을 가지고 왔다’고 하였다. 두 장수는 속아서 대채의 장막 아래에 이르자, 저들을 다 죽이고 시신을 물가에 버렸다. 맹획은 즉시 자신이 신뢰하는 사람들을 보내서 애구를 지키게 하고는, 직접 군사들을 이끌고 협산곡으로 나갔다.

그리고 마대와 교전하려 하였으나 한 사람도 보이지 않았다. 동인들에게 물으니, 다들 어제 밤 양초들을 모두 싣고 다시 노수로 건너 대채로 돌아갔다 하였다.

맹획은 다시 동중으로 돌아와, 동생 맹우(孟優)와 상의하며

“지금 제갈량의 허실을 다 알고 왔으니 네가 가서 이리이리 하거라.”

하였다.

맹우는 형의 계책을 듣고 나머지 백여 명의 만병을 이끌고 금은 진주와 보패·상아·서각 등은 가지고 노수를 건너서, 곧장 공명의 대채로 가려 하였다. 막 노수를 건너려 할 때에, 앞쪽에서 고각이 울리더니 한 떼의 군사들이 길을 막고 나서는데, 앞에 선 대장은 마대였다. 맹우가 크게 놀라고 있는데 마대가 무엇 때문에 왔는가고 물었다. 그리고 맹우를 밖에서 기다리게 하고 사람을 공명에게 보냈다.

그때, 공명은 마속·여개·장완·비위 등과 같이 장중에서 만병을 평정할 일들을 의논하고 있었다. 홀연히 한 사람이 들어와서, 맹획의

동생이라는 맹우란 자가 보패를 가지고 왔다 아뢰었다.

공명이 마속을 돌아보며 묻는다.

"자네는 저가 온 뜻을 아는가?"

하니, 마속이 대답하기를

"감히 확실히는 알 수 없으나 제게 비밀리 종이 위에다 쓰게 해주시면 써서 승상께 드릴 터이니, 생각하시는 것과 같은지 보아 주십시오."

하거늘, 공명이 그의 말대로 하였다. 마속이 쓰고 나서 이를 공명에게 바쳤다.

공명이 보고나서 손뼉을 치고 크게 웃으며,

"맹획을 생금할 계책을 내 이미 정해 두었는데 자네가 내 생각과 같구려."

하고, 마침내 조운을 들어오게 하고, 귀에다 대고 이리이리 하라고 분부하였다. 또 위연을 불러서도 또한 낮은 소리로 분부하였고, 왕평과 마충·관색을 불러들여 은밀히 분부하였다. 각자가 계책을 받고 다 명에 따라가고 나자, 그때서야 맹우를 장막으로 불러들였다.

맹우가 장막 아래에서 재배하며,

"형 맹획이 승상께서 목숨을 살려 주신 은혜에 감사하나 드릴 것이 없어서 금은보화 약간을 가져 왔사오니, 군사들에게 상 주실 거리나 삼으소서. 이후에 따로 천자께 드릴 예물(進貢)을 가져 오겠습니다."

하거늘, 공명이 묻기를

"너의 형은 지금 어디에 있느냐?"

하니, 맹우가 대답하기를

"승상의 큰 은혜를 받고 감격하여, 곧 은갱산으로 보물을 찾으러 갔으니 머지않아 돌아올 것입니다."

하였다.

공명이 또 묻기를,

"자네는 몇 사람이나 대동하고 왔느냐?"

하니, 맹우가 대답하기를

"어찌 많은 사람들을 데리고 오겠나이까. 겨우 백여 명을 데리고 왔사오며, 모두 물건을 운반하는 자입니다."

하였다. 공명이 장막에 들어오게 하고 저들을 보니 모두가 한결같이 눈이 푸르고 얼굴은 검으며 누런 머리털에 자색 수염을 하였고, 귀에는 금귀걸이를 하고 머리는 산발한 채 발을 벗고 있었으며 신장이 큰 역사들이었다. 공명은 자리에 앉게 하고 제장들에게 술을 전하라 하며 은근히 상대하게 하였다.

한편, 맹획은 장중에서 소식을 기다리고 있었는데, 홀연 두 사람이 돌아왔다 하거늘 불러들여 저들에게 물으니, 상세히 말하기를

"제갈량이 예물을 받고 크게 기뻐하며 수행원들을 다 장막에 불러서, 소와 말을 잡고 잔치를 베풀며 상대하고 있습니다. 둘째 대왕께서 저희들에게 은밀히 가서 대왕께 보고드리라 하였습니다. 오늘 밤 2경에 안에서 접응할 터이니 밖에서 호응한다면 대사를 이룰 수 있을 것이라."

하셨습니다.

이에 맹획이 듣고 크게 기뻐하며, 즉석에서 3만의 만군을 일으켜 세 대로 나누었다.

맹획은 각 동의 추장들을 불러서 부탁하며,

"각 군은 모두 화기를 가지고 가서, 오늘 밤 촉군의 영채에 이르면 불을 놓아 신호를 삼을 것이다. 나는 중군을 이끌고 가서 제갈량을 생포하겠다."

하거늘, 제장들이 영을 받고 나갔다. 황혼이 되자 각자가 노수를 건너

갔다. 맹획은 심복들과 만장 백여 인을 데리고 곧장 공명의 대채로 뛰어들었으나, 길에서 한 사람의 병사들도 막아서지 않았다. 영채의 문 앞에 이르자, 맹획은 여러 장수들을 이끌고 말을 몰아 들어갔다. 이에 영채는 비어 있고 병사들이 전혀 없었다.

맹획은 중군으로 뛰어들었으나, 장막 안에는 촛불만 휘황하고 맹우와 만병들은 다 술에 취해 골아떨어져 있었다. 원래는 공명이 마속과 여개 두 사람에게 저들을 대접할 때에, 악인(樂人)들로 하여금 잡극을 하게 하며 은근히 술을 권할 때 술에 약을 넣어서 다 골아떨어지게 하여, 마치 죽은 사람같이 했던 것이었다. 맹획이 장막에 들어와 물으니, 그때서야 깨어난 사람들이 말을 못하고 손으로 입을 가리키기만 하였다. 그때서야 맹획이 계책에 든 것을 알고 급히 맹우 등 몇 사람만 부축하고서 급히 본대로 돌아가려 하는데, 앞에서 함성이 크게 울리며 불길이 일어나고, 만병들이 각자가 쥐새끼처럼 도망갔다.9)

그때, 한 떼의 군사들이 짓쳐 오는데 촉장 왕평의 군사였다. 맹획이 크게 놀라 급히 좌대(左隊)로 달아나려 하는데, 전면에서 한 떼의 군사들이 짓쳐 오거늘 앞선 장수는 촉장 위연이었다. 맹획은 당황하여 우대(右隊)를 바라고 달려갔다.

그러나 보니 불길이 또 솟으며 한 떼의 군마들이 짓쳐 오니, 앞선 장수는 조운이었다. 삼로에서 군사들이 협공하여 오고 사방에 길이 없었다. 맹획은 군사들을 버리고 필마로 노수를 바라보고 도망쳤다.

마침 노수에 수십 명의 만병들이 있는 것이 보이고 작은 배 한 척이 보였다. 맹획이 당황하여 급히 이 배를 강안에 대게 하였다. 인마가

---

9) 쥐새끼처럼 도망갔다[逃竄] : 쥐새끼처럼 도망감. 「포두서찬」(抱頭鼠竄). [漢書 蒯通傳]「常山王 奉頭鼠竄 以歸漢王」. [遼史 韓匡傳]「棄我師旅 挺身鼠竄」. [中文辭典]「急逃之意」.

겨우 배에 타자 한바탕 소리가 나더니 맹획을 포박하였다. 원래 마대는 계책을 받고 나서 본부병들을 이끌고 만병처럼 꾸며 배를 대고 여기에 있다가, 맹획을 유인하여 사로잡은 것이었다.

이때에 공명은 만병들을 불러서 항복을 권하니 항복하는 자가 아주 많았다. 공명은 일일이 저들을 위무하고 해를 가하지 않았다. 그리고 남은 불길을 끄라 하였다. 그러자 얼마 안 되어 마대가 맹획을 생포하여 오고, 조운 또한 맹우를 생포해 왔다.

위연·마충·왕평·관색 등 장수들이 동학의 추장들을 잡아가지고 왔다.

공명이 맹획을 가리키며,

"네가 먼저 네 아우에게 예물을 가지고 거짓 항복하게 하였는데, 어찌 이렇게 나를 속일 수 있는가! 이번에 또 나에게 사로잡혔으니 항복하겠느냐?"

하니, 맹획이 말하기를,

"이는 내 아우가 먹는 것에 팔려 있었던데다가, 당신이 음식에 독을 탄 것에 걸려들었기 때문에 대사를 그르친 것이오. 만약에 내가 직접 오고 아우가 병사들을 이끌고 와서 접응하라 했다면, 반드시 성공했을 것이외다. 이는 하늘이 패배하게 한 것이지 내가 무능해서 그런 것이 아닌데, 어찌해서 기꺼이 항복하겠소?"

하였다.

공명이 묻기를,

"이제 세 번째거늘 어찌 항복하지 않겠는가?"

하였다. 맹획이 머리를 숙이고 말을 못하였다.

공명이 웃으며 말하기를,

"내가 다시 너를 놓아 돌려보내겠다."

하니, 맹획이 대답하기를

"승상께서 만약에 기꺼이 우리 형제를 놓아 보내 주신다면, 가솔과 친지들을 수습하여 승상과 크게 일전을 하고 싶습니다. 그때에도 사로잡힌다면, 마음을 죽이고 땅에 엎드려 항복하겠나이다."

하였다.

공명이 말하기를,

"다시금 잡혀 온다면, 그때는 필시 가벼이 용서하지 않을 것이다. 너는 마음을 다잡고 뜻을 세워서, 삼가 도략의 책을 읽고 다시 친지와 믿는 병사들을 정비하거라. 그래서 특히 양책을 쓰되 후회하지는 말거라."

하고, 마침내 무사들에게 명하여 그 묶은 줄을 풀어 맹획을 놓아주고, 동시에 맹우와 각 동의 추장들을 일제히 풀어주었다. 맹획 등은 사례하고 물러갔다.

이때, 촉병들은 이미 노수를 다 건넜다. 맹획 등이 노수를 건너자 해안 입구에 병사들과 장수들이 진열해 있는 것과, 기치가 바람에 펄럭이는 것을 보았다. 맹획이 영채 앞에 이르니 마대가 높은 자리에 앉아 있다가, 칼을 들어 가리키며

"이번에 잡혀오면 필시 가볍게 놓아 보내지 않을 것이다!"

하였다.

맹획이 자신의 영채에 이르렀을 때에는, 조운이 밤새 영채를 급습하고 병마들을 벌여 놓고 있었다.

조운은 큰 기 아래에 앉아 있다가 칼을 어루만지며,

"승상께서 이와 같이 기다려 주었으니 그 큰 은혜를 잊지 말거라."

하였다. 맹획은 예예를 연발하면서 갔다. 막 산 경계의 입구를 지나는데 위연이 1천 정병을 거느리고 언덕 위에 벌여 서 있다가 말고삐를

잡아당기며 목소리를 가다듬어,

"내 지금 이미 너의 소굴에 깊이 들어와서 너의 요새를 빼앗았다. 네 일찍이 어리석은 생각으로 대군에 저항하려느냐! 이번에 놓여났다 다시 잡히면, 네 몸을 난도질 하여10) 결코 가벼이 다루지 않을 것이다."

하였다.

맹획 등이 머리를 숙이고 쥐새끼처럼 본동을 향해 갔다.

후세 사람의 찬탄한 시가 전한다.

오월에 병사들을 이끌고 불모의 땅에11) 들어가니
달 밝은 노수에는 장연만이12) 높구나.
五月驅兵入不毛
月明瀘水瘴煙高.

삼고 은혜13) 갚겠다는 큰 계획 세웠으니

---

10) 네 몸을 난도질 하여[碎屍萬段] : 시신을 여러 조각으로 냄. 「분골쇄신」(粉骨碎身). [證道歌]「**粉骨碎身**未足酬 一句了然超百億」.

11) 불모의 땅[不毛] : 「불모지지」(不毛之地). 식물이 자라지 못하는 메마른 땅. [史記 鄭世家]「不忍絕其社稷 錫**不毛地**」. [公羊傳 宣公十二年]「今如矜此喪人 錫之**不毛之地**」. [諸葛亮 出師表] (注)「深入**不毛**」.

12) 장연(瘴煙) : 장기(瘴氣)를 품은 안개. [白居易 新豊折臂翁詩]「聞道雲南有瀘水 椒花落時**瘴煙起**」.

13) 삼고 은혜[三顧] : 「삼고초려」(三顧草廬). 유비가 제갈량의 초려를 세 번씩이나 찾아 가서 그를 초빙하여 군사(軍師)로 삼았던 일. '인재를 얻기 위한 끈질긴 노력'을 일컫는 말. [三國志 蜀志 諸葛亮傳]「亮字孔明 瑯瑯陽都人也 躬耕隴畝 每自比於管仲樂毅 先主屯新野……由是先主遂詣亮 凡三往乃見 建興五年上疏(卽前出師表)曰 臣本布衣 躬耕於南陽 先帝不以臣卑鄙 猥自枉屈 **三顧**臣於**草廬**之中」. [故事成語考 文臣]「孔明有王佐之才 嘗隱草廬之中 先王慕其芳名 乃

만족 정벌에 칠종로를14) 그 어찌 꺼리리.

誓將雄略酬三顧

豈憚征蠻七縱勞.

한편, 공명은 노수를 건너 이미 하채를 마치고 삼군들에게 대상을 내렸다.

그리고 제장들을 장막에 모아놓고,

"맹획이 두 번째 잡혀 왔을 때에 내가 각 영채를 돌아보며 허실을 보게 한 것은, 바로 그가 곧 영채로 겁략하러 오게 하려는 것이었소. 내가 알기로는 맹획은 자못 병법에 밝은 자여서, 저에게 병마와 양초로써 그의 눈을 현란하게 하였으니, 이는 맹획에게 우리의 약점을 보여준 것이오.

그러면 저는 필시 화공을 쓸 것이라 생각했는데, 저의 아우를 거짓 항복하게 하고 내응하기를 기다린 것이오. 내가 세 번째 저를 사로잡고도 죽이지 않은 것은, 저가 마음으로써 항복하기를 바라기 때문이지 저들의 종족을 없애고자 한 것이 아니외다. 내가 지금 그대들에게 분명히 말하노니, 모두들 나라에 보답하는데 수고를 아끼지 마시오."

하거늘, 모든 장수들이 엎드려,

"승상께서는 지(智)·인(仁)·용(勇) 세 가지를 모두 갖추었습니다. 비록 자아와15) 장량이라16) 하여도 미치지 못할 것입니다."

**三顧其廬」.

14) 칠종로(七縱勞): 제갈량이 맹획(孟獲)을 일곱 번 잡았다 놓아주어 끝내는 항복하게 했던 수고로움. [三國志 蜀志 諸葛亮傳]「建興三年 亮率衆南征」(裴松之注)……「使觀於營陣之間 問曰 此軍何如 獲曰 向者不知許實 故敗 若祇如此 卽定易勝耳 亮笑 縱使更戰 七縱七擒 獲曰 公天威也 南人不復反矣」. [章孝標 諸葛武候廟詩]「**七縱七擒**何處在 茅花櫪葉蓋神壇」.

하였다.

공명이 말하기를

"내가 지금 와서 어찌 감히 고인과 같기를 바라겠소? 다 여러분들의 힘을 빌려 같이 공업을 이루었을 뿐이외다."

하자, 장하의 제장들이 공명의 말을 듣고 다 기뻐 마지않았다.

한편, 맹획은 세 번씩이나 생금된 것에 대해 분함을 이기지 못하고 은갱동에 이르자, 즉시 심복을 시켜 여러 사람에게 금은보패를 주어서 8개 부족의 93개 구역과 만방의 부락으로 보내, 방패와 칼을 쓰는 요정군[17] 수십만 명을 빌려오게 하되 날을 정해 모이게 하였다. 각 대의 인마가 구름이 끼고 안개가 몰려오듯이 모여들어 맹획의 명을 기다렸다. 이를 복로군(伏路軍)이 탐지하여 공명에게 보고하였다.

공명이 웃으면서,

---

15) 자아(子牙) : 태공망 여상. 여상(呂尙). 주(周)나라의 개국공신인 강자아(姜子牙) 태공망(太公望). 동해노수(東海老叟)라고도 부름. 주왕(紂王)의 폭정을 피해 위수(渭水)에서 낚시질을 하다가 서백(西伯 : 周文王)을 만나게 되고, 뒤에 은나라를 멸망시키고 천하를 평정하여 제 나라(齊相)에 봉함을 받음. [說苑]「呂望年七十釣于渭渚 三日三夜魚無食者 望卽忿脫其衣冠 上有異人者謂望曰 子姑復釣 必細其綸芳其餌 徐徐而投 無令魚驚 望如其言 初下得鮒 次得鯉 刺魚腹得素書 又曰 呂望封於齊」. [史記 齊太公世家]「西伯獵 果遇太公於渭水之陽 與語 大說曰 自吾先君太公曰 當有聖人適周 周以興 子眞是邪 吾太公望子久矣 故號之曰太公望 載與俱歸 立爲師」.

16) 장량추(張良椎) : 한나라의 유신 장량이 진(秦)나라의 시황제에게 철추(鐵椎)를 내리친 고사. [史記 留侯世家]「良年少 未官事韓……良與客 狙擊秦皇帝 博浪沙中 誤中副車 秦皇帝大怒 大索天下 求賊甚急 爲張良故也 良乃更名姓 亡匿下邳」. [文天祥 正氣歌]「在秦張良椎 在漢蘇武節」.

17) 요정군(獠丁軍) : 소수민족의 군사. '요'(獠)란 중국 고대 서남지역의 소수민족에 대한 멸칭(蔑稱)임.

"내 마침 만병들을 모두 이기게 하려던 참이었소이다. 이제 내 능력
을 보여 주어야겠소."
하며, 작은 수레를 타고 나섰다.
　이에,

　　만일 동주들의 위풍이 사납지 않았다면
　　어찌 군사의 솜씨가 고단인 줄 알랴?
　　　若非洞主威風猛
　　　怎顯軍師手段高?

그 승부가 어찌 되었는지는 알 수가 없다. 하회를 보라.

제89회

무향후는 네 번째 계책을 쓰고
남만왕은 다섯 번째 사로잡히다.
　武鄕侯四番用計
　南蠻王五次遭擒.

　이때, 공명은 작은 수레를 타고 수백 기를 이끌고 앞에 나서서 길을
탐색하였다. 앞에 한 강이 있는데 그 이름이 서이하(西洱河)였다. 물길
은 완만하였으나 한 척의 배도 뗏목도 없었다. 공명은 나무를 베어서
뗏목을 만들어 건너가려고 하였으나, 그 나무들이 물에만 들면 다 가
라앉는 것이었다.

　공명이 여개에게 물으니,

　"서이하 상류에 산이 하나 있는데 그 산에는 대나무가 많았답니다.
큰 것은 그 둘레가 몇 아름이나 되는 것도 있으니, 그 대나무를 베어
대나무 다리[竹橋]를 만들어 군마를 건너게 하십시오."

하거늘, 공명은 곧 3만 군사들을 풀어서 산에 들어가 대나무 수십만
그루를 베어서 물에 띄워 보내게 하고, 강의 좁은 곳에 다리를 세웠
는데 그 너비가 10여 장이나 되었다. 그 후에 공명은 군사들을 조발
해서 강북 연안에 일자로 영채를 세우게 하고, 곧 물로써 해자를 삼
고 부교로써 문을 삼은 후 흙을 쌓아올려 성을 만들었다. 또 다리 건
너 쪽 남쪽 언덕에 일자로 세 개의 큰 영채를 세워서 만병을 기다리

게 하였다.

한편, 맹획은 수십만의 만병들을 이끌고 원한과 분노에 가득 차 달려왔다. 서이하 근처에서 맹획은 칼과 방패를 쓰는 요정 1만으로 구성된 선봉부대를 이끌고, 영채 앞에 몰려와서 싸움을 돋우었다.

공명은 머리에는 윤건을[1] 쓰고 몸에는 학창의를[2] 두르고 손에 백우선을 든 채, 사륜거를 타고서 여러 장수들에게 둘러싸여 나갔다. 공명은 맹획이 몸에 물소 가죽의 갑옷[犀皮甲]을 입고 머리에는 붉은 투구를 썼으며 왼손에는 방패를 들고 오른손에는 칼을 잡고, 붉은 털의 소[赤毛牛]를 타고 나와서 입으로 계속 욕을 해대고 있었다. 수하의 만여 요정들은 각각 칼과 방패를 흔들고 오가며 서로 부딪히고 있었다. 공명은 급히 영을 내려 본채로 돌아와서 사면을 굳게 닫고 나가 싸우지 못하게 하였다. 만병들은 다 옷을 벗고 벌거숭이 채로 영채의 문 앞에서 욕을 하였다.

여러 장수들이 노하여, 모두 공명에게 아뢰기를

"저희들은 영채에서 나가 죽기로써 싸우길 원합니다!"

하였으나, 공명이 이를 허락하지 않았다. 여러 장수들이 두세 번 더 나가 싸우려 하였다.

공명이 저들을 만류하며 말하기를,

"만방 사람들은 왕화(王化)를 입지 못하였기에 이번에도 못된 광기가 절정에 달하고 있소. 그래서 맞서 싸우기 어렵소이다. 며칠 간 군

---

1) 윤건(綸巾) : 비단으로 만든 두건. [正字通 服飾部]「綸巾 巾名 世傳孔明軍中嘗服之 俗作細」. [陳與義]「涼氣入綸巾」.
2) 학창의(鶴氅衣) : 학의 털로 만든 웃옷. 「학창구」(鶴氅裘). [晉書 王恭傳]「王恭 字孝伯 大原晉陽人……嘗被鶴氅裘 涉雪而行 孟昶窺見曰 神仙中人也」. [晉書 謝萬傳]「萬著白綸巾鶴氅裘 履版而前 旣見與帝 共談終日」.

게 지키고 있으면서 그 창궐함이3) 느슨해지면, 나에게 저들을 파할 한 가지 계책이 있소이다.”

하였다.

이에, 촉병들은 며칠간 굳게 지키고 나가지 않았다. 공명은 높은 언덕에 올라가 저들을 보니, 만병들이 밤새 많이 해이해진 것이 보였다.

이에 제장들을 불러 모아 놓고,

“자네들은 정말 나가 싸우기를 바라고 있는가?”

고 물으니, 여러 장수들이 기꺼이 나가겠다고 하였다. 공명은 먼저 조운과 위연을 장막에 불러들이고, 귀에다 대고 낮은 목소리로 이리이리 하라고 분부하였다. 두 사람이 계략을 받고서 먼저 나갔다. 계속해서 왕평과 마충이 장막으로 들어가 계책을 받고 나갔다.

또 마대를 불러서,

“나도 이 세 개의 영채를 버리고 물러나 하북으로 갈 터이니, 내가 군사들과 같이 물러가거든 자네는 곧 부교를 뜯어서 하류로 옮기게나. 그러면 조운과 위연의 군마가 강을 건너와 접응할 것일세.”

하니, 마대가 계책을 받고 갔다.

공명은 또 장익을 불러,

“내가 군사들을 이끌고 물러나거든 영채 안에 화톳불을 많이 피워 밝혀 놓게. 맹획이 이를 알면 필시 급히 추격해 올 터이니, 자네는 그때 저의 퇴로를 끊게나.”

라고 이르자, 장익이 계책을 받고 나갔다.

---

3) 창궐(猖獗) : 불순한 세력이 맹렬히 퍼짐. [字彙]「獗賊勢猖獗」. [三國志 蜀志 諸葛亮傳]「漢昭烈 謂諸葛亮曰 孤智術淺短 遂用猖獗」. 「창광」(猖狂). 사람이 멋대로 날뛰어 억누를 수 없음. [莊子 山木篇]「不知義所之所適 不知禮之所將 猖狂妄行 乃蹈乎大方」.

공명은 관색에게 수레를 호위하게 하였다. 여러 군사들이 물러가자 장익은 영채 안에 많은 화톳불을 피웠다. 그러나 만병들이 바라보고도 감히 나오지 못하고 있었다.

이튿날 날이 밝자, 맹획이 대대(大隊)의 만병을 이끌고 곧 촉나라의 영채에 이르렀을 때 3개의 영채는 모두 다 인마가 없고, 그 안에는 오직 버리고 간 양초와 수레 수백 량이 남아 있을 뿐이었다.

맹우가 묻기를,

"제갈량이 영채를 버리고 달아났으니, 무슨 계책이 있는 게 아닐까요?" 하거늘, 맹획이 말하기를

"내 생각에는 제갈량이 치중을 버리고 간 것을 보니, 필시 국내에 무슨 긴급한 일이 생긴 듯하다. 오나라가 침략한 것이 아니라면 틀림없이 위나라에서 침범한 것이네. 그래서 허장성세로4) 등불을 밝혀서 병사들이 있는 듯이 꾸미고 수레들을 버리고 간 것이오. 속히 추격하지 않으면 실수를 할 것일세."
하였다.

이에 맹획은 직접 전부를 이끌고 곧장 서이하 강변에 이르렀다. 하북 쪽을 바라보니 영채의 깃발들이 정제함이 예와 같아서 찬란하기가 마치 아침노을과5) 같았다. 강 연안 일대에 꽂아 놓은 깃발들이 성벽[錦城]을 방불케 하였다. 만병들은 이러한 광경을 보고 감히 나가지 못하였다.

---

4) 허장성세[虛張] : 「허장성세」(虛張聲勢). 실속은 없으면서 허세로만 떠벌림. [元曲選 鴛鴦被]「這厮倚特錢財 虛張聲勢」. [紅樓夢 第六十八回]「命他託察院 只要虛張聲勢 驚嚇而已」.

5) 아침노을[雲錦] : 조하(朝霞). [舊唐書 王毛仲傳]「牧馬數萬匹從 每色爲一隊 望如雲錦」. [文選 木華 海賦]「雲錦散文於沙汭之際 綾羅被光於螺蚌之節」.

맹획이 맹우에게 말하기를,

"이는 제갈량이 우리의 추격을 두려워하여, 하북에서 잠깐 동안 머무르는 것일 것이다. 그러니 불과 이틀이 못 가서 달아난 것일세."

하고는, 드디어 만병들을 강안에 주둔하게 하였다.

또 사람을 시켜 산 위에 있는 대나무를 베어서 뗏목을 만들게 하며 강을 건널 준비를 하게 하였다. 그리고는 급히 용감한 병사들을 다 영채의 전면으로 이동시켰다. 그러나 정작 촉병들이 벌써 자신들의 경계 안에 들어온 것을 알지 못하고 있었다.

이날 바람이 심히 불었다. 사방의 성벽에서 불길[庵火]이 치솟고 북소리가 울리더니, 촉병들이 짓쳐 왔다. 만병과 요정들은 서로 충돌하였다. 맹획은 크게 놀라서 급히 종족 동정들을 이끌고 길을 열어 나가서 영채로 달려갔다. 갑자기 한 떼의 군사들이 영채 가운데로 짓쳐 오는데, 보니 조운이었다. 맹획이 당황하여 서이하로 돌아가려고 산골짜기로 달아났다.

그런데 또 한 떼의 군사들이 짓쳐 나오는데, 이는 마대였다. 맹획은 수십 기의 패잔병들만 데리고 산골짜기를 바라고 도망쳤다. 남·북·서쪽 등 세 곳을 보니 먼지와 불길이 솟아 나갈 수가 없음을 알고, 동쪽을 바라고 도망갔다. 겨우 산의 입구를 돌아서는데, 큰 숲 앞에서 종인 수십 인이 1량의 작은 수레만을 이끌고 있었다.

공명은 수레 위에 단정히 앉아서 큰 소리로 웃으면서,

"만왕 맹획아! 하늘이 너를 패하게 하여 여기에 이르렀느니라. 내 이미 여기서 기다린 지 오래되었다!"

하였다.

맹획이 크게 노하며 좌우를 돌아보고,

"내 이 사람의 거짓 계교에 빠져서 세 번씩이나 욕을 보았다. 이제 다행히도 이 속에서 만났구나. 너희들은 힘을 내어 앞으로 나아가서 함께 수레를 가루로 만들거라!"

하였다. 수기의 만병들이 사납게 앞으로 뛰쳐나오고, 맹획은 함성을 지르며 앞장섰다.

그러나 그가 큰 수풀 앞에 이르니, 허방풀을 밟는 소리와 함께 구렁텅이에 빠지며 일제히 쓰러졌다. 큰 숲속에서 위연이 수백 기를 이끌고 왔다. 그리고는 한 사람씩 끌어내어 밧줄로 묶었다.

공명이 먼저 영채에 도착해서 만병과 제전(諸甸)의 추장과 동정(洞丁)들에게－이때 태반은 다 고향으로 돌아가 버렸다－ 항복을 권했는데, 사상자들을 제외하고 그 나머지들은 다 항복하였다. 공명은 술과 고기를 내어 주며 상대하고 좋은 말로써 위로해 다 놓아 주었다. 만병들은 감탄하고 돌아갔다. 조금 있다가 장익이 맹우를 압령해 왔다.

공명은 저를 가리키며,

"네 형은 우매해서 그런다 해도 네가 저를 간해야 할 것 아니냐. 이제 나에게 네 번째 생금되는 것이니 무슨 낯짝으로 다시 사람들을 보려 하느냐?"

하니, 맹우가 얼굴 가득 부끄러운 빛을 띠고 땅에 엎드려 목숨을 애걸하였다.

공명이 말하기를,

"내 너를 죽여 오늘 살려두지 않을 것이나 목숨은 살려 줄 것이니, 또한 네 형에게 권유하거라."

하고, 무사에게 명하여 그 묶은 밧줄을 끌러주게 하고 놓아 주었다. 맹우는 울며 절하고 가버렸다.

얼마 안 되어서, 위연이 맹획을 압령해 왔다.

공명이 크게 노하며 말하기를,

"네가 이제 내게 사로잡혔으니 무슨 할 말이 있느냐?"

하니, 맹획이 대답하기를

"내 이번에는 잘못해 위계에 들었으니, 죽는다 하여도 눈을 감지 못할 것이외다!"

하거늘, 공명이 무사들에게 끌어내어 저의 목을 베라 하였다.

그러나 맹획은 전혀 두려워하는 기색이 없이, 공명을 돌아보며

"만약에 다시 한 번 놓아준다면, 필시 네 번째 사로잡힌 한을 풀겠소이다."

하였다. 공명이 크게 웃고 군사들에게, 그 포박을 풀게 하고 술을 주어 놀람을 진정시키며 장중에 앉게 하였다.

공명이 묻기를,

"내 이제 너를 네 번째 예로써 대하나 네가 아직도 불복하니 무슨 연고냐?"

하거늘, 맹획이 말하기를

"내 비록 왕화를 입지 못한 외인[化外之人]이나 승상과 같이 전적으로 위계를 쓰지는 않소. 내 어떻게 기꺼이 승복하겠소이까?"

하였다.

공명이 묻기를

"내 다시 너를 놓아 보내주겠다. 그래도 다시 싸우러 오겠느냐?"

하고, 맹획이 대답하기를

"승상께서 다시금 나를 잡으신다면, 내 그때에는 마음을 다해 항복하고, 본동의 보물을 모두 다 바쳐서 호군하며6) 맹세코 반란을 일으키지 않겠소이다."

---

6) 호군(犒軍) : 병사들을 배불리 먹임. 「호궤」(犒饋). [柳宗元 嶺南節度饗軍堂記]「軍有犒饋宴饗 勞旋勤歸」.

하였다. 공명이 곧 웃으며 맹획도 보내 주었다.

맹획은 기꺼이 배사하고 돌아갔다. 이에 돌아가서는 여러 동의 젊은이 수천 명과 함께 남쪽을 향해 가다가, 곧 먼지가 이는 곳을 보니 한 떼의 군사들이 이르렀다. 그는 동생 맹우가 패잔병들을 많이 모아서, 형의 원수를 갚으러 오는 중이었다. 형제 두 사람은 머리를 맞대고 울며 그동안 있었던 일들을 하소연하였다.

맹우가 말하기를,

"우리의 군사들이 여러 차례 패하고 촉병들이 누차 승리해서, 이제는 더 이상 저들과 싸울 수가 없습니다. 산으로 가 동중에 숨어 나오지 맙시다. 촉병들이 더위를 피하지 못할 것이니 자연 물러설 것이오."

하거늘, 맹획이 묻기를

"어디로 피하잔 말이냐?"

하거늘, 맹우가 대답하기를

"여기서 서남쪽으로 가면 골짜기가 있는데, 그 이름이 독룡동(禿龍洞)입니다. 거기 동주가 타사대왕(朶思大王)인데, 나와는 아주 가까운 사이이니 의탁할 수 있을 것입니다."

하였다.

이에 맹획이 먼저 맹우에게 독룡동에 가서 타사대왕을 만나보게 하였다. 그는 황망히 동병들을 이끌고 맞으려 나왔다. 맹획이 동에 들어가 인사가 끝나자, 이전에 있었던 일들을 자세히 말하였다.

타사가 말하기를,

"대왕께서는 너무 염려 마십시오. 만약에 천병들이 여기에 오면 아무도 고향으로 돌아가지 못하고, 제갈량과 함께 다 이곳에서 죽게 할 테니까요!"

하거늘, 맹획이 크게 기뻐하며 타사에게 계책을 물었다.

타사가 말하기를,

"이 동중에서는 길이 두 곳뿐입니다. 동북쪽에 길이 하나 있는데, 대왕께서 오셨던 길로, 지세가 평탄하고 땅이 기름지며 물이 많아서 인마가 왕래할 수 있지요. 하지만 나무나 돌로써 동의 입구를 막으면, 비록 백만의 군사들이라 해도 들어올 수 없습니다. 다른 하나는 서북쪽에 있는 길인데, 산세가 험하고 고개가 높으며 길이 협착합니다. 그 가운데 길이 있기는 해도 독사와 전갈들이 많고 저녁만 되면 장기가7) 끼어, 사시(巳時)나 오시(午時)가 되어야 겨우 걷힙니다.

오직 미·신·유시 때만 오갈 수 있고, 게다가 물을 마실 수가 없으니 인마가 다닐 수 없습니다. 이곳에는 또 네 개의 독천(毒泉)이 있습니다. 첫째는 아천(啞泉)라고도 하는데, 그 물은 달지만 마시기라도 하면 벙어리가 되고 열흘이 못 되어 반드시 죽게 됩니다.

제 2천은 멸천(滅泉)이라 하는데, 이 물은 온천과 다를 바가 없으나 사람이 이 물에 들어가기만 하면, 살가죽이 데어서 뼈가 드러나 결국 죽게 됩니다. 제 3천은 흑천(黑泉)이라 하는데, 그 물이 약간 맑(微)으나 사람의 몸에 묻으면 손발이 다 검게 되어 죽게 됩니다. 제 4천은 유천(柔泉)이라 하는데, 얼음과 같이 차 만약에 이를 마시기라도 하면 목구멍의 온기가 없어져서 몸이 뭉그러져서 죽게 됩니다.

이곳에는 벌레와 새가 전혀 없고 오직 한의 복파장군(伏波將軍)이 일찍이 온 적이 있지만, 그 이후부터 다시는 한 사람도 온 적이 없었습니다. 이제 동북의 큰 길은 끊고 막아 놓겠으니, 대왕께서는 우리 동중에 편안히 계십시오. 만약에 촉병들이 동쪽 길이 끊긴 것을 보면 필시

---

7) 장기[煙瘴] : 축축한 더운 땅에 생기는 독기. [後漢書 南蠻傳]「加有瘴氣 致亡者十必四五 (注) 瀘水有瘴氣 三月四月 經之必死 五月以後 行者得無害」.「장독」(瘴毒). [後漢書 楊終傳]「南方暑濕 瘴毒互生」.

서쪽 길을 따라 들어올 터인데, 그 길에는 먹을 물이 없어 만약에 이 우물들을 본다면 반드시 물을 마실 것이니 비록 수백만이라 해도 다 돌아갈 수 없을 것입니다. 여기서 무슨 칼과 병사를 쓰겠습니까?"

하였다.

맹획이 크게 기뻐하며, 손을 이마에 대고

"오늘에서야 비로소 몸 둘 곳을 찾았소이다."

하였다.

또 북쪽을 가리키며,

"제갈량이 제 아무리 신묘한 전술일지라도 여기서 펼치기는 어려울 것이오! 네 개의 샘물이 족히 써 나의 패병의 한을 갚아주리다!"

하였다.

이로부터 맹획과 맹우는 날마다 타사대왕과 같이 온종일 술만 마셨다.

한편, 공명은 맹획의 군사들이 출병을 아니 하자, 마침내 군사들에게 서이하를 떠나 남쪽을 향해 진발하게 하였다. 이때는 마침 6월의 염천이어서 마치 불속처럼 더웠다.

후세인들이 남방의 더위의 고통스러움을 노래한 시가 전한다.

산은 타들어가고 못은 마르니
뜨거움이 천지를 덮누나.
山澤欲焦枯
火光覆太虛.

천지 밖을 알 수가 없으니
더운 기운을 다시 어찌할까?

不知天地外
暑氣更何如?

또 시가 있다.

적제가8) 세력을 휘두르니
음운도9) 펴오르질 못하네.
　赤帝施權柄
　陰雲不敢生.

두루미도10) 헐떡이며 울지 못하고
큰 거북도11) 해열에 놀라누나.
　雲蒸孤鶴喘
　海熱巨鰲驚.

참지 못해 시냇가에 앉아도 보고
대나무 얽혀 있는 대숲을 찾노라.
　忍捨溪邊坐
　慵抛竹裏行.

---

8) 적제(赤帝): 태양신. 여름을 맡은 남쪽의 신. [史記 天官書]「赤帝行德 天牢
爲之空」. [晋書 天文志]「南方赤帝 赤熛怒之神也」.
9) 음운(陰雲): 암운(暗雲). [後漢書 質帝紀]「比日陰雲 還復開霽」. [文選 陸機
苦寒行]「陰雲興巖側 悲風鳴樹端」.
10) 두루미[孤鶴]: 신선이 타고 다닌다는 전설 속의 두루미. 「청학」(靑鶴). [蘇
軾 後赤壁賦]「適有孤鶴 橫江東來」. [杜牧 早行詩]「霜凝孤鶴廻 月曉遠山橫」.
11) 큰 거북[巨鰲]: 모래 속에서 봉래산(전설상의 산)을 지고 있다는 큰 거북.

사막에서 싸우는 병사들이여[12]

갑옷을 입고 장정에 나서는구려!

如何沙塞客

摠甲復長征!

공명이 대군을 거느리고 막 떠나려 하는데, 문득 초병이 나는 듯이
보고하기를,

"맹획이 독룡동으로 물러가 나오지 않으며, 동입구의 길을 차단하
고 안에서 굳게 지키고 나오지 않습니다. 산이 험준하고 고개가 높아
서 전진할 수가 없습니다."

하였다. 공명은 여개를 청하여 물었다.

여개가 말하기를,

"제가 일찍이 이들 골짜기에 길이 있다는 말을 들었으나, 실제 자세
히 알지는 못합니다."

하거늘, 장완이 권유하기를

"맹획이 네 번째 사로잡혀 이미 전의를 잃고 감히 다시 나오지 못하
는 게 아닐까요? 하물며 지금은 뜨거운 여름이어서 군마가 모두 지쳐
있기 때문에 정벌에 나서는 게 무익한 일이니, 회군하여 돌아가는 게
좋겠습니다."

하였다.

공명이 말하기를,

"만약에 이와 같이 한다면 맹획의 계책에 바로 빠진 것이외다. 우리
가 군사를 이끌고 퇴각하면, 저는 필시 승세를 타고 추격해 올 것이

---

12) 사막에서 싸우는 병사들이여[沙塞客] : 사막의 여행객. [北史 周文帝記]「今若西
輯氐羌 北撫沙塞 還軍長安 匡輔魏室」. [李白 蘇武詩]「東還沙塞遠 北愴河梁別」.

오. 지금 이미 여기까지 왔다가 어찌 다시 돌아가겠소?"

하고, 드디어 왕평에게 수백의 군사들을 이끌고 전부가 되게 하였다. 그리고 곧 새로 항복한 만명들에게 길을 인도하게 하고, 서북의 소로를 찾아 들어갔다. 앞에 한 샘에 이르자 인마가 다 목말라 하며 다투어 이 물을 마셨다. 왕평은 이 길을 찾아 돌아와 공명에게 보고하였다. 막 영채에 도착하려 할 때에, 군사들이 모두 말을 못하며 입을 가리키고 있었다.

공명은 크게 놀랐다. 그리고 그것이 중독된 것임을 알고 직접 수레를 타고 수십 인만 이끌고 앞으로 가서 살펴보았다. 거기엔 맑은 샘이 하나 있는데 깊어서 밑바닥이 보이지 않는다. 수기(水氣)는 늠름하여 군사들은 감히 근처에 가지도 못하였다. 공명은 수레에서 내려 높은 곳에 올라가 바라보니 사방이 산봉우리에 둘러 쌓여 있었다.

까마귀나 새소리조차 들리지 않아서, 마음속으로 크게 이상하게 생각하였다. 갑자기 멀리 산 언덕 위에 한 옛사당이 있는 것이 보였다. 공명은 칡넝쿨을 잡고 올라가 보니 한 돌집이 있었다. 거기에는 한 장군의 소상이 앉혀져 있고, 곁에는 석비가 있는데, '한나라 복파장군 마원(馬援)의 사당'이라고 쓰여 있었다. 그는 만방을 평정하러 이곳에 왔었는데, 토인들이 사당을 세우고 제사지내고 있는 것이었다.

공명이 재배하고,

"저는 선제의 탁고 중임을 맡아 성지(聖旨)를 계승하여 이 만방이 평정하려 합니다. 만방을 평정되고 난 연후에는, 위를 치고 오를 병탄하여 한실을 중흥하려 하옵나이다. 지금 군사들이 지리에 밝지 못해서, 잘못 독수를 마셔서 말을 못하고 있습니다.

바라건대 존신께서 본조(本朝)의 은의를 생각하셔서 신령함을 나타내,13) 저희 군사들을 보우해 주시옵소서!"

하였다. 빌기를 마치고 사당에서 나와 토인을 찾아 물어보려 하였다.

그때, 은은히 보이는 건너편 산에서 한 노인이 지팡이를 짚고 나오는 데, 그 모습이 보통 사람과는 심히 달랐다. 공명이 그 노인을 청하여 사당에 들여 인사를 한 후에 석상에 마주 앉았다.

공명이 묻기를,

"어르신의 존함이 어찌 되십니까?"

하니 그 노인이 대답한다.

"이 노부는 오래전부터 대국 승상의 이름을 들어 왔습니다만, 다행히도 오늘에서야 뵙게 되었군요! 만방의 사람들은 거의가 다 승상께서 목숨을 살려주신 은혜를 입고 감읍하고 있습니다."

하거늘 공명이 샘의 내력을 물으니, 노인이 대답하기를

"군사들이 마신 물은 아천입니다. 그 물을 마시면 말을 못하고 며칠이 지나면 죽게 됩니다. 이 샘 이외에도 또 세 개의 샘이 더 있습니다. 동남쪽에 있는 샘은 물이 매우 차가워 사람이 그 샘물을 마시면 목구멍에 온기가 없어져 몸이 나른해지다가 죽게 되는데 이 샘을 유천이라 합니다. 정남에 한 샘이 있어 사람들이 거기서 몸을 닦으면, 손발이 모두 검어져 죽게 되는데 이를 흑천이라 합니다.

서남쪽에 한 샘이 있는데 열탕처럼 뜨거우니 만약에 여기서 목욕을 하면, 살과 가죽이 다 떨어져 죽게 되는데 이를 멸천이라 합니다. 여기에 있는 이 네 개의 샘은 모두가 독이 있어서 치료할 약이 없습니다. 또 장기가 심해서, 오직 미·신·유 시각에만 왕래가 가능합니다. 그 외의 시간대에는 다 장기가 심히 끼어서 쏘이면 죽게 됩니다."

하였다.

---

13) 신령함을 나타내[通靈顯聖] : 정신이 신령과 통하고 신령이 그 모습을 나타냄. '현현'은 나타나 분명한 모양. [詩經 大雅篇 假樂]「假樂君子 顯顯令德」.

공명이 묻는다.

"그렇다면 만방을 평정하는 것은 불가합니까. 만방을 평정하지 못한다면, 어찌 오나라와 위국을 병탄하여 다시금 한나라를 중흥시킬 수 있습니까? 선제께서 저에게 탁고의 중책을 맡기셨는데 살아 있음이 죽느니만 못하외다!"

하니, 노인이 말하기를

"승상께서는 너무 걱정 마시옵소서. 제가 한 곳으로 인도할 터이니 그것을 해결하실 수 있을 것입니다."

하였다.

공명이 대답하기를,

"어르신께선 어떤 고견이 있으십니까. 제발 저에게 가르쳐 주시옵소서."

하니, 노인이 말하기를

"여기서 정서로 몇 리만 가면 산골짜기가 하나 있습니다. 그 골짜기로 들어가 20리쯤 가시면 만안계(萬安溪)란 골짜기가 있습니다. 위에 한 고사(高士)가 있는데 그 고사의 호가 '만안은자'입니다. 이 고사는 골짜기에서 나오지 않은 지가 수십여 년이나 됩니다. 그가 거처하는 초암 뒤에 한 개의 샘이 있는데 이름이 '안락천'(安樂泉)입니다.

군사들이 만약에 중독된 때에는 그 샘물을 길어다가 마시게 하면 나을 것입니다. 사람들이 옴이 오르거나 장기에 감염되면, 만안계에 들어가 목욕을 하면 무사할 것입니다. 게다가 암자 앞에 '해엽운향'(薤葉芸香)이란 약초가 있는데, 그 잎을 따서 입에 물면 장기에 걸리지 않게 되오니, 승상께서는 속히 가서 군사들을 구하시지요."

하였다.

공명이 배사하며 말하기를,

"이렇듯 어르신께 활명지덕(活命之德)을 입게 되오니, 감격하옴을 이기지 못하겠나이다. 원컨대 고명이라도 들려주시옵소서."

하니, 노인은 사당에 들어가며

"나는 이곳에 사는 산신(山神)이외다. 복파장군의 명을 받들어 와서 알려드리는 것입니다."

하고 말을 마치자, 사당 뒤의 석벽을 열고 들어가 버렸다.

공명은 경아하여 마지 않았다. 다시 사당 신에게 절을 하고 수레에 올라 왔던 길을 찾아 대채로 돌아왔다.

다음 날, 공명은 신향14)예물을 가지고 왕평과 여러 벙어리 군사들을 데리고, 밤을 도와 산신이 말해 준 곳을 찾아 급히 나갔다. 산골짜기의 좁은 길을 따라 약 20여 리를 가니 장송과 잣나무들, 그리고 대숲이 우거지고 기화(奇花)들이 한 산장을 둘러싸고 있었다. 울에서 약간 떨어진 곳에 몇 칸 안 되는 모옥이 있는데, 향긋한 향내가 코 끝에 스며들었다.

공명은 크게 기뻐하며 산장의 문 앞에 가니 한 소동이 나왔다. 공명이 이름을 말하려 하는데 벌써 한 사람이 나온다. 머리에는 대나무관에 짚신[草履]을 신고 흰 옷[白袍]에 검은 띠[皀絛]를 매었고, 눈은 푸르며 머리카락이 누런 사람이 나와 기꺼하며 묻기를,

"거기 오신 분이 한나라 승상이 아니시오?"

한다.

공명이 웃으면서 말하기를,

"고사께서는 어찌 저를 아시오니까?"

---

14) **신향(信香)** : 선향(線香). 정성을 다해 향을 피우면 그 냄새가 사자가 되어, 신께 가서 분향한 사람의 소원을 전한다는 뜻. [僧史略]「經云 長者請佛 宿夜登樓 手秉香爐以遠信心 明日食時 佛卽來至 故知**香**爲**信**心之使也」.

하니, 은자가 묻기를

"오래전부터 승상께서 대군을 이끌고 남정 오셨다는 것을 들었는데 어찌 모르겠나이까?"

하며, 공명을 초당으로 맞아들였다. 인사가 끝나고 손과 주인 각각 자리를 잡고 앉았다.

공명이 말하기를,

"저는 한 소열황제의 탁고의 중하신 명을 받고15) 지금 천자의 성지를 받들어 대군을 거느리고 이곳에 와서, 만병을 복속시켜 왕화를 받게 하려고 합니다. 그러나 뜻하지 않게 맹획이 동중으로 잠입하고, 군사들이 잘못 아천의 물을 마시게 되었습니다. 밤에 복파장군께서 나타나셔서 고사께서 약천을 가지고 계시며 병을 낫게 할 수 있다는 말씀을 듣고 왔습니다. 바라건대 긍휼히 여기시어 신수(神水)를 주셔서, 여러 병사들을 살려주시옵소서."

하니, 은자가 말하기를

"이 늙은이는 산야의 폐인으로 있는데 어찌 승상께서 직접 오셨소이까? 그 샘은 뒤 암자에 있습니다."

하며, 가져다가 마시라 하였다.

이에 동자의 안내로 왕평 등 아군들이 시냇가에 이르러 물을 떠서 마시자, 즉시 괴악한 침들을 토하더니 곧 말을 할 수 있게 되었다. 동자는 또 군사들을 안내하여 만안계에 가서 목욕을 하게 하였다. 은자는 안에서 백자차(柏子茶)와 송화채(松花菜)를 내어 공명을 대접하였다.

---

15) 탁고의 중하신 명을 받고[託孤之重] : 탁고의 지중함. 죽으면서 자식을 부탁한다는 뜻으로, 유비가 제갈량에게 아들(劉禪)을 부탁한 일을 이름. [三國志 蜀志 先主紀]「先主病篤 **託孤**於丞相亮」. [文選 袁宏 三國名臣序贊]「把臂**託孤** 惟賢與親」.

이때, 은자가 대답하기를,

"이 만동에는 독사와 전갈들이 많고 버드나무 솜꽃[柳花]이 시냇가에 날아오는데, 그 물은 마시면 아니 됩니다. 다만 땅을 파면 샘물이 나올 것이니 그 물을 마시게 하옵소서."

하였다.

공명이 '해엽운향'을 구했더니, 은자는 여러 군사들에게 마음껏 채취하라 하되,

"각자가 그 잎 하나를 입에 물고 있으면 자연히 장기가 들어오지 못할 것이오."

하였다. 공명이 절하며 은자에게 성명을 알려 달라 하니, 은자가 웃으면서

"나는 맹획의 형 맹절(孟節)이란 사람이외다."

하거늘, 공명 크게 놀랐다.

은자가 말하기를,

"승상께서는 의심하지 마시오. 한 마디 하는 것을 용서해 주시구려. 우리는 한 부모 아래서 3형제가 태어났소이다. 큰 아들이 이 늙은 맹절, 둘째가 맹획, 셋째가 맹우입니다. 부모님께서는 다 돌아가셨는데, 두 형제가 강퍅하고 악해서 왕화에 귀의하지 않고 있소이다.

내가 누차 이야기했으나 듣지 않아서 이름을 바꾸고 이곳에 은거하고 있지요. 이제 욕되게도 아우들이 모반을 해서, 승상께서 이 불모의 땅까지 오셔서 이처럼 신고(辛苦)를 겪게 하고 있습니다. 이 맹절은 만 번 죽어 마땅하기에 먼저 승상께 죄를 청합니다."

하였다.

공명이 탄식하며 말하기를,

"도척과 유하혜의 일이[16] 지금도 있음을 믿겠습니다 그려."

하고, 맹절에게 묻기를

"내 천자께 주달하여 공을 왕에 세우려 하는데 어떠십니까."

하니, 맹절이 대답하되

"나는 공명(功名)을 꺼려서 여기 도망해 와 살고 있는데, 어찌 다시 부귀의 뜻을 탐하겠습니까?"

하거늘, 공명이 금백을 주려 하였으나 맹절은 굳이 사양하고 받지 않았다.

공명은 탄식하여 마지 않으며 하직 인사를 하고 돌아왔다.

후세 사람이 지은 시가 전한다.

고사께선 숨어 살며 홀로 관을 닫으셨네

무후는 일찍이 남만을 치러 나섰구나.

　高士幽棲獨閉關

　武侯曾此破諸蠻.

지금 사람은 없고 두어 그루 고목만 있으니

오히려 닫힌 산중에는 찬 연기만 남았구나.

　至今古木無人境

　猶有寒煙鎖舊山.

---

16) 도척과 유하혜의 일이[盜跖·柳下惠之事]: 두 사람은 춘추전국시대 사람으로 형제였으나, 동생 유하혜는 현인이었고 형 도척은 유명한 도적이었다 함. [史記 伯夷傳 正義]「蹠者 黃帝時大盜之名 以柳下惠弟 爲天下大盜 故世放古號之 盜蹠」. [莊子 盜跖篇]「孔子與柳下季爲友 柳下季之弟 名曰盜跖 盜跖從卒九千人 橫行天下 侵暴諸侯」.

공명은 영채에 돌아와서, 군사들에게 땅을 파서 물을 취하게 하였다. 그러나 이십여 길을 파내려가도 물이 나오지 않았다. 무릇 10여 군데를 팠으나 다 이러하였으므로 군사들은 놀라고 당황하였다. 공명은 한밤중에 향을 피우고 하늘에 빌었다.

신 제갈량이 재주가 없사오나, 우러르던 대한의 복을 계승하고 만방을 평정하라는 명을 받고 왔습니다. 지금 중도에 물이 없어서 군사들이 모두 목말라 하고 있습니다. 그러나 상천(上天)이 한나라를 버리시지 않으려 하시거든, 저희들에게 감천(甘泉)을 주시옵소서! 만약에 한의 기운이 이미 끝났으면, 신 제갈량 등은 이곳에서 죽겠습니다!

하며, 이날 밤 빌기를 마치고 날이 밝자 우물을 보니, 우물마다 다 가득히 물이 고여 있었다.

후세 사람들이 지은 시가 전한다.

나라 위해 만방을 평정코자 대병을 이끄시니
그 마음 정도에 있고 신명에 합당하도다.
　爲國平蠻統大兵
　心存正道合神明.

경공이 빌매[17] 감천이 나왔다 하더니

---

17) **경공이 빌매[耿恭拜井]** : 후한의 장수인 경공이 의관을 정제하고 우물을 향해 빎. [中國人名]「漢 國從子 字伯宗 慷慨多大略……匈奴擁絕澗水 恭於城中穿井十五丈 不得水 乃**整衣向井再拜** 有頃 水泉奔出……**恭食盡窮困** 煮弩鎧 食其筋革 與士卒同生死 故皆無二心」.

제갈량 경건한 축원에 감천이 솟구치네.

耿恭拜井甘泉出

諸葛度誠水液生.

공명의 군마들은 감천을 얻게 되자 마침내 안정되어, 좁은 지름길로 해서 곧장 독룡동에 들어가 영채를 쳤다. 만병들이 이 소식을 탐지하여, 맹획에게 보고하기를

"촉병들은 장역에 걸리지 않고 또 물이 없는 걱정을 하지 않으며 샘마다 다 효험이 없어졌답니다."

하거늘, 타사대왕이 듣고도 믿지 않아서 직접 맹획과 같이 높은 곳에 올라가 바라보았다.

그러나 촉병들이 전혀 무사한 것을 보고 또 저들이 큰 통과 작은 통에 물을 운반하여, 말에게도 먹이고 밥을 짓게 하는 것이었다. 타사가 그것을 보고 머리 끝이 쭈뼛하였다.

맹획을 돌아보며 말하기를,

"이들은 신병(神兵)임이 틀림없습니다."

하거늘, 맹획이 대답하기를

"우리 형제 두 사람이 촉병들과 죽기로써 싸울 것이오. 군사들 앞에서 죽더라도 앉아서 손발을 묶이지는 않을 것이외다."

하거늘, 타사가 말하기를

"만약에 대왕께서 싸우다가 패한다면 내 처자식들 또한 죽을 것입니다. 마땅히 소와 말을 잡아서 동정들을 크게 먹이고 상을 주어, 수화를 피하지 말고 곧장 촉병의 영채로 밀고 들어간다면 이길 수 있습니다."

하였다.

이에 만병들에게 큰 상을 주고 막 기병을 하려고 하는데, 홀연 동의
후미에서 은야동(銀冶洞)의 동주 양봉(楊鋒)이 군사 3만을 이끌고 와서
싸움을 돕겠다고 하였다.

맹획이 크게 기뻐하며,

"이웃의 동주가 나를 도우러 왔으니, 내 반드시 이길 것이외다!"

하고, 즉시 타사대왕과 함께 동에서 나가 맞았다.

양봉이 병사들을 이끌고 들어오며,

"저에게 정예병 3만이 있고 다들 철갑을 입었습니다. 게다가 산과
고개를 나는 듯이 넘을 수 있으니, 단지 촉병 백만이라 하더라도 족히
대적할 수 있습니다. 나에게 아들이 다섯인데 다 무예를 갖추고 있사
오며, 자진해서 대왕을 도울 것입니다."

하고, 다섯 명 아들들에게 들어와 절하게 하였다. 보니 다 체구가 늠
름하고 위풍이 당당해 보였다. 맹획은 크게 기뻐하며 자리를 마련해
서 양봉의 다섯 명의 아들들을 상대하였다.

술이 반쯤 오르자 양봉이,

"군사들 중에서 즐거움이 적은 것 같은데, 또 나를 따르는 군사들
중에는 만고가[18] 있어서 칼춤을 잘 추고 있으니 한편 웃음으로 도울
까 합니다."

하거늘, 맹획이 기꺼이 그의 뜻을 따랐다.

잠깐 있자 수십 명의 만고들이 다 머리를 풀어헤치고 발을 벗더니,
장막 밖에서 나와 칼춤을 추면서 들어왔다. 모든 만병들이 손뼉을 치
고 노래를 부르며 화답하였다.

이때, 양봉이 두 아들에게 술잔을 잡게 하였다. 두 아들들은 맹획과

---

18) 만고(蠻姑) : 만족의 어여쁜 여인.

맹우 앞에 술잔을 들어 올렸다. 술잔을 들어서 막 마시려 하는데, 양봉이 큰 소리로 꾸짖으니 두 아들들은 먼저 맹획과 맹우를 자리에서 끌어내렸다. 타사대왕은 급히 달아나다가 양봉에게 생포되었다. 만고들이 장막 위를 가로막고 있으니 누가 감히 그 앞에 접근하겠는가.

맹획이 말하기를,

"토끼가 죽으면 여우가 서러워한다19)고 하더니, 이는 같은 처지이기 때문에 슬퍼하는 것이다. 내 너와 다 같은 동족이고 지난날에 척진 일도 없는데 어찌해서 나를 해치려 하느냐?"

하니, 양봉이 묻기를

"내 형의 자질(子姪)들이 다 제갈승상께서 목숨을 살려주신 은혜를 갚을 길이 없었는데, 이제 네가 반란을 일으키니 어찌 사로잡아서 바치지 않겠느냐?"

하였다.

이에 각동의 만병들이 다 달아나 본동으로 갔다. 양봉은 맹획과 맹우 그리고 타사 등을 공명의 영채로 압령해 갔다.

공명이 들어오라 하거늘, 양봉 등이 장하에서 절하며

"저희 자질들이 다 승상의 은덕을 감동하와 맹획과 맹우의 무리들을 사로잡아 바치옵나이다."

한다. 공명이 저들을 중상하고 맹획을 끌어들이게 하였다.

공명이 웃으며 묻기를,

"네 이번에는 마음으로 복종하겠느냐?"

---

19) 토끼가 죽으면 여우가 서러워한다[兔死狐悲] : 호사토읍(狐死兔泣). 여우가 죽으면 토끼가 운다는 뜻으로, '같은 무리의 불행을 슬퍼함'의 비유임. [田藝蘅 玉笑零音]「鳶鳴而鱉應 兔死則狐悲」. [宋史 李全傳]「狐死兔泣 李氏滅 夏氏寧得獨存」.

하니, 맹획이 대답하기를

"이는 당신의 능력이 아니오이다. 이에 동중 사람이 서로 잡아먹으려 하여 이 지경에 이르렀소. 죽이려 하거든 죽이시오. 다만 항복은 않겠소!"

하였다.

공명이 또 묻기를

"네가 거듭 나를 속여서 먹을 물이 없는 곳으로 들어오게 하고, 게다가 아천·멸천·흑천·유천과 같은 독으로 해치려 하였지만 우리 군사들은 별 탈이 없었다. 어찌하여 이것이 하늘의 뜻이 아니겠느냐? 네가 어찌 이처럼 미혹에 집착하느냐?"

하니, 맹획이 대답하기를

"우리 선조께서 은갱산에 사시면서 삼강의 험준함과 중관의 견고함이 있었으니, 당신이 만약에 거기서 나를 사로잡는다면 내 마땅히 자자손손 마음속으로 복종하고 섬기겠소."

하였다.

공명이 말하기를,

"내 다시 놓아주어 너를 돌아가게 할 터이니, 다시 병마를 정비하여 나와 함께 승부를 겨루자. 네가 그때에도 사로잡히고 또다시 복종하지 않는다면, 그때는 너의 구족을20) 멸하리라."

하며, 좌우를 꾸짖어 저의 속박을 풀어주고 놓아 주었다. 맹획은 재배하고 가버렸다. 공명은 또 맹우와 타사대왕도 다 묶은 것을 풀고 술과 음식을 주며 놀란 마음을 진정시켰다. 두 사람은 송구해서 감히 쳐다

---

20) **구족(九族)** : 고조·증조·조부·부친·자기·아들·손자·증손·현손까지의 동종(同宗) 친속을 통틀어 일컫는 말. [書經 虞書篇 堯典]「克明俊德 以親**九族**」. [詩經序]「葛藟 王族刺平王也 周室道衰 棄其**九族**焉」.

보지도 못하였다. 공명은 말에 안장을 얹어 돌려보냈다.

이에,

길은 험지여서 오기도 쉽지 않은 일인데
다시금 기모를 펼치다니 이 어찌 우연이랴?
深臨險地非容易
更展奇謀豈偶然?

맹획이 군사들을 재정비해 올지, 또 그 승부가 어찌 될지는 알 수가
없다. 하회를 보라.

제90회

거수를 몰고 가 여섯 번째로 만병을 깨뜨리고
등갑을 태워 맹획을 일곱 번째 사로잡다.

　驅巨獸六破蠻兵
　燒藤甲七擒孟獲.

　한편, 공명은 맹획과 그 무리들을 놓아주고, 양봉 부자에게는 다 관
직을 봉하고 동병들을 중상하였다. 양봉 등이 배사하고 물러갔다. 맹
획 등이 밤을 도와 달려서 은갱동으로 달아났다. 그 동의 바깥에는
삼강(三江)이 있었는데, 이는 노수(瀘水) · 감남수(甘南水) · 서성수(西城水)
였다. 이 세 강이 모이는 곳이기에 이를 삼강이라 하는 것이었다.
　그 동의 가까운 북쪽은 2백여 리가 평탄하고, 여러 가지 물건이 많
이 생산되었다. 동의 서쪽 2백여 리에 소금샘[鹽井]이 있고 서남 2백
리를 나가면 곧 노수와 감남수에 이르며, 정남향 3백여 리쯤 나가면
양도동(梁都洞)이 있는데, 동중에 산이 있고 그 산들이 동을 둘러싸고
있었다. 산 위에 은광이 있음으로 '은갱산'이라 부르는 것이었다. 산
중에는 궁전과 누대가 있어서 만왕의 소굴이 되고 있었다.
　그 가운데 한 조상의 사당이 세워져 있는데, 그 이름이 '가귀'(家鬼)
였다. 일 년에 네 차례 소를 잡고 말을 잡아 제사를 지내는데, 그것을
'복귀'(卜鬼)라 하였다. 매년 늘 촉인 등 외향 사람을 제물 삼아 제를
지냈다. 만약에 사람들이 병이 나면 약을 먹이지 않고, 무당으로 하여

금 기도를 드리게 했는데 그것을 '약귀'(藥鬼)라 하였다. 그곳에는 법이 없고 다만 죄를 범하면 곧 참하였다. 여자 아이가 성장하면 시내에 가서 목욕을 하게 하고 남녀가 함께 술을 마시며 서로 짝을 짓는데, 부모는 간섭을 하지 못하였고 이를 '학예'(學藝)라 하였다.

매년 우수 균조하면1) 곧 볍씨를 뿌리고, 만약에 그 벼가 잘 여물지 않으면 뱀을 죽여 국을 끓이고 코끼리를 삶아 밥을 지어 먹었다. 주변 부락마다 큰 부락을 '동주'(洞主)라 하고, 그 다음 부락의 우두머리를 '추장'(酋長)이라 하였다. 매달 초하루와 보름날이면 다 삼강 성에서 장이 서서 물물교환을 하는데, 이곳의 풍속이 이러하였다.

한편, 맹획은 동중에서 종당2) 천여 명을 모아 놓고, 저들에게

"내 여러 차례 촉병에게 욕을 당했는데, 맹세코 저들에게 앙갚음을 하고저 한다. 자네들은 무슨 좋은 생각이 없느냐?"

하고 말이 끝나기도 전에, 한 사람이 나오며

"내가 한 사람을 천거하겠습니다. 저는 제갈량을 깨뜨릴 수 있을 것입니다."

하거늘, 사람들이 저를 보니 이에 맹획의 처제였다. 그는 지금 팔번부장으로 이름을 '대래동주'(帶來洞主)라 하였다. 맹획이 크게 기뻐하며 급히 누구인고 물었다.

대래동주가 말하기를,

"여기서 서남쪽에 팔납동(八納洞)이 있는데 그 동주는 목록대왕(木鹿大王)으로 도술에 통해서, 나갈 때에는 코끼리를 타고 바람과 비를 부

---

1) 우수 균조(雨水均調) : 비가 고르게 내림. 「우순풍조」(雨順風調). [韋應物 登重元寺詩]「俗繁節又暄 雨順物亦康」. [蘇軾 荔枝歎詩]「雨順風調百穀生 民不飢 寒爲上瑞」.
2) 종당(宗黨) : 그 일당・같은 종족. [文選 鮑照 擬古詩]「宗黨生光華 賓僕遠傾慕」.

를 수 있습니다. 늘상 호표시랑과3) 같이 있으며 독사와 전갈 등을 데리고 다닙니다. 그의 수하에 3만이나 되는 신병이 있는데 모두가 아주 용맹합니다. 대왕께서 편지 한 통에 예를 갖추어 주면, 제가 가서 저를 구해 오겠나이다. 이 사람이 허락만 한다면 어찌 촉병을 두려워하겠나이까?"

하거늘, 맹획이 기꺼이 국구(國舅)에게 편지를 써 주어 가게 하였다.

한편으로는 타사대왕에게 삼강성을 지키라 하고서 전면의 병장(屏障)을 삼게 하였다. 이때, 공명은 병사들을 이끌고 곧장 삼강성에 이르렀다. 이 성은 삼면에 강을 끼고 있으며 오직 한 면만이 육지로 통하고 있음을 보고, 곧 위연과 조운에게 군사들을 이끌고 육지와 연결된 길로 가서 성을 공격하라 하였다. 군사들이 성 아래 이르렀을 때 성 위의 궁노들이 일제히 활을 쏘아댔다.

원래 동중 사람들이 활쏘기에 능숙해져 있어서 한 노(弩)에서 한꺼번에 열 발씩 쏠 수 있었다. 화살촉 머리에는 다 독약이 묻어 있어 화살을 맞기만 하면, 살가죽이 다 문드러지고 오장이 드러나 죽게 되었다. 조운과 위연은 이들을 이길 수 없자, 돌아와 공명에게 화살촉에 독약이 묻어 있음을 말하였다. 공명은 직접 작은 수레를 타고 군사들 앞에 나아가 허실을 살폈다.

영채로 돌아와서 군사들에게 몇 리쯤 물러나서 영채를 세우게 하였다. 만병들은 촉병들이 멀리 물러나는 것을 보고 크게 웃으며 축하하였다. 그들은 촉병들이 두려워 물러나는 것이려니 하였다. 그래서 이날 밤에 안심하고 잠을 자며 초탐하러 가지도 않았다.

---

3) **호표시랑(虎豹豺狼)** : 호랑이와 표범, 그리고 승냥이와 이리. '두 짐승의 사나움과 탐욕스러움'을 비유함. [管子 形勢解]「**虎豹** 獸之猛者也」. [孟子 離婁篇 上]「嫂溺不援 是**豺狼**也」.

한편, 공명은 군사들을 물리게 한 후 곧 영채를 닫아 걸고 싸우러 나가지 않았다. 계속 닷새가 되어도 별 명령이 없었다. 황혼 무렵에 왼편에서 갑자기 미풍이 일었다. 그때서야 공명은 영을 내리기를,

"모든 군사들은 옷깃 한 폭씩을 준비해 초경에 점검을 받도록 하되 없는 자는 참하리라."

하였다. 그러자 여러 장수와 군사들은 전혀 그 의도를 알지 못하였으나, 명령대로 모두 준비하였다.

초경 시분이 되자, 또 영을 내려

"여러 군사들은 흙을 싸가지고 산강성 아래에 두어야 한다. 먼저 도착하는 자에게는 상을 주겠다."

하니, 명을 들은 군사들은 옷깃에 흙을 싸 가지고 나는 듯이 달려 성 아래에까지 갔다. 공명은 흙을 쌓아서 계단을 만들게 하고,4) 먼저 성에 오르는 자에게는 첫 번째 공을 주겠다 하였다. 이에 촉병 10여 만 명에 항병 만 여명이 모두 흙을 쏟아 놓았다. 삽시간에 흙이 쌓여 산이 되어서 성과 같아졌다.

한 소리의 암호에 촉병들이 모두 성에 오르니, 만병들이 급히 활을 쏘려 하였으나 태반이 다 잡혔고 나머지 군사들은 성을 버리고 달아났다. 타사대왕은 어지러운 군사들 틈에서 죽었다. 촉의 장수들은 군사들을 독려하여 길을 나누어 짓쳐 갔다. 공명은 삼강성을 취하고 얻은 보물을 다 삼군에게 상으로 주었다.

패잔한 만병들은 도망해 돌아가니, 맹획을 보고 말하기를

"타사대왕은 죽었고 삼강성을 잃었습니다."

---

4) 계단을 만들게 하고[蹬道] : 「등도」(磴道). 돌계단 길[石路]. [李程 華淸宮望幸賦]「步磴道以寂暦 眄廣庭以寥曠」. [陸龜蒙 縹緲奉峯詩]「淸晨躋磴道 便是屛顔始」.

하니, 맹획은 크게 놀랐다.

마침 생각 하던 차에, 사람이 와서 촉병들이 벌써 강을 건너 본동(本洞) 앞에 하채하였다고 하였다. 마침 맹획이 심히 당황해 하였다.

마침, 그때 병풍 뒤에서 한 사람이 웃으며

"어찌 남자가 되어 전혀 지혜가 없소이까? 내 비록 여자이지만 그대를 위해 나가 싸우겠습니다."

하거늘, 맹획이 보니 축융부인이었다.

부인은 대대로 남만에서 살아온 축융씨의5) 후예였는데, 비도(飛刀)를 쓰는 솜씨가 백발백중이었다.6) 맹획이 몸을 일으키며 칭찬하며 사례하였다. 부인이 흔연히 말에 올라 종당의 맹장 수백 명과 싸우지 않아 힘이 넘치는 동병 5만을 이끌고 은갱궁궐을 나섰다. 겨우 동구를 돌아 나서는데 한 떼의 군사들이 길을 막아서니, 앞선 장수는 장의였다. 만병들이 저를 보자 양쪽으로 나뉘어 벌여 섰다. 축융부인이 나서는데 등에 다섯 자루의 비도를 꽂고, 손에는 긴 창을 뽑아 쥐고 곱슬털의 적토마를 타고 있었다.

장의가 축융부인을 보고 속으로 칭찬해마지 않았다. 두 사람의 말이 어우러져 싸웠다. 싸움이 몇 합 못 되어 부인이 말을 박차며 달아났다. 장의가 급히 쫓아가는데 공중에서 비도가 내려 꽂혔다. 장의가 급히 손을 써서 막으려 하였으나, 곧장 왼쪽팔에 비도가 꽂히자 몸을 뒤채며 말에서 떨어졌다. 만병들이 일제히 함성을 지르며 달려들어

---

5) **축융씨(祝融氏)** : 전설 속의 고대 제왕의 한 사람. 여름(불)의 신. [禮記 月令篇] 「孟夏之月 其神**祝融**」.

6) **백발백중(百發百中)** : 쏘는 대로 다 적중함. [史記 周本紀] 「楚有養由基者 善射者也 去柳葉者百步而射之 **百發**而**百中**之 左右觀者數千人 皆曰善射」. [戰國策 西周策] 「夫射柳葉者 **百發百中** 而不以善息」.

장의를 결박하였다.

마충은 장의가 잡혔다는 소릴 듣고 급히 구원하고자 나가려 하는데, 만병들에게 둘러싸여 버렸다. 바라보니 축융부인이 말고삐를 세우고 창을 빼어 들었다.

마충은 노기가 나서 앞으로 싸우러 나섰으나, 타고 있는 말이 쓰러져 또한 사로잡히고 말았다. 모두 묶여서 동중에 끌려가 맹획을 뵈었다. 맹획은 자리를 배설하고 축하한다. 축융부인이 도부수를 꾸짖어 장의와 마충을 참하려 하였다.

그때, 맹획이 이를 제지시키며,

"제갈량은 나를 다섯 번씩이나 놓아 주었소. 이번에 만약 저희 장수들은 참한다면 이는 의가 아니오이다. 또 저들을 동굴에 잡아두고, 제갈량을 사로잡을 때까지 기다렸다가 죽여도 늦지 않을 것이오."

하니, 부인이 그의 말을 따라 웃고 술을 마시며 즐겼다.

한편, 패병이 공명에게 와서 이 일을 고하였다. 공명은 곧 마대와 조운·위연 등 세 사람을 불러 계책을 주었다. 저들은 각기 군사들을 거느리고 갔다. 다음 날 만병들이 동굴에 들어가, 조운이 군사를 이끌고 와서 싸움을 돋운다고 보고하였다. 축융부인이 곧 말을 타고 나가 맞았다. 두 사람이 싸우기 몇 합이 못 되어서 조운이 말을 돌려 달아났다. 부인은 매복이 있을까 하여 말고삐를 멈추고 돌아갔다.

위연이 또 군사들을 이끌고 와서 싸움을 돋우자, 부인은 말을 몰아나가 맞았다. 싸움이 긴급해지자 위연이 거짓 패해 달아나거늘, 부인은 쫓지 않고 병사들을 거두어 돌아갔다.

이튿날 조운이 또 군사를 이끌고 싸움을 돋우자 축융부인이 동병을 이끌고 나가 맞았다. 두 사람의 싸움이 수합이 못 되어서 조운이 거짓 패하니, 부인이 창을 거두고 쫓지 않았다. 병사를 거두어 돌아가려 할 때에, 위연이 군사들을 이끌고 와서 욕을 하며 꾸짖었다. 부인은 급히 창을 꼬나들고 위연을 쫓아가니 위연은 말머리를 돌려 달아났다. 부인은 화가 나서 급히 쫓아가니 위연은 말을 몰고 산 속의 좁은 길을 달려 들어갔다.

갑자기 뒤에서 큰 소리가 들리거늘, 위연이 돌아보니 부인이 뒤로 자빠져 말에서 떨어졌다. 원래 마대가 이곳에 매복하고 있다가 반마삭을[7] 이용해 말을 넘어뜨리고 달려들어 부인을 사로잡아 대채로 압령해 갔다. 만장(蠻將)과 동병들이 다 나와서 구하려 하였지만, 조운의 일군이 한바탕 몰아쳤다. 공명이 장막 위에 단정히 앉아 있는데, 마대가 축융부인을 압령해 왔다. 공명은 급히 무사들에게 묶은 것을 풀게 하고, 별장(別帳)에서 술을 대접하며 놀라움을 진정시켰다.

그리고는 사자를 보내서 맹획에게 알리기를 부인을 보낼 터이니, 장의와 마충 두 장수를 보내라 하였다. 맹획이 이를 허락하고 곧 장의와 마충이 공명에게 돌려 보냈다. 공명은 드디어 부인을 동중으로 들여보냈다. 맹획이 부인을 맞으며 한편 기뻐하며 또한 한편으로는 고뇌하였다.

그때, 문득 팔납동주가 이르렀다고 알려왔다. 맹획은 장막 밖까지 나가서 영접하였다. 그는 흰코끼리를 타고 몸에 금은과 구슬들을 두르고, 허리에는 두 개의 큰 칼을 차고 있었다. 또 호표시랑 등 맹수들을 거느린 군사들에게 둘러싸여 들어왔다.

맹획이 재배하고 탄원하며 그동안 있었던 일을 아뢰었다. 목록대왕은 원수 갚는 일을 허락하였다. 맹획은 크게 기뻐하며 술자리를 마련하고 대접하였다. 다음 날 목록대왕은 본부병과 맹수들을 데리고 나

---

7) 반마삭(絆馬索) : 적의 말 다리를 걸어서 쓰러뜨리는 줄. [中文辭典]「以索暗藏地下 爲絆倒敵人之馬之用者」.

갔다. 조운과 위연은 만병이 왔다는 소식을 들어 알고는, 드디어 군마를 이끌고 나서서 진세를 벌였다.

두 장수가 말고삐를 나란히 하고 진 앞에 서서 저들을 보니 만병들은 깃발과 무기들이 다 특별하였고, 군사들마다 갑옷을 입지 않고 벌거숭이였다. 얼굴이 못생기고 더러웠으며, 몸에는 네 자루의 단검만 들고 있었다. 군사들은 고각을 울리지 않고 징을 쳐 신호를 삼고 있었다. 그런데 목록대왕만은 허리에 두 자루 보도를 차고, 손에는 방울이 달린 종을 들고 있었다. 흰코끼리를 타고서 큰 깃발사이로 나온다.

조운이 저를 보고, 위연에게 말하기를

"우리들이 싸움터에서 평생을 살아왔거만, 일찍이 이런 인물은 처음이구려."

하였다.

두 사람이 침음하고 있을 때에, 다만 보니 목록 대왕이 입속에서 알 수 없는 주문을 외우고 손의 방울을 흔드니, 홀연 심한 바람이 일고 사석이 날리며 소나기가 내렸다. 게다가 화각이[8] 울리고 호랑이·표범·승냥이·이리 등 맹수와 독사들이 바람을 타고 나와, 이빨을 드러내고 발톱을 세우고 몰려나온다. 촉병들이 어찌 저들을 당해낼 수 있으랴. 모두가 뒤로 밀려나자, 만병들이 뒤따라 추살해 오더니 곧 삼강의 경계까지 추격했다가 돌아갔다. 조운과 위연은 패병들을 수습하고 공명의 장막 앞에 와서 죄를 청하며, 이 일을 상세하게 말하였다.

공명은 웃으면서

"이는 자네들의 죄가 아니네. 내가 모려(茅廬)에서 나오지 않았을 때 일찍이 남만에 호표지법이 있다는 것을 알고 있었소. 내 촉에서 떠나

---

8) 화각(畫角) : 뿔피리. [絃管記]「胡角有雙角 即今畫角」. [高適 送渾將軍詩]「城頭畫角三四聲 匣裏寶刀晝夜鳴」.

올 때 이미 이 진을 깨뜨릴 물건들을 만들어 두었소. 이번 수레 20량에 실어 왔는데, 여기까지 밀봉해서 왔소. 오늘 반만을 사용하고 반은 남겨 두었다가 뒤에 특별히 쓸 데가 있을 것이오."

하고, 좌우에게 명하여

"붉은 기름칠을 한 10량의 수레를 장벽 아래 가져오게 하고, 검은 기름칠을 한 10량의 수레는 뒤에다 남겨 두어라."

하였다. 여러 사람들은 공명의 뜻을 알 수가 없었다. 공명이 수레를 여니 나무로 깎고 그림을 칠한 거대한 짐승이었다. 그리고 오색실로 털옷을 만들어 입히고 강철로 이빨과 발톱을 만들었는데, 한 개에 열 사람이 앉을 만하였다. 공명은 정예 군사 1천여 명을 뽑아 1백 마리의 '짐승'을 주고 안에 들어가, 연기와 불을 낼 수 있는 물건들을 수레 속에 감추어 두게 하였다.

다음 날 공명은 대병을 이끌고 동의 입구에 포진하였다. 그러자 만 병들은 동정을 살피고 동에 들어가 만왕에게 보고하였다. 목록대왕은 자신을 대적할 사람이 없다고 말하며, 곧 맹획과 함께 동병을 이끌고 나왔다. 공명은 윤건에 우선을 들고 몸에는 도포를 입고, 수레 위에 단정하게 앉아 있었다.

맹획이 손으로 가리키며,

"수레에 앉아 있는 자가 바로 제갈량이다! 만약에 저를 사로잡기만 한다면 큰 일이 끝나게 됩니다!"

하거늘, 목록대왕이 입으로 주문을 외우고 손에 든 방울을 흔들었다, 삽시간에[9] 광풍이 크게 일고 맹수들이 튀어나왔다. 공명이 부채를 흔들자 그 바람은 곧 돌아서 저들의 진중으로 불고, 촉진에서는 가짜

---

9) 삽시간에[頃刻之間] : 잠깐 사이. 아주 짧은 동안. [三國志 吳志 諸葛恪傳]「犬不欲我行乎 還坐 頃刻乃復起 犬又銜其衣」. [歐陽脩 憎蒼蠅賦]「頃刻而集」.

짐승들이 튀어 나왔다.

만방의 진짜 짐승들은 촉중의 큰 짐승들이 입으로 불길을 토하고 코로는 검은 연기를 뱉고 몸에서는 종을 흔들며 큰 이빨과 발톱을 세워 나오니, 모든 악한 짐승들이 감히 전진하지 못하였다. 다 만동으로 달아나며 반대로 만병들을 수 없이 쓰러뜨렸다. 공명이 군사들을 몰아 고각을 일제히 울리며, 앞을 바라고 추살해 나갔다. 목록대왕은 어지러운 속에서 죽었다. 동 안에 있던 맹획의 종족들은 다 궁궐을 버리고 산을 타고 고개를 넘어 달아났다. 공명의 대군들이 은갱동을 점령하였다.

이튿날, 공명은 군사들은 나누어 맹획을 사로잡으려 보내려고 하는데 보고하기를,

"만왕 맹획의 체제 대래동주가 맹획에게 항복할 것을 권하였으나 듣지 않으므로, 맹획과 축융대왕 및 종당 수백여 사람들을 다 사로잡아 이들을 승상께 바치러 왔습니다."

하였다. 공명이 듣고 곧 장의와 마충을 불러 부탁하기를 이리이리 하라 하였다. 두 장수가 계책을 받고 2천여 정병들을 데리고 양쪽 회랑에 매복하였다. 공명은 수문장에게 명하여 모두 들어오게 하였다.

대래동주가 도부수들을 데리고 맹획의 무리 수백여 명을 압령해 와서 전각 아래에서 절한다.

공명이 큰 소리로,

"이놈들을 잡아내거라!"

하니, 양쪽 회랑에서 일제히 병사들이 나와서 두 사람이 한 사람씩 잡아 모두 결박을 지웠다.

공명이 웃으며,

"내가 너희의 얕은 계책에 어찌 속아 넘어 가겠느냐! 너희들이 두

차례나 본동 사람들을 사로잡아 항복해 왔는데도, 내가 위해를 가하지 않았다. 이번에도 내가 믿어줄 줄 알고 거짓 항복해 와 동중에서 나를 죽이려 했느냐!"

하고, 무사들에게 명하여 저들의 몸을 뒤지게 하니, 과연 각자가 날카로운 칼들을 품고 있었다.

공명이 맹획에게 묻기를,

"네가 원래 너의 영내에서 사로잡히면, 마음으로 복종한다 하였는데 오늘은 어떠냐?"

하니, 맹획이 말하기를

"이는 우리들이 스스로 와서 죽으려는 것이지, 당신의 능력이 아니지 않소이까. 나는 마음속으로 항복하지 않겠소."

하였다.

공명이 말하기를,

"이번으로 여섯 번째인데 그래도 복종하지 않으니, 네 어느 때를 기다리는 것이냐?"

하니, 맹획이 대답하기를

"내 일곱 번째로 사로잡혀 온다면 마음을 다해 귀순하리다. 그때는 맹세코 반란을 일으키지 않겠소이다."

하였다.

공명이 또 묻는다.

"너의 소굴은 이미 깨졌는데 내 어찌 염려하겠느냐?"

하며, 무사들에게 저의 포박을 풀어주게 하고 꾸짖기를,

"이번에 또 사로잡혀 와서 다시 나를 속이려 한다면, 반드시 가벼이 용서하지 않으리라!"

하니, 맹획 등이 쥐새끼처럼 머리를 싸매 쥐고 갔다.

한편, 패한 만병들은 1천여 명 정도 되었는데, 태반이 부상을 입은 채 도망가다가 만왕 맹획과 딱 마주쳤다. 맹획은 패병들을 수습하고는 마음속이 적이 가라앉았다.

대래동주와 의논하기를,

"내가 이제 동부(洞府)를 촉병에게 빼앗겼으니, 어디에 가서 몸을 의탁할 수 있겠는가?"

하니, 대래동주가 말하기를

"오직 한 나라만이 촉병을 깨뜨릴 수 있을 것입니다."

하거늘, 맹획이 기뻐하며,

"어디로 가면 되는가?"

하니, 대래동주가 대답하기를

"여기서 동남쪽으로 7백 리쯤에 오과국(烏戈國)이란 나라가 있습니다. 그 나라의 임금을 올돌골(兀突骨)이라 하는데, 신장이 2척에다 곡식을 먹지 않고서 산뱀과 짐승들을 먹습니다. 몸에는 비늘이 있어서 칼이나 화살로도 범할 수가 없답니다.

그의 수하 군사들은 등나무 갑옷을 갖추어 입고 있는데, 그 등나무는 산골짝 계곡의 석벽 안쪽 평평한 곳에서 자랍니다. 나라 사람들이 이를 베어다가 기름 속에 담가 두고 반년 후에 이를 볕에 말린 답니다. 마르면 다시 기름에 담그기를 10여 차례 반복한 후에 갑옷이 만들어지면 이것을 입는데, 강을 건너도 물에 잠기지 않고 물에 담가도 젖지 않으며 칼이나 화살도 뚫지 못한답니다. 그러므로 이들을 '등갑군'(藤甲軍)이라 부릅니다.

이제 대왕께서 가서 만나시고 만약에 저가 돕겠다고만 하면, 제갈량을 잡기란 날카로운 칼로 대나무를 쪼개는 것과[10] 같을 것입니다."

하였다. 맹획이 크게 기뻐하며 마침내 오과국으로 갔는데, 그 동에는 전혀 집이 없고 다들 토굴 속에서 생활하고 있었다. 맹획은 동중으로 돌아가서 재배하고 처지를 설명하였다.

올돌골이 말하기를,

"내 본동의 병사를 일으켜 자네의 원수를 갚아 주겠소."

하거늘, 맹획이 기뻐 배사하였다.

이에 올돌골이 두 사람의 부장(俘長)을 부르니, 한 사람은 토안(土安) 이고 다른 한 명은 해니(奚泥)였다. 이들이 3만의 군사들을 일으키니 다 등갑을 입고 오과국을 떠나 동북을 바라고 갔다.

군사들이 한 강에 이르렀는데 그 강은 '도화수'(桃花水)였다. 양쪽 강 안에 복숭아나무가 심겨 있는데, 해마다 꽃잎이 물에 떨어져 있어 다 른 나라 사람이 이 물을 마시면 다 죽고 오직 오과국 사람들이 마시면 정신이 배가 되었다. 올돌골의 병사들은 도화수에 이르러 그 입구에 하채하였다.

한편, 공명은 만병들을 시켜 맹획의 소식을 탐지하게 하였는데, 돌 아와 말하기를

"맹획은 오과국 임금에게 청하여 3만의 등갑군을 이끌고 도화수의 애구에 진을 치고 있습니다. 맹획은 또 각 번(番)에서 만병들을 뽑아서 같이 싸운다고 합니다."

하거늘, 공명이 듣고 나서 병사들을 대거 발진하여 곧장 도화수의 입 구에 이르렀다.

강 건너편에서 만병들은 사람같아 보이지 않고 심히 추악해 보였

---

10) 날카로운 칼로 대나무를 쪼개는 것과[利刀破竹] : 썩 잘 드는 칼로 대나무를 쪼갬. 「파죽지세」(破竹之勢). 많은 적을 물리치고 쳐들어가는 당당한 기세. [晉書 杜預傳]「預日 今兵威已振 **譬如破竹** 數節之後 皆迎刃而解」. [北史 周高祖 紀]「嚴軍以待 擊之必克 然後乘**破竹勢** 鼓行而東 足以窮其窟穴」.

다. 또 토인에게 물으니 말하기를, 오늘 도화의 꽃잎이 마침 떨어져 그 물을 마실 수 없다 했다. 공명은 5리쯤 물러나 하채하고는 위연에게 영채를 지키게 하였다.

다음 날, 오과국 임금이 한 떼의 등갑군을 이끌고 물을 건너며 금고 소리를 크게 울렸다. 위연은 병사들을 이끌고 나가 저들을 맞았다. 만병들은 새까맣게 땅을 휩쓸며 몰려들었다. 촉병들이 노전(弩箭)을 쏘았으나, 화살들이 다 등갑 위에 가서는 뚫지 못하고 다 땅에 떨어졌다. 칼로 찍고 창으로 찔러도 들어가지 않았다. 만병들은 다 날카로운 칼과 강차(鋼叉)를 쓰고 있어서 촉병들은 무슨 수로도 당해내지 못하고 다 패주하였다. 만병들은 추격하지 않고 돌아갔다.

위연은 다시 돌아와 급히 도화수 애구에 이르러서 보니, 만병들이 갑옷을 입은 채로 강을 건너고 있었다. 좀 지친 병사들은 갑옷을 벗어서 강물 위에 놓고는 그 위에 앉아서 건넜다. 위연은 급히 영채로 돌아와서 공명에게 이 일을 자세히 말하였다.

공명은 여개와 이 고장 사람에게 물으니, 여개가 말하기를

"제가 평소 듣기에는 남만에 한 오과국이란 나라가 있는데, 사람이 지켜야 할 인륜이 없다고 합니다. 또 저들은 등갑으로 몸을 보호하고 있어서 일체 살상하기 어렵답니다. 또 도엽(桃葉)이란 나쁜 물이 있는데, 본국 사람이 마시면 도리어 정신이 배가 되지만, 타지 사람들이 마시면 곧 죽게 된답니다. 이 같은 만병들과 싸워 전승한다 해도, 뭐 유익할 게 있겠습니까? 이제 군사들을 일찍 돌아가게 함만 못할 것입니다." 하였다.

공명이 웃으며,

"우리가 여기까지 오는 데도 수월치 않았는데 어찌 금방 돌아가겠소? 내 내일이면 저절로 만방을 평정할 수 있는 계책이 있을 것이

외다."

하였다.

　이에 조운에게 위연을 도와 성을 지키게 하고, 절대 가벼이 나가 싸우지 말라 하였다.

　다음 날, 공명은 토인을 데리고 직접 수레를 타고, 도화수 북쪽 연안 산이 궁벽진 곳에 이르러서 지형을 살펴보았다. 산이 험하고 고개가 높은 곳이어서 수레가 갈 수 없게 되자, 공명은 수레에서 내려 걸어갔다. 그때 문득 한 산에 이르렀는데 그 계곡을 훑어보니, 그 형세가 긴 뱀과 같고 다 석벽이 뾰족 뾰족하게 솟아서 위험한데다가 나무가 전혀 없었다. 중간에 한 가닥 큰 길이 있을 뿐이었다.

　공명은 토인에게 묻기를,

　"이 골짜기를 무어라 부르느냐?"

하니, 토인이 대답하기를

　"이곳은 이름을 '반사곡'(盤蛇谷)이라 합니다. 계곡에서 나가면 삼강성에 이르는 큰 길이 있습니다. 그런데 그 계곡 앞의 이름을 탑랑전(塔郞甸)이라 하는 곳입니다."

하였다.

　공명이 크게 기뻐하며,

　"이곳은 곧 하늘이 나에게 성공을 이루게 하기 위해 주신 곳이로다!"

하고, 마침내 온 길을 따라 수레를 타고 영채로 돌아왔다.

　마대를 불러 이르기를,

　"자네에게 검은 기름이 들어 있는 수레 10량을 줄 터이니, 죽간(竹竿) 천여 개를 준비하라. 그리고 궤 속의 물건을 이리이리 하게. 본부병을 데리고 가서 반사곡의 양쪽 어귀를 지키고 방법에 따라 시행하거라. 자네에게 보름의 기한을 줄 터이니, 모든 것을 완비하였다가 기한이 되거든 이렇게 설치하라. 만일에 이 일이 누설된다면 정해진 군법에 따를 것이외다."

하자, 마대가 계책을 받고 나갔다.

또 조운을 불러 분부하기를,

"자네는 반사곡의 뒤에 있다가 삼강성으로 가는 큰 길 어귀에서 이러이러 하게 지키고 있게나. 쓰이는 물건들을 날짜를 정해서 완비하시게."

하니, 조운이 계책을 받고 나갔다.

공명은 또 위연을 불러서,

"자네는 분부병을 이끌고 도화수를 건너서 그 입구에 하채하게. 그랬다가 만병들이 물을 건너 쳐들어오면, 곧 영채를 버리고 백기가 있는 곳을 바라보고 달아나시게. 보름을 기한으로 그동안 연거푸 15판은 싸움에 지고 7개의 영채는 버려야 하네. 만약에 14판만 졌다면 나를 보러 오지 말게나."

하거늘, 위연이 명을 받들고 나가며 마음속에 불평이 있어 앙앙하며 갔다.

공명은 또 장익을 불러서, 다른 일군을 이끌고 지정하는 곳으로 가서 영채를 세우게 하였다. 장익과 마충에게는 본동에서 항복한 병사 1천여 명을 이끌고 가서 이리이리 하라 했다. 각자가 모두 계획대로 행동하였다.

한편, 맹획은 오과국의 임금 올돌골에게

"제갈량은 계책 많은 인물이어서 혹시 매복이 있을 것입니다. 이후부터 교전할 때에는 3군에게 명하여, 산골짜기와 나무가 많은 곳에는 쉽게 나가지 못하게 하십시오."

하니, 올돌골이 말하기를

"대왕의 설명에 일리가 있소이다. 나도 벌서 중국인들이 속임수를 잘 쓰고 있음을 아오. 이후부터는 당신의 말대로 하겠소이다. 내 앞에서 시살해 갈 터이니 당신은 배후에서 지도해 주시구려."

하고 두 사람이 계획이 세워졌다.

그때, 문득 촉병들이 도화수의 입구 북쪽 연안에 영채를 세우고 있다는 보고가 들어왔다. 올돌골이 곧 두 부장(俘長)을 시켜, 등갑군을 이끌고 도화수로 건너서 촉병과 싸우라 하였다. 몇 합이 못 되어 위연이 패주하였으나, 만병들은 매복이 있을까 두려워 쫓지 않고 돌아왔다.

그 다음 날 위연이 또 영채를 세웠다. 만병은 이 사실을 초탐하고는 군사들을 이끌고 도화수를 건너가 교전하였다. 위연이 또 나와 맞서다가 싸움이 몇 합이 안 되어서 패해 달아났다. 만병이 추살하며 10여 리를 쫓아갔으나 사방에서 적의 움직임이 없자, 촉군의 영채에 군사를 들어가게 하였다.

그 이튿날 두 부장들이 올돌골의 영채에 찾아와서 이런 일들을 보고 하였다. 올돌골은 즉시 대병을 동원하여 위연의 영채를 쳤다. 그러나 촉병들은 다 갑옷과 무기를 버리고 달아났다. 단지 앞에 백기가 있는 것을 보고, 위연은 패병들을 이끌고 급히 백기가 있는 곳으로 달아났다. 거기에는 벌써 영채가 한 채 있었다. 위연은 그 영채에 군사들을 들어가게 하였다.

올돌골의 병사들이 급히 추격해 오자 위연은 병사들을 이끌고 영채를 버린 채 달아났다. 만병이 촉의 영채를 빼앗았다. 다음 날 또 앞을 바라고 추살해 갔다. 위연은 병사들을 돌려 교전하다가 3합이 못 되어 패하였다. 그는 흰 깃발만 보고 달아났다. 거기에 한 채의 영채가 있어 위연은 그 영채에 병사들을 주둔시켰다. 다음 날 만병들이 또 몰려오자 위연은 잠깐 싸우다가 달아나자, 만병들이 촉의 영채를 점거하였다.

이야기를 장황하게 할 게 없다.

위연은 싸우다 달아나고 달아나고 해서 이미 15번이나 패하였고, 계속 7개의 영채를 버렸다. 만병들은 대군을 진격시켜 추살해 왔다. 올돌골은 군사들의 앞에서 적을 깨뜨리며 가는데, 길에서 나무가 무성한 곳을 보고는 감히 나아가지 못하였다. 문득 사람을 시켜 멀리 가보게 하니, 과연 나무 그늘 속에 깃발이 바람에 날리고 있다는 것이었다.

올돌골이 맹획에게,

"과연 대왕의 생각에서 벗어나지 않는구려."

하니, 맹획이 크게 웃으면서

"제갈량도 이번에는 나를 속이지 못할 것이오! 대왕께서 연일 이겨 15진이나 되었고 적의 영채를 7채나 빼앗았으니, 촉병들은 소문만 듣고도 달아날 것이외다. 제갈량은 이미 계책을 다 써버렸으니, 이제 한 번만 더 나아가면 대사는 정해지게 될 것이오."

하였다.

올돌골이 크게 기뻐하면서 마침내 촉병을 염두에 두지 않게 되었다. 제 16일이 되자 위연은 패잔병들을 이끌고 와서 등갑군들과 싸웠다. 올돌골이 코끼리를 타고 앞장서 나가려는데, 머리에는 일월을 장식한 낭수모(狼鬚帽)를 쓰고 몸에는 금은 주옥의 목걸이를 걸었다. 양편 갈비뼈에는 비늘을 드러내고 눈에는 빛을 뿜으며, 손으로 위연을 가리키고 큰 소리로 꾸짖었다. 위연이 말을 돌려 달아나자 뒤에서 만병들이 크게 몰려왔다.

위연은 병사들을 이끌고 반사곡으로 돌아 들어가 흰 깃발을 바라고 달아났다. 올돌골은 병사들을 거느리고 뒤따라가며 추살하였다. 올돌골이 산 위를 바라보니 나무가 없어, 매복이 없을 것이라 생각하여 방심하고 추살하였다. 급히 반사곡에 이르자 검은 궤짝을 실은 수십 대의 수레가 길을 막고 있었다.

만병이 보고하기를,

"예가 바로 촉병들의 군량을 운반하는 길인데, 대왕의 군사들이 이르자 양거를 버리고 달아났나 봅니다."

하였다. 올돌골이 크게 기뻐하면서, 병사들을 재촉하여 급히 추살해 나갔다. 막 반사곡의 입구를 나서려는데, 촉병들은 보이지 않고 나무통과 돌들이 어지럽게 아래로 굴러 내려 반사곡의 어귀를 막아 버렸다. 올돌골은 군사들에게 길을 열라고 명하고 나가려 하는데, 갑자기 앞에서 마른 시초를 실은 크고 작은 수레들이 모두 불에 타고 있었다. 올돌골이 당황하여 군사들에게 후퇴하라고 명령하였다. 그때 후군에서 함성이 진동했다.

곧이어 보고가 들어오기를,

"계곡의 입구는 이미 건초더미로 막혀버렸고, 수레에는 원래 모두가 화약이 실려 있어서 일제히 불이 붙었습니다."

하였다.

올돌골이 산을 보니 풀과 나무 한 그루 없는지라, 마음속으로 당황하지 않으며 길을 찾아 달아나라고 명령하였다. 그 산 위를 보니 양편에서는 불이 붙은 홰(火招)가 어지러이 떨어지고 있었다. 홰가 떨어지는 곳마다 땅 속에 있는 화약의 도화선에 불이 붙자, 지상의 철포(鐵礮)들이 터졌다. 그래서 반사곡은 온통 불길이 어지럽게 난무하였다. 불꽃이 등갑에 떨어지니 달라붙지 않는 경우가 없어, 올돌골과 3만의 등갑군들이 불이 붙어 서로 껴안고 반사곡 골짜기에서 타 죽었다.

공명은 산 위에서 아래를 내려다보니, 만병들이 불에 타 죽거나 태반이나 철포에 맞아 머리가 부서져 다 반사곡에서 죽었다. 반사곡은 사람이 타는 냄새로 숨을 쉴 수가 없었다.

공명이 눈물을 흘리며 탄식하기를,

"내가 비록 사직에는 공을 세웠으나[11] 반드시 수명을 덜었을 것이오."

하자, 좌우에 있던 장수들이 감탄하지 않는 이가 없었다.

한편, 맹획은 영채에서 만병들의 회보를 기다리고 있었다. 홀연 천여 명이 영채 앞에서 웃고 절하면서 말하기를,

"오과국 병사와 촉군들이 접전을 벌였는데, 제갈량이 반사곡에 넣고 에워싸고 있습니다. 특히 대왕께 특별히 지원을 요청하고 있습니다. 우리들을 다 본동 사람으로 부득이 촉병에게 항복하였사오나, 지금 곧 대왕께서 앞에 이르셨음을 알고 싸움을 돕기를 청하러 왔습니다."

하거늘 맹획이 크게 기뻐하며, 곧 종당과 번인들을 모아 데리고 밤을 도와 만병에게 길을 인도하라 하였다. 막 반사곡에 이르렀을 때에는 불길이 치솟는 것이 보이고 냄새가 고약하였다. 맹획은 계책에 빠진 줄 알고 급히 군사들을 물리려 할 때에, 왼편에서는 장의가 오른편에서는 마충이 양쪽에서 짓쳐 나왔다.

맹획은 저들과 싸우려 하였으나 그때 또 함성이 일어났다. 만병인 줄 알았던 병사들은 태반이 다 촉병이어서 만왕의 종당과 불러 모은 번병들을 다 사로잡아 버렸다. 맹획은 필마로 겹겹이 에워싼 속을 짓쳐 나와 산길을 달려 달아났다.

---

11) 비록 사직에는 공을 세웠으나[功於社稷] : 나라에 도움이 되는 일. 「사직」.
[禮記 祭儀篇]「建國之神位 右社稷而左宗廟」. [後漢書 禮儀志]「考經援神契曰 社者土地之主也 稷者五穀之長也 大司農鄭玄說 古者官有大功 則配食其神 故句農配食於社 棄配食於稷」.

바로 그때에 산의 움푹 들어간 속에서 한 떼의 말이 작은 수레를 에워싸고 나왔다. 수레에 한 사람이 단정히 앉아서 윤건을 쓰고 우선을 들고 몸에는 도포를 입고 앉아 있는데, 바로 공명이었다.

공명이 크게 꾸짖으며 묻기를,

"반적 맹획이 이놈! 이제는 어찌하려느냐?"

하였다.

맹획이 급히 말을 돌려 달아나는데 곁으로 한 장수가 가는 길을 막고 나섰다. 바로 마대였다. 맹획이 손을 쓰려 하였으나 미쳐 써보지도 못하고 마대에게 생금되고 말았다. 이때, 왕평과 장익이 군사들을 이끌고 만병의 영채에 이르러, 축융부인과 일가족 노소들을 다 사로잡아 왔다.

공명은 영채로 돌아와 장상에 올라앉아서 여러 장수들에게,

"내가 이번에 부득이하여 이 계책을 썼지만, 음덕(陰德)에 큰 손실을 보았소이다. 내 생각하기에, 적들이 반드시 숲이 우거진 곳에 매복할 것이라고 예상할 것이기 때문에 나는 숲속에 병마를 두지 않고, 깃발들만 꽂아 실제로는 병마가 없는데도 그들을 의심하게 만들었던 것이오. 내 위문장에게 계속해서 15진을 패하게 한 것은 저들의 마음을 늘어지게 하려는 것이었소.

내가 보니 반사곡은 길쭉한 게 길이 하나만 있고, 양쪽이 다 석벽이며 게다가 나무가 전혀 없고 아래는 모두가 모래뿐이었소. 그래서 마대를 시켜서 검은 기름을 칠한 수레들을 이 계곡에 배치하게 한 것이오. 검은 궤짝에는 미리 만들어 온 철포가 들어있는데, 그 이름을 '지뢰(地雷)'라 하오이다. 한 수레마다 포환 9개가 들어 있었는데 30보마다 그것들을 매설한 것이오. 그리고 사이 사이에 약선을 넣은 죽간을 이용해서 통하게 하여, 화약의 선을 이어 한 발씩 터뜨려 산이 무너지고 돌이

쪼개지게 하였소이다.

내 또한 조자룡에게 미리 시초를 실은 수레를 준비시켜, 반사곡의 입구에 배열하게 하고 산 위에는 큰 나무들과 돌멩이를 준비시켰소. 위연에게 올돌골과 등갑군을 속여 저들이 반사곡에 들어오면 위연을 나가게 한 후에 길을 끊게 하고, 뒤이어 불을 붙이게 하였던 것이오. 내 듣기에 '물에 능한 사람은 반드시 불에는 불리하다'12) 하였소.

등갑은 비록 칼이나 화살이 뚫을 수는 없으나, 기름이 배어 있어서 곧 불이 붙게 마련인 것이오. 만병들이 이같이 끈질기니13) 화공이 아니면 어찌 저들을 이길 수 있겠소이까? 오과국 사람들이 살아남은 자가 없는 것은 나의 큰 죄오이다!"

하였다.

여러 장수들이 다 장하에 엎드려,

"승상의 기모는 귀신도 헤아리지 못할 것입니다!"

하였다. 공명은 맹획을 끌어 오게 하니 맹획은 장하에 꿇어 앉았다. 공명은 그의 결박을 풀어 주게 하고 또 별장으로 데리고 가서 술과 음식을 주며 놀란 가슴을 진정시켰다. 공명은 주식을 맡아보는 관원을 불러서 저에게 이리이리 하라 하였다.

이때, 맹획은 축융부인·맹우 그리고 대래동주와 모든 종당과 별장에서 술을 마시고 있었다. 홀연 한 사람이 장막에 들어와, 맹획에게

"승상께서 낯이 뜨거워 공을 볼 수가 없다시며 특별히 나에게 영을

---

12) 물에 능한 사람은 반드시 불에는 불리하다 : 원문에는 '**利於水者 必不利於火**'로 되어 있음. [孟子 告子下]「我將其**不利也**」. [史記 魏世家]「與秦戰 我不利」.

13) **끈질기니[頑皮]** : 끈기가 있고 질기니. 거북의 등가죽처럼 둔함을 이르는 말임. [太平廣記 嘲誚 皮日休]「硬骨殘形知幾秋 屍骸終不是風流 **頑皮**死後鐵須遍 都爲平生不出頭」.

내려 공을 풀어주고 돌려보내라 하였소. 다시 인마가 오면 승부를 결정하자 하셨으니, 공은 빨리 돌아가시오."

하자, 맹획이 눈물을 흘리며

"칠종칠금은14) 자고로 있었던 일이 아니오. 내 비록 왕화를 입지 못한 사람이지만 자못 예의는 좀 아오. 이 같은데 어찌 부끄러움이 없겠소이까?"

하고는, 마침내 형제·처자·종당인들과 함께 다 장하에 무릎을 꿇고 기어가서 웃통을 벗고 사죄하기를,15)

"승상의 하늘같은 은혜를 받자왔으니, 남방인들은 다시는 반란을 일으키지 않겠나이다!"

하였다. 공명이 묻기를,

"공은 이제 복종하겠느냐?"

하니 맹획이 울면서 사례하며,

"저와 자자손손이 부모처럼 다시 살려주신 은혜에 감읍할 터인데, 어찌 불복하겠나이까?"

하였다.

공명이 맹획을 장상으로 청해서 술자리를 베풀어 경하하며 영구히 동주(洞主)를 하게 하였다. 그리고는 빼앗은 땅을 다 돌려주었다.

---

14) 칠종칠금(七縱七擒) : 제갈량이 맹획(孟獲)을 일곱 번 사로잡았다가 일곱 번 놓아주어 끝내는 항복 받는 일. 「칠종로」(七縱勞). [三國志 蜀志 諸葛亮傳]「建興三年 亮率衆南征」(裵松之注)⋯⋯「使觀於營陣之間 問曰 此軍何如 獲曰 向者不知許實 故敗 若祇如此 卽定易勝耳 亮笑 縱使更戰 **七縱七擒** 獲曰 公天威也 南人不復反矣」. [章孝標 諸葛武候廟詩]「**七縱七擒**何處在 茅花櫪葉蓋神壇」.

15) 웃통을 벗고 사죄하기를[肉袒謝罪] : 웃옷을 벗고(복종·항복의 뜻) 어깨를 때려 달라며 사죄함. '육단'은 사죄할 때에 웃옷을 벗어 어깨를 드러내 놓고 맞을 각오를 표시하는 일. [戰國策 齊策]「田單免冠 徒跣**肉袒**而進 退而請死罪」. [韓詩外傳 六]「楚莊王伐鄭 鄭伯**肉袒** 左把茅旌 右執鸞刀 以進言於莊王」.

맹획과 종당 그리고 모든 만병들이, 감읍하지 않는 자가 없이 기뻐 뛰면서 돌아갔다.

후세 사람들이 공명을 예찬한 시가 전한다.

우선 윤건에 벽당들에[16] 옹위되어
칠종칠금 묘한 계책으로 만왕을 제압했네.
羽扇綸巾擁碧幢
七擒妙策制蠻王.

지금도 계동엔 그의 위덕이 전하니
높은 자리 정해서 묘당을 세웠구나.[17]
至今溪洞傳威德
爲選高原立廟堂.

장사 비위가 들어와 간하기를,
"이제 승상께서 직접 사졸들을 이끌고 깊이 불모의 땅까지 들어오셔서,[18] 만방을 수복하였습니다. 만왕은 이미 복종하며 돌아갔는데,

---

16) 벽당(碧幢) : 수레와 배에 둘러치는 장막. [白居易 和汴州令孤相公詩]「碧幢油葉藁 紅旆火襜襜」.
17) 묘당을 세웠구나[立廟堂] : 살아 있는 사람의 공을 기리기 위한 사당. 본래 죽은 후에 공을 기리기 위해 세우는 것인데, 남만인들이 공명의 은덕에 감격해 생사당을 세웠음. 「사당」(祠堂). [漢書 龔勝傳]「勿隨俗動吳家種栢 作祠堂」. [杜甫 蜀相詩]「丞相祠堂何處尋 錦官城外柏森森 (注) 祠堂孔明廟也」.
18) 깊이 불모의 땅까지 들어오셔서[深入不毛] : 불모땅까지 깊이 들어옴. 「불모지」(不毛地). 식물이 자라지 못하는 메마른 땅. [史記 鄭世家]「不忍絕其社稷 錫不毛地」. [公羊傳 宣公十二年]「今如矜此喪人 錫之不毛之地」. [諸葛亮 出師表] (注)「深入不毛」.

어찌 관리를 두지 않고 맹획의 무리들에게 지키게 하십니까?"

하거늘, 공명이 말하기를

"이같이 하면 세 가지 쉽지 않은 일이 있소이다. 외인을 머물게 하면 마땅히 병사들 또한 있어야 하는데, 병사들이 먹을 것이 없는 것이 그 하나로 쉽지 않은 것이오. 만인들이 패전해서 부형들이 죽었는데, 외인들을 머물러 두면서 군사들을 남겨두지 않으면 필시 후환이 있을 터이니 이것이 두 번째 쉽지 않은 것이외다.

만인들이 여러 차례 자신들의 왕과 백성들을 죽인 죄가 있어 저들 스스로가 혐오하며 의심하고 있는데, 외지인들은 머무르게 한다 하여도 끝내 서로 믿지 않을 것이니 이것이 세 번째 쉽지 않은 일입니다. 이제 내가 외지인들을 남겨두지 않고 양곡을 운반하지 않으면 서로 편안하고 무사할 것이외다."

하니, 여러 사람들이 모두 탄복하였다. 만방에서 다 공명의 은덕에 감읍하여 공명을 위해 생사당(生祠堂)을 세워 사시로 제사를 지냈다.

그리고 다들 '자부'(慈父)라 불렀다. 각기 진주·금보와 단칠19)·약재 그리고 농우와 전마 등을 보내어 군사들이 쓸 수 있도록 하고, 다시는 반기를 들지 않겠다고 서약하였다. 이로써 남방은 완전히 평정되었다.

한편, 공명은 군사들을 넉넉히 먹인 다음, 군사를 돌려 촉나라로 돌아가기로 하였다. 그리고는 위연에게 명하여 본부병의 전대를 서게 하였다. 위연이 병사들을 이끌고 노수에 이르렀는데, 홀연 음운이 사방에 드리우고 수면 위에 파도가 몰아쳐 사석이 어지럽게 날려 군사들이 진전할 수가 없었다.

위연이 병사들을 물려 돌아가서 공명에게 보고하였다. 공명은 마침

---

19) 단칠(丹漆) : 붉은 칠을 한 기물. [魏志 衛覬傳]「飾器勿 無**丹漆**用」. [張華 勵志詩]「如彼梓材 弗勤**丹漆**」.

내 맹획을 청하여 물었다.

이에,

　　변방의 만인들이 바야흐로 항복하고 나니
　　강에서 죽은 귀졸들이 또 미쳐 날뛰누나.
　　　塞外蠻人方帖服
　　　水邊鬼卒又猖狂.

맹획의 말이 어떤 것일까 알 수가 없다. 하회를 보라.

《제7권으로 이어짐》

찾아보기

삼국의 지도

昌黎 瀋陽 玄菟 遼東 丸都 高句麗

烏丸 幽州 燕國 范陽 遼西 碣石山 北京 天津 平壤 樂浪

渤海 渤海

冀州 平原 東萊 馬韓

青州 齊國 北海國 弁韓

濟南國 城陽

兗州 琅邪國 濟陰 沛國 陳留國 下邳 徐州 譙

淮水 揚州 (壽春) 盧江 南京 建業 吳郡 上海

東中國海

長江 盧江 杭州 會稽

武昌 江夏 臨海

豫章 鄱陽

臨川 建安

吳 福州

南中國海

0 100 200 300km

⊙ -----	국도
■ -----	부도
○ -----	주도
● -----	군도
◆ -----	현재 도시
▲ -----	산
✕ -----	전투 지역
( ) -----	기타
▬▬	국경
▬ ▬ ▬	만리장성

삼국의 비교

魏 (220~265)

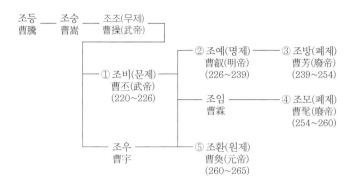

조등 — 조숭 — 조조(무제)
曹騰   曹嵩   曹操(武帝)

① 조비(문제)
曹丕(武帝)
(220~226)

② 조예(명제)
曹叡(明帝)
(226~239)

③ 조방(폐제)
曹芳(廢帝)
(239~254)

조임
曹霖

④ 조모(폐제)
曹髦(廢帝)
(254~260)

조우
曹宇

⑤ 조환(원제)
曹奐(元帝)
(260~265)

蜀 (221~263)

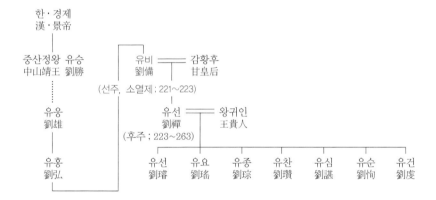

한·경제
漢·景帝

중산정왕 유승
中山靖王 劉勝

유웅
劉雄

유홍
劉弘

유비 ═══ 감황후
劉備   甘皇后
(선주, 소열제 ; 221~223)

유선 ═══ 왕귀인
劉禪   王貴人
(후주 ; 223~263)

유선   유요   유종   유찬   유심   유순   유건
劉璿   劉瑤   劉琮   劉瓚   劉諶   劉恂   劉虔

吳 (222~280)

손견(무열왕)
孫堅(武烈王)

손책(장사항왕)
孫策(長沙杭王)

① 손권(대제)
孫權(大帝)
(222~252)

손익
孫翊

손광
孫匡

손등   손여(건창후)   손화(남양왕)   손패(노왕)   손분(제왕)   ③ 손휴(경제)   ② 손양(폐제)
孫登   孫慮(建昌候)   孫和(南陽王)   孫霸(魯王)   孫奮(齊王)   孫休(景帝)   孫亮(廢帝)
                                                          (258~264)   (252~258)

④ 손호(귀명후)
孫晧(歸命候)
(264~280)

박을수(朴乙洙)

▶主要著書 · 論文

『한국시조문학전사』(성문각, 1978)

『한국시조대사전(상·하)』(아세아문화사, 1992)

『한국고전문학전집 11, 시조Ⅱ』(고려대 민족문화연구소, 1995)

『국어국문학연구의 오늘』(회갑기념논총, 아세아문화사, 1998)

『시조의 서발유취』(아세아문화사, 2001)

『한국개화기저항시가론(수정판)』(아세아문화사, 2001)

『시화, 사랑 그 그리움의 샘』(아세아문화사, 2002)

『회와 윤양래연구』(아세아문화사, 2003)

『시조문학론』(글익는들, 2005)

『만전당 홍가신연구』(글익는들, 2006)

『한국시가문학사』(아세아문화사, 2006)

『신한국문학사(개정판)』(글익는들, 2007)

『한국시조대사전(별책보유)』(아세아문화사, 2007)

『머리위엔 별빛 가득한 하늘이』(글익는들, 2007)

『삼국연의』(전9권)(보고사, 2015)

「고시조연구」(석사학위논문, 1965)

「개화기의 저항시가연구」(학위논문, 1984)

역주 삼국연의 $\boxed{6}$

2016년 1월 15일 초판 1쇄 펴냄

저 자 나관중
역 자 박을수
발행인 김흥국
발행처 보고사

책임편집 이경민
표지디자인 오동준

등록 1990년 12월 13일 제6-0429호
주소 경기도 파주시 회동길 337-15 보고사 2층
전화 031-955-9797(대표)
     02-922-5120~1(편집), 02-922-2246(영업)
팩스 02-922-6990
메일 kanapub3@naver.com / bogosabooks@naver.com
http://www.bogosabooks.co.kr

ISBN 979-11-5516-186-9
     979-11-5516-180-7   04820(세트)
ⓒ 박을수, 2016

정가 15,000원

이 도서의 국립중앙도서관 출판예정도서목록(CIP)은 서지정보유통지원시스템 홈페이지
(http://seoji.nl.go.kr)와 국가자료공동목록시스템(http://www.nl.go.kr/kolisnet)에서
이용하실 수 있습니다.(CIP제어번호: CIP2015033971)